## DE LA MÊME AUTRICE

LA CLANDESTINE DE JERSEY, Mercure de France, 2022.

# L'ÉTÉ DE LA LIBÉRATION

Jenny Lecoat

# L'ÉTÉ DE LA LIBÉRATION

*ROMAN*

*Traduit de l'anglais par Sylvie Doizelet*

MERCVRE DE FRANCE

BIBLIOTHÈQUE ÉTRANGÈRE

*Titre original :*
BEYOND SUMMERLAND

*Pour Val Lecoat, 1937-2014,*
*dont l'enfance a été volée par l'Occupation.*
*Pour tout ce qu'elle a manqué.*

# Avant

Ce fut la vibration, et non le bruit, qui la réveilla – le violent tremblement de la porte d'entrée vacillant dans l'huisserie, les coups répétés par des poings puissants et furieux. Les impacts se répercutant à travers la maçonnerie, traversant les solives de la maison et gagnant les pieds du cadre de son lit. Puis elle entendit les voix dehors qui criaient.

« *Öffne diese Tür! Sofort!* »

À peine réveillée, pendant une seconde elle crut qu'il s'agissait d'un rêve. Mais dans l'escalier retentirent les pas frénétiques de sa mère, tout à la fois courant et tombant dans sa précipitation, suivis par le bruit métallique du verrou que des doigts s'efforçaient désespérément de tirer en arrière. Seule dans sa chambre, Jean s'assit bien droite dans son lit, le cœur battant à tout rompre, horrifiée de se trouver si vulnérable, terrifiée à l'idée de quitter l'innocente sécurité de ses couvertures. La porte s'ouvrit avec fracas, le bruit explosa : les cris des soldats résonnant dans le couloir, leurs bottes frappant le parquet nettoyé avec tant de soin juste la veille, le cri d'angoisse de sa mère qu'on écartait avec brusquerie. Puis ils escaladèrent l'escalier les uns après les autres, éructant une série d'ordres tout en se déplaçant, en quête de leur proie, focalisés sur leur but.

Le temps qu'elle trouve le courage et la force de traverser la pièce et d'ouvrir la porte de sa chambre, ils l'avaient eu. Son pyjama froissé des plis du sommeil, son menton et sa lèvre supérieure ombrés de la barbe du matin, ce fut seulement en le voyant trébucher légèrement sur le palier qu'elle remarqua les menottes derrière son dos. Elle entendit sa propre voix, aiguë et couvrant celle des autres : « Papa! Papa! »

Tandis qu'ils le poussaient dans l'escalier, il n'offrit pas de résistance et ne demanda qu'une seule fois pourquoi on l'arrêtait, et pendant tout ce temps le faible gémissement animal de sa mère se répercutait de pièce en pièce, un bourdonnement de basse dans un chœur de sopranos. Figée, Jean regarda à travers la rambarde alors qu'ils lui enlevaient les menottes le temps d'enfiler ses chaussures et son manteau, le poussaient hors de la maison et dans la Black Maria. Elle vit sa mère, sa chemise de nuit remontée sur les cuisses, se plier en deux et crier entre ses mains. Et puis il y eut une autre voix, une autre suite de cris et de gémissements se mêlant à ceux de sa mère, et elle se rendit compte qu'ils venaient du plus profond d'elle-même et qu'elle ne pourrait peut-être plus jamais s'arrêter.

# 1

## *Jersey, îles Anglo-Normandes*

Juin 1945

Dans la rue l'excitation se propageait. Elle s'échappait de chaque porte et crépitait dans l'air, chatouillant la nuque des gens, attirant tout le monde dans cette matinée historique, électrisante. Quelle matinée, en effet ! La tempête d'hier avait disparu au nord de la Manche, laissant derrière elle un soleil brillant et un ciel bleu pastel. À présent toute la ville de St Helier attendait, rincée et rutilante, vibrant d'anticipation. Une forte rafale du sud-ouest s'engouffrait dans les rues, portant le léger murmure d'une foule lointaine et bavarde et, debout devant l'allée de sa maison, s'imprégnant de tout cela, Jean sentit un élan de véritable optimisme. Elle passa les doigts à travers ses cheveux d'un châtain terne pour leur redonner un peu de forme, tira sur sa veste pour s'assurer que le trou de mite ne se voyait pas, puis cria en direction de la maison : « Maman ! Dépêche-toi, ou bien on sera bloquées à l'arrière. »

Violet Parris sortit en traînant les pieds, son vieux sac à main en cuir bien accroché à son bras. Jean l'observa alors qu'elle se retournait pour bien refermer la serrure Chubb à clé. Une habitude ancrée ces dernières années et, avec le pillage qui sévissait toujours dans la commune il était normal de se montrer prudent, même si tout le monde regrettait le temps des portes laissées ouvertes. « Les choses se seront calmées d'ici Noël », répétaient les gens. Et ce serait peut-être le cas. Jean observa le visage blême sous le chapeau de feutre usé et examina la silhouette frêle et fragile à laquelle se réduisait sa mère depuis quelque temps, les yeux anxieux, aux aguets, et la légère courbure de son dos, conséquence du fardeau permanent, plus prononcée à la lumière du jour que dans l'obscurité de la maison. À coup sûr, la plupart des gens donneraient à Violet plus de cinquante-six ans. Mais alors, supposa Jean, tous les êtres humains de cette île avaient vieilli d'une vie entière au cours des cinq dernières années. Elle ressentit un besoin soudain de serrer très fort sa maman mais, sachant que Violet se déroberait face à une telle démonstration, se contenta d'offrir son bras.

Elles avancèrent à une allure que sa mère, évalua Jean, pourrait soutenir durant la moitié du trajet. La rue était pleine du bruit de portillons de jardins qui claquaient, tandis que les femmes tiraient mari et enfants sur le trottoir, renouaient des lacets ou lissaient des mèches de cheveux rebelles avant de se hâter vers le centre-ville. Ici et là quelqu'un portait un Union Jack plié prêt à se déployer au moment crucial, et Jean ressentit un pincement de jalousie ; leur propre drapeau avait servi de combustible pendant l'hiver, et il n'était plus possible d'en acheter un autre à présent. D'un autre côté il ne fallait pas que la famille paraisse frivole de quelque manière que ce soit. Jersey était une petite île. Les gens aimaient bavarder.

Le temps qu'elles arrivent au bout de Bath Street les routes étaient déjà bondées de gens se dirigeant vers Royal Square. À l'angle du marché couvert de Halkett Place, deux courants de corps mouvants se transformèrent en rivière humaine, les faisant glisser toutes deux comme des bateaux de papier, et de nouveau Jean regretta qu'elles ne soient pas parties plus tôt. Alors qu'une femme derrière elles trébuchait, les poussant en avant, elle sentit les doigts de sa mère serrer plus fort son bras ; vite, Jean l'éloigna de la mêlée vers une petite rue tranquille, où elle la fit s'adosser à un mur de béton, et sortit un mouchoir avec lequel Violet aussitôt se tamponna le front.

« Ça va ? »

Violet secoua la tête. « Tant de monde. Pourquoi ne sommes-nous pas allées sur Albert Pier pour voir accoster le *SS Jamaica*, ou bien on aurait pu chercher une place sur l'Esplanade ? »

Jean, qui avait suggéré ces deux emplacements précis la veille au soir, se contenta de reprendre le mouchoir humide et le remit dans sa manche. Ce faisant, son regard se posa sur la devanture du magasin, une petite boulangerie au milieu du tournant. La vitrine avait été recouverte de planches pour remplacer le verre brisé, mais de toute évidence les vandales étaient revenus pour une deuxième visite, car à présent il y avait un énorme svastika peint en noir sur le contreplaqué. Jean jeta un coup d'œil à sa mère et vit qu'elle aussi semblait pétrifiée. Violet fit un petit mouvement du menton. « Collaborateurs. » Jean acquiesça. Qu'avaient fait les propriétaires pour gagner une telle réputation ? Servi aux Allemands leur pain ? Fraternisé avec eux ? Elle imagina les visages d'hommes en colère se ruant vers le magasin en pleine nuit, briques et pierres à la main. Qu'était-il arrivé à cette île en si peu de semaines ?

Le Jour de la Libération, moins d'un mois plus tôt, fut l'événement le plus marquant et le plus émouvant jamais vécu par les habitants de l'île, jeunes ou vieux. Le jour le plus attendu de leur histoire avait fini par advenir et, avec l'arrivée du détachement britannique dans le port et la capitulation officielle de l'armée allemande, cinq années brutales de l'occupation nazie arrivaient enfin à terme. L'Occupation avait été tellement longue et difficile – à son début Jean était une collégienne de tout juste quatorze ans – que pendant les deux ou trois premières semaines de liberté la transformation fut pour elle presque impensable. Pouvoir sortir de chez soi sans couvre-feu... parler librement dans la rue sans craindre d'être espionnée... écouter les infos de la BBC sur la radio du voisin ! Mais le plus appréciable, c'était la joie de manger de nouveau un vrai repas, puisque l'armée britannique avait largué des caisses et des caisses de provisions, et le bateau de la Croix-Rouge, *Vega*, d'autres colis de secours. Compte tenu de la quasi-famine de l'année précédente, des folies comme de la viande en conserve, du saindoux pour la cuisine, du sucre et du thé tirèrent à Jean et Violet des larmes de soulagement lorsqu'elles ouvrirent le leur. La saveur intense de la confiture de fraises, mangée à la cuillère directement du pot dans un moment de pure allégresse, l'accompagnerait pour toujours.

Mais ces premiers jours apportèrent également la confusion. Après des années d'inertie, des mois entiers ponctués par rien d'autre que le combat fastidieux pour la nourriture et le chauffage, la Libération entraîna une tornade de développements bienvenus mais épuisants. Elles échangèrent consciencieusement leurs reichsmarks contre des livres à la banque locale et regardèrent les plages être déminées ; elles lurent les communiqués publics annonçant que les insulaires non natifs de l'île expulsés par les Allemands à l'automne 1942 avaient été renvoyés en Angleterre par avion, et que leur retour était imminent. Elles reçurent, enfin, une lettre du frère aîné de Jean, Harry, libéré de ses obligations militaires et de retour chez lui avec sa propre famille à Chelmsford. Horrifié par la nouvelle qu'il avait apprise tardivement de l'arrestation de son père, Harry parlait de sa frustration d'être resté si longtemps coupé de toute information en provenance de l'île mais, au grand plaisir de Jean, promettait de venir leur rendre visite dès que les transports fonctionneraient de nouveau convenablement. Encouragées par un sentiment de retour à la normale, elle et sa mère s'installaient à la table de la cuisine le soir, découpaient chaque article important de l'*Evening Post* et le collaient dans un album pour la postérité. Et tandis qu'elles s'occupaient à cela, Jean osait, d'une voix chuchotante trop basse pour être entendue des Parques capricieuses, parler des semaines à venir et des nouvelles du continent qui à l'instant même pouvaient être en chemin. Violet acquiesçait et souriait, mais réagissait rarement. L'espoir, estimait Jean, était un fardeau trop lourd pour cette femme épuisée, à qui il restait à faire la dernière étape d'un voyage épouvantable ; il valait mieux que Jean reste bouche cousue et dirige ses propres rêves vers les mouvements rythmiques de son pinceau à coller.

Les nouvelles récentes n'étaient pas toutes bonnes. Parmi les gros titres festifs et les communiqués publics, il s'en trouvait d'autres, perturbants. Des photos horribles des camps meurtriers nazis où d'innombrables personnes avaient péri. Des récits au sujet des « Jerrybags », ou « filles à Boches » – ces insulaires ayant couché avec des soldats allemands – pourchassées dans les rues par des bandes en maraude qui leur tondaient la tête et les déshabillaient. Des rapports sur les dettes insurmontables de l'île. Et en première page le compte rendu terrifiant d'un père et de son fils, expulsés d'ici dix-huit mois plus tôt, ayant péri tous les deux pendant leur incarcération. Après avoir lu ce genre d'articles, Jean se réfugiait dans son lit et restait éveillée, aux prises avec une panique sombre et sourde, pendant des heures avant de sombrer dans un sommeil agité juste au moment où le soleil se levait. Elle n'en parlait à personne, surtout pas à sa mère. Elle ne pouvait pas déterminer le moment précis où elle avait endossé le rôle maternel dans leur relation, et elle soupçonnait que le changement avait mis des mois à s'installer insidieusement. Mais à présent Jean savait d'instinct que les doigts tremblants de sa mère signifiaient qu'elle devrait éplucher elle-même les légumes pour le dîner, ou que la larme solitaire, brûlante de Violet sur la page de son livre dans le silence de la soirée appelait une boisson chaude et réconfortante et un coucher de bonne heure. Il y aurait bien assez de temps pour ses propres sentiments, se disait Jean, lorsque ce cauchemar prendrait fin, ce qui arriverait certainement bientôt. Alors aujourd'hui, malgré la vue de la boulangerie barricadée et les sentiments perturbants qu'elle suscitait en elle, Jean esquissa un sourire réconfortant et mit une main sur le bras de sa mère.

« On peut rentrer maintenant, si tu veux. » Jean pensa à leur cuisine grise et silencieuse à l'arrière de la maison grise et silencieuse et craignit que sa mère dise oui. Mais elle se contenta de froncer légèrement les sourcils.

« Non, on a déjà fait tout ce chemin. Allez, viens. »

Le Royal Square était, comme on pouvait s'y attendre, noir de monde. Hommes, femmes et enfants se pressaient les uns contre les autres comme des brins d'herbe, et des préposés avaient installé des barrières au milieu de la place pour contenir la foule. Jean tira sa mère à travers la masse des corps qui se bousculaient et, lui donnant la consigne de s'accrocher au dos de sa veste et de ne pas lâcher, commença à se faufiler dans la cohue en profitant du moindre interstice. Elle adressait des sourires désespérés à chaque homme sur son chemin jusqu'à ce qu'il batte en retraite, et lançait des regards d'excuse derrière elle lorsqu'elle avait marché sur un pied ou malmené un chapeau, jusqu'à ce qu'elles se retrouvent à deux têtes seulement de la barrière, au moment même où les voitures officielles s'engageaient sur la place. Une immense acclamation fendit la foule. Se mettant sur la pointe des pieds et tendant le cou, Jean parvint à trouver une trouée de vue dégagée.

Les voitures s'alignèrent devant la bibliothèque. Un jeune soldat en uniforme ouvrit la portière d'une Ford noire rutilante.

Et soudain ils furent là. Juste là, sur le trottoir en face des bâtiments du gouvernement des États de Jersey, à moins de dix mètres, si loin de Buckingham Palace – le roi et la reine ! Jean fixa le roi George, resplendissant dans son uniforme, salué par les représentants de la Couronne qui se courbaient à son passage. La reine, magnifique avec son élégant béret à plume, dignement drapée d'un renard autour des épaules, accepta un énorme bouquet d'œillets de Jersey. Les clameurs autour de la place étaient tonitruantes à présent, et des fragments de chants patriotiques s'entendaient ici et là. Mais à cet instant une femme à côté d'elles s'essuya les yeux du dos de la main et sourit à Violet.

« C'est merveilleux, n'est-ce pas ! Je n'arrive pas à y croire ! »

Jean sentit le corps de sa mère se raidir tandis qu'elle cherchait une formule de politesse appropriée. « Oui, merveilleux.

— C'est terminé, pour de bon ! On peut commencer à vivre de nouveau ! »

Jean regarda la bouche de Violet se figer en un sinistre trait de désolation, comme si les mots venaient de la percuter. Quand sa lèvre inférieure se mit à trembler, Jean sut que tout était terminé – les larmes en public représentaient une humiliation intolérable pour sa mère, et son masque de bonne figure se ridait déjà. Avec un dernier regard réticent en direction du couple royal en train de saluer avec grâce, Jean mit le bras autour de la taille de sa mère et fendit la foule jusqu'à ce qu'elles soient toutes les deux revenues à la rue principale, à bout de souffle et ne tenant plus sur leurs jambes. Dans l'embrasure d'une boutique, la protégeant des passants, Jean de nouveau lui offrit son mouchoir, et cette fois Violet le passa sur son visage tout en pleurant quelques instants, émettant de tout petits sons étouffés comme un chat blessé. Puis le tremblement cessa, et elle prit une profonde inspiration.

« Désolée. C'est juste ce que cette femme a dit. »

Jean lui frotta le bras. « Je sais. Mais ça ne va plus être long maintenant. Pour autant qu'on le sache, papa est déjà sur le chemin du retour. Il pourrait débarquer ici à la minute même. »

Violet acquiesça et parvint à esquisser un petit sourire à travers les larmes. Jean, qui faisait de gros efforts pour cacher sa déception de rater ce spectacle unique, offrit de nouveau son bras, et toutes deux reprirent lentement le chemin de la maison. L'esprit de Jean était en ébullition. Avait-elle raison de faire preuve d'un tel optimisme ? Personne ne savait si son père se trouvait réellement sur le chemin du retour. Cela fait quinze mois qu'il avait embarqué sur ce bateau-prison allemand, en direction de Dieu sait où. Douze mois depuis sa dernière lettre. Et pas un mot des autorités depuis la Libération. Elle se dit qu'il ne leur restait pas d'autre choix que de croire, mais elle savait une chose – pour elles, l'Occupation était loin d'être terminée.

*

« Philip Arthur Parris, c'est bien ça ? Né le 7 mars 1898, demeurant St Mark's Road au moment de son arrestation ? »

Jean donna un petit coup de coude à sa mère pour qu'elle réponde.

« Oui, c'est ça. »

— Et son magasin ? »

— Quincaillerie Parris, sur New Street. Elle est restée fermée depuis.

— Eh bien, Mrs Parris, j'ai bien peur que ce soient les seules informations dont nous disposions... » L'agent se gratta la tête, jusqu'à l'arrière du crâne. Jean aurait parié qu'il n'avait jamais senti la moindre démangeaison à cet endroit-là. Elle l'observa brasser son petit tas de feuilles, plaçant la première sous les autres, la remettant dessus, et ainsi de suite. Il ajusta ses lunettes, s'éclaircit la voix, et se renfonça dans son fauteuil en cuir, regardant enfin sa mère dans les yeux. « En fait, il semble n'y avoir aucune trace de Mr Parris après son transfert de la prison de Preungesheim en juillet 1944.

— Cela a dû se produire peu de temps après la dernière lettre que nous avons reçue. »

Jean remarqua que sa mère relevait délibérément son niveau de prononciation, atténuant les voyelles étirées de son accent de Jersey et imitant les sons plus éduqués de son interlocuteur. Ni l'une ni l'autre ne se sentaient à l'aise dans le bureau des visiteurs de la police – avec ses murs à pans de bois poli et ses cartes de Jersey dessinées à la main et mises sous verre dans d'épais cadres de bois – où elles s'étaient assises en face de cet élu haut placé qui avait bousculé son emploi du temps pour les recevoir. Pas étonnant que sa mère paraisse un peu bizarre.

Violet insista : « Sa peine était censée ne durer que quinze mois, vous voyez, alors il devrait être libre maintenant. Nous nous disions qu'on l'avait peut-être déjà libéré mais qu'il ne possédait pas les bons documents pour voyager. Vous croyez que c'est ce qui a pu se passer ? »

Mais les yeux de l'agent se fixaient à présent sur la fenêtre, tandis que le bruit de cris et de chants lointains se faufilait dans l'espace de quelques centimètres à la base du vantail. Jean suivit son regard, consciente que le volume du son augmentait. Avec un léger soupir il se leva et ferma la fenêtre avec brusquerie.

« Toutes mes excuses. Des manifestants, sur la pelouse. »

Jean acquiesça. « Oui, nous les avons croisés en venant ici. » En fait, la vue d'un si grand nombre de personnes réunies pour une manifestation, après cinq années d'obéissance strictement imposée, l'avait plutôt bouleversée. Il devait y avoir là plusieurs centaines d'hommes, tous écoutant attentivement – et parfois, criant en retour – un homme sur un podium de fortune, derrière lequel était accrochée une banderole peinte à la main avec les mots « Mouvement démocratique de Jersey ». Dans un mégaphone, l'homme parlait du besoin de sécurité sociale et de quelque chose appelé le système d'imposition progressive. Jean se souvenait de son père, évoquant ce groupe deux ans plus tôt, les traitant rageusement de cocos qui voulaient juste semer le trouble. Par loyauté envers lui, en les dépassant sur le trottoir d'en face Jean avait regardé Violet en roulant des yeux. La guerre ne leur avait-elle pas donné à tous leur dose de politique pour un sacré bout de temps ?

L'agent observa la scène encore quelques instants, puis retourna s'asseoir et prit un stylo.

« Votre mari a été accusé de possession illégale d'un poste de radio ?

— Oui.

— Qui a été trouvé dans les locaux de son magasin ?

— C'est ça. Il pensait que ce serait plus sûr là qu'à la maison. Il laissait les gens écouter les informations dans l'arrière-boutique – des clients, des voisins quelquefois.

— Et le procès a eu lieu... le 8 février l'année dernière ? »

Violet persifla. « Si on peut appeler ça un procès ! Il n'a même pas eu droit à un véritable traducteur, on ne savait pas ce qui se passait. Il était bon pour la prison à l'instant même où ils l'ont arrêté. N'est-ce pas, Jean ? » La voix de Violet se brisa sous l'effet de la douleur et de la fureur indignée. Jean d'une main pressa celle de sa mère, tandis que l'autre se portait inconsciemment à son cou, vers le petit médaillon en or que son père lui avait offert pour son douzième anniversaire. Quand elle le toucha, elle se souvint du plaisir dans ses yeux alors qu'il la regardait ouvrir la boîte, le grand sourire de sa mère pendant qu'il l'accrochait au cou de Jean, bataillant pour arriver à le fermer de ses doigts épais. L'instant s'était cristallisé dans son esprit, un instantané parfait de leur famille heureuse, aimante et ces derniers mois le médaillon était devenu un talisman, un lien avec la figure absente de son père. Elle sentit le minuscule cœur de métal sous ses doigts et prit une longue inspiration.

« Ce que nous essayons de dire, c'est que mon père n'est pas un criminel. » Elle regarda l'agent dans les yeux, pour lui transmettre cette conviction. « C'est un homme bon, il n'aurait jamais dû aller en prison, encore moins être expédié dans une prison à l'étranger. On veut juste qu'il revienne... » Elle se rendit compte qu'elle aussi s'exprimait avec un accent étrangement sophistiqué et se sentit stupide. Mais à l'école son professeur d'anglais disait toujours que les personnes qui prononçaient bien les voyelles se retrouvaient aux premières places, et à cet instant même les Parris avaient désespérément besoin de l'attention des autorités.

L'agent croisa les mains devant lui et les regarda l'une après l'autre avec une expression solennelle.

« Techniquement ce que Mr Parris a fait était illégal, sous la loi de l'Occupation. Notre gouvernement avait averti les résidents qu'il ne fallait pas violer ces lois, aussi injustes leur paraissaient-elles. » Devant leur visage effaré, il s'empressa de s'éclaircir de nouveau la voix et poursuivit rapidement : « Mais, bien sûr, vous avez notre plus grande sympathie pour cette situation difficile, et soyez assuré que les États de Jersey, en tant que votre instance dirigeante, feront tout ce qui est en leur pouvoir pour le retrouver. Je dois vous prévenir, cependant, que cela prendra du temps. Après le D-Day, l'administration allemande sur le continent est devenue extrêmement chaotique, et beaucoup de documents se sont égarés. » Il regarda de nouveau les papiers sur son bureau et réfléchit un instant. « On m'a dit que la Croix-Rouge pouvait se monter très utile, voulez-vous que je leur écrive ? »

Violet acquiesça énergiquement. Jean pressa sa main encore plus fort.

« Nous vous en serions très reconnaissantes.

— C'est comme si c'était fait. Je vais voir aussi si un membre du contingent actuel du ministère de l'Intérieur peut consacrer un peu de temps à cette recherche, pendant qu'ils sont sur l'île. Il se trouve un assez grand nombre d'officiers de la police judiciaire de Londres dans l'unité des Affaires civiles, je crois. Des types futés, j'en suis certain. » Il sourit d'un air encourageant. Jean fit de son mieux pour sourire elle aussi.

« Merci.

— Pendant ce temps, restez positives. » L'agent se leva, indiquant que l'entretien était terminé. « Nous ramènerons Mr Parris chez lui bientôt. »

Quelques instants plus tard Jean et sa mère se retrouvèrent dehors sur le trottoir, clignant des yeux dans la lumière éblouissante de l'après-midi. Violet farfouilla nerveusement dans son sac.

« Tu crois vraiment qu'il peut faire quelque chose ?

— Bien sûr ! » La voix de Jean se fit délibérément joyeuse. « Regarde tout ce que la Croix-Rouge a pu accomplir pendant la guerre. »

Mais l'attention de Jean se tournait vers la cohue bruyante un peu plus loin dans la rue. De l'endroit où elles se trouvaient, elle ne pouvait pas voir grand-chose, mais les cris de l'homme sur le podium semblaient s'élever avec de plus en plus de colère, tout comme le chahut de la foule, et elle fut soulagée lorsque sa mère tourna résolument dans l'autre direction. Elles se retrouvèrent bientôt dans le petit dédale de rues avec leurs cottages du dix-neuvième siècle qui serpentaient à travers la ville vers les longues et larges rangées de maisons de St Mark's Road.

Lorsqu'elles furent arrivées devant leur porche, sa mère se tourna vers elle. « Tu crois qu'il sera resté le même ?

— Papa ? » Le cœur de Jean fit une embardée. « Dans quel sens ?

— On ne sait pas par quoi il est passé. Regarde ce qui est arrivé à ce pauvre père et son fils, comment ils ont été traités. Je me demande s'il sera la même personne quand il rentrera. »

La deuxième image favorite de son père vint à l'esprit de Jean – sa silhouette dégingandée, en tailleur sur une chaise longue, les yeux rieurs plissés à cause du soleil. Elle pensa à son rire sous cape, son gloussement saccadé, la manière dont il poussait une mèche rebelle de son front les jours de chaleur. L'idée d'une moindre différence était intolérable. Elle savait que sa mère devait ressentir la même chose.

« Papa a été envoyé dans une prison ordinaire là-bas. Il ira bien. »

Violet acquiesça, tourna la clé dans la serrure pour les faire entrer, puis afficha son premier vrai sourire de la journée. « De toute façon, au début de la semaine prochaine, Eddie sera de retour. Il saura quoi faire. »

Jean sentit un accablement paralysant s'infiltrer en elle. Oncle Eddie, le jeune frère de son père. Le ventre bedonnant, la moustache rèche et le rire gras. Eddie, qui partageait avec son frère l'amour des querelles mais à qui manquait le don de savoir quand s'arrêter, et qui lui avait crié dessus lorsque, enfant, elle avait fait tomber accidentellement un hideux vase en porcelaine chez lui. Elle ne l'avait pas vu depuis la semaine précédant l'arrivée des Allemands et, jusqu'au télégramme de la semaine dernière, avait été pratiquement certaine de ne jamais le revoir. Tandis qu'elle accrochait le chapeau de sa mère dans l'entrée, un souvenir net lui vint à l'esprit. Son père, rouge de fureur, claquant la porte en annonçant la décision de son frère d'évacuer. Des mots comme « honte » et « cran » furent crachés dans le vestibule. Mais à présent les yeux de Violet s'adoucissaient par anticipation.

« Eddie connaît toute l'histoire, non, au sujet de ce qui est arrivé à papa ?

— Première lettre que j'ai écrite, dès que le courrier pour l'Angleterre a fonctionné de nouveau. Si quelqu'un peut savoir s'y prendre avec tout ça, c'est lui. »

Jean se détourna avant que ses pensées puissent se lire sur son visage. « Je suis sûre que oui, maman. Viens, il faut que je commence à préparer le dîner. »

*

« ... et d'où sont issus nos jurats[1] et nos agents de police, ces hommes qui exercent un tel pouvoir dans les paroisses civiles de notre île ? De familles fortunées qui ne connaissent rien des vies ordinaires ! Ce qu'il nous faut ce sont des représentants correctement rémunérés, issus de la population active de cette île. »

« Bien dit ! » Hazel Le Tourneur entendit sa voix résonner de Parade Gardens en direction de l'estrade. Plusieurs têtes d'hommes se tournèrent vers elle, leurs yeux se cherchant sous la visière de leur casquette pour exprimer la même hilarité silencieuse. Qu'ils regardent donc ! Qu'ils marmonnent entre eux et fassent leurs petites blagues. Elle voyait pire chaque jour au dernier rang de sa classe d'école, et de tels comportements ne faisaient que lui rappeler le chemin que Jersey devait encore parcourir pour prendre sa place dans ce nouveau siècle d'après-guerre. Elle baissa le menton pour saisir les prochaines paroles de l'orateur qui s'échappaient, hachées et déformées, à travers le mécanisme de son vieux mégaphone.

1. Officiers civils élus siégeant dans les cours de justice de Jersey et Guernesey, qui peuvent avoir le rôle de jurés ou même des fonctions judiciaires plus importantes. (Toutes les notes sont de la traductrice.)

« Et pourquoi », criait le jeune homme, son doigt pointant le ciel, « nos luttes quotidiennes – le vieillissement de nos parents fragiles, les maladies de nos enfants, nos difficultés à payer le loyer – ne sont-elles pas au cœur de la politique de notre île ? Pourquoi le travailleur plus âgé devrait-il avoir peur de la retraite, le cultivateur devrait-il craindre la maladie ou les blessures ? Nous devons ôter ces fardeaux des épaules des pauvres et créer une société où tous, pas seulement les riches, bénéficient d'une protection face aux réalités de la vie. » Il baissa l'appareil dans l'espoir d'être applaudi, et Hazel s'y prêta de bon cœur. Enfin. Après des années passées à avoir peur ne serait-ce que d'échanger les nouvelles avec un voisin par crainte d'être dénoncé par un représentant de l'ennemi, cette rencontre en plein air dans un jardin public semblait tellement plus qu'un simple discours. C'était une restauration de l'espoir. Aussi modeste soit ce rassemblement – elle n'avait réussi à convaincre aucune de ses collègues de l'accompagner et en sortant avait claqué la porte de la salle des profs avec une force inutile pour exprimer clairement son sentiment – c'était une avancée dont elle n'avait pu que rêver pendant les années d'Occupation. Ces nuits longues et froides, blottie dans le lit de fortune à côté de celui de son père sans même une bougie. Maintenant elle présentait son visage au soleil pour savourer ses rayons brûlants sur sa joue, se délectant de cette métaphore évidente, et ignorant l'injonction martelée pendant toute son enfance selon laquelle les filles au teint blanc comme elle ne devaient jamais s'exposer au soleil de juin. Mais l'annonce d'un changement d'orateur la fit revenir à la réalité et la força à regarder sa montre. Quatre heures et demie – le moment était venu de rentrer à la maison.

Le temps que Hazel atteigne New Street, son sac de livres lui cisaillait l'épaule et ses sabots à semelles de bois lui avaient donné des ampoules, rendant difficile l'ascension des huit marches en pierre qui menaient à l'appartement. De nouvelles chaussures, décida-t-elle, ce serait le premier achat qu'elle ferait avec sa prochaine paie, maintenant que les approvisionnements commençaient à arriver. Tandis qu'elle cherchait sa clé dans sa poche – pour une fois, l'un des autres locataires avait pris la peine de bien fermer l'entrée commune – elle jeta un coup d'œil à la boutique barricadée qui occupait le rez-de-chaussée, les mots peints au-dessus s'estompant et s'écaillant par manque d'entretien. *P. Parris, Quincaillerie.* Elle pensa à son propriétaire, grand, dégingandé, la calvitie maladroitement cachée, et se demanda où il pouvait se trouver aujourd'hui. Depuis le Jour de la Libération des rumeurs choquantes circulaient sur le sort de certaines personnes emprisonnées par les Allemands sur le continent, mais elle n'avait rien entendu au sujet de Parris. Il avait probablement passé le reste de la guerre à coudre des tapis de sol dans quelque prison humide de France et, si on insistait, elle dirait que c'était tout que ce qu'il méritait. En réalité, elle avait très peu pensé à son ancien voisin depuis la fermeture des volets.

Elle se souvint du jour où les soldats avaient fait irruption dans le magasin, ressortant au bout de quelques minutes avec l'appareil de radio incriminé. Puis leur deuxième visite, quelques jours plus tard à peine, mettant à sac le maigre stock, emportant les vis, les seaux en fer-blanc et les pièges à souris, tous si précieux, tandis que les résidents assistaient de loin avec une colère silencieuse et impuissante à ce vol éhonté de produits de base vitaux. Elle se rappela s'être tenue à la fenêtre de sa cuisine ouvrant sur la minuscule cour arrière et d'avoir observé derrière le rideau alors que le jeune officier qui donnait les ordres fumait une cigarette roulée en douce et examinait un petit burin de toute évidence pris pour son usage personnel. Même à l'époque Hazel s'était demandé ce qu'un troupier de l'Occupation pourrait bien faire d'un unique outil à travailler le bois. Mais tel était le fascisme, bien sûr – prendre, prendre, prendre, et ensuite seulement se demander pourquoi. Quoi qu'il en soit, Philip Parris lui-même n'en aurait pas l'utilité, pas dans un avenir proche.

Traînant sa carcasse épuisée en haut de l'escalier branlant, Hazel s'introduisit dans l'appartement. Comme toujours, son père se trouvait assis, penché en avant dans son fauteuil près du foyer, courbant ses doigts noueux en formes tortueuses dans un effort pour écrire son journal et, comme toujours, il l'appela sans se retourner quand elle entra.

« C'est toi, Haze ?

— Oui, c'est moi. » Qui d'autre, se dit Hazel. Elle pouvait à peine se souvenir de la dernière fois où quelqu'un d'autre avait franchi ce seuil. Pas depuis ces cousins bizarres de Trinity, de passage la semaine de l'enterrement de Dottie. Aucun voisin de cet immeuble ne frappait jamais à la porte, ou faisait un saut pour bavarder un peu, bien qu'ils se montrent plutôt courtois lorsqu'elle les croisait dans les parties communes. Même ce charmant et ambitieux syndicaliste avec qui Hazel était sortie pendant quelques semaines l'été dernier n'avait jamais mis le pied dans cet appartement misérable – bien que ça vienne essentiellement du fait que Hazel l'en avait découragé, honteuse comme elle l'était de l'odeur des canalisations.

« Tu es allée à ce rassemblement ?

— Oui, juste un moment. Pas mal de monde.

— Sois prudente. Ça va en déranger certains par ici. »

Hazel donna une petite tape sur les doigts glacés et recourbés de son père. « Eh bien, papa, si ça ne cause pas quelques problèmes, ça ne sert à rien, non ? »

Il lui sourit, l'amusement prenant le pas sur la douleur dans son regard. « Tu marques un point, là, ma chérie. »

Hazel redressa quelques recueils de poésie sur la minuscule table et ouvrit les vieux rideaux à fleurs pour mieux laisser entrer la lumière dorée de la mi-été. Sans prendre la peine de demander, elle enclencha la manivelle du gramophone, leur possession la plus précieuse qui, par un miracle de volonté, avait échappé au troc ces dernières années, et posa l'aiguille sur le disque. Les douces voix des Ink Spots flottèrent dans la pièce ; elle attendit que la mélodie détende son père au point qu'il s'enfonce dans son fauteuil, les yeux fermés, les traits apaisés. Puis elle prit sur l'étagère la bouteille rouge-brun.

« Heure des médicaments. »

Il eut un petit rire railleur. « Ça ne sert à rien.

— Le médecin m'a dit qu'ils ont découvert un nouveau traitement contre l'arthrite en Suède. Maintenant que la guerre est finie, on pourrait s'en procurer pour toi ? » Elle prit sa voix la plus assurée en se saisissant d'une cuillère, mais elle savait d'après son expression et sa manière de s'agripper au fauteuil qu'il faudrait se battre pour qu'il en avale le contenu. Juste une soirée, songea-t-elle, si elle pouvait avoir juste une soirée pendant laquelle tout serait facile... puis elle se rendit compte qu'elle avait oublié depuis longtemps ce qu'était une soirée agréable. Avec un petit soupir elle retira le bouchon du flacon pendant qu'en arrière-plan les Ink Spots chantaient leur joie.

*

L'Albert Pier était bondé quand le bateau accosta, provoquant une vague d'excitation. Jean regarda les épaisses cordes tressées lancées dans le vide, et écouta les cris des marins transpercer la soirée d'été, leurs voix couvrant le grincement des moteurs et le claquement du métal des grues. L'imposante cheminée rouge du bateau se détachait sur le pâle ciel moutonneux, et les mouettes tournaient autour d'elle, exprimant de leurs cris rauques leur désir de poisson. Jean resserra un peu les pans de sa veste et ferma les yeux pour sentir l'odeur de sel dans l'air, essayant de mettre de côté le principal souvenir, si sombre, qu'elle avait sur ce quai : le bateau-prison allemand tanguant avec la marée, les Boches avec leurs fusils dressés, son père tiré du camion pénitentiaire. Elle était déjà revenue ici depuis, bien sûr, pour accueillir lors du dernier Noël le bateau de la Croix-Rouge, et pour regarder les tommies débarquer; un seul mauvais souvenir ne devait pas avoir le pouvoir de la tenir éloignée. Ce quai était un élément essentiel dans la vie de Jersey, autant que le reste de l'île. Son père disait souvent que dans le monde entier c'est la nature des insulaires, avec leur vulnérabilité innée et leur dépendance à de plus grandes terres pour leur survie, qui les mène instinctivement vers les jetées et les ports, animés de l'espoir d'être ravitaillés et aussi par le frisson plein d'attente de la nouveauté. Elle regarda autour d'elle : partout, les gens s'accrochaient aux garde-corps ou grimpaient sur les toits des voitures pour mieux voir, fouillant dans leurs poches à la recherche de leurs lunettes, scrutant les silhouettes de ceux qui se trouvaient sur le pont. L'excitation était palpable, une énergie pétillante émanant de ceux qui attendaient au soleil du soir. Car ce bateau-là n'était pas ordinaire.

Ses yeux se posèrent sur un couple d'une trentaine d'années se tenant l'un contre l'autre pour résister à la brise. Le mari agrippait la taille de son épouse comme s'il craignait qu'elle saute brusquement à l'eau, tandis que la femme fixait la mosaïque des visages des passagers sur le pont au-dessus d'eux, son propre visage figé dans une expression d'espoir et d'appréhension. Ils attendaient, Jean en était certaine, de retrouver leur fils – ou, du moins, le jeune inconnu ayant été leur enfant un jour chaud et agité de 1940 lorsqu'ils l'avaient poussé, hurlant et terrifié, sur un bateau d'évacuation. Une famille parmi les centaines ayant lancé les dés, en ces jours de disette et de peur, concluant le cœur lourd qu'une traversée périlleuse de la Manche et une vie inconnue seul en Angleterre serait un meilleur pari que l'occupation nazie, et s'ils ne pouvaient y aller eux-mêmes, au moins leurs enfants devraient bénéficier de cette chance. Quels effets sur une famille une telle fissure pouvait-elle provoquer ? se demanda Jean. Cinq années de séparation, les gamins élevés par des parents éloignés ou des familles d'accueil avec des habitudes différentes et des mots nouveaux, sans coups de téléphone ou lettres pour garder le souvenir vivant. Reconnaîtraient-ils seulement leurs parents aujourd'hui ? Et les parents, l'adolescent ébouriffé qui sortirait de ce bateau, sans doute plus à l'aise parmi les autres évacués qu'avec la chair de sa chair ? Jean imagina une vie séparée de son père pendant ces jeunes années et frissonna.

La passerelle fut mise en place et les passagers commencèrent à affluer. Une plaque tournante se forma aussitôt tout autour, une profusion d'étreintes, de rires et de pleurs. Jean et sa mère reculèrent, les mains de Violet agrippées, comme toujours, à son sac à main, celles de Jean croisées sagement devant elle. Brusquement, dans le flot des arrivants, une silhouette corpulente, une grande valise à la main, descendit d'un pas lourd la passerelle et, sans même avoir pu distinguer son visage, Jean sut que c'était Eddie. Il avait perdu du poids et on voyait des traces de gris dans ses cheveux bouclés jaune sable, mais elle reconnut son oncle sur-le-champ. Ces derniers jours elle s'était persuadée que le voir serait en quelque sorte ce qui se rapprocherait le plus de voir son père, qu'être près de sa chair et son sang le ferait d'une certaine manière paraître plus proche. Mais dès qu'elle vit Eddie s'approcher d'elles, son manteau ouvert claquant au vent, elle comprit à quel point c'était absurde. Il l'attira à lui pour la serrer très fort, exprimant la surprise prévisible de la trouver d'apparence si adulte, et l'odeur de son corps – un mélange de sueur, de tabac et de quelque chose de doucereux – était étrangère, différente de celle de son père. En fait, il semblait plutôt être son exact opposé.

« Ça alors, des repas chauds ne vous feraient pas de mal à toutes les deux ! » gloussa Eddie, les regardant de pied en cap. Puis il jeta un coup d'œil autour de lui : « Mais l'endroit n'a pas trop changé, à ce qu'on dirait. »

Violet émit un petit ricanement. « Attends de voir. Plein de changements sur la côte. St Ouen a été sacrément abîmé.

— Ouais, j'ai entendu que le vieil Adolf s'en est donné à cœur joie avec les fortifications. Des nouvelles de Phil ? » La question fut aboyée, d'un ton formel.

« Toujours rien. Ils disent qu'ils font tout ce qu'ils peuvent.

— Il va s'en tirer. » Eddie fit un signe de tête à un public lointain, imaginaire. « Si quelqu'un sait comment prendre soin de lui, c'est Philip. Bon, on rentre comment ? »

Il commença à remonter le quai, le poids de la valise rendant sa démarche maladroite. Jean et Violet durent courir pour le rattraper.

« Bill Syvret, notre voisin, va venir nous chercher en voiture. Mais... on n'attend pas les autres ? demanda Violet. Où sont Maureen et les enfants ?

— Restés à Exmouth. J'ai dit dans le télégramme que je viendrais seul. » Il regardait droit devant lui.

« Non, tu ne l'as pas dit. Pourquoi est-ce qu'ils ne sont pas venus avec toi ?

— Jersey n'a pas besoin que des tas de femmes et d'enfants reviennent, pas avant que la situation se stabilise. Juste des hommes dans certains secteurs d'activité. Des ouvriers du bâtiment par exemple. » De sa main libre il se frappa la poitrine, comme si Jean et Violet n'étaient pas au courant de sa profession. Jean pensa à son épouse, une femme insipide qui paraissait en permanence épuisée, et aux cousins avec qui elle avait joué enfant, et remarqua que les yeux de son oncle ne savaient où se poser, comme s'il voulait éviter le contact direct.

« Ça ira pour eux là-bas, tout seuls ? » insista Violet.

Eddie rit d'un air plutôt railleur. « Ne t'inquiète pas pour eux ! Maureen est amie avec la moitié de la ville. C'est quel genre de voiture, celle de Bill ? » Jean vit que sa mère avait du mal à suivre et mit une main sur le bras de son oncle pour qu'il ralentisse, mais il n'y prêta pas attention. « C'est que j'aimerais bien aller directement voir la maison. L'état dans laquelle elle est, me faire une idée de ce qui doit être fait.

— Votre ancienne maison ? Tu veux y aller directement maintenant ? » Ce fut la note d'anxiété dans la voix de Violet qui finit par l'arrêter dans son élan.

« Pourquoi ? » Il les regarda tour à tour, et Jean vit quelque chose commencer à se désintégrer. « Pourquoi ? Que s'est-il passé ? »

*

À St Mark's Road, le salon était calme et silencieux, sans autres bruits que le léger crépitement du feu dans le foyer et dans le couloir le carillon de l'horloge de parquet marquant les quarts-d'heure. Jean, depuis longtemps habituée aux soirées froides et aguerrie par la parcimonie de l'Occupation, avait émis des réserves quant au fait d'allumer un feu un soir de juin même s'il faisait plutôt frais, faisant remarquer qu'un pull supplémentaire suffirait. Mais sa mère avait insisté, disant qu'un feu rendrait la pièce un peu plus accueillante, et Jean consciencieusement était allée chercher les bûches dans la remise après le thé.

Il était juste un peu plus de huit heures – trop tôt pour monter se coucher. Au bout de six pages, elle se rendit compte qu'elle avait déjà lu l'année dernière cette romance à l'eau de rose empruntée à la bibliothèque et, distraite comme elle l'était, elle se retrouva hypnotisée par la cigarette d'Eddie, posée dans le cendrier sur pied. Absorbé par son journal, Eddie l'avait laissée se consumer lentement dans la rainure, et Jean observa la minuscule colonne de cendres tenir bon, vaciller, prête à tomber, tandis que les volutes de fumée grise s'élevaient vers le plafond. Longtemps avant la guerre, quand le tabac était bon marché et facile à trouver, son père, lui aussi, pouvait laisser une Rothmans se consumer à moitié sur ce même cendrier. Il se trouvait si rarement à la maison que de tels moments étaient précieux, et Jean se blottissait à ses pieds, tirant les fils lâches de ses pantoufles, respectant la règle selon laquelle les enfants ne devaient pas parler avant qu'il ait terminé son journal (le bavard et impatient Harry s'attirait toujours des ennuis avec ça). Mais les silences avec son père ne semblaient jamais tendus. Avec Eddie, Jean avait tout le temps l'impression qu'un orage couvait, s'approchait. Depuis leur passage à sa maison trois soirs plus tôt, la rage de son oncle n'avait fait que bouillonner comme une marmite.

Les quinze minutes de trajet jusqu'à St Saviour sur le siège arrière dur et glissant de la voiture de Bill semblèrent interminables. Eddie tambourinait impatiemment sur la portière passager, tandis que Jean et sa mère échangeaient en silence des regards nerveux. Finalement Violet se pencha en avant sur son siège et prit une longue inspiration.

« Tu dois comprendre, Eddie, comment c'était ici les premiers mois. Les Boches ont sauté sur les magasins comme des sauterelles. Pas seulement la nourriture. Les vêtements, la vaisselle – tout ce que tu peux imaginer, ils l'ont pris, ils ont tout expédié en Allemagne. » Eddie continuait à fixer la route devant lui. L'arrière de sa tête était graisseuse de sueur et de vieille huile capillaire. « Et puis la nourriture a complètement manqué, insista Violet. Et il fallait trouver de quoi faire du troc. Les gens étaient désespérés.

— Alors ils se sont dit que voler les évacués c'était bien ? » Sa voix était différente à présent, plus basse et chargée d'anxiété et de colère.

« On ne savait même pas si tu reviendrais un jour. Tu ne peux pas en vouloir aux gens d'avoir pris ce dont ils avaient besoin.

— Ce n'est pas seulement ça, en fait », murmura Jean, inquiète de la réaction à venir de son oncle si elles ne le préparaient pas. Mais sa mère lui donna un coup de coude dans les côtes sur la banquette arrière, et Jean ne continua pas.

Alors que la voiture de Bill Syvret tournait au coin du chemin verdoyant et s'engageait dans la courte allée, ce qu'elle vit sur le visage de son oncle apprit à Jean tout ce qu'elle avait besoin de savoir sur son évacuation. Aussitôt elle s'en voulut pour toutes les fois où, pleine de ressentiment, elle l'avait imaginé dans un charmant village anglais, savourant une pinte au pub du coin et écoutant la radio devant un bon feu. Alors que sa mère et elle avaient passé les cinq dernières années priant pour la délivrance, à présent elle voyait qu'Eddie avait passé ces mêmes années à rêver de ce moment – un retour triomphant à la Shangri-La bâtie de ses propres mains quinze ans plus tôt. Il avait imaginé la joie de tourner la clé dans la serrure, de trouver un seau plein de charbon, du pain et du fromage dans le cellier. À présent il sortait lentement de l'Austin de Bill et, dans le crépuscule qui s'amenuisait, se dirigeait vers le naufrage de sa maison, et pénétrait avec précaution dans l'espace où la porte d'entrée aurait dû se trouver, jusqu'à ce qu'il se retrouve au centre de ce qui un jour avait été son salon. Ce n'était pas l'absence de ses biens, comprit Jean, qui le choquait – la disparition des chaises, des rideaux, des tapis. Ce qu'il tentait désespérément d'assimiler c'était l'étendue de l'anéantissement – le verre brisé, les portes arrachées de leur cadre, les trous dans le plancher là où les planches avaient été extirpées. L'enlèvement des fenêtres à l'étage avait laissé pénétrer la pluie pendant de nombreux mois, ce qui avait fait pourrir le plafond dont une partie s'était effondrée sur le sol au-dessous. On apercevait de la moisissure noire, et quelque part dans les chevrons un pigeon s'envola brusquement de son nid. Jean et Violet, restant bien en arrière, regardèrent Eddie se diriger d'un pas hésitant vers la cuisine, où elles savaient qu'il allait trouver l'évier arraché du mur, le chauffe-eau par terre, démantelé pour les pièces détachées. L'endroit n'était plus qu'un ensemble de murs abîmés. On ne pouvait plus rien en faire sinon le détruire complètement et reconstruire.

Lorsqu'il retourna à la voiture, tous restèrent assis en silence pendant quelques minutes. Violet finit par assurer à Eddie qu'il pouvait rester avec elles aussi longtemps qu'il le voulait – une suggestion à laquelle Jean s'était attendue mais qui l'emplit malgré tout d'une terreur sourde – et il accepta d'un signe de tête. Le pauvre Bill, bien embarrassé, mit le moteur en marche et entreprit le sombre voyage pour retourner en ville. Pendant un long moment, Eddie ne dit rien. Puis : « C'est comme ça depuis quand ?

— C'est arrivé lentement, au fil du temps, murmura Violet. La situation était vraiment désespérée l'hiver dernier, les gens brûlaient n'importe quoi juste pour se chauffer. Les Allemands faisaient pareil.

— C'était chez moi », fut la seule réponse d'Eddie. Pour le restant de la soirée, et les jours suivants, il partagea son temps entre le débit de boissons du coin et le vieux fauteuil du père de Jean, acceptant les repas et les tasses de thé que les femmes lui apportaient, et le soir lisant chaque ligne de l'*Evening Post*, comme si les réponses à ce nouveau monde inconnu pouvaient se trouver dans ses pages. Jean regardait de loin, sa compassion se mêlant à de vagues appréhensions.

Décidant de s'excuser et de passer le reste de la soirée dans sa chambre, Jean était en train de placer le marque-page dans son livre quand on sonna à la porte, si brusquement que les deux femmes sursautèrent sur leur siège. Elle courut à la fenêtre donnant sur la rue ; sur le seuil se tenait un policier municipal en uniforme. Comprenant que personne d'autre ne bougerait, elle se précipita dans le couloir pour déverrouiller la porte. Ses doigts, remarqua-t-elle alors qu'elle faisait glisser en arrière le verrou, s'étaient déjà mis à trembler.

L'agent sourit gentiment, mais avec une pointe de déception – de toute évidence, il espérait trouver une personne plus âgée.

« C'est bien ici le domicile des Parris ? demanda-t-il. J'ai quelqu'un qui voudrait vous parler. » Le policier fit un pas de côté. Derrière lui, la silhouette d'un homme de petite taille, voûté, d'un âge indéterminé, qui fixait Jean avec des yeux tristes de chien battu. Le peu de cheveux qui lui restaient se dressaient de manière anarchique, et sa peau était d'un mauve gris des plus étranges. Il ressemblait, pensa Jean, à l'image d'un lutin dans un livre illustré pour enfants.

« *Madame**[1] Parris » ? » murmura l'homme avec un fort accent français.

« Miss Parris. » Jean ne reconnut pas sa propre voix. « Ma mère...

— Je suis Mrs Parris. » Violet se tenait derrière elle à présent, et Jean pouvait sentir aussi la présence d'Eddie dans l'embrasure du salon. « Je peux vous aider ? »

1. Les mots en italiques suivi d'un astérisque sont en français dans le texte.

L'homme regarda plus attentivement la mère de Jean, comme s'il l'évaluait.

« Vous êtes... Violet ? »

Ce fut comme si l'estomac de Jean tombait dans une autre cavité de son corps. Comment cet étrange petit homme connaissait-il le prénom de sa mère ? Du coin de l'œil, Jean la vit acquiescer.

« Je m'appelle Charles Clément. » Il s'interrompit, comme si ce discours avait été répété de nombreuses fois, mais que son exécution ne se passait pas aussi bien qu'il l'avait espéré. Il s'essuya le visage et reprit : « Je suis Charles Clément, j'étais prisonnier en Allemagne avec votre mari, Philip. »

Il prononçait le prénom du père de Jean à la manière française, avec la deuxième syllabe prolongée. Jean s'avança vers la porte pour se soutenir et vit que sa mère faisait de même. Ils attendirent, mais rien d'autre ne vint. Finalement Violet retrouva sa voix :

« Vous connaissez mon mari ? Où est-il ? »

Clément hésita, et à cet instant Jean comprit. Elle le pria intérieurement de ne rien ajouter, de faire demi-tour et de s'en aller maintenant de sorte qu'elles n'aient jamais à entendre ce qu'il allait dire. Mais c'était déjà trop tard.

« Je suis tellement désolé, *madame**. Je suis ici pour vous dire que Philip est mort. »

# 2

Ce fut sur ses mains qu'elle fixa son regard, ses doigts décharnés et délicats comme ceux d'une vieille femme, blancs comme plâtre contre son pantalon sombre et loqueteux. Charles Clément s'assit avec raideur, refusant toutes les offres d'hospitalité tandis que, le devina Jean, il composait, biffait et recomposait l'histoire dans laquelle il s'était engagé. Dehors, des enfants aux rires incongrus jouaient à la marelle pendant la dernière heure de jour, mais dans le salon le silence plein d'attente se prolongea et s'intensifia, troublé seulement par les claquements et crépitements du feu en train de s'éteindre. L'agent de police, l'air gêné, piétinait sur place, sa requête de pouvoir attendre dehors ayant été refusée par Violet. Jean et sa mère étaient perchées comme des oiseaux inquiets à l'extrême bord de leur fauteuil, attendant son récit. Clément lança un ou deux coups d'œil nerveux à Eddie, qui avait pris la position dominante près de la cheminée, l'air renfrogné. À sa seule expression, Jean devina ses pensées – cet étranger devait inventer tout cela, peut-être dans l'intention de toucher une quelconque prime ou de les tromper pour son propre avantage. Mais lorsque le Français commença à parler, adoptant un ton bas, agréable, convenant à son anglais hésitant, cette simplicité fit comprendre à Jean qu'il disait la vérité.

Clément, fait prisonnier pour avoir abrité un combattant de la Résistance dans son appartement à Rennes, expliqua que Philip Parris et lui avaient partagé une cellule dans la prison de Preungesheim à Francfort, et qu'ils s'étaient rapprochés rapidement lorsque Clément avait entendu Parris mentionner Jersey, un endroit qu'il avait visité enfant. Une amitié se créa entre eux, avec la promesse de se soutenir l'un et l'autre, de tels liens étant vitaux pour la survie dans le système carcéral allemand. Preungesheim, expliqua-t-il, était un véritable enfer où les prisonniers devaient travailler dix ou onze heures par jour, à peine nourris, accomplissant des travaux d'usine éreintants ou nettoyant les rues de Francfort jonchées de décombres. Ce n'était rien, cependant, en comparaison avec l'endroit où ils furent déplacés quelques semaines après l'invasion terrestre des Alliés – Naumburg. Là, les prisonniers s'entassaient dans des cellules minuscules et surpeuplées, leurs gardiens, des ex-soldats, leur interdisaient de parler, de fumer ou même de sourire, et ils étaient supposés survivre avec, par jour, moins d'une demi-livre de pain et un bol de ce qui passait pour de la soupe. La maladie était omniprésente, et lorsque la dissenterie s'était répandue dans la prison l'hiver précédent, Parris, sévèrement amaigri, n'avait pas tardé à y succomber. Là, Clément hésita, lançant un coup d'œil inquiet à la famille, mais Eddie le pressa de continuer, insistant malgré les visages livides des deux femmes pour qu'aucun détail ne soit omis. D'une petite voix faiblissante, Clément poursuivit, raconta comment l'état de Parris se détériora rapidement, mais ni Clément ni les autres prisonniers ne réussirent malgré leurs demandes pressantes à obtenir les soins médicaux dont il avait tant besoin. Il mourut dans sa cellule le matin aux premières heures du 17 janvier. Clément, tendant sa main squelettique à Violet, assura qu'il avait murmuré une prière au-dessus du corps de Philip, et qu'il avait ensuite retiré de sa poche son bien le plus précieux : une photographie de Violet avec les enfants Harry et Jean, prise sur la plage St Brelade dix ans plus tôt. Sur ce, il retira cette même photographie froissée de son propre portefeuille et la tendit à la mère de Jean.

« Je suis tellement désolé, marmonna Clément. Mais j'ai promis à Philip que si je survivais, je viendrais ici vous le dire en personne. C'est mieux de savoir, je crois, que de ne pas savoir. »

Jean et sa mère fixèrent la photographie d'un regard vide, une petite image en noir et blanc où figuraient trois personnes insouciantes qui n'existaient plus. Jean imagina Clément s'approchant de la poche de son père pour la prendre, son père étendu sans vie dans la cellule glaciale. Elle ressentit ce froid à l'intérieur de sa poitrine et son univers se défaire comme les quartiers d'une orange qui se séparent. Le visage de sa mère semblait se vider de son sang, alors qu'elle essayait de retrouver la parole.

« Qu'est-il advenu du corps ?

— Il a été enlevé par les gardiens. *Je suis désolé** – c'est tout ce que je peux vous dire. »

Après cela, une espèce de brouillard tomba sur eux. Clément finit par se lever et serra la main de Violet, puis Eddie l'escorta ainsi que l'agent de police jusqu'à la porte. Jean se posta à la fenêtre et les regarda s'éloigner avec lenteur, le bras du policier passé autour des épaules de Clément, ce seul poids paraissant faire ployer le Français. Elle resta là un moment, essayant d'assimiler l'étrangeté de ce terrible nouvel univers. Certains fragments de la dernière heure restaient vagues, comme une sorte de pays souterrain avec des voix lointaines et des espaces vides, tandis que d'autres instants s'étaient fichés dans son esprit comme des éclats de verre faisant jaillir le sang. Finalement, les profonds sanglots de sa mère doublèrent de volume et obligèrent Jean à se lever, et tandis qu'Eddie restait prostré dans le coin opposé du salon, enchaînant cigarette sur cigarette, elle fit traverser la pièce à Violet et l'aida à monter jusqu'à l'étage dans sa chambre. Pendant les trois heures qui suivirent Jean resta sans bouger sur le fauteuil en rotin près du lit de ses parents, encourageant Violet à boire une gorgée du vieux cognac gardé pour les cas d'urgence, tandis qu'un hideux défilé de visions insoutenables se déroulait devant ses yeux. Son père recroquevillé souffrant le martyre. Son corps affaibli qui s'accrochait à la vie, tout en suppliant Dieu de le délivrer. Cet horrible film n'arrêtait pas de passer et repasser, comme en boucle. Plus tard elle ne put se rappeler exactement quand et comment elle s'était dirigée vers sa propre chambre, mais à l'aube elle s'y trouvait, écoutant les gémissements et les geignements de sa mère à travers le mur, son cœur battant vite dans sa poitrine avec le retour de sa panique nocturne.

Cela semblait impensable qu'elle ne le revoie jamais.

Un peu plus tard elle se traîna au rez-de-chaussée pour entreprendre la seule activité qui lui vint à l'esprit, c'est-à-dire préparer du thé à profusion. Elle essayait de ne pas en utiliser une trop grande quantité et le faisait infuser le moins possible pour pouvoir réutiliser les feuilles, mais le niveau dans la boîte baissait malgré tout de façon alarmante. Dans l'heure qui suivit, Violet, les yeux rouges, fit son apparition et prit place à la table de la cuisine pendant qu'Eddie allait d'une pièce à l'autre l'air enragé. Personne ne savait que dire. Vers midi la tante de Jean, Beattie, arriva, les bras chargés de fleurs sauvages et de sacs de pommes de terre de leur ferme, les yeux gonflés et rougis d'avoir pleuré, et serra sa sœur dans ses bras si longuement que Jean eut peur que sa mère finisse écrasée.

« Je n'y crois pas, je n'arrive tout simplement pas à y croire », rabâchait Beattie encore et encore, pendant que Violet, les yeux clos, levait les mains pour signifier l'invraisemblance de toute l'histoire. Jean les regardait toutes les deux, se disant que, à part les mêmes yeux gris-bleu, peu de gens auraient pris les deux femmes pour des sœurs. Elles n'avaient que deux ans de différence mais cela semblait plutôt dix, Beattie ayant gardé les traits affirmés et séduisants d'une pouliche vaillante, alors que Violet ressemblait à un cheval de trait en bout de course. Beattie avait épousé un riche agriculteur de la région, et tout le monde savait quelle différence l'argent avait fait pendant les années de guerre ; les familles de fermiers pouvaient toujours tirer un chou-fleur ou quelques carottes de leur terrain labouré, et celle de sa tante pouvait toujours proposer un petit quelque chose en échange d'un extra sous le comptoir. De plus, Beattie n'avait jamais dû voir son mari être emmené de force par les soldats ennemis. En les regardant toutes les deux penchées devant la table, si désespérées tandis qu'elle-même servait tasse après tasse du liquide pâle et insipide, Jean se demanda comment diable sa mère pourrait jamais se relever de ce terrible coup. Qui parmi eux le pourrait ?

Vers la fin de l'après-midi le bruit de la porte d'entrée claquée et les lourds pas de son oncle dans le vestibule annoncèrent aux trois femmes qu'une chose importante allait être dite. Eddie apparut sur le seuil de la cuisine, menton levé plus que nécessaire.

« Bon, j'ai trouvé ce qu'on doit faire. » Jean le regarda d'un air confus. Que pouvait-il bien avoir imaginé pendant ces heures si traumatisantes ? De toute sa vie jamais la situation ne lui avait paru si incertaine et hasardeuse, un chaos tourbillonnant que personne ne pouvait arrêter. Mais Eddie secoua la tête d'un air confiant. « Demain on ira aux bureaux des États de Jersey, directement au sommet du gouvernement. On va trouver pourquoi il est arrivé ce qui est arrivé à mon frère. Et, plus précisément, on va trouver qui est responsable.

*

Le ciel était du plus pâle des gris, et une brise tiède bruissait à travers l'épais feuillage d'été des châtaigniers autour de la place. Un peu plus tôt une averse avait laissé de petites flaques sur les pavés de granit et une légère senteur sucrée d'agrumes que Jean respira avec gratitude au cours de leur promenade. C'était calme dans la ville, un contraste total avec la visite royale le mois dernier, comme si l'île était encore en convalescence. Un si bel après-midi d'été, les rues de St Helier auraient dû être bondées de touristes, de travailleurs venus de toutes les villes du nord de la Grande-Bretagne. La rue principale aurait dû bourdonner de couples et de familles achetant des cigares et vérifiant les horaires de bus. L'année prochaine, peut-être commenceraient-ils à revenir. Mais aujourd'hui les seules autres personnes sur la place étaient une poignée de femmes épuisées rapportant des livres à la bibliothèque municipale, et un vieil homme assis sur un banc, appuyé sur sa canne, regardant le monde avec des yeux pleins de scepticisme, un pli d'amertume à la bouche. C'était une expression que Jean voyait sur beaucoup de visages depuis quelque temps, surtout parmi les personnes âgées.

Tous trois traversèrent en direction du bâtiment administratif des États, les sabots des femmes claquant sur les dalles de granit de la place. Ils ne s'arrêtèrent qu'un instant, le temps que Violet montre à Eddie le provoquant « V » pour victoire qu'un maçon à l'esprit de résistance avait gravé sous le nez des Allemands dans le revêtement de remplacement quelques mois plus tôt. Ce qui fit glousser Eddie, et le son humide et caverneux qui sortit de sa poitrine fit grimacer Jean.

Une jeune secrétaire leur fit franchir la lourde porte de chêne menant aux bureaux du gouvernement, puis longer un couloir et enfin monter un large escalier. Quelques instants plus tard ils furent introduits dans un élégant bureau aux tons passés vert d'eau, avec trois fauteuils soigneusement disposés devant une table bien cirée, et ils furent priés d'attendre. La pièce était étouffante, mais aucun d'eux n'osa s'approcher des imposantes fenêtres à petits carreaux pour voir si elles s'ouvraient. Eddie, prenant le siège de droite, s'y affala les bras croisés en signe de protestation passive devant l'attente imposée, tandis que Jean et sa mère s'assirent modestement sur le rebord du leur. Jean appuya sur son estomac pour en atténuer les grondements. Elle avait à peine mangé depuis la visite de Clément.

« Tu crois que je devrais garder mes gants ? » chuchota Violet. Jean haussa légèrement les épaules pour signifier que c'était sans importance. Sa mère avait un air épouvantable, et Jean regretta de ne pas avoir réussi à convaincre son oncle de la laisser à la maison. Mais Eddie avait répété que la présence de Violet était essentielle, et donc, lèvres serrées, Jean avait sorti de l'armoire le plus joli tailleur de sa mère pour l'aérer, puis en avait revêtu son petit corps frêle, aidant Violet avec la fermeture éclair dans le dos. À présent elle fixait les deux fauteuils situés du l'autre côté du bureau, celui de l'autorité, attendant leurs illustres postérieurs.

La brusque agitation des personnes qui franchirent la porte les fit tous sursauter, et aussitôt Jean se redressa, attentive. Ils étaient trois – le plus grand, et de toute évidence le plus âgé, était un lieutenant en uniforme, maigre, dans la quarantaine, avec un long nez romain et une expression sérieuse. Derrière lui, un homme blond en costume bleu marine, les joues roses, portant un épais dossier. Il y avait aussi un jeune employé, à peu près l'âge de Jean, portant d'autres dossiers et un bloc-notes, qui sourit d'un air gêné à chaque membre de la famille avant de se diriger vers un coin de la pièce où il resta debout, comme si on lui avait fait comprendre que s'asseoir dépassait le cadre de ses attributions. Le lieutenant s'assit à sa place, tirant sa tunique dans le dos pour un maximum de netteté, puis leva les yeux sur eux.

« Bonjour à tous. Je suis le lieutenant Payne de l'unité des Affaires civiles, travaillant avec la Task Force 135, et voici l'inspecteur de police Ashford de la branche Sécurité publique du CID, le Département d'enquêtes criminelles, basée à Londres. » L'homme en costume bleu marine fit un signe de tête en guise de salutation. Jean regardait fixement, se rendant compte qu'elle n'avait pas retenu un seul de leurs noms et titres. Et s'il fallait qu'elle les répète ? S'ils lui posaient des questions, et qu'elle n'avait pas la moindre idée de la manière dont s'adresser à eux ? Elle sentit de la sueur sous ses aisselles et gigota. « Je sais que vous avez reçu récemment des nouvelles extrêmement bouleversantes, poursuivit le lieutenant, et au nom de toutes les personnes présentes je voudrais vous présenter nos sincères condoléances. Cependant, je suis certain que votre principale préoccupation aujourd'hui est de trouver quelques réponses à vos nombreuses questions.

— C'est exact, répondit Eddie, d'une voix moins assurée que d'habitude. Pour commencer, nous aimerions que le corps de mon frère nous soit rendu, afin de lui offrir un enterrement décent. »

Le lieutenant fronça les sourcils. « Nous ferons de notre mieux, mais je ne voudrais pas vous donner trop d'espoirs. Il est peu probable que les restes puissent être exhumés ou réinhumés... » Jean fit un mouvement brusque, voyant le visage de sa mère se vider de son sang, et ce fut assez pour que le lieutenant ne poursuive pas sur sa lancée. « Cependant, pour ce qu'il en est d'une explication à ces terribles événements, je suis heureux de vous annoncer qu'il y a eu au moins un développement. »

Jean se pencha en avant. Cela pouvait-il être vrai ? Avaient-ils découvert l'erreur ayant envoyé son père dans un lieu si épouvantable et inapproprié à son crime, ou bien identifié personnellement les responsables nazis ? Ses aisselles étaient trempées à présent. Elle mourait d'envie d'enlever sa veste mais la peur de paraître trop décontractée l'en empêcha.

« Continuez s'il vous plaît, murmura sa mère.

— Comme vous le savez peut-être, poursuivit le lieutenant, la plupart des documents concernant Mr Parris ont été égarés ou détruits. Mais nous avons trouvé un témoignage qui pourrait aider à identifier la personne qui l'a dénoncé. »

Un silence de mort tomba dans la pièce, comme si le temps venait de s'arrêter. Le seul son audible était le klaxon d'une voiture dans la rue. Jean répéta les mots dans sa tête, certaine d'avoir mal compris.

« Pardon... quoi ? » Les joues rouges d'Eddie avaient sensiblement pâli.

Violet leva timidement la main, comme à l'école. « Non, les Allemand ont trouvé la radio pendant une perquisition aléatoire de son magasin. Une simple perquisition aléatoire. »

L'officier jeta un coup d'œil en direction de son collègue, et Jean en saisit la gravité. Elle l'entendit prendre une inspiration.

« Les Allemands, nous le savons maintenant, agissaient rarement au hasard. Dans la plupart des cas, les perquisitions étaient déclenchées suite à un tuyau reçu, le plus souvent fourni par un membre de la communauté qui avait un compte à régler. » Il regarda brièvement ses notes. « Cela n'a pas été révélé au moment de son arrestation ?

— Non. » Jean regarda l'expression de sa mère passer de la confusion à l'indignation. « Non, attendez un instant. Je sais que des gens ont dénoncé leurs voisins – ces horribles lettres anonymes qui ont été envoyées à College House ? Mais dans ce cas ça n'a pas pu se passer ainsi. »

L'officier du CID eut l'air perplexe. « Si je peux me permettre, qu'est-ce qui vous fait penser cela ?

— Personne n'aurait fait ça à Phil. Tout le monde l'aimait. Il était plus qu'un commerçant : il aidait la communauté, il accueillait les gens pour écouter les informations, malgré les risques. C'était un sacré héros. Passez-moi l'expression », ajouta-t-elle en rougissant.

Un nouveau silence s'abattit dans la salle. La voiture klaxonnait toujours. Jean aurait aimé pouvoir sortir et faire arrêter ce bruit. Eddie, apparemment incapable d'assimiler tout cela, secouait la tête comme pour en déloger de l'eau. Le regard de Jean alla des hommes à sa mère, dont les yeux écarquillés fixaient maintenant les deux officiers derrière le bureau. Une fois de plus, elle se surprit à toucher le médaillon d'or autour de son cou. Elle se souvint des doigts maladroits de son père le lui accrochant, son sourire d'approbation. Qui voudrait faire du mal à un homme comme comme lui ? C'était inconcevable.

Le jeune employé posté dans un coin de la pièce s'avança. « Voulez-vous un verre d'eau ? » Jean et Violet acquiescèrent toutes les deux. Le lieutenant annonça une brève interruption, et le jeune homme fut bientôt de retour avec une carafe d'eau et plusieurs verres. Jean remarqua le soin qu'il prit pour remplir chacun d'eux sans renverser une seule goutte sur le tapis, aidant même sa mère, dont les mains tremblaient, à boire quelques gorgées. Eddie attendit jusqu'à ce qu'elle rende le verre puis se tourna vers l'officier.

« Vous avez dit qu'il y avait eu un signalement ? »

Payne, reprenant les rênes de l'entretien, parcourut les notes devant lui. « Un certain Mr Le Sauteur, qui vivait en face du magasin de Mr Parris et avait une vue dégagée sur celui-ci, a déclaré qu'il s'était disputé avec une femme plusieurs fois pendant les semaines précédant son arrestation. Un jour, la dispute sur le trottoir a été suffisamment sérieuse pour que Mr Le Sauteur appelle la police. Cependant, le temps que l'agent arrive, le magasin était fermé et les deux parties avaient disparu. »

L'esprit de Jean se mit à tourbillonner. Elle n'avait jamais entendu dire que son père s'était un jour disputé avec une femme.

« C'était qui ? Une cliente ? demanda Eddie.

— Nous ne savons pas. Elle a été décrite comme grande, approchant la trentaine peut-être, les cheveux roux. Mr Le Sauteur vivait en quelque sorte en reclus et ne connaissait personnellement qu'un tout petit nombre de gens, c'est tout ce qu'il a pu dire.

— Reconnaîtrait-il cette femme de nouveau ?

— Malheureusement Mr Le Sauteur est décédé à la fin de l'année dernière. »

Eddie fit entendre un léger grognement de frustration. Jean pouvait voir les rouages de son esprit tourner, s'adaptant aux nouvelles possibilités. « Mais vous pensez que cette femme aurait pu balancer Phil ?

— C'est une possibilité, répondit Payne. Nous pouvons interroger certains membres du personnel allemand actuellement détenus par les Britanniques. Certains seront prêts à échanger des informations contre une peine réduite. Mais il n'y a pas de garanties. » Il se tourna vers Violet. « Mrs Parris, avez-vous connaissance d'une personne qui aurait pu avoir une quelconque querelle avec votre mari ? Quelqu'un s'est-il inquiété du fait qu'il possédait un poste de radio, par exemple ? Des litiges dans son commerce ? N'importe quoi ? »

Jean observa sa mère qui tentait de répondre, sa bouche

esquissant un mouvement mais sans pouvoir former le moindre mot. Elle semblait s'être rétrécie en quelques minutes, et sa main gauche agrippait le bord de son siège comme si elle s'attendait à ce que le sol se dérobe sous elle. Finalement, au prix d'un énorme effort, elle parvint à émettre les seuls mots qu'elle put trouver.

« Je le répète. C'était un héros. »

*

C'était une photographie flatteuse, prise, très certainement, par un photographe professionnel avant la guerre. Philip Parris, vêtu d'une élégante veste de tweed au lieu de son habituelle salopette brune, avait l'air détendu et sûr de lui, ses cheveux clairsemés et indisciplinés plaqués sur le crâne. Hazel la regarda un moment, essayant de faire le lien entre cette image en noir et blanc et le commerçant qu'elle avait connu. Elle baissa lentement le journal sur ses genoux.

« Qu'est-ce qu'ils disent ? » L'inquiétude de son père se lisait à la façon dont il fronçait les sourcils.

« Simplement qu'il est mort dans la prison de Naumburg en janvier dernier, et que les faits viennent juste d'être connus.

— Ils disent comment il est mort ? »

Hazel hocha la tête. C'était difficile pour elle d'assimiler cette information, et le choc ressenti provoqua en elle une légère nausée. La dernière fois qu'elle avait vu Parris, c'était un homme d'âge moyen en relativement bonne santé. Quels événements violents avaient pu se produire en prison pour aboutir à une telle mort ? Et qu'est-ce que cela impliquait pour tous les autres ? Les trois dernières années des douzaines d'insulaires avaient été emprisonnés à l'étranger pour possession illégale de poste de radio ou pour avoir aidé les travailleurs esclaves russes, mais

Hazel s'était raccrochée à l'espoir que les épouvantables récits de mort et de cruauté ne constituaient en fait que d'horribles exceptions, et que la majorité des prisonniers de Jersey avaient été traités avec un minimum de décence. Avait-elle, jusqu'à maintenant, mal évalué la capacité de cruauté et de barbarie des nazis ? Ces récits s'avéreraient-ils être un sort commun ?

« Un service commémoratif à l'église St Mark est annoncé la semaine prochaine. Je devrais y aller. »

Son père sembla se recroqueviller. « Sérieusement ? »

Hazel s'indigna. « Papa, cet homme est mort, certainement dans des circonstances épouvantables. Tu crois que c'est ce que je souhaitais ?

— Non, je ne voulais pas dire...

— Et toi-même tu le critiquais plutôt souvent. Tu disais qu'il représentait un risque pour tous les autres locataires.

— Eh bien, c'était le cas. Souviens-toi de ce jour où il a mis la BBC, avec la fenêtre à l'arrière grande ouverte ? » Il fit un signe de tête incrédule. « Mais mourir seul, si loin de chez lui... personne ne mérite ça.

— Bien sûr que non. C'est honteux. » Hazel abandonna le journal et ils restèrent assis en silence, les assiettes de leur repas du soir toujours sur la table entre eux. La tourte au thon amoureusement préparée faisait à présent des siennes dans son estomac. Elle pensa à toutes les fois où elle s'était tenue assise sur cette même chaise à dire pis que pendre de Philip Parris, à le calomnier. Elle sentit une mare de culpabilité nauséeuse monter en elle. Il fallait qu'elle sorte de l'appartement, remplisse ses poumons d'un peu d'air frais. Elle se leva vivement.

« Que dirais-tu d'aller faire un petit tour, papa ? C'est une soirée agréable. » Il secoua la tête pour refuser. « Juste au bout de la rue ? Ça te ferait du bien, surtout pour tes articulations.

— Je préfère rester ici. Vas-y, toi, fais une vraie promenade. »

Elle disposa la couverture sur les genoux de son père, s'enveloppa de son châle et sortit, fermant la porte en silence. L'air était frais et agréable, le soleil encore chaud mais ne brûlant plus, et ses pieds s'engagèrent rapidement le long de New Street en direction du port. Quelques minutes plus tard, elle se dirigeait vers Pier Road et la longue montée vers South Hill à la lisière de Fort Regent. Alors qu'elle entamait la partie la plus escarpée, sentant son sang pulser et la température de son corps monter, elle se demanda une fois de plus pourquoi elle choisissait cette destination pour ses déambulations solitaires. South Hill n'était assurément pas un lieu attractif en soi ; sur le flanc de la colline battue par les vents, ne se trouvaient que les hideux bâtiments massifs de l'ancienne prison militaire, un temps réquisitionnée par les Allemands pour détenir un certain nombre de prisonniers de guerre franco-algériens, et à présent déserte à part quelques rares tommies fatigués, partageant des roulées ou se prélassant contre les murs de granit. Mais la vue ! Si elle parvenait jusqu'aux derniers virages en tête d'épingle de la route – et plusieurs fois la malnutrition et l'épuisement avaient eu raison d'elle – la récompense était une vue digne d'une illustration dans un magazine. De loin, l'étendue miroitante, splendide de St Aubins's Bay, devant elle, la superbe et tentaculaire magnificence Tudor d'Elizabeth Castle. Et juste en dessous, l'eau plate, bleu-vert, des ports anglais et français, où de minuscules bateaux de pêche, sortis des hangars où ils avaient passé la guerre, dansaient de nouveau sur l'eau, des cages à homards empilées en poupe, des bouées de couleur vive marquant chaque amarrage. Là-haut, dans la solitude, loin des bavardages de ses élèves et des soins qu'il fallait apporter à son père immobilisé, elle pouvait respirer profondément et fixer l'horizon avec l'espoir nouveau que des jours meilleurs approchaient.

Ce soir-là, cependant, penchée dans la brise, les paumes à

plat sur le vieux mur de granit, elle n'avait qu'une seule pensée à l'esprit. Elle n'avait jamais aimé Philip Parris, pas même aux premiers jours de la guerre, lorsqu'il rajoutait un supplément gratuit de paraffine dans le jerrycan des Le Tourneur, car elle soupçonnait toujours qu'il arriverait un moment où quelque chose serait demandé en retour. Elle se souvint d'une soirée des années auparavant où, quittant l'immeuble avec Dottie pendant que Parris baissait le store de sa boutique, celle-ci avait chuchoté malicieusement : « *Ça ne sert à rien de tout fermer à clé, ce genre de secrets finit toujours par se savoir.* » Hazel eut un petit rictus amer à cette pensée. Sa sœur, en dépit de sa jeunesse, avait toujours été une excellente juge des caractères. Mais une mort comme celle-là, dans la misère d'une prison étrangère, seul et terrifié... Avec un désespoir grandissant, elle pensa à la femme et à la fille de Parris. Elle les avait vues une fois, peu de temps après l'arrestation du commerçant, debout, dehors, devant le magasin, le visage tendu, amaigri, fixant avec désespoir l'emplacement de la fenêtre comme si elles pouvaient le faire revenir là où il devait être. À l'époque elle était passée devant elles sans un mot, mal à l'aise face à leur chagrin et ne sachant que dire. À présent ce souvenir lui revenait à la gorge.

Ses yeux se tournèrent vers le bateau amarré dans la baie, où, en ce moment même, des centaines de soldats allemands languissaient dans l'attente de leur incarcération dans les camps de prisonniers de guerre britanniques. Des hommes jeunes, emportés dans une tourmente absurde, leurs vies maintenant ruinées. Pour la millième fois, elle se dit que la guerre était une pratique écœurante, désespérante. Qu'il était d'autant plus vital que désormais les gens ordinaires prennent le contrôle de leur destin, promeuvent la coopération internationale et le partenariat pour créer un monde meilleur. En soupirant, elle resserra son châle autour de ses épaules et reprit le chemin de chez elle.

Demain elle finaliserait son adhésion au Mouvement démocratique de Jersey. Elle avait besoin d'appartenir à quelque chose, d'être utile. Elle avait besoin de retrouver un sentiment d'humanité et de décence.

*

« Ragoût de poisson. »

Violet avait à moitié posé, à moitié jeté la casserole au milieu de la table, et restait debout les yeux sur l'épais liquide orange à l'intérieur. Des morceaux de poisson blanc, des moules au gingembre gonflées et des petites berniques brunes flottaient de manière alléchante à la surface, libérant un arôme délicieux. La vapeur qui s'échappait de la marmite avait tant embué les vitres que des petits ruisseaux s'étaient formés et coulaient à l'intérieur de la fenêtre. Eddie avait insisté pour payer ce repas, tout comme la nouvelle radio Marconi qui trônait fièrement sur le buffet, émettant des airs de big band. La musique donnait à la cuisine une atmosphère douillette qui, si elle fermait à moitié les yeux, pouvait laisser Jean imaginer un instant que c'était une soirée normale d'avant-guerre. Un temps où sa mère ébouriffait affectueusement les cheveux de son père en lui servant son thé, et il faisait semblant d'en être irrité. Le bon vieux temps.

Sauf que, bien sûr, ce n'était plus le bon vieux temps. Tout allait mal, tout était épouvantable et effrayant, et rien ne serait jamais comme avant. Elle n'avait pas voulu ce repas, se retrouver assise à cette table en faisant comme si de rien n'était. Elle voulait mettre sa tête dans ses mains et pleurer. Mais Eddie l'avait déjà prise à partie pour avoir pleuré à la table du petit-déjeuner, alors elle se promit de tout garder pour elle jusqu'au moment de se retrouver dans l'intimité de sa chambre.

Son oncle se tenait à ce qui avait été la place de son père, comme si c'était la sienne depuis toujours. Jean lui lança un regard en coin tandis qu'il prenait de sa propre initiative le couteau à pain et commençait à trancher, ses doigt aux bouts carrés attaquant la miche avec férocité, appuyant si fort que la mie se détacha et s'émietta. Les tranches étaient trop épaisses et trop nombreuses – impossible d'en consommer autant en un seul repas, et les morceaux allaient durcir dans la nuit dans le panier à pain. Jean attendit que Violet le lui fasse remarquer, mais rien ne vint. Alors Jean émit un toussotement et regarda ostensiblement la miche.

« Nous sommes encore rationnés, oncle Eddie. »

Eddie plissa le nez et continua à couper. « On trouve toujours des petits extras, si on a de quoi. Dès que l'indemnité sera versée, vous ne manquerez plus de rien ». Jean jeta un coup d'œil en direction de sa mère, qui ne lui retourna pas. Trois visites à son avocat ces derniers jours, toujours suivies d'une longue séance au pub Peirson, supposait Jean, d'après son haleine à son retour – et aucune n'avait abouti à une promesse concrète, pour ce qu'elle en savait.

« Eh bien, c'est un vrai régal, lui assura Violet. Ça fait des années qu'on n'a pas pu avoir du poisson ou des fruits de mer, à part quelques berniques à marée basse.

— Les Boches ne vous empêchaient pas de pêcher, non ? »

Jean se força à ne pas lever les yeux au ciel. Cela faisait dix jours qu'il était de retour, et pourtant son oncle ne semblait toujours pas avoir saisi ce qu'avait été l'Occupation en réalité. Elle laissa sa mère répondre.

« Les pêcheurs devaient remettre une si grande partie de leur prise que ça n'en valait pas la peine, à supposer qu'ils aient eu assez d'essence. En plus, ils ne pouvaient pêcher que depuis St Helier, et devaient être accompagnés d'un soldat pour les empêcher de s'enfuir. Et les Boches l'appelaient encore Summerland, la bonne blague.

— Summerland ? »

Pour la première fois, Jean et sa mère échangèrent un petit sourire ironique.

« C'est comme ça que certains d'entre eux appelaient l'île. Ces sabots qu'on porte tous, tu vois ? » Violet désigna ses pieds. « Tous fabriqués dans l'usine de textile Summerland à Rouge Bouillon, parce qu'on ne pouvait pas avoir de vraies chaussures. On les appelait les sabots Summerland. Les Boches ne comprenaient pas, ils croyaient que c'était notre nom pour Jersey. »

Eddie grogna. « Les idiots.

— Certains ont continué d'employer ce nom, même quand on leur a expliqué. Je suppose qu'ils pensaient être dans une sorte de paradis, ce qui était vrai par rapport au front de l'Est. Ils aimaient les plages, avant que les barbelés apparaissent. » Elle eut un rictus plein d'amertume. « Summerland ! Et puis ils en ont fait un véritable enfer. N'est-ce pas, Jean ? »

Mais l'esprit de Jean venait de faire un bond en avant. « Je pourrais y trouver du travail ! »

Sa mère fronça les sourcils. « Quoi ?

— À l'usine Summerland. Ils embauchent encore. Daisy Le Coq a trouvé un emploi...

— Non. » La bouche de Violet n'était plus qu'un trait dur.

— Du ménage alors ? On ne peut pas dépendre d'oncle Eddie pour tout. » En fait, la pensée de devoir compter sur lui la mettait mal à l'aise.

« J'ai dit non. J'ai besoin de toi ici. »

Jean avait une douzaine d'arguments tout prêts, mais un seul regard plongé dans ces yeux épuisés lui fit comprendre que ce n'était pas le moment. Violet avait passé l'après-midi à écrire une longue lettre au frère de Jean, Harry, lui racontant chaque détail des derniers événements, et elle était sortie du salon un peu après cinq heures de l'après-midi, le visage gris et baigné de larmes – il y avait même des gouttelettes d'eau salée sur l'enveloppe. Jean fouilla dans son esprit à la recherche d'un autre sujet.

« Jolies cartes, non, maman ? » Leurs visages se tournèrent vers la demi-douzaine de cartes de condoléances sur l'étagère de la cuisine. De tristes petites tentatives fabriquées à partir de journaux peints et de paquets de sauce découpés qui ne faisaient que souligner l'inadéquation des messages, et un autre, plus adapté, officiel, venant des États du Jersey, rédigé à la main par l'aimable jeune employé présent lors de leur réunion. Violet acquiesça.

« Les gens ont été très gentils.

— Demain je ferai une liste pour le service commémoratif », annonça Eddie, la bouche pleine de pain. Jean vit le beurre suinter entre ses dents et dut détourner le regard.

« Ne t'en fais pas, répondit Violet. Beattie s'occupe de tout ça. »

Eddie acquiesça, mais Jean perçut aussi un reniflement d'indignation, comme si l'implication de la famille de Violet dans ces dispositions était une offense personnelle. Depuis leur entrevue aux bureaux des États en début de semaine, il lui en fallait peu pour l'énerver, comme si la colère était une émotion plus facile à porter que le chagrin. Tandis que sa mère passait de longues heures dans son lit à fixer d'un regard éteint les murs et le plafond, Eddie revenait de ses excursions en ville la mine renfrognée et le souffle court, arpentant la maison comme un ours en détresse jusqu'au petit matin. Jean se demandait dans combien de temps sa famille allait venir le chercher, de sorte que sa mère et elle puissent au moins se retrouver chez elles. Mais, pensa-t-elle, se forçant à avaler un morceau de poisson, cette maison pourrait-elle jamais être un « chez-elles » sans son père ?

Les derniers jours avaient été un tourbillon de confusion. Tout semblait lointain et violent en même temps, et avec le monde se transformant sous ses yeux et dehors, dans les rues pavées et les chemins arborés où elle avait grandi, elle ne pouvait plus compter sur rien. Les voisins amicaux ressemblaient maintenant à des assassins souriants, tandis que l'*Evening Post* était rempli d'articles sur une île qu'elle ne reconnaissait plus. Les manifestants organisaient un autre rassemblement, semant la zizanie avec leurs exigences d'un meilleur salaire... de nouveaux svastikas avaient été peints sur les portes des personnes soupçonnées de collaboration. À peine quelques semaines plus tôt, elle se sentait protégée par la communauté de l'île ; aujourd'hui il ne restait rien de l'ancien sentiment de sécurité. Ses attaques de panique la nuit empiraient, les souvenirs heureux de son père passés sous le rouleau compresseur du traumatisme. Les évocations des jours de Noël et des baignades dans la baie de St Brelade étaient à présent remplacées par des images d'un corps frissonnant sur un sol de pierre, de ricanements indifférents des gardiens allemands. Plus jamais ce sourire, cette odeur unique de la boutique, métal et bois raboté. Maintenant même une bouchée de poisson mou lui faisait l'effet d'une pierre dans la gorge.

« Il s'appelle comment le riche agriculteur que ta sœur a épousé ? »

La question d'Eddie à Violet ramena Jean à la réalité.

« Martin Tibot. À la sortie du village de St Ouen.

— Mais ils s'en sont bien sortis pendant la guerre, pour l'argent par exemple ? »

Violet eut un petit rire sarcastique. « Les Allemands prenaient une grande partie de leur récolte. Mais oui, c'était plus facile pour les gens de la campagne. »

Les doigts de Jean se serrèrent autour de sa cuillère. Elle avait appris à détecter quand son oncle cherchait la dispute.

« J'ai entendu dire que pas mal d'agriculteurs avaient passé une guerre sacrément agréable. »

Violet se redressa légèrement. « Certains en ont un peu profité avec les prix. Mais personne n'a passé une guerre agréable, Eddie. » C'était peine perdue. Eddie se lançait déjà dans ce qui était devenu son nouveau sujet de prédilection.

« Je ne sais pas ce qui s'est passé avec les gens ici, à ne penser qu'à eux. Vous savez, je commence à me dire que j'aurais dû rester. J'aurais encore une maison. » Eddie reposa son pain et pointa du doigt une page de journal dépliée sur la table. Le père de Jean n'avait jamais lu le journal au moment du thé. « Une sacrée honte, j'appelle ça.

— Quoi ?

— La collaboration ! Les gens d'ici fricotaient avec les Boches quand ça les arrangeaient. On dirait que tout le monde a trempé là-dedans. »

Les mots fusèrent et s'écrasèrent comme les cendres d'une bombe. Violet finit par dire en bégayant :

« Ce n'est pas vrai, Eddie. Quelques pommes pourries, c'est tout.

— Tu crois ? Jette un coup d'œil. » Il leva le journal pour qu'elles puissent voir. Une pétition émanant d'un groupe local baptisé les « Loyalistes de Jersey » remplissait la page, exigeant qu'une commission d'enquête soit formée pour juger chaque collaborateur pressenti sur l'île. Cette catégorie, d'après ce groupe, incluait les coupables de dénonciation, ceux qui se livraient au marché noir, les femmes s'étant adonnées à la « collaboration horizontale » avec les Allemands, chaque personne à la solde de l'ennemi ou l'ayant diverti, et aussi toute personne ayant prêté main forte de quelque manière à l'ennemi. » Jean pensa à la boulangerie barricadée sur le chemin de Royal Square et son estomac se retourna. « En Angleterre on a entendu des rumeurs disant que ça devenait un peu trop amical ici. J'ai pas voulu y croire. Ça montre comme on peut se tromper. »

La voix de Jean se brisa lorsqu'elle prit la parole : « Tu ne peux pas savoir, tu n'y étais pas. On devait vivre avec les Allemands, mais on a toujours su de quel bord on était.

— Ah bon ? Un type au pub dit qu'il y a quelques femmes d'ici qui méritent la plume et le goudron. » L'image se fixa dans l'esprit de Jean. Elle remit sa cuillère dans son assiette, son repas à peine entamé. « Je vais vous dire, continua Eddie, si quelqu'un est coupable d'avoir balancé Phil, on va le trouver. » Il poursuivit sa mastication un moment puis ajouta : « Vous n'avez toujours pas d'idée au sujet de cette femme ? Celle avec qui il s'est disputé ? »

Violet haussa les épaules. « Je t'ai dit que je ne savais pas. Ça pourrait être n'importe qui. »

Eddie s'en prenait au ragoût comme s'il voulait lui faire du mal.

« Eh bien, qui que ce soit, elle ne s'en sortira pas comme ça, parce que je la tiens pour responsable au même titre que les Boches. » Son visage s'assombrit. « Mon pauvre Phil. Ce qu'il a dû endurer...

— Arrête, Eddie, s'il te plaît. » La cuillère de Violette, elle aussi, était abandonnée dans son bol à moitié plein.

« Un type endurci comme lui, il aurait supporté une prison normale, sans problème. Lorsqu'il est sorti de Newgate Street, on aurait dit qu'il revenait juste de fichues vacances. »

Il fallut un moment avant que les paroles de son oncle percutent et prennent sens. Jean releva lentement la tête.

« Newgate Street, ici ? Papa a déjà été en prison ? »

Eddie acquiesça, ignorant les regards implorants de Violet, au contraire de Jean.

« Juste quelques mois, quand il était gamin.

— Qu'est-ce qu'il avait fait ?

— Un peu de chapardage pendant son premier emploi, des trucs de gosse. Il a compris la leçon. »

Jean regarda sa mère : « Tu n'as jamais dit… ?

— Pourquoi te l'aurais-je raconté ? C'était il y a des années, avant qu'on soit mariés, et de toute manière, ça ne te regarde pas. »

Eddie continua à enfourner la nourriture comme une machine, et à la manière agressive dont Violet racla le plat pour verser ce qui restait dans le bol d'Eddie, Jean comprit que le sujet était clos. Tandis qu'il démolissait la nourriture et que Violet faisait tout un foin au sujet de verres de lait que personne n'avait demandés, elle resta assise en silence pendant quelques instants, pensant à son père sur l'escabeau de sa boutique, ou penché sur ses comptes du mois. Un pilier de la communauté, un héros. Tous l'avaient répété, à de nombreuses reprises, et pourtant il semblait qu'il ait fait des mois de prison pour vol. Lentement elle ramassa les assiettes et les plats sur la table et alla les déposer dans l'évier. N'existait-il rien de fixe et de permanent dans sa vie sur quoi elle pourrait s'appuyer ? Quels autres volcans risquaient d'exploser dans les semaines à venir ? Elle fut presque étonnée de voir, en mettant en marche le chauffe-eau Ascot, que de l'eau chaude sortait bien du robinet.

*

Trente et une personnes. Famille compris. Jean, écrasée entre Eddie et sa mère au premier rang de l'église, comptait une nouvelle fois les têtes derrière elle jusqu'à ce que Violet lui donne un petit coup de coude.

« J'essaie juste de voir combien il y a de gens que je reconnais », murmura Jean par-dessus les vagues de la musique d'orgue. Il y en avait un petit nombre. Le cousin de son père, avec sa femme et son fils. Un homme, petite taille, œil paresseux, fréquentant le même pub que son père et qui passait de temps en temps chez eux pour discuter des affaires... deux hommes du même âge, des amis d'école supposa Jean. Tante Beattie et son mari Martin s'étaient glissés dans la rangée derrière eux, et Jean fut heureuse de la présence réconfortante de sa cousine Daphne, assise entre ses deux parents. Quand elle aperçut Jean, elle lui souffla un baiser accompagné de son sensationnel sourire. Enfant déjà, Daphne possédait une grâce et une beauté qui manquaient tristement au reste de la famille et maintenant, devenue une jeune femme, amincie par les années de guerre, plus anguleuse mais avec des formes, elle avait l'éclat d'une sculpture grecque. Ayant deux ans de plus que Jean, la seule fille et l'aînée des trois enfants de Beattie, c'était elle qui avait appris à Jean à jouer à la marelle, à faire boucler ses cheveux, à agrafer un soutien-gorge, et elle occupait donc une place spéciale dans son cœur. Même si aujourd'hui voir le bras de son père passé autour d'elle, protecteur et réconfortant, fut comme un coup de poing dans son estomac.

Le reste de l'assemblée, supposa Jean, était composée des clients du magasin de son père. En y pensant, son père n'avait jamais été très doué pour les amitiés... À part sa pinte bien-aimée de Mary Anne le vendredi soir (sa plus grande privation pendant l'Occupation), il passait tellement d'heures au travail que Jean et Harry devaient se battre pour son attention. Mais, était-ce bien cela ? Jean scruta les rangs plus éloignés, comptant et recomptant. Tante Beattie avait peut-être placé l'annonce dans l'*Evening Post* trop tard, ou bien les gens se sentaient trop gênés pour affronter la famille en pleine tragédie. Ou peut-être, tout simplement, ne voulaient-ils pas penser aux conséquences de l'Occupation maintenant que la vie revenait à un semblant de normalité.

Elle remarqua quelqu'un lui faisant un signe discret depuis l'autre côté de l'allée et tendit le cou pour voir. C'était le sympathique employé des bureaux des États de Jersey, qui leur avait apporté de l'eau et écrit une carte. Jean lui retourna son discret sourire et hocha la tête en signe d'approbation. C'était un beau geste de la part des autorités d'envoyer un représentant, même s'il s'agissait d'un subalterne. Une marque de respect, se dit-elle.

À l'arrivée du pasteur, un silence plein d'attente se fit. Il les salua tous avant de demander à l'assemblée de se lever pour *Abide With Me*, « Demeure en moi ». Puis il lut l'éloge d'après les notes que sa mère et Eddie lui avaient fournies, parlant d'une terrible Occupation ayant pris tant de vies, et tout le monde hocha la tête en ajoutant « amen ». Un autre hymne fut chanté, puis Eddie se leva et dit que son grand frère avait été la personne la plus importante de sa vie (ce qui, pensant à sa femme et à ses enfants, parut un peu bizarre à Jean) et termina par une note menaçante, les responsables de sa mort seraient jugés par Dieu. Le pasteur conclut le service en lisant une courte lettre de Harry, où il disait quel père merveilleux il avait perdu et comme il était désolé de ne pas pouvoir être là en personne. Enfin, le pasteur demanda que l'île se recueille pour le deuil collectif de tous les disparus. Puis ce fut terminé.

Jean tendit un mouchoir à sa mère et, la prenant doucement par le bras, l'escorta jusqu'à l'entrée principale pour attendre les condoléances officielles. Beattie se précipita pour la serrer une nouvelle fois dans ses bras. Daphne se dégagea du bras de son père et embrassa Jean avec fougue, promettant qu'elles trouveraient le temps de mieux parler une fois de retour à la ferme, où un modeste buffet les attendait tous. Jean la remercia, reconnaissante de la chaleur de sa cousine, comprenant tout d'un coup à quel point elle s'était sentie seule depuis l'annonce de la mort de son père. Alors que la famille se mêlait à la foule, d'autres s'approchèrent pour l'embrasser, dire à quel point ils étaient bouleversés, répétant à l'envi que c'était vraiment une honte. Mais plusieurs, remarqua Jean, se faufilèrent en silence et sortirent. Jean ressentit un élan de colère. Puisqu'ils avaient pris la peine de venir, pourquoi ne pas prendre le temps de parler à la veuve ? Elle les observa se diriger l'un après l'autre vers le soleil d'été, et pensa *bon vent à eux.*

Alors, lorsque l'employé des États s'approcha d'elles avec le plus gêné des petits sourires et la plus douce des poignées de mains, Jean se sentit envahie par la gratitude. Avec ses cheveux châtain clair et ses taches de rousseur pâles, c'était un homme à l'allure tout à fait banale, le genre de ceux qu'on peut rencontrer à de nombreuses reprises sans jamais se souvenir de lui. Mais ses manières agréables, franches, apportaient un changement bienvenu.

« Tom Maloret. Je voulais juste exprimer mes condoléances. Comment vous en sortez-vous ? demanda-t-il avec une sincère inquiétude.

— Nous allons bien », répondit Jean, consciente que c'était une absurdité, mais il n'y avait pas d'autre réponse possible.

« Votre oncle m'a parlé tout à l'heure... », poursuivit-il. Le cœur de Jean fit une embardée. « Je lui ai dit que nous ferons de notre mieux tout au long de l'enquête pour accélérer les choses.

— Je suis certaine que vous le ferez. Merci.

— Je sais que c'est un moment très difficile pour vous. Et si je peux faire quoi que ce soit pour alléger le fardeau. À ce propos, je me demandais...

— Oui ? » Jean remarqua qu'il rougissait.

« Je sais que ça peut sembler incorrect. Mais il y a un bal au West Park Pavilion ce week-end. Vous aimeriez peut-être venir ? Essayer d'oublier tout cela quelques heures ? » Il rougissait de plus en plus, et ses yeux ne savaient où se mettre. « Je suis désolé, ce n'est pas le bon moment, de toute évidence.

— Si, c'est très gentil de votre part de le proposer. Je peux y réfléchir ? » Alors qu'il faisait un petit signe de tête avant de s'éloigner, Jean lui adressa son plus beau sourire, sachant que c'était tout ce qu'elle avait à offrir – elle n'avait pas l'intention d'aller à un bal avec Tom Maloret. Mais pendant qu'elle l'observait s'en aller sur le chemin de gravier devant l'église et franchir le portail en fer, son attention fut attirée par une femme très mince, se tenant seule près de la grille, avec une expression que Jean ne put déchiffrer. Elle portait une robe grise qui avait connu des jours meilleurs et avait cette peau pâle qui brûle vite à la chaleur du soleil de Jersey. De très grande taille, elle s'approchait elle aussi de la trentaine, ses cheveux roux retenus par un ruban.

Jean jeta un coup d'œil en direction d'Eddie pour voir s'il l'avait remarquée mais, plein d'ardeur, il parlait et fumait avec le groupe de copains d'école de son père. Elle posa doucement la main sur le bras de sa mère, occupée à remercier les dernières personnes venues présenter leurs condoléances avant qu'elles repartent.

« Maman, cette femme ? Tu la connais ? » Violet se tourna vers Jean comme si elle remontait lentement à la surface d'une eau profonde. Ses yeux étaient rouges et gonflés. Jean la désigna d'un geste. « Celle-ci. Tu sais qui c'est ? » Violet observa la silhouette, et pendant un instant Jean put voir qu'elle ne signifiait absolument rien pour elle. Puis quelque chose dans l'apparence de la femme alerta Violet, et un déclic se produisit. Soudain, elle parut tout à fait présente et vive.

« Oui oui, je la connais ! » Violet agrippa le bras de Jean si fort que Jean tressaillit. « Elle est de cette famille qui habite au-dessus du magasin. Le père est invalide... La plus jeune, morte de la diphtérie il y a quelques années.

— Papa les connaissait ?

— Il leur arrivait de passer au magasin. Je crois qu'ils sont allés dans l'arrière-boutique écouter les informations de temps en temps.

— Alors la description... ? La femme qui s'est disputée avec papa... »

À présent Violet fixait la femme, comme pétrifiée. Elle était à mille lieues de Jean.

« Le Tourneur, ils s'appellent comme ça. Je crois que c'est l'aînée. » À ce moment-là, la femme dut sentir qu'on parlait d'elle, car elle se tourna dans leur direction. Ses yeux rencontrèrent ceux de Violet, avec une expression difficile à déchiffrer. Puis elle se détourna et franchit le portail pour disparaître en direction de David Place. La prise de Violet sur le bras de Jean se fit plus forte encore. Il y aurait un bleu demain. « C'est elle, n'est-ce pas ? » Ses yeux étaient encore fixés sur l'endroit où s'était tenue la femme. « C'est forcément elle. »

Le cœur de Jean battait à tout rompre. « Mais pourquoi une voisine, une personne que papa avait aidée, ferait une chose aussi épouvantable ? Et pourquoi viendrait-elle à la cérémonie en son hommage ?

— Je vais aller chercher Eddie.

— Non ! » La véhémence de sa propre voix surprit Jean. « Pas maintenant, maman, on ne veut pas d'une scène ici. Tu lui en parleras plus tard. »

Mais sa mère écoutait à peine. Sa voix, quand elle s'éleva, fut plus forte qu'elle ne l'avait été depuis un bon moment.

« Ça me revient maintenant, cette famille. Elle s'appelle Hazel. » Elle se tourna vers Jean avec un air de triomphe. « Et elle détestait ton père. »

# 3

Sur la vieille table en chêne dans la salle à manger de la ferme Les Renoncules s'étalait plus de nourriture que Jean n'en avait vue en un seul endroit depuis longtemps. Sandwichs fourrés au pâté de porc ou de poisson, bols de coques avec de la laitue fraîche et un rutilant saladier de tomates de Guernesey attiraient autour d'elle les personnes présentes, qui remplissaient leurs assiettes et en enfournaient le contenu tout en devisant avec gravité sur la tristesse de l'occasion. La plupart de ceux qui avaient assisté au service à l'église n'avaient pas fait le long trajet jusqu'à St Ouen, si bien qu'ici se retrouvaient essentiellement les voisins de Beattie et Martin, des fermiers et leurs femmes aux mains noueuses et à l'accent à couper au couteau. Jean aurait voulu que la veillée se fasse à St Mark's Road, à courte distance de l'église, mais Beattie avait déjà lancé l'invitation, et Violet insista sur le fait que la ferme des Tibot était un meilleur choix. C'était certainement un bien meilleur buffet que celui que Jean et Violet auraient pu proposer.

Elle grignotait une tomate, faisant attention à ne pas tacher de jus son unique robe convenable, et essaya de résister à l'envie de rajuster ses sous-vêtements. Ce matin, pour la plus solennelle des occasions de l'année, elle avait été obligée de remettre une vieille paire de culottes bleu marine, datant de l'école, qui lui cisaillait le haut des jambes – les deux culottes neuves qu'elle possédait ayant été volées sur la corde à linge. Le fait qu'on puisse être assez désespéré pour voler des sous-vêtements déjà portés en disait long sur la situation, car jamais une chose pareille ne se serait produite avant la guerre. Elle explora du regard la pièce sombre, le plafond bas aux poutres apparentes, les fenêtres aux petites croisées, un lieu qu'elle associait jadis aux fêtes familiales et aux jeux de société avec ses cousins, et sentit une porte se refermer sur tout son passé. L'office religieux lui-même ne lui avait pas procuré le moindre sentiment de dénouement, sans cercueil ni adieu empli de sens, il n'avait fait qu'accroître son désespoir misérable. Un besoin irrépressible de pleurer l'envahit, mais elle le combattit de toutes ses forces, prenant une longue gorgée de thé et se lançant délibérément dans la conversation autour d'elle. C'était, évidemment, la même que celle qui dominait depuis le service.

« Et donc, Phil t'a parlé de cette femme en la nommant précisément ? » disait Eddie.

Violet s'appuyait lourdement sur son bras tout en se maintenant en équilibre au bord de son fauteuil, les yeux aux aguets comme un enfant effrayé.

« Tout à fait. Dès que j'ai posé les yeux sur elle, tout m'est revenu. J'aurais dû y penser dans le bureau des officiers, mais c'était il y a si longtemps. Fin 1943, aux environs de Noël. Sûrement un jeudi, car il travaillait toujours tard ce soir-là, pour faire l'inventaire. Phil est rentré à la maison, il a dit que cette fille de l'appartement au-dessus du magasin le rendait fou – toujours en train de se plaindre de quelque chose, d'après lui – et il lui a carrément fait savoir que si elle continuait comme ça, elle ne pourrait plus venir à ses soirées radio. Ça l'a rendue furieuse, sa famille n'avait pas de poste à eux.

— Les gens ont écrit ces lettres pour toutes sortes de raisons », confirma Beattie, interrompant sa lente progression à travers la pièce pour vérifier que chaque personne avait eu droit à une assiette de nourriture mais pas plus. « On sait qu'un type a dit aux Allemands que Jim Rabet possédait un porcelet, juste parce que Jim lui avait vendu un cheval boiteux avant la guerre.

— Et cette femme Le Tourneur, elle correspond à la description du voisin ? » demanda Eddie.

Violet acquiesça. « Grande, cheveux roux, c'est elle. » Eddie se tourna vers Jean pour avoir confirmation de cette description, et Jean acquiesça docilement.

« Tu te souviens de quelque chose d'autre ? »

Violet sursauta légèrement, une autre pensée lui revenant à l'esprit. « Je crois que sa famille fréquentait ces communistes, ceux qui ont causé tous ces problèmes.

— Un ramassis d'idiots, dangereux en plus », intervint le mari de Beattie. Il se sentait de toute évidence mal à l'aise dans son unique costume habillé et sa cravate était déjà de travers. Jean l'avait rarement vu autrement que dans ses habits de fermier et trouvait cette tentative maladroite de se conformer aux bonnes mœurs aussi touchante que ridicule. « Toujours en train de faire des vagues pendant la guerre, et de semer la zizanie. Du coup, ça donnait aux Boches plus d'occasions de représailles. »

Violet acquiesça. « Phil ne perdait pas son temps avec eux.

— On dirait que cette femme pourrait être la bonne, poursuivit Martin. Mais avez-vous la moindre preuve ? Sinon, il me semble que vous ne pouvez pas faire grand-chose.

— Y a plein de choses qu'on peut faire », rétorqua Eddie, pointant le menton, tout agité. Transmettez tout ça aux États, dites-leur de la faire venir pour interrogatoire. Il y a quelques Boches prisonniers de guerre prêts à donner des noms, il semblerait. Et j'ai toujours des relations en ville. Je peux avoir une oreille qui traîne. » Eddie posa son index sur le bout de son nez, laissant supposer une sorte de savoir supérieur, tandis que Martin restait sceptique. Jean sirota son thé, ébranlée par le nouveau désir d'action qui naissait dans la salle à manger. Si cette femme était responsable de l'arrestation de son père, elle voulait la voir traînée sur un bateau sous la menace d'une arme comme son père l'avait été, elle voulait qu'elle soit jetée dans une cellule glaciale, et voir comment elle s'en sortirait. Le simple fait d'y penser la faisait frémir, constata-t-elle.

« On devrait l'affronter, lui poser la question directement ? suggéra Violet.

— Inutile pour l'instant, elle se contenterait de nier. Laisse-moi m'en occuper, répondit Eddie, lui tapotant l'épaule. Pour l'instant, je vais aller voir du côté des Loyalistes de Jersey. On dirait qu'ils sont les seuls par ici à vouloir faire bouger les choses, mettre en prison quelques-uns de ces collaborateurs.

— Les loyalistes ? » Martin gloussa, versant le whiskey d'une petite flasque dans la tasse d'Eddie, et Jean remarqua qu'il en mit bien plus dans la sienne à lui. Pour elle ou pour sa mère, rien. « Je crois pas que tu auras beaucoup de chance avec eux.

— Pourquoi pas ? » Son menton pointait à présent si violemment vers son interlocuteur que Jean se dit qu'Eddie allait se rompre le cou.

« Écoute, ils sont convenables – ils ont fait pas mal de trucs discrètement pendant la guerre, cartographié les positions allemandes, aidé les évadés, ce genre de choses. Mais ce sont tous d'anciens militaires de profession. Pas sûr que tu puisses t'intégrer, sans vouloir te vexer.

— On verra bien. » Eddie but une bonne gorgée de sa boisson améliorée, de toute évidence partagé entre l'agacement envers Martin et la gratitude pour le whiskey. « Tout ce que je veux, c'est que justice soit faite, pour mon frère et pour Violet. Et m'assurer qu'on prenne soin d'elle, bien sûr. »

Beattie émit un petit toussotement. « Ça fait un bon bout de temps que plusieurs d'entre nous prennent soin d'elles, Eddie. Ceux qui sont restés ici et ne se sont pas enfuis en Angleterre au premier son de canon. » Elle eut un sourire sans joie et disposa une assiette de sandwichs devant eux.

« Ce n'était pas une partie de plaisir là-bas », rétorqua Eddie tout en prenant un sandwich. Jersey n'a pas dû se coltiner le Blitz.

— Je ne dis pas que c'était facile pour toi, riposta Beattie. Je dis que ce n'était rien comparé à ce qu'on a dû supporter. L'hiver dernier pas mal de gens mouraient de faim.

— Pas mal de gens ont piqué ce qui ne leur appartenait pas, aussi. » Les lèvres d'Eddie se pressèrent fort pendant qu'il mastiquait, ce qui créa des petites taches blanches. Jean se demanda si quelqu'un le remarquerait si elle se reculait tout doucement.

« Tu ne peux pas leur en vouloir, vu la situation, rétorqua Beattie. On essayait juste de s'en sortir, et au cas où tu te poserais la question, on s'est toujours assuré que Violet et la famille ne manquent de rien. Combien de fois suis-je venue en ville avec un sac de légumes, ou un lièvre dépecé, hein, Vi ! C'était parfait pour garder la forme ! »

Trois fois en cinq ans, se dit Jean – deux fois à Noël et une fois en mars dernier –, pas vraiment un approvisionnement régulier. Mais Violet se contenta de sourire affablement.

« C'est vrai, Eddie, la famille était tout ce qui nous restait ces dernières années. » Elle parcourut la pièce du regard, son esprit s'attardant sur plusieurs visages. « Tu te souviens du jour où on s'est tous retrouvés pour l'anniversaire de Phil ? Tu avais fait ce joli gâteau ? »

Beattie frotta l'épaule de sa sœur comme pour faire partir une douleur physique. « C'était un jour heureux.

— C'était un chic type, ton Philip, un des meilleurs », marmonna Martin. Jean se retint de faire la grimace devant la version édulcorée des Tibot du passé. En fait, Martin s'était toujours montré plutôt cavalier envers son père. Il avait toujours été évident pour Jean que Martin, ayant hérité très jeune de la prospère ferme familiale, voyait son beau-frère comme un citadin mollasson qui ne réussirait jamais aussi bien que lui. Un jour il s'était même moqué de lui parce qu'il n'avait pas de voiture.

À cet instant Daphne fit irruption dans la pièce, sa crinière noire bouclée volant autour de ses épaules, et tout le monde se retourna pour lui sourire. Elle se déplaçait d'une manière légère, fluide, qui ressemblait plus à celle d'une ballerine que d'une fille de ferme. Elle avait toujours été la préférée de son père. Jusqu'à l'Occupation, elle avait pratiquement reçu chaque barre chocolatée, chaque jouet et paire de chaussures qu'elle avait désigné de son délicat petit doigt. Jean vit la façon dont elle se dirigea droit aux côtés de son père et comment son regard à lui s'éclaira alors ; elle vit, aussi, l'expression légèrement blessée sur le visage de Beattie.

« Où donc te cachais-tu, ma fille ? Avec toute la vaisselle à faire ici. »

Daphne se renfrogna. « Oh, maman, je suis vraiment obligée ? Gwen sera là demain, non ?

— Gwen a donné son congé vendredi, rappelle-toi. » Beattie secoua la tête et se tourna vers Violet pour qu'elle soutienne son irritation. « Dix-sept ans tout juste et voilà déjà qu'elle doit se marier, l'imbécile. Maintenant il faut que je trouve quelqu'un d'autre du village, je ne peux pas entretenir cette maison avec le travail de ferme en plus. »

Beattie s'éloigna en soupirant pour retourner faire du thé, mais ses paroles donnèrent une idée à Jean. Avec la conversation qui retourna vite à la femme Le Tourneur et à sa probable culpabilité, personne ne remarqua que Jean s'éclipsait derrière sa tante. Elle resta un instant à la porte de la cuisine, observant Beattie rincer la théière, puis, choisissant le bon moment, se lança :

« Je pourrais faire le ménage chez vous. »

Beattie se retourna pour la regarder bien en face. « Toi, Jeannie ?

— Maman dit qu'elle ne veut pas que je travaille, mais on ne peut pas continuer à dépendre d'oncle Eddie. Ça l'embêterait moins si c'était ici. »

Beattie la regarda longuement. « Ça ne ferait pas bizarre, que ce soit nous qui t'employions ? Et ça fait un long trajet depuis la ville.

— Je m'y habituerais. Les bus circulent de nouveau. » Elle sourit pour bien montrer son enthousiasme. Beattie finit par acquiescer.

« D'accord, je vais en parler à Martin. Mais c'est à toi d'en parler à ta mère, certainement pas à moi ! » Beattie fit une petite grimace, puis pencha la tête d'un côté, et attira Jean à elle. « Tu es une bonne fille, Jean, qui prend soin de sa mère. Ton père serait fier de toi. »

Le compliment lui transperça le cœur. Les larmes longtemps combattues lui piquèrent le fond des yeux, et elle sut qu'elle devait s'éloigner.

« Tante Beattie, ça t'ennuierait si je sortais un moment ? Seule ?

— Bien sûr que non, mon petit. Prends le temps qu'il faut. »

Jean attrapa sa veste dans le vestibule et franchit la porte d'entrée avant que personne ne puisse voir ses yeux brillants et son visage couvert de rougeurs.

Une marche rapide le long des chemins venteux, bordés

de champs, de St Ouen et une demi-heure plus tard Jean se retrouva sur l'étendue sauvage et dégagée des falaises du nord-ouest où le vent soufflait si fort qu'elle eut peur d'être balayée. Bruyère mauve à hauteur de cheville, Jean regarda la ligne parfaite de l'horizon, où la vaste étendue du golfe de Saint-Malo se mêlait au bleu profond de l'océan Atlantique. C'était un lieu magique, un terrain de jeu fréquent pour Daphne et elle enfants, et pas même le sinistre cylindre gris d'une tour de guet allemande qui émergeait des collines au nord, ses meurtrières horizontales s'ouvrant sur la mer comme une série de sourires malveillants, ne pouvait le gâcher.

Elle poursuivit son chemin, longeant la courbe de la baie en direction du sud jusqu'à une clôture de fortune, et essaya de voir au-delà. Au loin elle distinguait le bunker de béton, profondément enfoncé dans le sol de sorte que seul le sommet restait visible parmi les ajoncs et la bruyère. La batterie d'artillerie Moltke, prévue pour abriter les plus grands canons anti-navire de l'armée allemande, jusqu'à ce que le D-Day mette fin à cette chimère. À présent l'endroit grouillait de soldats portant diverses charges et les plaçant dans deux camions qui attendaient. La plupart des uniformes étaient allemands, avec ici et là quelques Anglais armés supervisant l'activité. Elle imagina le réseau de tunnels qui se trouvaient en dessous, construits par des ouvriers esclaves battus et affamés venant d'Espagne ou d'Europe de l'Est, beaucoup d'entre eux, disait-on, étant tout simplement tombés raides morts d'épuisement en plein travail – ici même, à courte distance de l'endroit où les Tibot s'installaient à la table de leur cuisine. Et elle pensa aux jeunes Allemands qui travaillaient là maintenant, compatriotes des hommes qui avaient regardé son père mourir, avaient prêté leurs mains à toute cette destruction et qui à présent vivaient sans espoir et sans avenir, dans l'attente de leur sort. Mais aucune colère ne se matérialisa en elle. Au lieu de cela, elle continua d'observer passivement les silhouettes traînant des pieds. Enfin, elle sentit les larmes couler, ses épaules tressautant tandis que les sanglots secouaient son corps et que ses gémissements s'envolaient avec le vent et s'élevaient parmi les mouettes de passage.

Alors que son accès de pleurs s'apaisait et qu'un calme nouveau s'installait, elle comprit ce qu'elle avait à faire. Elle ne pouvait pas rester comme ça, souriant poliment tandis que les gens annonçaient des nouvelles épouvantables, parlaient devant elle comme si elle n'était pas là et prenaient des décisions sans la consulter. Son père bien-aimé était mort, et elle avait besoin de découvrir la vérité. Elle s'y mettrait dès demain. La décision lui procura un sentiment de paix inattendu et, avec un soupir de satisfaction Jean fit demi-tour et reprit le chemin des Renoncules.

*

La fumée de cigarette stagnait dans l'air, accrochée aux rayons de soleil comme autant de voiles en mousseline dans toute la longueur de la salle du personnel. La profession d'enseignant, semblait-il, même parmi ses membres féminins, comportait un nombre exceptionnellement élevé de fumeurs. L'habitude de la nicotine avait été adoptée par les insulaires pendant les années de guerre comme moyen de tromper la faim, avant que la pénurie de tabac amène la tragique prise de conscience qu'à présent ils étaient en proie à deux manques physiques au lieu d'un seul.

Hazel tira la dernière bouffée de sa roulée et jeta le mégot dans le petit cendrier de fer blanc posé à côté de sa pile de cahiers d'exercices neufs – un autre luxe d'après-guerre –, libérant sa main pour tourner les pages plus rapidement. Plus que trois à noter et elle aurait fini. Elle avait instauré un système consistant à lire d'abord les mauvais (en toute sincérité, elle savait à l'avance exactement lesquels ce serait), gardant les élèves les plus prometteurs pour la fin. Après tout, il n'y avait pas tant à dire pour des gamins de quatorze ans sur la responsabilité personnelle de Lady Macbeth. Grâce à ce procédé, malgré la nature répétitive des copies qui embrumait son cerveau elle parvenait aux dernières avec une certaine facilité. Aujourd'hui, cependant, même les efforts de ses élèves vedettes aboutirent à une certaine déception, avec le thème récurrent des soucis « naturels » des femmes. Mâchant le bout de son stylo, elle parcourut la salle du regard et repéra Elizabeth Richomme à une autre table, à demi cachée par sa propre pile de cahiers d'exercice. Elizabeth n'était pas tout à fait une amie, mais avait à peu près le même âge qu'Hazel et faisait aussi partie des quelques membres du personnel sans réelle qualification d'enseignant : l'Occupation avait exigé un peu de flexibilité quant au recrutement des professeurs, mais clairement les plus âgés, dûment formés avant la guerre, étaient loin de se réjouir de la situation. Cela créait une affinité entre Elizabeth et elle, et Hazel l'interpella depuis sa place.

« Elizabeth, sais-tu par hasard s'il y a le moindre auteur féminin dans le programme de cette année ? »

Elizabeth s'interrompit dans sa tâche et la regarda par-dessus ses petites lunettes cerclées. Plusieurs autres membres du personnel plus ou moins prêts à partir tournèrent aussi la tête par curiosité.

« Humm... Shakespeare, Kipling, Thomas Hardy... non, pas pour le moment.

— Merci. » Hazel écrivit et encercla un B+ sur sa dernière copie corrigée, empila dans l'armoire les carnets qu'elle distribuerait le lendemain, et se glissa dans son vieux châle de laine. Quelque part sur une étagère à la maison se trouvait, elle en était certaine, un exemplaire de *Frankenstein* de Mary Shelley. Si elle le parcourait ce soir après le dîner, elle pourrait choisir quelques passages pertinents à lire pendant le cours demain, et peut-être susciter une discussion animée. Ce serait sûrement plus inspirant, pour elle et les filles, que les représentations de *Mandalay* prévues par la directrice. L'idée la stimula et, tandis qu'elle se frayait le chemin à travers les rues de la ville en direction de New Street, son esprit anticipait des questions pour les devoirs à la maison sur les sujets de la moralité, de la faute et des normes sociales. Elle se trouvait toujours dans cet état distrait quand elle atteignit l'escalier de l'immeuble, et pendant un instant ne vit pas la frêle jeune femme à l'air inquiet – une jeune fille, en fait – qui attendait debout, l'air gêné, en bas des marches. Les cheveux châtain triste, elle était d'une minceur extrême, mais ses immenses yeux clairs et ses traits délicats évoquèrent à Hazel une fragile créature des bois. Son maintien tendu, courbé, indiquait clairement qu'elle attendait quelqu'un.

« Je peux vous aider ? » La jeune femme déglutit, hésitante. À cet instant Hazel la reconnut. Instinctivement, elle posa son cartable par terre. « Vous êtes la fille, n'est-ce pas – Mr Parris, de la quincaillerie ? » Elle désigna bien inutilement la boutique barricadée. Signe de tête en guise de réponse. Hazel se sentit aussitôt mal à l'aise. « J'ai appris la nouvelle dans le journal... Je suis venue à la cérémonie commémorative mais je n'ai pas voulu m'imposer. Je suis vraiment désolée.

— Votre nom est-il Hazel Le Tourneur ? » Sa voix était hésitante, mal assurée. Le malaise de Hazel se transforma lentement en vive inquiétude.

« Oui. Je suis désolée, je ne connais pas votre...

— Vous habitez ici, et vous connaissiez mon père ? » Elle était très calme, à part ses doigts qui se crispaient.

« Oui. Nous sommes au premier étage, à côté de la chambre au-dessus du magasin.

— Et vous vous êtes disputée avec lui ?

— Je vous demande pardon ?

— Apparemment, il s'est disputé plusieurs fois avec une femme qui vous ressemblait exactement. »

Hazel sentit son estomac faire un bond. « Eh bien, j'ai... il y a eu quelques désaccords...

— Je dois vous demander quelque chose. J'ai entendu dire... Il y a des gens qui disent... » Elle déglutit de nouveau, se préparant pour le coup de grâce : « Avez-vous signalé aux Allemands le poste de radio de mon père ? »

Le silence qui suivit parut durer plusieurs minutes. Leurs regards semblaient ancrés l'un à l'autre, comme si seule une force surnaturelle pouvait rompre le lien. Hazel ouvrit la bouche, qui était devenue très sèche, et découvrit dans sa voix un étrange tremblement.

« Bien sûr que non. Pourquoi me posez-vous la question ?

— Parce qu'il vous a dit que vous n'étiez plus la bienvenue à ces soirées radiophoniques, et qu'il vous a traitée d'enquiquineuse ? Parce que vous ne l'aimiez pas ? »

Les mots heurtèrent les oreilles de Hazel. Il était inutile de nier des choses que la fille savait être vraies. Un autre silence de mort. Quelque part au-dessus d'elles une mouette cria. Une femme qui passait avec des sacs de courses invectiva Hazel parce qu'elle se tenait au milieu du trottoir.

« Comme je l'ai dit, nous avons eu des désaccords. C'est tout. » Elle essaya de paraître posée et sûre d'elle. La jeune femme inspira brusquement et se balança d'un pied sur l'autre. Hazel soupçonna qu'elle avait planifié ses premières questions, mais que son imagination ne l'avait pas menée au-delà, et qu'à présent elle était à court d'idées pour continuer.

« Eh bien, ils savent que quelqu'un l'a dénoncé. Si ce n'était pas vous, alors qui ?

— Je suppose que pas mal de gens avaient une bonne raison... »

Les mots étaient sortis avant que Hazel puisse les retenir. Les yeux de la fille s'écarquillèrent encore plus. Elle était une si petite chose, en colère et malheureuse. Un nouveau silence difficile, qu'aucune des deux ne sut comment rompre. La fille finit par faire demi-tour et s'éloigner en direction de Val Plaisant. Mais après quelques mètres elle se retourna.

« Vous êtes communiste ? »

À sa grande horreur, Hazel sentit un irrépressible petit rire nerveux monter dans sa gorge. Le ridicule de la question se mêla à la tension, et elle ne put tout simplement pas le contrôler. Il fusa comme une sorte de gloussement maniaque et, le temps qu'elle le réprime, c'était trop tard, la fille avait tourné les talons et s'éloignait dans la rue à vive allure. Hazel envisagea de lui courir après mais elle resta clouée sur place et la regarda partir, les accusations ricochant dans son cerveau. *Il y a des gens qui disent...* Qui étaient ces gens, et que disaient-ils exactement ? Que savaient-ils au sujet de Parris, d'elle-même ? Elle regarda autour d'elle, une camionnette de livraison passait dans la rue, suivie de deux gamins à vélo. Les gens allaient et venaient comme d'habitude, vaquant à leurs affaires. Un instant, Hazel se demanda si elle n'avait pas imaginé tout cet épisode. Mais son cœur battant trop vite et son souffle court étaient on ne peut plus réels. Elle monta difficilement les marches menant aux appartements, essayant de se reprendre. Trouver un livre pour son cours demain. Préparer le repas de son père et s'assurer qu'il prenne ses médicaments. Et en aucun cas faire allusion à cet incident devant lui. Elle ferma la porte commune avec un calme et un soin délibérés, s'assurant de bien la verrouiller.

*

Le trajet entre New Street et St Mark's Road ne durait que dix minutes, mais ce soir-là cela lui sembla être la plus longue marche de toute sa vie. Jean se déplaçait à pas réguliers, ses sabots de Summerland résonnant sur le trottoir en rythme avec son cœur. La journée avait été chaude, et maintenant les rues torrides de St Helier relâchaient leur énergie dans l'air, colorant tout d'un orange mordoré et rendant chaque geste laborieux, poisseux. Il n'y avait pas de douce brise atlantique ici, juste une chaleur qui s'agglutinait aux rues goudronnées et aux capots de métal des voitures, et tandis que les commerçants descendaient leurs stores pour fermer boutique, tout le monde paraissait se mouvoir de manière artificielle, comme si le simple fait d'avoir vécu jusqu'au soir les avait déjà épuisés. Mais Jean savait que la sueur coulant le long de son dos n'était pas seulement due à la chaleur.

La rencontre avec Le Tourneur – plus âgée, plus sûre d'elle et, aux yeux de Jean, plutôt arrogante – l'avait troublée. De son point de vue, la froideur de ton de cette femme associée au caractère vague de sa dénégation n'avaient fait que confirmer sa culpabilité. Mais, affleurant sous le sentiment d'être dans son bon droit, Jean ne put s'empêcher de penser qu'elle avait fait un très mauvais calcul, et si son oncle découvrait qu'elle venait d'agir à l'encontre de sa volonté il y aurait des conséquences terribles. Déjà, si Hazel était l'informatrice, Jean venait juste de lui donner un coup d'avance en lui révélant les soupçons de la famille. Et le manque de preuves signifiait que Hazel pouvait maintenant s'adresser aux autorités et accuser Jean de diffamation. Serait-ce alors elle, Jean, qui aurait des ennuis ? La police serait-elle impliquée ? Et bonté divine, pourquoi n'avait-elle pas pensé à tout cela plus tôt ? Son souffle se fit court et serré, la légère montée de Victoria Street suffit à lui faire perdre haleine et alors qu'elle traversait sans regarder elle faillit se faire renverser par un cycliste.

Là-haut, sur les falaises, son idée d'affronter face à face Le Tourneur avait paru tellement simple. Une question directe, posée à un moment où la femme ne s'y attendait pas, apporterait sûrement une sorte de réponse. Elle n'était pas naïve au point d'imaginer que la femme confesserait quoi que ce soit sur le moment, mais elle avait eu la certitude de pouvoir glaner une information utile, quelque chose qu'elle pourrait rapporter à la famille. Et même la nuit dernière, alors qu'elle était restée étendue sans dormir dans son lit jusqu'à ce que l'aube de plein été se faufile à travers les rideaux et anéantisse ses restes d'espoir de trouver le sommeil, elle avait été certaine que c'était la bonne chose à faire, un devoir envers son père que personne d'autre ne paraissait prêt à accomplir. Mais à présent...

Bien sûr, si elle était sincère, elle savait ce qui l'avait dérangée le plus de toute la rencontre. La remarque terrible, lourde de sens.

*Je suppose que pas mal de gens avaient une bonne raison...*

Qu'est-ce que ça voulait dire ? Jean avait été trop secouée pour réagir, trop abasourdie par ce qui apparut comme un mensonge monstrueux. Personne n'avait jamais eu de raison de ne pas aimer son père généreux, prévenant, qui travaillait si dur pour les nourrir, qui s'occupait de ses clients et de ses voisins, dont l'épouse vivait pour son retour à la maison chaque soir, et que ses enfants adoraient. Bon, disons que sa fille adorait. Quelques années auparavant, Jean avait entendu sa mère dire à Beattie que Harry s'était marié tôt et était parti vivre en Angleterre pour s'éloigner de lui. Mais Jean n'y avait jamais cru, n'y croyait toujours pas – c'était simplement la rancœur de sa mère suite au départ prématuré de son fils. Philip Parris était un héros.

Un héros qui avait un jour été envoyé en prison.

Mais à l'époque il était à peine sorti de l'enfance ! Idiotie de la jeunesse, selon les mots d'Eddie, non ? Cela n'avait même pas dissuadé sa mère de se marier avec lui. Ce n'était rien – et il fallait l'oublier.

Alors, de quoi cette femme Le Tourneur parlait-elle ?

Jean poursuivit sa marche, les yeux rivés sur ses pieds, faisant de son mieux pour oublier cette remarque. La femme essayait juste de salir la réputation de son père pour la détourner de sa propre culpabilité. De toute façon, rien de tout cela n'aurait d'importance à la fin. Toute l'affaire serait bientôt entre les mains de l'équipe d'enquêteurs, qui bénéficieraient sans aucun doute de moyens plus sophistiqués de lui soutirer une confession. D'un autre côté, Jean décida de ne rien dire de tout cela quand elle rentrerait chez elle. La situation était déjà bien assez tendue.

Elle avait parcouru la moitié de St Mark's Road quand la sensation d'être observée s'insinua en elle. Cette femme n'aurait quand même pas eu l'audace de la suivre ? Un coup d'œil derrière elle ne révéla qu'une vieille dame avec un cabas, et Jean se dit que c'était juste de la paranoïa, son esprit lui jouant des tours en cette semaine éprouvante. La sensation perdura, cependant, et elle se retourna de nouveau. La vieille dame était un peu plus loin. Ce ne fut qu'en atteignant le portail que Jean leva les yeux et repéra un écolier débraillé accroupi de l'autre côté de la rue. Il était assis à une certaine distance des gamins habituels qui traînaient en tapant le ballon et, alors qu'elle le fixait, elle vit que lui aussi la regardait expressément. C'était juste un gosse, de neuf ou dix ans, les cheveux résistant à tout contrôle maternel, des yeux sombres comme du charbon luisant dans son pâle visage. Tandis qu'elle ouvrait le portillon du jardin, il se releva et traversa la rue en venant dans sa direction. Le temps d'un bizarre instant, ils restèrent à se jauger l'un l'autre sur le béton chaud.

« Tu voulais quelque chose ? »

Le garçon regarda autour de lui, mal à l'aise. Il s'approcha un peu plus.

« Vous êtes Jean Parris ? » Il avait une petite voix aiguë.

« Comment le sais-tu ?

— Ben, c'est votre maison. J'ai un mot pour vous. Mais personne ne doit voir que je vous le donne. »

L'estomac de Jean se noua. Comment ce garçon savait-il où elle habitait ? Elle jeta un coup d'œil pour voir si Violet ou Eddie regardaient depuis l'intérieur, mais n'aperçut personne à la fenêtre.

« Eh bien, donne-le-moi maintenant. »

Le garçon hésita. Lui aussi vérifiait s'il n'y avait pas de visages curieux derrière les vitres.

« Il a dit que j'aurais pas mes six pence si je faisais pas comme y faut.

— Qui t'a dit ça ?

— Pas droit de le dire.

— Pourquoi ?

— Je dois juste vous donner le mot. »

L'inquiétude de Jean commença à s'estomper, se transformant en pure irritation. Elle en venait à se demander s'il y avait vraiment un mot et si ce n'était pas juste du bluff pour de l'argent, un truc imaginé en cour de récréation.

« Alors donne-le-moi ou fiche le camp. » Lentement, avec une réticence manifeste, le garçon fouilla dans la poche de son short élimé et en sortit une petite enveloppe. De sa main crasseuse il la lui tendit, la tenant par un coin. Hypnotisée, Jean s'approcha suffisamment pour la prendre, puis le regarda tourner les talons et s'enfuir dans la rue en courant aussi vite que possible, avant de disparaître dans Oxford Road. À ce moment-là seulement elle baissa les yeux sur le mot *Jean* sur l'enveloppe. Il ne lui fallut qu'un instant pour reconnaître l'écriture. Elle sut immédiatement qui était l'auteur du mot, et eut toutes les peines du monde à tenir debout.

Elle jeta un coup d'œil de part et d'autre, effrayée tout à coup. Les gens rentraient chez eux après le travail ou les courses, faisant claquer leur portillon avant de se traîner jusqu'à la porte de leur maison. Le match de foot des garçons se poursuivait un peu plus haut dans la rue. Personne ne faisait attention à elle. Elle se retourna pour regarder la fenêtre, puis celle des voisins, et put voir qu'il n'y avait personne, derrière aucune d'elles. Elle mit le mot dans la poche de sa robe et très prudemment revint devant chez elle. Elle poussa la porte, et à son grand soulagement entendit les voix étouffées de sa mère et d'Eddie en provenance de la cuisine, au fond de la maison. Avec plus de concentration qu'elle ne l'aurait cru possible, elle ferma doucement la porte avec juste un tout petit déclic et, enlevant ses sabots, elle monta à l'étage sur la pointe des pieds. L'escalier était vieux, mais elle en connaissait chaque craquement, après de nombreuses nuits à essayer de ne pas déranger sa mère, et elle parvint jusqu'à sa chambre sans un bruit. Refermant la porte derrière elle, elle écouta de nouveau : les voix provenaient toujours de la cuisine ; elle était tranquille.

Alors seulement elle prit l'enveloppe dans sa poche et en sortit le petit bout de papier. Pendant quelques secondes les mots dansèrent devant elle tel un code indéchiffrable, comme si elle n'avait jamais appris à lire l'anglais. Enfin, le chaos s'estompa et elle les dévora avec avidité.

*Ces journées sont un enfer. Je dois te voir. Marches du port, coucher du soleil. Vendredi 20. Viens s'il te plaît. N'en parle à personne. H.*

Le billet resta entre ses doigts tremblants. Ça avait été si long, des mois sans le moindre contact. Et pourtant avec ces quelques mots chaque souvenir reflua – la lueur dans ses yeux, les petites rides quand il souriait, ses cheveux indisciplinés. Elle avait été tellement certaine de ne jamais le revoir qu'elle s'en était convaincue. Et une dernière occasion d'être ensemble se présentait. Bien sûr qu'elle serait au rendez-vous – elle traverserait des charbons ardents pour le voir.

Son Horst. Son beau, son doux Obersoldat.

# 4

*Le marché couvert était bondé. Il y avait des hommes poussant des chariots chargés de cageots, des jeunes garçons jetant des pommes de terre sur des balances, des enfants escaladant la grille autour de la fontaine, à présent vidée symboliquement de ses splendides cascades. Par rangs de deux ou trois, les soldats allemands patrouillaient, leurs lourdes bottes résonnant sur le sol de pierre, le son se répercutant sous la vaste verrière à panneaux et les étais sculptés – ironiquement – du blason de Jersey. Mais surtout le hall central était plein à craquer de femmes. Jeunes, vieilles, fortes, malades, chacune portant le même manteau usé et arborant la même expression lasse, tandis qu'elles allaient d'un stand à l'autre, les doigts froids et raides tendus vers les étalages pour saisir les derniers légumes restants, la bouche tordue, marmonnant contre le prix ridicule, tout en calculant si leur maigre butin suffirait à nourrir leur famille ce soir.*

*Jean, cramponnée à son panier d'osier, se frayait un chemin dans la foule jusqu'à son stand préféré, espérant y trouver des tomates, mais ne vit que quelques patates rabougries, deux choux d'aspect repoussant à un prix qu'elle ne pourrait jamais se permettre, et un petit tas de rutabagas. Son souffle chaud, sentant légèrement le tabac, fut derrière son dos au moment où elle tendait quelques pièces pour ses maigres acquisitions.*

*« Je peux vous aider ? »*

*La proximité de cet uniforme gris-vert familier suffit à provoquer un sentiment de panique immédiat.*

*« Non. Merci.*

*— C'est lourd, je crois. S'il vous plaît, je porte le sac. » Il le lui prit des mains avant qu'elle puisse s'y opposer. Le regard de dégoût du marchand ajouta à son malaise, mais la peur de mettre en colère un soldat ennemi pesait plus que celle de la réprobation. Son projet de se débarrasser de lui à la sortie du marché tomba à l'eau lorsqu'il franchit tout naturellement les portes de fer, tenant toujours fermement son panier. Plusieurs fois elle ouvrit la bouche pour lui demander de la laisser seule, lui expliquer que le simple fait d'être vue en ville avec un soldat suffisait à la déshonorer. Mais il continuait de bavarder avec son anglais incertain, lui disant qu'il s'appelait Horst, et que c'était tellement agréable d'avoir l'occasion de parler à une fille de la région après des mois coincé dans une caserne avec une bande de types qui sentaient mauvais, et comme il se réjouissait de pouvoir pratiquer cette langue nouvelle. À présent ils longeaient Bereford Street, et déjà il lui avait raconté à quel point sa mère et ses sœurs à Cologne lui manquaient et comme il sera heureux quand la guerre prendra fin et qu'il pourra rentrer chez lui. Le temps qu'ils tournent Bath Street il lui vint à l'esprit qu'elle pourrait peut-être faire preuve d'intelligence. Les soldats à demeure, grâce à leurs stocks, étaient en mesure de fournir toutes sortes de cadeaux et de produits de luxe que les habitants n'avaient pas vus depuis des années, et c'était peut-être une situation qu'elle pouvait tourner à son avantage. Mais à quel moment la ligne était-elle franchie, à partir de quand cela devenait-il de la fraternisation, faisant d'elle une Jerrybag ? Elle pesait encore le pour et le contre quand la vue d'un voisin au loin fit qu'elle lui reprit vivement le panier, insistant pour continuer le chemin seule. Elle ne saurait jamais pourquoi, lorsqu'il lui demanda si elle venait toujours au*

*marché le mardi, elle répondit par-dessus son épaule que c'était généralement le cas. Et de retour chez elle, elle ne s'avoua pas que le souvenir de ses yeux pétillants et de ses mains délicates produisait une sensation de chaleur et de réconfort dans son ventre. Et à leur troisième rencontre « par hasard » il sembla absurde de faire semblant de ne pas attendre ces moments volés, et tout aussi absurde de prétendre que si elle acceptait de le rencontrer sur le port au crépuscule, c'était parce qu'elle désirait désespérément de la laine à repriser et du chocolat français.*

*Ce premier rendez-vous, timide, hésitant, où, cachés entre les abris à bateaux, il rassembla son courage pour lui prendre la main et elle le laissa faire, fut le vrai commencement. Alors que les jours devenaient des semaines et que le risque d'être vus ensemble grandissait, ils firent preuve de plus d'invention, trouvant des criques désertes et des coins de bois tranquilles pour se blottir l'un contre l'autre, partageant des récits de leurs vies d'avant et imaginant un monde d'après-guerre. Le souvenir de chacune de ces rencontres restait gravé dans son esprit. Comme ce jour glacé de fin 1943, alors que tapis dans les rochers de la plage La Pulente, ils s'étaient avoué enfin un amour qu'ils savaient désastreux mais qui s'était épanoui malgré tout. Ou bien celui de son anniversaire, où il arriva avec un petit bouquet de pensées sauvages trouvées au bas des falaises. Et même l'épouvantable après-midi juste après l'arrestation de son père quand elle avait pleuré dans ses bras, l'obligeant à lui jurer sur la vie de sa mère qu'il n'avait rien à voir avec ça. Et sa dénégation amère, lorsqu'il lui fit remarquer qu'il ne connaissait même pas l'existence du poste radio de son père, et terminant avec le cri du cœur : « Jamais ! Jamais je ne te ferai du mal. Et si tu crois que j'en suis capable, il vaut mieux se séparer tout de suite. » Ensuite ils avaient pleuré, s'étaient embrassés, il avait enragé contre la futilité de cette guerre, et elle l'avait imploré de trouver un moyen de ramener son père à la maison, tandis qu'il expliquait qu'en tant que simple soldat de deuxième classe dans une immense garnison il n'avait aucun pouvoir sur la folie de la machine de guerre nazie.*

*Vingt mois. Vingt mois de secrets, de reproches à eux-mêmes mêlés à la joie et aux vaines résolutions de se séparer, hantés par la terreur d'être découverts et la certitude que leur histoire n'aurait jamais une fin heureuse. Mais pendant tout ce temps, jamais ils n'étaient allés – elle rougissait à cette seule pensée – jusqu'à ce que les gens appelleraient une relation consommée. Quand Jean entendait sa mère désapprouver les Jerrybags, elle se répétait que Horst et elle évoluaient dans un autre univers. Celui d'une histoire chaste et romantique, comme dans les films hollywoodiens. Rien à voir avec les sordides transactions physiques qui se passaient dans les débits de boissons et les sauteries privées partout en ville, elle n'était pas comme ces filles effrontées ou désespérées qui soulevaient leur chemise pour avoir une vie excitante ou des rations supplémentaires. Elle, on ne pouvait pas la juger de la même manière. Pourtant le fait qu'elle n'en ait jamais parlé à personne, qu'elle ait fait jurer à Horst de garder le silence, et qu'elle cache ses cadeaux là où on ne les trouverait jamais parlait à l'autre versant de sa conscience et la tourmentait aux premières heures du matin. Aux yeux du monde, cette relation ne serait que laideur, et arriverait le moment où elle en paierait le prix. Mais elle s'y accrochait, exaltée et honteuse, reconnaissante pour cette sphère lumineuse dans une guerre noire et effrayante. Elle l'aimait.*

*Le 4 mai 1945. Une journée fraîche et ensoleillée, avec toute la population de l'île en équilibre sur la pointe des pieds, n'osant respirer de peur que tout cela ne soit qu'une fausse alerte, sachant que sans une capitulation totale de la garnison, peu de gens survivraient au bain de sang. Ils choisirent leur lieu de prédilection près du port, derrière une rangée de petits hangars à bateaux, se tenant la main, agités d'émotions contradictoires – débordant de joie que la guerre se termine enfin, sombres à l'idée de ce que cela signifiait pour eux deux. Ils se firent le serment de s'aimer éternellement, Horst répétant qu'il en avait fini avec l'Allemagne et serait heureux de rester pour toujours dans son « Summerland » bien-aimé (elle lui avait répété à de nombreuses reprises que ce nom venait d'un malentendu, mais il l'aimait et l'employait malgré tout). Et elle s'était accrochée à sa veste, faisant des promesses tout en lui caressant les cheveux, sachant qu'elles n'étaient que mensonges. Puis, deux semaines plus tard, un mot griffonné à la va-vite sur du papier ligné, fourré dans une enveloppe avec son dernier timbre, glissé d'une manière ou d'une autre dans une boîte aux lettres et atterrissant à la porte des Parris avant (Dieu merci) que sa mère le voie. Il avait été détaché, expliquait-il, au groupe de trois mille soldats allemands environ qui resteraient sur l'île pour aider à l'opération de nettoyage. Il en était heureux, car cela reportait son expulsion à un peu plus tard, et peut-être auraient-ils une autre occasion de se voir ?*

*Mais les semaines avaient filé. Elle avait même arrêté de se rendre à Battery Moltke dans l'espoir de l'apercevoir. De plus en plus, cette possibilité se réduisit à un fantasme, et elle se dit qu'il était déjà parti, embarqué, jugé et enfermé dans quelque camp anglais de prisonniers de guerre. Elle se disait qu'il fallait être raisonnable, affronter les faits. Et les semaines passant, elle avait fini par accepter l'idée qu'il était parti pour toujours. Elle attendait que la douleur s'estompe, que les pensées de lui sombrent peu à peu dans les confins solitaires de ses heures sans sommeil. Ce qui n'arriva pas.*

*

L'ardent soleil transperça les rideaux de la chambre de Jean et la réveilla bien avant l'heure habituelle. Elle avait peut-être dormi deux heures, ne cessant de replonger dans un rêve où elle voyait Horst courir vers elle sur la plage de St Brelade, lui faire signe et crier désespérément. Puis brusquement ce n'était plus Horst mais son père, et tandis qu'il s'approchait elle voyait qu'il pleurait, son corps squelettique, tremblant, criant quelque chose qu'elle ne pouvait ni entendre ni comprendre. Chaque fois elle se redressait d'un bond sur son lit, pour retomber dans sa propre sueur et attendre que l'horrible manège se remette à tourner.

Se levant en silence, elle vérifia que le mot de Horst était toujours dans sa cachette, la planque sûre où elle gardait toutes ses missives et ses cadeaux depuis vingt mois, puis elle remonta dans son lit et s'enfonça dans son oreiller, essayant de calmer son esprit frénétique. Toutes les pensées concernant la femme Le Tourneur et la rencontre devant son appartement s'étaient volatilisées. Elle n'avait plus qu'une idée en tête, le vendredi en huit, et son premier rendez-vous avec Horst depuis deux mois. Elle l'imagina : la première étreinte, un baiser profond près du port dans le crépuscule déclinant. Elle pensa à ce qu'elle porterait et au doux parfum de ses cheveux. Elle s'efforça de mettre de côté le fait que ce serait presque certainement leur dernier moment ensemble.

Puis, alors que la lumière pénétrait dans sa chambre, dessinant des traits dorés sur le sol et le plafond, la réalité commença à s'insinuer en elle. Elle n'aurait peut-être même pas ça. Et si le projet de Horst de quitter furtivement le bateau n'aboutissait pas ? Il avait dû comploter avec d'autres, soudoyer un gardien, prévoir l'accès à un petit bateau ou à un canot – à chacune de ses étapes, quelque chose pouvait mal tourner. Pire, il pourrait être repéré par un gardien et abattu. Et si sa mère insistait pour qu'elle reste à la maison ce soir-là pour une quelconque corvée ou une discussion en famille ? Elle se tourna sur le côté, le souffle court. Ce dont elle avait besoin, c'était d'un plan. Si elle n'avait aucune prise sur la situation de Horst, elle pouvait par contre agir sur la sienne et s'assurer que rien ne se mette en travers de son chemin. Il fallait qu'elle prépare le terrain, et ne donne à personne, surtout pas sa famille, la moindre raison de soupçonner quelque chose. Il fallait qu'elle réfléchisse.

Elle avait dû s'assoupir de nouveau, car soudain elle fut réveillée par de fortes voix provenant de la cuisine. Elle enfila en vitesse son vieux chemisier défraîchi et sa jupe et se précipita au rez-de-chaussée, s'arrêtant pour vérifier son reflet dans le miroir du vestibule. En temps normal elle prêtait à peine attention à son apparence, mais aujourd'hui elle remarqua ce que Horst verrait dans quelques jours – une fille ordinaire avec des cheveux châtain terne et aucune forme digne de ce nom. Elle ne pouvait rien faire sinon prier qu'il ne soit pas déçu car, parmi toutes les jeunes filles pleines de vie qui paradaient en ville le samedi matin dans l'espoir d'attirer le regard d'un jeune tommy, elle se considérait elle-même comme un mauvais parti. Pourquoi Tom Maloret a-t-il vu en elle une raison de l'inviter à un bal, c'était un mystère.

Tom Maloret. Elle l'avait presque oublié, mais maintenant une idée germait dans son esprit. Lentement, tout en continuant à réfléchir, elle traversa le vestibule jusqu'à la cuisine et se glissa à l'intérieur sans se faire remarquer.

Eddie était installé devant la table, le visage rouge et veiné suite à son passage au Peirson hier soir, de toute évidence de sale humeur, serrant dans son poing une lettre à en-tête officiel que Jean supposa être de son avocat. Silencieusement elle prit une tasse dans le placard pour se servir du thé.

« Je veux dire, de quel droit se comportent-ils comme les gardiens du temple ? » Eddie hurlait. « On est du même bord, ils devraient être contents du soutien.

— Peut-être parce que tu n'as jamais fait l'armée, répondit doucement Violet, essuyant les couverts avant de les ranger.

Comme Martin l'a dit, la plupart d'entre eux sont des ex-soldats.

— Moi aussi j'aurais été soldat, si mon palpitant avait été un peu plus solide. » De rage, Eddie se frappa la poitrine. « Tu crois que je voulais passer toute la guerre comme un foutu pompier ? Si ces idiots m'avaient laissé faire, j'aurais rejoint l'armée juste comme ça. » Il claqua des doigts avec fureur. Jean respira profondément tout en se versant son thé.

« Que se passe-t-il ?

— Les Loyalistes de Jersey ont décidé qu'ils ne veulent pas de ton oncle dans leur organisation. Ils disent que dans leur groupe ils travaillent ensemble depuis longtemps et qu'ils n'ont besoin de personne.

— Un tas de bourges prétentieux, grogna Eddie. Les gens comme moi leur font peur, voilà le problème. Ils ont la trouille que j'abatte trop de travail et leur fiche la honte. » Ou peut-être, se dit Jean, qu'un seul regard à cet ex-évacué acariâtre et plein de rancune ait suffi à ce corps de militaires professionnels et d'activistes disciplinés engagés dans la résistance pour ne voir en lui que des ennuis possibles. « Si c'est comme ça, qu'ils aillent au diable, poursuivit-il. J'ai pas besoin d'eux. Il y en a plein des comme moi ici, on sait comment faire bouger les choses. Qui a fait en sorte que la femme Le Tourneur soit interrogée ? Eh bien, c'est moi ! »

Jean, la tasse à mi-chemin de ses lèvres, interrompit son geste.

« Ils l'ont déjà convoquée ?

— J'ai parlé aux enquêteurs des États hier, je leur ai tout raconté. Ils la feront venir pour une entrevue cette semaine. Alors ça va barder ! » Il but bruyamment son thé, hochant la tête pour se congratuler de cette réussite. Jean fixa son thé chaud, à peine infusé, le cœur battant à tout rompre. Elle s'imagina Hazel assise sur la même chaise dans le bureau vert d'eau qu'elle-même l'autre semaine, offrant les mêmes arguments douteux pour sa défense, mais se faisant rembarrer. Une étrange émotion s'empara d'elle – qu'était donc ce mot allemand que Horst lui avait appris ? *Schadenfreude*, le plaisir face au malheur d'un autre. Oui, c'était ce qu'elle ressentait en ce moment, une amertume réconfortante alors que l'image de son père gémissant dans sa cellule la percutait de nouveau. Si les autorités avaient agi si vite, c'est qu'ils devaient être certains de la culpabilité de Le Tourneur, et dans ce cas cette idée absurde de l'impopularité de Phil Parris pouvait être abandonnée définitivement. Jean s'appuya au dossier de sa chaise, se disant que si la justice ne ramenait pas les morts, elle aidait bien les vivants. En attendant, elle avait d'autres priorités devant elle.

« Maman, tu sais ce vieux rideau en velours que tu avais mis de côté pour en faire quelque chose de joli ? Tu aurais le temps de t'en occuper avant le week-end ?

— Je suppose, répondit Violet. Pourquoi ?

— Tom Maloret, l'employé du bureau des États, m'a invitée au bal du Pavilion. Ça serait bien si je portais quelque chose de neuf pour l'occasion. Si ça ne t'ennuie pas que je sorte ? » Tout en prononçant ces mots, la culpabilité l'envahit. Tom Maloret n'avait montré à son égard que de la gentillesse, et elle était sur le point de l'utiliser à ses propres fins. Mais le regard ravi de sa mère à l'idée d'un soupirant bien réel pour sa fille lui apprit que son plan fonctionnait déjà.

« Bien sûr. J'avais sorti ma boîte à ouvrage pour retoucher la veste de Phil de toute manière, alors je m'y mettrai aujourd'hui. »

Jean suivit le regard de sa mère en direction de la veste en laine bleu marine préférée de son père, pendue au dos d'une chaise.

« Pourquoi retouches-tu la veste de papa ?

— Parce que ton oncle Eddie va la porter. » Avant que Jean puisse réagir, Violet prit la veste et la tendit à Eddie. « Et voilà.

Comme neuve. Peut-être un peu serrée dans le dos, mais elle fera encore bon usage.

— Formidable, Violet, merci. » Son oncle l'enfila, appréciant le tissu. Jean le fixa. C'était la veste que son père avait portée tous les dimanches quand ils sortaient en famille, celle à laquelle elle s'accrochait quand elle se balançait à son bras lorsqu'ils rentraient à pied du parc. Voir Eddie la porter la rendit malade.

« Idiot de la garder enfermée dans l'armoire alors que tu as besoin de nouveaux habits, continuait Violet. Très élégant. Sors avec et montre à ces loyalistes ce qu'ils ratent !

— Tu es sûre que ça ne te dérange pas ? »

Violet fit un petit geste de la main pour montrer que non. Jean resta parfaitement immobile, sa tasse de thé figée dans sa main. Elle voulait hurler que ça la dérangeait, elle, que ça la dérangeait énormément. Hurler à Eddie d'enlever la veste immédiatement et de la remettre à sa place. Demander à sa mère ce qui lui passait par la tête, de se débarrasser des vêtements de son mari si vite après le service commémoratif. Mais elle ne dit rien. Cette semaine, entre toutes, elle savait qu'elle devait se conduire parfaitement bien et ne pas faire de vagues. Après tout, après cette série catastrophique d'événements, il y avait enfin quelques lueurs d'espoir. Celle qui avait dénoncé son père serait bientôt en prison, et elle commençait son nouvel emploi aux Renoncules demain. Et mieux encore, elle verrait Horst dans dix petits jours. C'était tout ce qui comptait maintenant. Elle se força à sourire.

« Bon, maman, je vais chercher ce rideau dans le placard ? »

*

L'eau laiteuse et écumeuse s'agitait dans un sens puis dans un autre. De la sueur tombait de son front sur la mousse alors qu'elle tournait le bâton de bois de gauche à droite, hissant les draps autour du baquet à lessive, ses biceps se tendant sous son chemisier. De l'autre côté de la fenêtre, le soleil tapait, mais à l'intérieur de la buanderie la vapeur et la condensation tombaient comme de la pluie sur chaque surface, et le feu brûlant dans l'âtre sous le cuivre ne faisait qu'empirer la situation. Jean s'essuya le front avec son coude, et se demanda quelle heure il pouvait être. Une chose était sûre, elle ne pourrait jamais être venue à bout des tâches qui lui avaient été assignées à une heure, moment où son travail se terminait officiellement. Et tout ça pour trois livres et six pence par semaine.

Versant le liquide sale dans le drain, elle remplit le baquet avec de l'eau fraîche pour rincer, ajouta, selon les instructions de Beattie, un sachet de Reckitt pour la blancheur, puis le tira jusqu'à l'essoreuse, insérant avec peine chaque drap à l'intérieur pour évacuer l'eau. C'était un travail qu'elle avait souvent fait, enfant, à la maison, mais avec son frère plus âgé Harry se chargeant presque à lui tout seul de faire tourner le lourd levier, ça ressemblait un peu à un jeu. À présent, seule dans cette chaleur, c'était un combat titanesque d'arriver à placer les longs draps entre les rouleaux et les faire ressortir dans le panier propre de l'autre côté. Après les draps venaient les chemises, les chemisiers, puis les sous-vêtements. Des tonnes de sous-vêtements. De toute évidence les gens de la campagne ne perdaient pas leurs effets personnels à cause des voleurs de linge comme en ville. (Jean avait perdu deux autres articles cette semaine et commençait à s'inquiéter à l'idée d'étendre quoi que soit.) Ou alors la famille de sa tante possédait tout simplement de nombreux exemplaires de tout. Assurément il se trouvait de nombreuses chaussures et bottes dans la pile qu'on lui avait demandé de cirer dès qu'elle en aurait terminé ici. La liste des tâches que Beattie lui avait tendue avec un grand sourire ce matin fut une mauvaise surprise. Encore pire que l'annonce de sa tante, disant qu'ils avaient décidé de la payer la même somme que leur femme de ménage précédente car ils savaient qu'elle ne voulait pas qu'on lui fasse la charité. Jean avait ouvert la bouche pour protester, dire qu'elle n'aurait pas vu cela comme de la charité, surtout avec le coût du trajet en bus. Mais alors elle avait pensé à la soirée précédente, regardant Eddie compter les billets de dix shilling avant de les donner à sa mère, affublé de la veste de son père et un sourire mielleux aux lèvres, et elle avait refermé la bouche. Si Jean voulait un salaire, même minuscule, c'était ça ou rien.

Elle essaya de se concentrer sur le positif. L'argent paierait une part décente des rations de la semaine à venir ; le travail serait ardu, mais ce n'était qu'une version plus longue de ce qu'elle faisait déjà à la maison. Et elle pourrait voir Daphne deux fois par semaine. Le côté le plus difficile, comme Beattie l'avait anticipé, serait d'endosser un nouveau rôle dans un endroit où elle s'était toujours sentie chez elle. Pendant des années une visite aux Renoncules avait été synonyme de plaisir et de nourriture, même si Jean soupçonnait l'abondance d'être parfois de l'esbroufe. Si souvent elle avait cabriolé avec ses cousins dans les couloirs et les recoins de la ferme et dans les champs alentour, avant d'être conduite dans la cuisine pour déguster la citronnade et les biscuits de Beattie. Mais ce matin, à peine Beattie l'avait-elle, pleine d'entrain, menée à la buanderie pour lui montrer les paniers débordant de linge qu'elle disparut pour nourrir les cochons, et ne revint pas. Personne ne vint jeter un coup d'œil amical par la porte pour voir comment elle s'en sortait, et si Daphne n'était pas passée une tranche de pain beurrée à la main, demandant à Jean si elle en voulait une aussi, elle n'aurait pas déjeuné du tout. Jean avait souri et poursuivi ses travaux sans se plaindre, mais maintenant, alors qu'elle chancelait jusqu'à la cour pour jeter les immenses draps sur la corde d'étendage tendue entre le corps de ferme principal et une des dépendances, prenant conscience du fait qu'elle en était à peine à la troisième des tâches de sa liste, elle se surprit à se demander si la véritable raison pour laquelle son oncle et sa tante avaient accepté de si bon cœur sa proposition n'était pas que ça leur procurait une employée corvéable à merci. Enfant elle avait souvent vu leurs travailleurs saisonniers français se traîner jusqu'à la grange où ils dormaient, et elle avait accepté l'argument de Martin selon lequel ce logement correspondait à leurs habitudes et préférences. Aujourd'hui elle se disait que peut-être Beattie et lui, tout simplement, ne se préoccupaient guère des besoins de leurs employés.

La brise et le soleil sur sa peau lui firent du bien, et lorsqu'elle eut suspendu le dernier drap, elle s'assit un moment sur un vieux tabouret de traite. À cet instant Martin sortit dans la cour, fumant une cigarette roulée. En la voyant il lui fit un petit signe de tête.

« Comment ça se passe ? »

Péniblement, Jean se releva. « Bien, merci. »

Martin tira sur sa roulée et acquiesça. « Comment va ta maman ?

— C'est difficile pour elle. Pour nous tous.

— Beattie te préparera un sac de Royals, les bonnes pommes de terre de chez nous, à emporter. J'ai entendu dire qu'ils avaient convoqué cette délatrice ? » Jean acquiesça. « J'espère qu'ils vont la pendre. La prison c'est trop gentil pour les collabos, pendez-les tous, c'est ce que je dis. » Jean pensa à Horst et se demanda si Martin lui réserverait le même sort. Elle s'essuya le visage pour cacher ses joues qui rougissaient. Martin tira la dernière bouffée et écrasa le mégot sur les pavés. « Bien sûr, ils ne la pendront pas. Ils auront pas le cran. Et si ces types du Mouvement démocratique sont élus, que Dieu nous vienne en aide. » Jean fit un sourire qu'elle espérait pouvoir faire passer pour un acquiescement. Tout ce qu'elle savait c'était que les communistes étaient de la mauvaise graine, mais comme Staline avait été un allié pendant la guerre, elle trouvait que ça prêtait un peu à confusion. « Tu restes à bonne distance d'eux, ces fauteurs de troubles en herbe. Tu sais qu'ils veulent que nos jurats ne soient plus en charge des paroisses civiles ? » Elle essaya de prendre l'air réprobateur qui convenait. « Et ils veulent que les fermiers forment une sorte de comité avec les États, qui nous dirait combien il faut produire ! Une satanée Russie, c'est ce qu'ils veulent maintenant ! Tiens-toi à l'écart de cette engeance. »

Jean, sur le point de poser une question, hésita. Le sujet avait refusé de quitter son esprit et elle soupçonna que ce serait le seul moyen de s'en débarrasser, mais elle ne savait pas quelle serait la réaction de son oncle.

« Oncle Martin ? Tu savais que mon père avait été en prison, avant la guerre ? »

Martin se figea, brusquement sur le qui-vive.

« Ça remonte à longtemps. Pourquoi tu demandes ça ?

— Oncle Eddie l'a dit en passant. Qu'est-ce qu'il a fait exactement ?

— C'était quand il travaillait pour les Pallot. Un peu de fauche et recel de biens volés, je crois que c'était ça l'accusation. »

Jean hocha la tête. « Je ne l'ai jamais su. Bon, ça lui a servi de leçon, j'imagine. » La petite explosion de rire de Martin la prit complètement par surprise. « Qu'y-a-t-il de si drôle ? » Son oncle se frotta la bouche du dos de la main.

« Rien. Comme tu le dis, ça lui a servi de leçon. »

Jean était sur le point d'en demander plus, mais à cet instant l'arrivée dans la cour de Daphne, comme un bouquet de fleurs jeté sur une scène, coupa court à toute conversation.

« Jeannie ! J'espère qu'ils ne te font pas travailler trop dur ? »

Jean eut un petit rire forcé. « Tout va bien.

— On pourra sortir quand tu auras fini ? On peut aller cueillir des fleurs dans le pré, et les presser dans mon atlas ? Je veux aussi les utiliser sur les invitations pour mes vingt et un ans en septembre, alors il m'en faut beaucoup. »

Martin leva les yeux au ciel. « Cet anniversaire va m'achever. » Daphne se blottit sous son bras.

« On va inviter tous les gens qu'on connaît. Ce sera une vraie célébration.

— Ce sera ma ruine, plutôt. » Mais il souriait. Daphne gloussa et on aurait dit le tintement d'un carillon.

« Maman dit que tu aimes te plaindre, mais en dessous tu es juste un grand nounours. Pas vrai ? »

Martin riait aussi à présent. « Bon, ne pousse pas trop ta chance quand même, jeune fille. »

Jean soupçonna qu'il était environ vingt ans trop tard pour ce genre de remontrance.

« Et qu'est-ce que j'ai entendu, tu vas au Pavilion avec un jeune homme samedi ? » Les yeux de Daphne étaient emplis de joie espiègle, et le cœur de Jean se serra. Rien ne pouvait rester secret longtemps dans cette île minuscule. Il y en avait toujours un pour marcher sur la mauvaise route ou jeter un coup d'œil par la fenêtre ou tomber sur quelqu'un au marché. Elle pensa à sa rencontre avec Horst la semaine suivante et frissonna.

« C'est juste ce type des bureaux des États – ce n'est rien, vraiment.

— Non, c'est merveilleux ! » De toute évidence Daphne perçut l'anxiété dans l'expression de Jean car elle ajouta : « Et tu ne dois pas te sentir coupable. Ton papa aurait voulu que tu t'amuses, après l'horrible période qu'on a tous vécue, tu n'es pas d'accord, papa ? Alors amuse-toi bien et raconte-moi tout après. » Elle jeta un coup d'œil à sa montre. « Je viens te chercher quand, vers trois heures ? »

Jean secoua la tête. « Je ne crois pas que j'aurai fini à trois heures. Et il faut que je prenne le dernier bus. »

Daphne se renfrogna. « Quel dommage. Tant pis, je te montrerai les fleurs pressées mardi. » Sur ces mots elle disparut, ne laissant derrière elle qu'un léger parfum de savon à la lavande.

Le reste de la journée passa dans une sorte de brouillard. Jean frotta les surfaces et le sol de la cuisine jusqu'à en avoir mal aux bras, s'attaqua au tas de chaussures et de bottes et les fit reluire avec un reste de cirage et un vieux chiffon. À trois heures quarante-cinq elle termina de couper de jeunes choux pour le dîner de la famille, accepta de Beattie son salaire avec ce qu'elle espéra ressembler à de la gracieuse gratitude et courut attraper son bus. Sur le chemin du retour, elle ferma les yeux et laissa les images flotter librement dans son esprit. Elle se rappela une veille de Noël à la ferme, longtemps avant la guerre : sa mère et son père dansant sur de vieux disques de jazz, Daphne et elle jouant à la marelle sur le palier pendant des heures. La délicieuse mousse au chocolat de Beattie et son père riant de voir son menton recouvert de chocolat. Le plaisir, le bien-être, l'assurance d'un univers bien à elle... Cela paraissait si proche et réel qu'elle tendit les doigts pour le toucher mais ne sentit que le verre crasseux de la vitre du bus.

Le samedi soir à venir la terrifiait.

*

Le reflet dans le miroir lui rendit son sourire, et Jean fit de son mieux pour croire en ce qu'elle voyait. Le shampoing et la mise en pli faits chez le coiffeur ce matin, sur l'insistance de sa mère, donnaient bien un peu de forme à ses cheveux. Et le rouge à lèvres Coty déniché par Violet au fond du tiroir de sa coiffeuse, quelque peu sec mais par miracle encore utilisable, ajoutait un éclat de couleur. Elle ne pouvait pas non plus incriminer la veste en velours confectionnée par sa mère à partir du vieux rideau, et qui à coup sûr rehaussait son vieux chemisier fatigué. Mais quelle que soit la manière dont elle essayait de disposer ces éléments, quel que soit l'effort qu'elle faisait pour tenter de projeter un sentiment de gaieté insouciante, tout ce qu'elle voyait c'était une fille indifférente qui aurait de loin préféré se coucher tôt avec une tasse de thé. Et elle savait que c'était ce que Tom Maloret verrait, lui aussi.

Elle essaya de se souvenir de son visage. Plutôt amical, bien qu'un peu pâle à force d'être dans un bureau toute la journée. Il lui avait semblé, pour autant qu'elle ait remarqué quoi que ce soit à son sujet, que c'était une personne gentille et sensible. Et le Pavilion, qu'elle n'avait visité qu'une seule fois lors d'une fête d'enfants avant la guerre, offrirait sans doute une soirée plus glamour et plus distrayante que celles passées depuis longtemps. Ce ne serait peut-être pas si désagréable. Elle tenta un sourire plus amical que séducteur, qui n'exprima rien de mieux qu'une gêne constipée. Mais un coup frappé à la porte, pile à l'heure, lui confirma qu'il n'y avait plus d'échappatoire.

Alors que Jean descendait l'escalier, essayant de ne pas trébucher avec les chaussures à talons empruntées à sa mère, Eddie jouait à l'homme de la maison avec Tom dans le vestibule, et tous deux lui firent un grand sourire quand elle apparut. Tom portait son costume bleu marine. Eddie arborait l'un des mouchoirs en soie de son père dans la poche supérieure de sa veste – un autre don de sa mère, sans aucun doute.

« Bonsoir, Tom. Allons-y, voulez-vous ? » Elle fourra sa

pochette sous son bras, et dans sa hâte faillit trébucher sur la dernière marche, sachant qu'à tout moment Eddie pourrait entamer une conversation gênante au sujet de l'enquête en cours. Tandis qu'ils franchissaient la porte pour s'éclipser, son oncle lui fit un clin d'œil et elle entendit sa voix les suivre le long de l'allée.

« Ne vous souciez pas de l'heure à laquelle elle rentrera, Tom, amusez-vous bien. » De contrariété, la peau de Jean se hérissa tandis qu'elle claquait le portillon. Qui était-il pour donner des instructions sur ses allées et venues ? Mais Tom acquiesça poliment.

Il leur fallut environ vingt minutes pour marcher jusqu'à West Park, et pour l'essentiel ils parvinrent à maintenir une conversation agréable – comment ils avaient passé tous les deux le Jour de la Libération, et leurs recettes les moins appréciées pendant l'Occupation. Tom la questionna avec une réelle curiosité, lui laissant largement le temps de répondre, et alors qu'ils avançaient vivement le long des rues éclairées de rose par le soleil du soir et passaient devant des voisins échangeant les nouvelles chacun d'un côté du mur de leurs jardins, elle sentit qu'elle se détendait, humant les parfums des pins au loin et les vapeurs d'essence dans l'air du soir approchant, admirant les dorés et les gris du ciel tandis que le soleil commençait à plonger. Le gigantesque gâteau de mariage de West Park Pavilion apparut devant eux, resplendissant avec sa façade ornée et ses fenêtres élaborées, et Tom lui tendit le bras dans un geste de fausse formalité, et Jean sourit aussi largement qu'elle put et le prit, se disant qu'il s'agissait simplement d'une soirée agréable avec un agréable jeune homme, et que rien n'était attendu d'elle.

Les marches qui descendaient à la principale salle de bal du Pavilion menaient à un autre monde. L'immense et flamboyante pièce n'avait peut-être pas retrouvé son cachet d'avant-guerre, mais le parquet brillant, flanqué de chaque côté de petites tables carrées et de fauteuils de rotins, semblait s'étendre à l'infini. Un balcon courait sur toute la longueur de la salle, avec des porte-fenêtres ouvrant sur de vastes terrasses ensoleillées, le tout surplombé d'un plafond carrelé délicatement voûté d'où pendaient des luminaires ornés dispensant une douce lueur dorée. Sur l'estrade jouait un orchestre de jazz de la région, et des couples s'agglutinaient déjà sur la piste, impatients de sentir la proximité d'un autre corps et de trouver des bras dans lesquels danser. D'autres s'assemblaient autour des tables par deux ou par quatre, sirotant une boisson et admirant le spectacle. Parmi les hommes beaucoup portaient l'uniforme, certains d'un rang plutôt élevé, et toutes les femmes paraissaient étonnamment séduisantes même avec leurs robes à fleurs fatiguées et leurs vieilles fourrures. Tout le monde semblait heureux et ici et là des petits éclats de rire fusaient dans l'air comme des feux d'artifice.

« Par là ? » Tom la conduisait vers une table du fond. Elle le laissa la guider vers un siège et s'y installa aussitôt en agrippant son sac comme un radeau de secours, ainsi que le faisait toujours sa mère. Tom proposa des boissons, et bientôt elle se retrouva en train de fixer un gin à l'orange aux couleurs criardes, et se demanda pourquoi elle avait demandé quelque chose d'aussi cher alors qu'elle se serait volontiers contenté d'une limonade. Tom s'était acheté une bouteille de bière française et la fit tinter contre son verre à elle avant de la boire avec une certaine gêne, et à cet instant la conversation sembla s'essouffler. Ils regardèrent les danseurs pendant quelques minutes, se souriant de temps en temps, tandis que Jean fouillait dans son esprit à la recherche de quelque chose à dire.

« Cela vous plaît, de travailler pour les États ? » finit-elle par dire.

Tom haussa les épaules. « Ça va. Mes parents sont contents. » Jean prit un air interrogateur, espérant qu'il poursuive. « J'aurais préféré travailler en plein air, être un cultivateur comme mon père. Mais ils voulaient que je réussisse, quoi que ça puisse vouloir dire. » Il eut un petit rire peu convainquant, avant de vite se reprendre. « Au fait, je voulais redire à quel point je suis terriblement désolé de ce qui est arrivé à votre père. »

Jean sirota une gorgée de son gin. « Merci.

— C'est tout simplement atroce. Je ne sais pas comment on peut être si cruel.

— Vous parlez des Allemands, ou de la personne qui l'a trahi ? » Elle se mordit la lèvre et reposa son verre sur la table. C'était trop tôt pour s'aventurer sur ce sujet sensible ; elle faisait exactement ce qu'elle avait craint que fasse Eddie. Mais Tom se contenta de prendre une autre gorgée de bière, l'expression inchangée.

« Des deux. Les deux comportements sont méprisables. »

Jean hésita. C'était l'occasion idéale de clore le sujet et de passer à autre chose. Mais la curiosité la dévorait.

« J'ai entendu dire que vous avez interrogé Hazel Le Tourneur cette semaine ? »

Tom acquiesça. « L'unité des Affaires civiles s'en est occupé, oui. » Jean retint son souffle, mais les yeux de Tom restaient fixés sur les danseurs.

« Et avez-vous une idée de ce qui a été dit ? »

Tom vida ce qui restait de sa bière, l'air un peu embarrassé. Jean se dit alors que de telles conversations en dehors du bureau étaient peut-être proscrites, ou même susceptibles d'aboutir à un licenciement. Elle se demanda si la rencontre sur le trottoir de New Street était déjà remontée jusqu'à eux.

« Je n'assistais pas à l'entrevue. Mais j'ai vu le compte rendu.

— Et?

— Elle n'est pas connue de nos services. Elle a écrit quelques lettres à plusieurs membres des États pendant l'Occupation. »

Le cœur de Jean s'emballa. « Des lettres ? Qui disaient quoi ? »

Tom prit le temps de choisir ses mots. « Je crois que c'est juste quelqu'un qui aime se plaindre. »

Jean reprit son verre et en avala la moitié d'un coup. « Eh bien, je sais qu'elle n'aimait pas mon père. Je ne serais pas étonnée qu'elle ait raconté des mensonges à son sujet. »

Une nouvelle hésitation. Cette fois Tom baissa les yeux sur la table et Jean comprit qu'il refusait de croiser son regard. Elle sentit la même gêne que lorsque son oncle avait ricané après son allusion au séjour en prison de son père.

« Je crois que ses doléances étaient d'ordre général, finit par dire Tom. On a reçu de nombreuses lettres de ce genre. » Il sortit un paquet de cigarettes Capstan et en offrit une à Jean, qui la refusa à contrecœur – si sa mère apprenait qu'elle avait fumé en public elle en entendrait parler jusqu'à la fin des temps. Tom en alluma une et souffla un rond de fumée parfait en direction du haut plafond avant de poursuivre. « En fait, on en a reçu des centaines. Il en arrivait toutes les semaines, pestant contre toutes sortes de choses. Les prix, les rations, les politiques qui ont droit à des faveurs... pourquoi on n'a pas empêché les Allemands de faire ceci ou cela. Pour la plupart d'entre eux, je crois que ces gens voulaient juste pouvoir se défouler sur quelqu'un. Même si parfois ils touchaient juste.

— Et Hazel Le Tourneur pestait contre quoi ?

— Elle avait un point de vue très moral sur certaines choses.

— Alors vous pensez que c'est elle la délatrice de papa ? »

À cet instant Tom la regarda en face, et ses yeux exprimaient la pitié. « Je suis désolé, Jean. Je ne sais vraiment pas. Et je ne suis pas certain que ce soit le meilleur sujet de conversation pour une soirée agréable. » Il la regarda plus intensément encore. « C'est pour ça que vous avez accepté de sortir avec moi ce soir ? Pour m'interroger à ce sujet ?

— Non, non, ce n'est pas pour ça. » Jean était heureuse que l'éclairage soit faible, cachant, elle l'espérait, ses joues en feu ; la raison véritable, elle le savait, était tellement pire. Elle se força à un sourire d'excuse. « Je passe un très bon moment, je vous assure. C'est juste... J'y pense tout le temps. Je ne pourrai pas être tranquille tant que je ne connaîtrai pas la vérité.

— Je comprends bien. S'il y a quoi que ce soit que je puisse faire pour vous aider ou aider votre famille, vous n'avez qu'à demander. » Il prit une longue bouffée, puis éteignit sa cigarette, bien qu'elle soit loin d'être finie. « Et maintenant, si on dansait ?

— Je ne suis pas très bonne danseuse. » Le gin n'aidait pas autant qu'elle l'avait imaginé, mais la rendait étourdie et distante. Elle se sentait comme si elle l'observait depuis une table lointaine. « J'ai fait de la danse traditionnelle à l'école primaire, mais...

— Eh bien, je ne suis pas bon danseur non plus. Mais si on se faufile jusqu'au milieu, on peut être complètement ridicule sans que personne n'en sache rien. » Il sourit, d'un véritable sourire cette fois, avec les yeux. « Allons, qu'en dites-vous ? »

Jean se laissa conduire jusqu'à la piste. Il mit une main autour de sa taille et de l'autre prit la sienne. Le quintet entama une version quelque peu dépouillée de *Don't Sit Under the Apple Tree*, et elle laissa Tom guider ses pas irréguliers, maladroits. Rien n'allait ; ses bras n'étaient pas les bons, son corps ne dégageait pas la bonne odeur. Elle aurait désespérément voulu que ce soit Horst. Mais, pour ce soir, elle devait juste faire semblant. Elle laissa la musique et le mouvement la submerger jusqu'à ce qu'elle sente son corps ne faire plus qu'un avec son environnement, et jusqu'à devenir un rouage docile de l'immense machine à danser, une tache de couleur animée dans la faible lumière jaune. Lorsque le groupe passa à une interprétation incertaine de *Jeepers Creepers*, elle ferma les yeux et se détendit un peu dans les bras de Tom, laissant le rythme, la mélodie et le gin embraser son imagination. Mais son corps avait beau se détendre, son esprit n'arrivait pas à lâcher prise, une pensée ne cessant de revenir encore et encore. Tom Maloret savait quelque chose au sujet de son père, ou bien sur Hazel Le Tourneur, qu'il ne lui avait pas dite. Et peut-être n'était-il pas le seul dans ce cas.

*

La musique en provenance du Pavilion résonnait faiblement dans le parc alors que Hazel rentrait chez elle. Elle imagina, à l'intérieur de ses élégantes portes, des dizaines de danseurs hauts en couleur bougeant follement, la joie de la Libération libérant leurs corps. Les fragments de mélodie qu'elle pouvait saisir étaient vifs et gais et elle voulait se réjouir pour ces gens mais, se dirigeant tristement vers New Street, elle ne put ressentir autre chose que du ressentiment. L'idée qu'on puisse être joyeux et insouciant ce soir, quand son monde à elle était en train de s'écrouler, lui paraissait terriblement injuste. Elle poursuivit son chemin dans les rues étouffantes de la ville, les pieds et les mollets douloureux. Cela devait faire au moins quatre heures qu'elle marchait, prolongeant son itinéraire habituel de South Hill à Havre des Pas et retour, contournant le port et longeant la baie jusqu'à West Park. Elle ne savait pas du tout où elle allait. Tout ce qu'elle savait, c'était qu'elle essayait d'éviter de rentrer chez elle, où elle aurait à affronter son père et lui dire ce qui s'était passé.

L'entrevue de cet après-midi, dans le bureau vert d'eau encombré tout au fond du bâtiment des États, avait débuté de manière plutôt innocente. Elle s'était sentie nerveuse sur le trajet, mais restait confiante, sachant qu'elle s'était bien préparée. Anticipant les questions, testant les réponses. C'était un peu comme faire réviser des étudiants pour un examen. Elle avait même repassé son tailleur mauve, son meilleur, celui qu'elle gardait pour les soirées avec les parents et les occasions spéciales et qui, elle l'espérait, lui donnait l'air d'une citoyenne responsable et digne de confiance. Le lieutenant de l'unité des Affaires civiles, appartenant à la Task Force 135, l'accueillit avec grande courtoisie quand elle entra, et l'inspecteur de la Sécurité publique de Londres, qui avait le teint rose, tira même une chaise pour elle. Un peu de flagornerie, comprenait-elle maintenant, avant ce qui allait venir.

Le lieutenant, de manière prévisible, commença par des questions anodines. Depuis combien de temps vivait-elle au-dessus de la quincaillerie de Parris, qui d'autre habitait là, quelle était la nature de sa relation avec feu Mr Parris ? Hazel répondit poliment, soulignant la très bonne entente qui régnait entre Parris et elle les premiers temps de l'Occupation. Elle expliqua qu'elle-même, son père et sa sœur aujourd'hui décédée comptaient sur le magasin au tout début de la guerre, quand les pénuries apparurent sans crier gare – qui aurait pu dire que les clous deviendraient aussi rares, et qu'un seau qui fuyait serait irremplaçable –, et comme Philip Parris fut heureux de les aider. Un jour il avait même réservé à leur famille la dernière tapette à souris du magasin, la leur laissant à prix coûtant, du moins selon ses dires. Après l'interdiction des postes de radio en 1942, il invitait assez souvent Hazel à le rejoindre avec d'autres voisins dans son arrière-boutique pour écouter les informations de la BBC à neuf heures. Ensuite, expliqua-t-elle, ce fut vers la fin de cette année-là que les choses avaient changé.

« Et ce qui a provoqué ce changement, c'est quoi ? » demanda l'inspecteur, se penchant en avant.

Alors Hazel leur raconta. Raconta ce dont elle avait été témoin depuis la fenêtre de sa cuisine, celle qui donnait sur la minuscule cour à l'arrière du magasin. Raconta le dégoût qu'elle et son père ressentirent, et qui au fil des mois se transforma en indignation et en répugnance. Raconta les échanges secs entre Parris et elle qui plus tard devinrent des prises de bec enflammées et finalement de véritables querelles. Et les officiers écoutèrent, posèrent d'autres questions et notèrent tout, mais Hazel comprit à leurs regards en biais qu'ils ne croyaient pas en ses réponses. Elle sentit des picotements de sueur sous son tailleur. Le tissu était en laine, un mauvais choix pour une journée aussi chaude. Elle avait choisi l'apparence aux dépens de l'aspect pratique.

« Vous vous rendez compte, Miss Le Tourneur, que ce sont des accusations très sérieuses ? Avez-vous la moindre preuve pour les étayer ?

— Une preuve ?

— Des photographies, par exemple ? »

Elle laissa échapper un petit grognement de dérision, le regrettant aussitôt. Maintenant ils allaient penser qu'elle se moquait d'eux.

« Bien sûr que non. Nous avons dû remettre notre appareil photo au début de l'Occupation, comme tout le monde. Mais je sais ce que j'ai vu. »

Les deux hommes se détournèrent du bureau et marmonnèrent entre eux. Hazel s'efforça d'entendre, mais ils possédaient l'art du chuchotement professionnel à un degré exaspérant. Au bout d'un moment, ils se retournèrent tous les deux.

« Donc, dans l'ensemble, vous aviez de nombreuses raisons de détester Mr Parris. Des raisons de vouloir qu'il soit – comment dire – écarté ? »

Hazel les regarda l'un après l'autre. Le scénario de cauchemar commençait à se mettre en place devant elle.

« Mais c'était le cas de beaucoup d'autres personnes. C'est ce que j'ai essayé de vous expliquer.

— Pour l'instant, Miss Le Tourneur, ce ne sont que des allégations non corroborées. À moins que vous puissiez nous fournir d'autres informations, suggérer quelqu'un d'autre à qui nous pourrions parler ? »

Hazel ouvrit la bouche puis la referma. Ça servirait à quoi ? Il était vrai qu'elle n'avait pas de preuve, même pour ce qu'elle venait de signaler, et de toute évidence son témoignage ne lui avait pas rendu service. En rajouter pourrait empirer les choses, et leur regard lui montrait qu'elle était déjà à moitié condamnée. Elle se souvint de la manière dont elle avait préparé son tailleur la veille au soir, se disant que si elle se montrait calme et rationnelle, ils la croiraient, tout simplement. Maintenant elle se sentait idiote.

Elle avait quitté le bureau et, incapable d'affronter le compte rendu qu'elle devrait forcément faire à son père, avait opté pour une longue marche autour de St Helier. Mais à présent elle se sentait trop fatiguée et trop abattue pour continuer, et le cœur lourd elle monta les marches jusqu'à l'appartement. Le vieil homme était assis dans son fauteuil, le visage crispé par l'anxiété.

« Haze, où étais-tu donc ? Je m'inquiétais ! Comment cela s'est-il passé ? Tu leur as tout dit ?

— Oui, papa, je leur ai dit.

— Alors, tout est clair maintenant ? Ils ont compris que ce n'est pas nous qui l'avons dénoncé ?

— Je suis désolée, papa. Je ne crois pas qu'ils aient compris, non. » Elle vit la confusion et la peur voiler d'ombre le visage de son père. C'était ce qu'elle craignait le plus. Le stress, quel qu'il soit, aggravait toujours son arthrite – après la mort de Dottie, il était resté alité pratiquement deux mois.

« Mais nous n'avons rien fait ! Malgré tous nos griefs contre cet homme, nous n'avons jamais dit un traître mot ! Ils ne peuvent pas laisser cette famille nous accuser, ils ne peuvent pas les croire eux plutôt que nous ? »

Hazel se mordit la lèvre. Elle ne se laisserait pas aller à pleurer devant lui ; cet homme avait déjà traversé son lot de tragédie ces derniers temps. Elle ôta la veste de son tailleur mauve et le posa soigneusement sur le dos d'une chaise, puis s'assit aussi près de son père qu'elle le put et lui tendit la main.

« Papa, tu te souviens qu'il y a quelques mois nous avions parlé de cela ? Comment, après la guerre, les gens risquaient d'être en colère ? Toute cette frustration refoulée ? Qu'il y aurait forcément des problèmes, les gens s'accusant les uns les autres de toutes les manières ? » Il hocha la tête sans paraître comprendre, suspendu à chacune de ses syllabes. « Eh bien, je crois que c'est ce qui commence à arriver. Il va falloir que nous soyons tous les deux très courageux, j'en ai bien peur. »

# 5

Il était presque minuit quand Jean enfila sa chemise de nuit et se glissa dans son lit étroit. Les draps en finette étaient doux contre sa peau, et elle enfonça la tête profondément dans l'oreiller. Un rayon de lune argenté, juste suffisant pour dessiner le contour des meubles dans la pièce, passait à travers les rideaux et sur ses jambes, et elle se réjouit de l'obscurité et du silence qui atténuaient l'élancement dans ses pieds et dans sa tête, résultat d'avoir trop dansé et bu deux gins. Cela avait été un soulagement de rentrer chez elle, et encore plus de trouver le rez-de-chaussée vide et plongé dans la pénombre, sa mère déjà endormie et pas d'Eddie en vue. Elle repoussa à moitié les couvertures pour laisser l'air frais de la nuit apaiser son corps fatigué. Le simple effort de parler des heures avec un étranger l'avait épuisée, et malgré ses tentatives de ramener la conversation à son père, aucune nouvelle allusion à ce sujet ne fut possible. Ensuite, lorsque Tom l'avait raccompagnée juste devant sa porte et qu'elle l'avait remercié, avec sincérité, pour l'agréable moment passé en sa compagnie, il s'était penché pour ce qui était de toute évidence un baiser de bonne nuit digne de ce nom, mais instinctivement elle détourna la tête alors qu'il esquissait le mouvement, et ses lèvres sèches, hésitantes, effleurèrent à peine sa joue. Elle doutait d'entendre à nouveau parler de lui, ou qu'il lui donne plus d'informations. Mais au moins cette soirée ferait l'affaire pour alimenter les ragots de sa famille, suffisamment pour qu'elle puisse utiliser Tom comme alibi vendredi prochain. Elle tourna dans son lit. Il était tard, elle était éreintée, et elle ne voulait plus penser au rire inexpliqué d'oncle Martin, à la manière gênée dont Tom avait évité ses questions. Elle ferma les yeux et essaya de faire apparaître des souvenirs de Horst. Cette nuit peut-être, pour une fois, le sommeil viendrait vite.

Le bruit de sa porte de chambre s'ouvrant en grinçant la transperça, un choc électrique dans la poitrine. Dans l'obscurité elle put voir l'ombre d'une personne dans l'entrée. Elle se redressa dans son lit avec un petit cri étouffé.

« C'est bon, c'est juste moi. » La voix de son oncle, chargée de bière et de gaieté factice, ne fit rien pour la rassurer. « Me demandais juste comment s'est passée ta soirée ? »

Le cœur de Jean s'accéléra, et elle remonta les couvertures sur elle. Eddie n'était encore jamais venu dans sa chambre, pas même dans la journée, et elle avait supposé qu'il comprenait la ligne tacite et invisible séparant les espaces masculin et féminin dans la maison. Mais le léger balancement de son corps lui apprit qu'il était plus ivre que d'habitude.

« Tu m'as réveillée. » Elle espéra que ce reproche suffirait à lui faire comprendre que sa place n'était pas là et le pousserait à déguerpir. Mais Eddie était bien trop imbibé pour saisir la subtilité de ses mots.

« Ah, désolé. Bon, maintenant tu es réveillée. » À son grand désespoir il s'approcha de son lit et s'écroula, moitié assis et moitié affalé sur elle. Elle sentit son poids écraser les ressorts du matelas sous elle, et la fraîcheur de l'air nocturne émanant de ses vêtements. La puanteur de l'alcool la frappa de plein fouet.

« Raconte-moi. » Son corps bloquait la clarté de la lune devant la fenêtre de telle sorte que son visage n'était plus qu'une silhouette noire comme de la poix. Jean essaya de rapprocher son corps du mur sans qu'il s'en aperçoive.

« Il n'y a rien de spécial à raconter. On a dansé un peu, on a bavardé, il m'a raccompagnée à la maison.

— Vous avez parlé de la Le Tourneur ? »

Jean fit un rapide calcul dans sa tête. Si elle mentionnait qu'elle soupçonnait Tom de cacher des informations, il voudrait tout savoir, et se serait impossible de se débarrasser de lui. Mais un mensonge impliquait trop de risques d'être démasquée plus tard.

« Apparemment elle a écrit quelques lettres à des politiques d'ici, se plaignant de choses en général. Mais c'est tout ce qu'il a dit. » C'était la version la plus édulcorée qu'elle pouvait donner.

Eddie poussa un grognement de satisfaction. « Ah ! Ça commence à prendre forme. Rien d'autre ?

— Non. Il a dit que ce n'était pas une conversation convenable pour notre soirée ensemble. » Pourvu que ça suffise, implora-t-elle, à mettre un terme à sa visite. Mais Eddie se pencha en avant, comme son père quand il était sur le point de raconter une histoire.

« Il y a peut-être d'autres trucs qu'ils ne nous racontent pas. » Jean ne répondit rien. Elle était consciente de sa chemise de nuit remontée autour de ses jambes, laissant la partie inférieure de son corps exposée sous la fine épaisseur des draps. Cela semblait mal, trop intime, dégradant d'une manière ou d'une autre. Eddie se redressa et, à la grande horreur de Jean, plaça sa large main sur la couverture, au niveau de sa cuisse. Sa paume était chaude, mais un frisson la traversa. « Tu vas le revoir ? » Sa gorge se serra ; parler tout à coup devint un défi.

« Je ne sais pas.

— Il a essayé de t'embrasser ? » Elle comprit à sa voix qu'il souriait en disant cela.

« Pas vraiment. Oncle Eddie, je suis fatiguée. Je veux dormir. » La main sur sa jambe se mit à décrire des cercles caressants. Tous les poils du corps de Jean étaient maintenant dressés. Son estomac se retourna. Le sommeil appartenait à une autre dimension.

« Il a de la chance, ce type, faire la cour à une jolie jeune fille comme toi. » Il soupira. « C'est le meilleur moment, quand on fait la cour. Ça ne dure pas longtemps. Une fois mariés et avec l'arrivée des gosses... c'est plus du tout pareil. Obtenir un petit câlin, ça devient rare. » Jean déglutit avec peine tandis qu'elle continuait à fixer l'endroit où se trouvaient, supposait-elle, ses yeux. « Ma Maureen... elle disait qu'elle aimait mieux lire un bon livre. Un putain de livre. » Son humeur était en train de changer, et Jean sut d'instinct que c'était le point de non retour. Il fallait qu'elle arrive à le faire sortir tout de suite.

« Tu devrais y aller. Tu ne voudrais pas réveiller maman. »

La main d'Eddie cessa son mouvement circulaire. Pendant un horrible instant Jean craignit de l'avoir mis en colère, puis le soulagement l'envahit quand il retira sa main. L'allusion à sa mère venait peut-être de lui rappeler que quelqu'un d'autre se trouvait dans la maison, ou bien il avait senti la peur dans sa voix et pris conscience d'avoir franchi une limite. Alors qu'il se remettait debout avec peine, Jean serra les lèvres pour retenir un gémissement de soulagement.

« On va la faire coffrer, ne t'en fais pas. Tu laisses ton oncle Eddie s'occuper de tout. Dors bien. » Il se dirigea à pas chancelants vers la porte et la franchit en titubant, la claquant trop fort derrière lui.

Pendant de longues minutes Jean resta parfaitement immobile, bien droite dans son lit tandis qu'elle écoutait son oncle avancer à pas feutrés sur le palier. Les pas finirent par atteindre la petite pièce où il dormait et la porte se referma, puis elle entendit le bruissement lointain d'un homme ivre essayant de retirer ses vêtements et, enfin, le bruit sourd de son corps tombant sur le lit. Presque aussitôt, elle entendit un ronflement. À ce moment seulement elle replongea sous ses couvertures, les agrippant avec raideur, son cœur battant toujours la chamade sous ses côtes, souhaitant que l'oncle Eddie ne soit jamais revenu à Jersey, que son père soit encore dans la chambre voisine, et que le soleil se lève et illumine ce ciel sombre, si sombre.

*

« Il vous fallait autre chose, Miss ? » Le marchand, visage grincheux, casquette plate, la fixait au-dessus de sa caisse avec une méfiance à peine déguisée. Jean rougit, se sentant idiote. Elle traînait devant l'étal depuis bien sept ou huit minutes, faisant semblant d'évaluer les concombres, mais ayant tout d'une voleuse qui attendait son heure. Avec un sourire d'excuse elle marmonna quelque chose d'inaudible puis gagna un autre stand, où elle essaya d'avoir l'air intéressé par les carottes. Elle avait mal aux pieds et son sac de courses était lourd. Ce qu'elle aurait vraiment voulu, c'était rentrer chez elle. Mais chez elle, c'était aussi le dernier endroit où elle voulait se trouver, ce qui expliquait pourquoi elle avait passé la plupart du temps ces derniers jours, quand elle ne se trouvait pas aux Renoncules, à traîner dans les rues de la ville ou au marché. Le simple fait d'être dans la même pièce que son oncle poussait son corps anxieux à produire une sueur à l'odeur âcre.

Mais il allait bien falloir rentrer. Les marchands commençaient à remballer leur stock et les porteurs poussaient des chariots dans tous les sens. Avec rien d'autre à acheter et plus d'argent dans son porte-monnaie, Jean reprit à contrecœur le chemin de St Mark's Road. Mais alors qu'elle atteignait la porte d'entrée, elle se sentit plus mal encore. La puanteur de cigarette et de fumée de pipe en provenance de la fenêtre ouverte du salon et le son de voix masculines énervées parlant toutes en même temps lui fit comprendre qu'Eddie tenait de nouveau un de ses « meetings ». Elle ouvrit la porte et le volume bondit aussitôt, des bouts de phrases jaillissant dans le vestibule : « *fichtrement trop mous* », « *et la faute à qui ?* » « *il faudrait fermer ces magasins* ». C'était la deuxième fois cette semaine – ces réunions semblaient devenir régulières.

Une fois rejeté par les Loyalistes de Jersey, Eddie avait, comme annoncé, cherché de nouveaux « alliés », ce qui voulait dire boire dans un grand nombre de pubs de la ville et payer un verre à quiconque prétendait connaître un collaborateur. Il y avait ainsi autour de lui un ramassis d'ex-évacués amers, de vieux garçons mécontents et de gros buveurs tire-au-flanc en quête d'oreilles dans lesquelles déverser leurs nombreuses rancœurs, même si ce dont ils discutaient vraiment pendant ces « meetings », et à quoi ils servaient, Jean ne pouvait qu'essayer de le deviner. Le pire, c'était que Violet semblait plutôt heureuse de les accueillir – Violet, qui, il y a quelques semaines encore, n'aurait pas ouvert sa porte à une telle engeance dans son précieux salon, avec leurs habitudes de laisser les cendriers déborder et de poser leurs tasses mouillées sur sa table hollandaise.

Violet n'était pas dans la cuisine. Jean jeta un œil dans la cour et dans les chambres à l'étage. Avec réticence, elle tourna la poignée de la porte du salon et passa la tête à l'intérieur. Tout d'abord elle ne vit que l'épais nuage de fumée et le visage d'une demi-douzaine d'hommes, un ou deux d'entre eux semblant tout juste sortis de l'école mais la plupart plus vieux qu'Eddie, tous le teint rougi par la chaleur et l'irritation, et son oncle à sa place habituelle devant la cheminée, une position qu'il imaginait lui conférer une sorte d'autorité. Puis elle la vit. Violet, installée bien confortablement dans son fauteuil, fumait une cigarette, ce qui était déjà bien assez surprenant, mais le plus choquant aux yeux de Jean, c'était qu'elle était en train de rire. Un vrai rire à gorge déployée en réaction à une plaisanterie énoncée un instant plus tôt, ses yeux plissés et ses minuscules dents jaunies dévoilées. Sa mère n'avait eu le moindre sourire depuis l'annonce de la mort du père de Jean, et le son de ce rire fit à Jean l'effet d'une douche froide.

« Ah, Jean, te voilà. » L'arrivée de sa fille lui redonna contenance. « Tu viens m'aider à préparer du thé pour ces messieurs ? Ils meurent de soif. »

Jean suivit sa mère dans la cuisine. « Vous étiez en train de parler de quoi là-dedans ? »

Violet eut un petit rictus tout en remplissant la bouilloire. « Des collaborateurs – et de ce que sera la prochaine étape. Les autorités traînent des pieds. On n'a entendu parler de rien cette semaine.

— Et combien de temps Eddie compte rester ?

— Pourquoi ? Il fait partie de la famille.

— Et tante Maureen et les enfants alors ?

— Ils le rejoindront quand il sera installé. »

Jean se souvint de la confession avinée de son oncle sur son mariage et espérait qu'elle ne cachait pas une histoire plus sombre. « C'est qu'il n'arrête pas d'amener ces gens ici, ils utilisent toutes nos rations de thé et de sucre. » La phrase suivante lui échappa malgré elle. « Mais bon, ça semble te plaire tout ça. »

Violet se retourna brusquement. « Et qu'est-ce que tu veux dire pas là ? »

Jean ouvrit la bouche pour répondre. Elle avait tant de choses à dire, des milliers de questions et de doléances se pressaient dans sa gorge pour être entendues. La confusion qu'elle éprouvait au sujet de son père, les accusations voilées qu'elle avait entendues... La désinvolture de Violet concernant les affaires de son mari et sa gaieté déplacée en présence d'un homme que Jean commençait à mépriser. Et plus que tout Jean aurait aimé révéler l'horreur de l'autre nuit, sa gêne dans sa propre chambre qui ne fermait pas à clé, et la sensation de répulsion qu'elle ressentait chaque fois qu'Eddie s'approchait d'elle. Mais dès qu'elle essayait, les mots se volatilisaient. Après tout, qu'avait-elle de précis à signaler ? Qu'il était venu dans sa chambre et lui avait parlé ? Sa mère rirait certainement de sa réaction excessive. Et Eddie n'avait naturellement rien dit, soit qu'il ait tout oublié de son intrusion nocturne, soit qu'il le prétende.

Et par-dessus tout... par dessus-tout, on était jeudi aujourd'hui. Demain serait le jour où enfin elle reverrait son cher Horst. Quel que soit son désir de parler à sa mère, de lui confier à quel point elle se sentait troublée et désorientée ces dernières semaines, Jean savait qu'elle était prête à tout supporter, à souffrir mille morts, plutôt que de dire quelque chose qui pourrait empêcher qu'elle le voie. Alors, elle soupira longuement, profondément.

« Rien, maman. Je n'insinue rien. C'est bon de te voir sourire de nouveau. Écoute, Tom Maloret m'a demandé si je pouvais faire une petite promenade avec lui demain soir, si tu n'as pas besoin de moi ici ? »

Elle avait répété ce mensonge de si nombreuses fois qu'il sortit facilement. Le visage de Violet s'éclaira immédiatement.

« Il t'a proposé cela ? Eh bien, dis-lui que tu en serais ravie. Et passe un bon moment avec lui. »

Jean s'affaira à chauffer la théière, un prétexte pour se retourner et cacher qu'elle venait de rougir.

« Ce sera un bon moment, maman. J'en suis certaine. »

*

« Deux mille membres ! Qui aurait pensé, pendant ces sombres années d'Occupation, que notre mouvement grandirait aussi vite ? Mais un rude combat nous attend et nous devons être encore plus nombreux. »

Une salve d'applaudissements parcourut la salle. Hazel tendit le cou pour mieux voir l'orateur, qu'elle reconnut pour l'avoir aperçu lors du rassemblement de Parade Gardens. Elle aimait cet homme jovial avec son accent insulaire prononcé et sa décontraction. De nombreuses rumeurs avaient circulé selon lesquelles, dans les derniers jours de l'Occupation, il aurait conspiré avec un responsable militaire allemand pour mener une mutinerie contre la garnison locale, et que seule la mort d'Hitler l'avait l'empêchée. Elle se demanda quel effet ça devait faire d'avoir un tel courage.

« Vous ne serez pas étonné d'apprendre, poursuivit l'orateur, que notre estimé journal local s'est entièrement rangé derrière le nouveau parti du pouvoir établi – comment osent-ils s'appeler « progressistes » je ne le sais pas. » Une vague de rires hostiles. « Alors, dans les semaines à venir ce sera à vous de décider si vous voulez rétablir l'équilibre. Sur votre lieu de travail, dans les cantines et dans les pubs du coin, demandez à tout le monde : selon vous, la vie à Jersey avant la guerre était-elle équitable pour les gens ordinaires ? Ou bien cela vous met-il en colère que les loyers aient été si élevés, que les personnes âgées et les malades aient été mis au rebut, que les avancées techniques et culturelles n'aient bénéficié d'aucun investissement ? Si c'est le cas, c'est notre plus grande, notre meilleure occasion de faire en sorte que cette île œuvre pour le bien de tous. »

Les applaudissements fusèrent de nouveau, et Hazel applaudit aussi, ses épaules se relâchant un peu sous son châle. C'était un soulagement de s'asseoir dans cette salle, de se perdre dans les idées et d'échapper à la noirceur des derniers jours, aux questions qui lui grignotaient l'esprit comme des souris, à la pensée des pires scénarios la réveillait en sursaut la nuit. La compassion naturelle à l'égard d'une famille endeuillée inciterait-elle à prendre les allégations des Parris pour argent comptant? Comment les autorités avaient-elles l'intention de traiter les personnes qu'elles pensaient être des collaborateurs? Elle n'arrêtait pas de se répéter qu'aucune cour, aucun tribunal ne pouvait engager des poursuites sur une base aussi fragile. Mais les mots résonnaient dans sa tête : *il y a des gens qui disent...* Hazel ne savait que trop bien comment les rumeurs circulaient sur cette île. Et si la famille Parris voulait discréditer son nom, elle ne pouvait strictement rien faire. Pendant des jours elle avait essayé de se concentrer sur d'autres sujets – ses cours du lendemain, le faible appétit de son père et ce qui pourrait l'améliorer. Et ce soir, le rassemblement du Mouvement démocratique de Jersey, un rappel qu'il se passait d'autres choses dans le monde.

Une courte pause fut annoncée avant l'orateur suivant. Hazel, s'appuyant contre le dossier de sa chaise, observa la foule d'une centaine de personnes environ. Elle n'était plus la seule femme. Il y en avait sept ou huit dispersées dans la salle, certaines accompagnées d'un mari ou d'un frère, mais une ou deux autres étaient venues seules ou avec une amie, et il semblait que c'était l'une d'elles qui justement devait s'exprimer. Son moral remonta un peu. Ici se trouvait une salle remplie de gens à l'esprit impartial qui se souciaient de la justice; peut-être que si elle rejoignait ce groupe, ils deviendraient ses sauveurs, prendraient fait et cause pour elle et la soutiendraient. Peut-être ce parti était-il la solution au sentiment diffus d'« altérité » qui la hantait depuis aussi longtemps qu'elle pouvait se souvenir. Pendant ses années d'école elle l'avait mis sur le compte de la mort prématurée de sa mère... plus tard elle l'avait attribué au statut social modeste de la famille. Mais d'autres enfants avaient des mères mortes et des pères malades et vivaient dans des appartements où les canalisations puaient, et ils ne semblaient pas ressentir ce qu'elle ressentait. C'était quelque chose de plus fondamental, une vision du monde radicale héritée de son père, qui d'une manière ou d'une autre l'avait placée à part, attisant un ressentiment désagréable qui souvent la faisait se sentir isolée. Maintenant que le monde se liguait contre elle pour de bon, peut-être ce parti serait-il le refuge qu'elle espérait tant.

Une tape sur l'épaule la fit sursauter. Jim Picot se tenait derrière elle. Elle se força à sourire.

« Jim. Heureux de te voir, comment vas-tu ? » Il était aussi charmant que dans son souvenir, ses cheveux lissés en arrière comme à son habitude. Cela faisait presque un an qu'ils s'étaient séparés, pourtant sa première pensée fut l'espoir désespéré qu'il ne l'avait pas vue pleurer lorsqu'elle s'était éloignée le dernier soir passé ensemble.

« Ça va, merci. Et toi, tes cours, ça se passe bien ? » Entrée en matière plutôt vicieuse de sa part, étant donné que c'était son insistance à ne pas abandonner son travail pour le mariage qui avait causé leur rupture, mais elle ne lui en voulut pas. En fait, elle comprit qu'elle ne ressentait plus grand-chose pour cet homme. Peut-être n'avait-elle jamais rien ressenti de fort pour lui en fait, ou bien c'était l'Occupation qui les avait tous endurcis.

« Très bien. Tu trouves les interventions intéressantes ? L'effondrement des travaillistes sur le continent annonce un sacré changement, je crois. »

Il acquiesça mais ses yeux parcouraient la salle, son esprit visiblement ailleurs. Elle se demanda pourquoi il avait pris la peine de l'aborder si discuter avec elle ne l'intéressait pas.

« Oui, espérons-le. Hazel, on m'a demandé de te parler. »

Un frisson la parcourut. « Qui t'a demandé ?

— Il a été porté à notre attention... tu sais comme les nouvelles vont vite dans l'île... »

La phrase acheva de la glacer, elle ressentit une douleur physique dans la poitrine. « Crache le morceau, Jim.

— Nous savons que tu fais objet d'une enquête pour avoir signalé ce type qui est mort, Parris. »

Hazel le fixa, se demandant si son expression avait toujours été aussi hautaine. « Je ne fais pas l'objet d'une enquête. J'ai été interrogée, c'est tout. La famille me soupçonne parce que Parris et moi avons eu quelques différends, mais elle a tort. Je ne l'ai jamais dénoncé, je ne ferais jamais rien de ce genre. »

Le visage de Picot s'adoucit un peu.

« Hazel, *moi* je le sais. Mais cette histoire de collaboration devient si clivante. Certains veulent juste passer à autre chose, mais d'autres réclament du sang.

— Et donc ?

— Et donc, notre parti est vulnérable. Beaucoup nous ont vus comme des fauteurs de trouble pendant la guerre. Si nous ne prenons pas une position ferme sur ce sujet, cela affaiblira nos chances pour les élections.

— Et par « position ferme », tu veux dire condamner des personnes injustement accusées ?

— Bien sûr que non ! » Il posa une main sur son bras. Elle n'avait plus rien de rassurant, Hazel avait l'impression d'être harponnée. « Personne ici ne t'accuse de rien.

— Mais ?

— Certains préféreraient ne pas te voir assister aux meetings. »

Hazel déglutit involontairement. « Je suis bannie ?

— Non ! Mais peut-être devrais-tu juste garder tes distances jusqu'à ce que tout cela soit éclairci. »

Le silence qui suivit aurait pu durer une éternité si un applaudissement isolé ne s'était pas fait entendre au fond de la salle, indiquant que le meeting allait reprendre. Un homme de petite taille prit place sur l'estrade. Picot était désormais piégé à côté de sa chaise alors que le type commençait à parler.

« Ce n'est pas un sujet agréable, aboya l'homme, mais chacun de nous sait que tout le monde n'a pas soutenu notre île bien-aimée ces cinq dernières années. Et que certains ont même tristement été plus loin. Les profiteurs, les Jerrybags, les dénonciateurs. Des politiciens du cru qui se sont inclinés devant les nazis en échange d'une vie facile. » Il y eut des marmonnements de colère dans la salle et un grand nombre de huées audibles. Hazel se tenait parfaitement immobile, regardant ostensiblement Picot. « Aujourd'hui, malgré la présence continuelle du détachement spécial britannique, poursuivait l'orateur, le ministère de l'Intérieur traîne des pieds lorsqu'il s'agit des poursuites. Un type que je connais au greffe m'a dit que seuls vingt dossiers ont été transmis à l'équipe d'enquêteurs de Londres. Vingt ! Je crois que nous serons tous d'accord pour dire que c'est lamentable. Nous voulons aller de l'avant, mais ce n'est possible que si les fruits pourris sont isolés et punis. Car je le dis, pas de futur sans justice. » Un tonnerre d'applaudissements fusa, ponctué de cris de colère appelant à la vengeance.

Picot arborait à présent une expression qui signifiait : « Tu vois ce que je veux dire ? » Lentement Hazel se leva et se dirigea vers la sortie. Elle se fraya le chemin jusqu'à la porte et se retrouva à l'air libre, se tenant consciemment très droite alors que l'incrédulité et la panique lui coupaient le souffle et lui faisaient venir les larmes aux yeux. Cela faisait moins d'une semaine que son entrevue avec l'unité des Affaires civiles avait eu lieu. Même elle n'aurait pu prévoir que la situation évoluerait si vite. Et dire qu'elle avait cru que ces gens seraient son salut.

Trop bouleversée pour sa promenade du soir sur les hauteurs de South Hill, elle se rendit directement chez elle. Une fois arrivée, la première chose qu'elle vit fut le visage tendu et livide de son père, enfoncé dans son fauteuil.

« Qu'est-ce qu'il s'est passé, papa ?

— Tout à l'heure je me sentais bien, alors j'ai fait un saut chez Birds pour un petit pain au lait. Ça m'a pris un moment pour aller jusque-là, mais j'y suis arrivé. » Il secoua la tête, encore sous le coup de l'incrédulité. « La vieille Maisie Renouf, elle n'a pas voulu me servir ! « On n'a pas besoin de types comme vous ici », elle a dit. J'ai demandé ce que j'étais censé avoir fait. « Vous et votre fille, vous le savez bien », elle a dit. Il regarda Hazel, et la douleur qu'elle lut dans ses yeux fut comme un coup de poignard dans son cœur. « Comment on a pu en arriver là, Haze ? C'est ça notre vie maintenant ? »

*

Un ciel de nacre, mauve pâle et gris tourterelle, recouvrait le soir comme une canopée. Sur le quai, des grues de métal bleues plongeaient à l'intérieur du cargo, avides de tout ce qui se trouvait à l'intérieur. De nouveaux produits de luxe arrivaient désormais ; des casseroles, des matériaux de construction, du maquillage, des engrais, de quoi réjouir une population conditionnée des années durant à ne plus rien attendre. Toute la journée, les bateaux avaient fait des allées et venues dans le port pour dégorger leur contenu, et on avait vu s'affairer les dockers en bras de chemise et casquette jusqu'à la soirée bien avancée, le confort d'un bon fauteuil et de thé chaud reporté pour le bien commun. Une légère brise portait leurs cris assourdis tandis qu'ils manœuvraient les crochets géants jusqu'à leur cible, et le même vent fronçait la surface de l'eau du port, un rappel des bourrasques à venir. Dans quelques semaines les jours allaient raccourcir et les véritables tempêtes commencer.

Le long du quai quelques camions agricoles faisaient tourner leur moteur dans l'anticipation impatiente de leurs virées dans les bourgs de la campagne, mais aucun autre véhicule ne circulait dans les rues. Jean, dépassant le front principal du port pour se diriger vers les bras de mer plus calmes côté est, se sentit exposée, une gazelle solitaire dans une prairie. Elle resserra sa veste autour d'elle et tenta de prendre un air décidé, comme si elle se rendait à un rendez-vous très important mais tout à fait innocent, jetant des coups d'œil autour d'elle de temps à autre. Ses nouvelles chaussures à lacet, achetées ce matin après les rumeurs d'une livraison et une demi-heure de queue au magasin De Gruchy, claquaient et résonnaient tandis qu'elle se dépêchait de passer devant les entrepôts commerciaux avec leurs volets roulants. Une seule chose comptait ce soir – être avec Horst, voir son visage, le tenir de nouveau dans ses bras. Elle avait passé toute la journée dans un état d'agitation délirante et maintenant, à quelques instants d'être en sa présence physique, elle défaillait d'excitation.

Elle atteignit l'escalier de pierre menant à la mer et descendit deux marches. Elles étaient hautes et glissantes, recouvertes d'algues et rendues inégales par les lourds pas de générations de pêcheurs et, tout en s'asseyant pour attendre, elle garda la main sur la rambarde rouillée. Dans la marina, les bateaux de pêche tanguaient et cliquetaient sur l'eau qui s'assombrissait, le vent tapant sur ses cordes comme sur un xylophone d'enfant. Le ciel devenait d'un mauve plus profond, avec des taches de nuages gris dérivant au vent qui se levait. S'il n'arrivait pas bientôt, ce serait trop tard. Puis elle entendit le lent bruissement d'une pagaie à quelque distance de là et dans la pénombre elle vit le petit canot se rapprochant d'elle, la silhouette familière accroupie à la poupe. À cet instant son visage se fendit d'un vrai sourire, le premier depuis des semaines, lui sembla-t-il, et ses yeux s'embuèrent. Le temps que le canot soit à vingt mètres environ, le visage de Horst lui souriant comme si c'était la plus naturelle des choses au monde, les larmes coulaient sur les joues de Jean.

La petite embarcation arriva au bas des marches, l'eau clapotant tout autour. Ils étaient deux, Horst et un jeune homme du même âge environ, chacun dans son uniforme de la Wehrmacht puisqu'ils n'avaient rien d'autre à se mettre, tous les deux minces, le visage trahissant l'épuisement. Horst fut le premier à sortir, trébuchant sur les hautes marches à une vitesse imprudente pour la rejoindre. Elle sentit un élan de chaleur et de joie, tendit les bras, et se précipita pour se perdre en lui. Pendant un moment aucun d'eux ne parla, ils s'enlacèrent, s'embrassèrent, s'étreignirent de nouveau, pendant que son ami faisait semblant d'être très occupé à attacher le canot au lien d'amarrage. La prudence finit par l'emporter, et elle se détacha de lui.

« Comment avez-vous réussi ? Ils ne vont pas s'apercevoir que vous êtes partis ? »

Horst secoua la tête, repoussant des mèches de cheveux du visage de Jean. « J'ai payé les gardiens. Mais je dois être de retour dans une heure.

— Ça doit être effrayant pour toi, ce bateau minuscule ? »

Il rit, enchanté qu'elle se soit souvenue. Mais comment pouvait-elle oublier ? Un homme adulte effrayé par l'océan, en poste sur une minuscule île entourée de rien d'autre – elle l'avait souvent taquiné à ce sujet.

« Je suis prêt à tout pour te voir. » Il recula pour la regarder. « Tu es belle. Mais tellement... » Il chercha le mot, puis abandonna et mima la forme d'une brindille.

« J'ai tellement de choses à te dire. Viens. »

Horst adressa gentiment quelques mots en allemand à son

ami, puis Jean et lui montèrent les marches à vive allure et prirent le chemin qui longeait le mur de la marina et qui menait à l'autre bout du port français. Ils se faufilèrent en silence entre les coques vides des bateaux de pêche en attente de réparations, sautant par-dessus les chaînes d'amarrage rouillées, pour arriver à la rangée de cabanes tout au bout du quai. Ils se planquèrent derrière, accroupis sur les pavés et hors de vue du moindre passant, et alors seulement Jean commença à se détendre. Le soleil avait complètement disparu à présent, ne laissant qu'une ardente teinte dorée sous les nuages, le ciel à l'est tournant déjà au bleu marine. Elle regarda son visage, ces yeux chaleureux, la légère ombre de moustache sur la lèvre supérieure, ses cheveux coupés presque à ras.

« C'est affreux sur ce bateau ? »

Il haussa les épaules, préparant de toute évidence la réponse dans sa tête. « On travaille tous les jours sur les plages, dans les bunkers. C'est dur. Mais de temps en temps je trouve à manger dans les champs. Ou un gamin pour prendre un message. » Il sourit. « Je suis tellement heureux de te retrouver.

— Moi aussi. » Jean sourit à son tour, puis se lança : « Écoute, mon père... »

Il leva la main. « Je sais. J'ai vu dans les journaux. Jean, je suis tellement désolé. Les choses que mon pays a faites... Je ne comprendrai jamais. » Il secoua la tête, éperdu de consternation. Jean le regarda attentivement.

« Horst, je suis désolée de te demander ça une fois encore. Mais as-tu la moindre idée de la manière dont les Allemands ont pu être au courant pour le poste de radio de mon père ? »

Il haussa les épaules, troublé. « Je te l'ai dit lorsqu'il s'est fait arrêter, je ne sais rien.

— Les enquêteurs anglais ici, il pensent que quelqu'un l'a signalé, l'a dénoncé. »

Horst recula la tête de surprise. « *Spitzel*? Pour quelle raison?
— Nous pensons que c'est cette femme qui ne l'aimait pas... mais je me suis dit que peut-être tu en saurais plus.
— Je suis tellement désolé. J'aimerais pouvoir aider. » Il lui prit la main et s'appuya de nouveau contre le mur rugueux de la cabane. De minuscules éclats de bois peint s'étaient accrochés dans ses cheveux et scintillaient dans ce qui restait de lumière. Elle savait que la question suivante changerait tout mais c'était sa seule occasion, et elle devait la poser coûte que coûte.

« Et ce que tu as dit il y a un an, c'est encore vrai? Que tu n'étais pas du tout au courant, au sujet de la radio? » Elle déglutit, sentant l'amertume passer. « Je dois en être certaine. J'y pense sans arrêt, je me dis que peut-être quelqu'un a laissé échapper quelque chose, une allusion... »

Le sens de ces mots ne mit qu'une seconde à franchir la barrière de la langue. « Tu crois que *moi* j'ai...?
— Non, non, bien sûr que non – pas exprès! » Elle pressa ses doigts, essayant de réparer les dégâts. « Je sais que tu ne me ferais jamais de mal. Mais si moi j'ai dit quelque chose par erreur, tu as pu toi aussi y faire allusion en passant... Je ne sais pas, juste en bavardant avec tes amis... » Elle avait répété cet instant si souvent, mais le résultat était médiocre, accusateur. Il se dégagea de l'étreinte de Jean et prit son visage entre ses mains.

« Mon amour, je ne sais rien de ta famille. Pendant toute la guerre, j'ai été un Obersoldat qui dort dans un dortoir avec dix autres. Je fais mes exercices de tir, je mange mes rations de merde. Je ne sais rien des arrestations, des gens en prison, c'est la *Geheimpolizei* qui fait ça. Je pense que *Spitzel* est une personne du coin. Les gens font ça à Paris, en Autriche, partout. »

Il paraissait accablé. « Mais peut-être que tu ne me fais plus confiance maintenant? » Il avait l'air si blessé qu'elle ferma les yeux, désespérée. C'était si éloigné de ce qu'elle avait souhaité pour cette soirée, et ça ne servait à rien sinon à gâcher leur temps précieux. Elle secoua violemment la tête.

« Non, non. Je te fais confiance, je t'assure. C'est juste que ça a été si horrible – les nouvelles de ce qui est arrivé à papa, le fait de ne pas pouvoir te voir... parfois j'ai l'impression que je deviens folle. Je suis désolée. » Elle l'embrassa, et sentit la peur et le doute refoulés toutes ces semaines disparaître. Il avait un goût de sel marin et de cigarette tout juste fumée, et elle aurait voulu pouvoir rester terrée dans ce moment pour toujours, à l'abri du monde extérieur. Mais au bout de quelques instants il se dégagea.

« Jean. Ils vont m'envoyer en Angleterre, mon bateau partira le premier jour de septembre. Je deviendrai aussitôt un prisonnier de guerre. » Elle se mordit l'intérieur de la lèvre. C'était dans quelques semaines seulement. Mais n'avait-elle pas toujours su que ça arriverait? Le moins qu'elle puisse faire pour lui était de manifester un peu de courage. Elle pressa ses doigts plus fort et acquiesça, tandis qu'il poursuivait : « J'y resterai longtemps, je crois. Et après? » Il regarda en direction du port, et elle le vit lutter avec ses émotions. « L'Allemagne est finie. Je n'ai plus de famille, je n'ai plus de foyer. Je n'ai qu'une seule chose dans mon futur. » Il la saisit avec une nouvelle intensité. « Je sais que c'est une question impossible. Mais veux-tu m'épouser? »

Les mots rebondirent sur elle, comme l'eau sur du métal, sans aucun sens. Ce ne fut que très lentement que les pensées commencèrent à se former. Comme il était absurde que pendant tous ces mois, avec tout l'amour qui avait jailli d'elle, et toutes les déclarations échangées sous les branches détrempées et derrière les affleurements rocheux, le mariage ne lui soit jamais venu à l'esprit. À présent une excitation sauvage explosa dans sa poitrine; sa tête se remplit à toute allure d'images d'une robe de satin blanc, de confettis qui retombent, Horst et elle allongés ensemble sur un immense lit conjugal. Mais, tout aussi vite, elle les vit tous les deux dans une église vide d'invités, les portes des maisons claquées devant eux... un enfant solitaire avec les traits de Horst tout seul et sans amis dans la cour de récréation. Elle se rendit compte qu'elle était restée silencieuse trop longtemps.

« J'ai besoin de temps pour réfléchir. » C'était une réponse horrible, et elle le savait. « Je t'aime, tu le sais, mais...

— Je sais ce que je demande. Mais le monde est grand. Si tu peux quitter ton Summerland, on peut choisir un endroit où on sera en sécurité. Quelque part loin de la mer, peut-être, où je n'aurais pas peur ? » C'était une piètre plaisanterie, mais elle essaya de sourire. « C'est possible, j'en suis sûr. Alors je t'en prie – penses-y ? » Elle acquiesça, les larmes s'échappant à présent, même si elle ne savait plus trop ce qu'elles signifiaient. « Je peux payer le gardien encore une fois, la nuit avant qu'on embarque. Tu viendras ici, répondre à ma question ?

— Bien sûr. » L'espoir d'une autre rencontre l'étourdit. Ça ne serait peut-être pas un adieu. Elle s'approcha pour l'embrasser de nouveau, mais cette fois il se détourna et la prit simplement dans ses bras, écrasant sa fragile ossature, respirant fort non pas à cause de la passion mais de la panique, un son qu'elle connaissait bien. Il y avait tant de choses qu'elle aurait voulu dire, tout ce qu'il représentait pour elle, qu'elle ne pouvait pas imaginer la vie sans lui mais aussi que de se marier avec un Allemand la rendait malade de peur.

Le moment arriva. Ils se faufilèrent à travers les dernières lueurs du soir jusqu'aux marches où attendait le bateau. Elle le regarda monter à bord avec précaution, puis les deux hommes se mirent à pagayer lentement vers l'entrée du port. Elle resta quelques minutes, incapable de s'arracher au spectacle, jusqu'à ce que son visage ne soit plus qu'une tache pâle et floue vaguement dessinée, puis elle remonta les marches et s'apprêta à rentrer en vitesse, préparant déjà les anecdotes qu'elle allait inventer au sujet de sa soirée avec Tom Maloret, ne s'arrêtant que pour resserrer les lacets pas encore familiers de ses nouvelles chaussures. Si elle ne s'était pas arrêtée pour cela, elle n'aurait jamais jeté un coup d'œil en relevant la tête et vu la pire chose imaginable. Une silhouette se tenait en haut de la colline, sur la route en tête d'épingle qui menait à South Hill, un emplacement juste assez élevé pour voir quiconque remonterait les marches du port, avoir une vue dégagée sur chaque bateau, même les petits canots, entrant ou sortant du port ; une silhouette féminine avec un châle autour des épaules, la fixant avec la plus grande concentration, une silhouette que Jean reconnut aussitôt. Une grande jeune femme aux cheveux auburn. Alors que Jean se ressaisissait et se mettait à courir plus vite qu'elle pensait en être capable en longeant le port principal et les entrepôts fermés, à courir jusqu'à ce que son cœur soit prêt à exploser et qu'elle pense qu'elle allait vomir, elle savait déjà que c'était trop tard. Hazel Le Tourneur l'avait vue.

# 6

« Goûtez ça. Ma mère me les prépare tous les jours. Dans celui-ci il y a des cornichons. » Tom Maloret, l'encourageant d'un sourire, lui tendit un sandwich mou. Jean le prit et se força à sourire, tout en se demandant comment diable elle pourrait faire semblant de le manger devant lui. L'idée même d'avaler une bouchée lui serrait la gorge.

« Merci. Mais vous devez goûter l'un des miens. » Elle lui tendit l'un des minuscules carrés pris de son panier, et l'odeur de pâte de poisson qui s'en échappa lui retourna l'estomac. Un rouge-gorge, sa poitrine orange brillant à la lumière dorée, s'approcha en sautillant sur le chemin du cimetière, plein d'optimisme ; peut-être parviendrait-elle à se débarrasser de son déjeuner morceau par morceau en simulant de la générosité envers le monde aviaire. Elle resta bien tranquille sur le banc, espérant en encourager d'autres à s'approcher, mais les moineaux dans les arbres semblaient satisfaits de voltiger de branche en branche. Vu l'odeur acide du fromage qui lui montait au nez, elle ne pouvait les blâmer.

« Mon père n'a jamais appris à bien lire ou écrire, disait Tom. Alors il a cru que s'ils me poussaient à l'école jusqu'à un emploi de bureau, ce serait un grand pas par rapport à la vie qu'ils avaient eue. Le jour où j'ai eu mon travail aux États, maman a dansé la gigue dans la cuisine. » Jean comprit qu'une réaction était attendue et simula un petit rire. « Mais honnêtement, des jours comme celui-ci, lorsque le soleil brille et que le ciel est bleu, entrer dans cet énorme bâtiment municipal le matin, ça donne l'impression de retourner à l'école. » Il prit une bouchée du sandwich, puis demanda : « Est-ce que votre père aimait tenir sa quincaillerie ? »

Jean sourit et acquiesça, sachant qu'elle s'en sortait très mal en faisant semblant d'écouter. Lorsque Tom avait frappé à la porte ce matin, tout sourire et plein d'espoir et sans lui laisser le temps de réfléchir, elle n'avait pas trouvé une seule raison de refuser son invitation à un pique-nique. Mais à présent, comme elle aurait aimé avoir pensé à une excuse quelconque. Sa tête était pleine de pensées bruyantes et affolées, qui rendaient impossible toute conversation. Cela faisait trois jours et trois nuits blanches que Hazel l'avait vue dans le port, et chaque heure qui passait augmentait l'anxiété de Jean. La nuit dernière dans son lit son cœur avait battu si vite qu'elle avait cru qu'il allait lâcher. Et pourtant... Si la femme envisageait une confrontation avec elle, elle serait déjà venue à la porte des Parris, non ? De même, si elle s'était directement rendue aux autorités, Tom en aurait entendu parler, et il ne serait pas à assis à ses côtés en ce moment, discourant joyeusement au sujet de sa famille. Tout cela, se dit Jean, était bon signe. Mais, tout au fond d'elle, elle savait que ce n'était pas fini. Hazel Le Tourneur attendait probablement son heure, choisissant le moment le plus efficace pour faire exploser le monde de Jean.

Et si elle se décidait à le faire – alors quoi ? Il fut un temps où sa mère aurait pu essayer de comprendre, entendre raison. Mais Eddie et elle semblaient utiliser cette haine de tous les collaborateurs comme un moyen de faire leur deuil, tirant chaque jour de leur colère force et détermination. Jean pourrait être chassée de la maison familiale, se retrouver avec une valise sur le pas de la porte. Elle serait peut-être obligée d'aller vivre avec son frère à Chelmsford, en admettant qu'il soit d'accord, et elle ne savait même pas où exactement se situait Chelmsford. Cette pensée était si inquiétante que même la plus légère des brises bruissant sur les fleurs des pierres tombales fit se dresser les poils le long de ses bras.

À force de s'inquiéter de toute cette affaire, Jean avait à peine accordé une pensée à l'autre événement important de vendredi soir, la demande en mariage de Horst. Ses mots résonnaient dans son esprit à des moments inattendus de la journée, mais aussitôt les même images contradictoires – le mariage joyeux, le futur difficile, isolé des autres – défilaient, tiraillant ses émotions jusqu'à ce que son crâne semble prêt à exploser. Elle avait tant besoin d'une confidente, quelqu'un à qui demander conseil, et pensa sérieusement à parler à Daphne. Mais le monde de Daphne était doux et simple, divisé innocemment entre filles gentillettes et garçons mollassons, et Jean n'était pas certaine qu'elle comprendrait. Il y avait aussi le risque que Daphne en parle ensuite à sa propre mère, et Jean ne pouvait imaginer de moyen plus rapide pour que toute l'affaire ne revienne aux oreilles de Violet. Non. Il valait mieux tout garder pour elle et voir ce que les jours à venir donneraient. Le destin prendrait peut-être les choses en main à sa manière.

« Jean ? Tout va bien ? » La voix de Tom fut comme une gifle sur son visage.

« Désolée. J'étais ailleurs.

— Ça m'apprendra à poser des questions aussi ennuyeuses.

— Ce n'est pas ça du tout. Je me demandais juste... » Elle hésita, craignant de demander, craignant d'entendre une réponse. Mais de toute façon comment la situation aurait-elle pu empirer ? « Je pensais juste à cette Le Tourneur, je me demandais si la nécessité de lui parler de nouveau s'était présentée ? Si je peux me permettre de poser la question », ajouta-t-elle d'une voix faible.

Tom, à son tour, mit le reste de son déjeuner de côté, toute gaieté envolée. « Non, nous ne lui avons pas parlé depuis la semaine dernière. Les gens de l'unité des Affaires civiles vérifient ce qu'elle nous a dit. Ils ont besoin de parler à d'autres personnes en lien avec cette allégation. »

Jean cacha un petit soupir de soulagement. Ainsi, pour l'instant, Hazel avait tu ce qu'elle avait vu sur le port. Elle se força à sourire, imaginant les policiers en train d'interroger un groupe de communistes agressifs.

« Quelques personnages peu recommandables dans le lot, j'imagine ?

— Oh, alors vous êtes au courant ? Je ne l'aurais pas imaginé. Votre mère vous a dit ? »

Jean s'immobilisa, son sandwich tout près des lèvres, soudain en alerte. Tom, comprit-elle, ne faisait pas allusion aux communistes. À cet instant, elle sut que c'était l'occasion de lui extorquer la vérité.

« Oui, maman m'a tout raconté. Mais j'apprécierais d'entendre la version de Hazel. »

Tom s'appuya contre le banc, mal à l'aise, le corps raide. Ses mains ne tenaient pas en place, il triturait les emballages en papier du déjeuner.

« Je n'ai pas vraiment la liberté... et je ne voudrais surtout pas vous faire davantage de peine.

— Je ne crois pas que vous puissiez me dire quelque chose que je ne sache pas déjà. » C'était pure bravade, mais elle le vit hocher la tête, résigné. Elle se sentit un peu sonnée et se rendit compte qu'elle retenait sa respiration.

« Eh bien, votre père ne faisait rien de plus que beaucoup d'autres comme lui. Mais le marché noir n'est pas seulement illégal. À l'échelle où opérait votre père, c'est également considéré par des personnes comme Miss Le Tourneur comme étant hautement immoral. De toute évidence il s'est fait beaucoup d'argent dans son arrière-boutique. »

Jean mobilisa toute son énergie pour ne pas bouger un seul muscle de son visage. « Elle... elle a confirmé cela ?

— De sa fenêtre elle voyait parfaitement. Bien sûr, elle avait aussi un grief personnel contre votre père, donc nous ne sommes pas certains que tout ce qu'elle dit soit vrai. Et son témoignage lui-même, sa profonde réprobation de ce qu'il faisait lui donnaient un motif pour le dénoncer. Mais Mr Parris devait être régulièrement en affaires avec des gens sans scrupules, ce qui assurément élargit le champ des possibilités. » Il se pencha en avant, le visage soudain empli d'inquiétude. « Jean, vous êtes devenue terriblement blanche. Je vous ai bouleversée ? Je n'aurais rien dû dire, je suis désolé.

— Non, tout va bien. » Sa voix, même à ses propres oreilles, semblait trop aiguë, étranglée. J'ai juste un peu la nausée. Je crois que la pâte de poisson dans les sandwichs devait être un peu passée. »

*

Hazel remuait le ragoût sur le minuscule réchaud à gaz, poussant le chou, les oignons et les pommes de terre au fond de la casserole. L'odeur emplit l'appartement, et elle ouvrit un peu plus la fenêtre pour qu'une partie puisse s'échapper, même si cela laissait pénétrer à l'intérieur la puanteur des canalisations. De tous les problèmes liés au fait de vivre dans ce petit appartement bon marché au-dessus du magasin, c'était celui qui l'ennuyait le plus. Elle pensa à son autre sœur Lilian loin d'ici dans le sud de Londres, et se demanda si elle pouvait se permettre d'ouvrir ses fenêtres. Et si oui, quelles étaient les odeurs qui passaient à travers ses rideaux ? Cela faisait des années que Hazel ne s'était pas rendue à Londres, mais elle aimait regarder des photographies de la ville et s'imaginer avec Lilian en train de se balader à Trafalgar Square, les pigeons volant haut au-dessus de leurs têtes. Elle se souvenait qu'il y en avait des centaines perchés sur les grands lions de bronze autour de la colonne de Nelson, si élégamment fondus et sculptés à partir de canons de navires vaincus dans la bataille. C'était un endroit fascinant. Lilian avait épousé un Anglais et était allée vivre sur le continent en 1938, pas longtemps après que la maladie de leur père s'était déclarée. Bien sûr, expliquait souvent Lilian, si elle avait pu imaginer à quel point son état empirerait, et que Dottie serait emportée par l'épidémie de diphtérie, elle n'aurait jamais laissé Hazel se débrouiller seule avec leur père. Mais alors c'était déjà trop tard, la famille Le Tourneur jadis heureuse et composée de cinq membres s'était trouvée réduite à un triste petit duo en l'espace de quelques années. Quelle chance, disaient les cousins éloignés et les voisins peu serviables, que Hazel soit la plus forte de la famille, la plus capable de supporter la pression ; être soutien de famille tout en s'occupant de son père était une tâche qui aurait pu venir à bout d'une femme moins résistante. Et chaque fois qu'elle entendait cela, Hazel aurait voulu les gifler et hurler que la solidité n'est pas un trait de caractère inné, mais qu'il se forge par nécessité. Autant elle aimait son père, autant ce soir, en ce moment même, elle aurait tout donné pour échanger sa place avec sa sœur. Avec un soupir elle servit le ragoût dans des bols et les porta jusqu'à la pièce principale où son père, déjà installé à table, attendait.

« Délicieux », annonça-t-il dès la première bouchée et Hazel sourit en retour. C'était bon de le voir manger après avoir chipoté avec sa nourriture dans son assiette comme un enfant en peine pendant plusieurs jours. Elle ne s'était jamais sentie capable de lui en faire reproche, sachant que son inquiétude affectait à la fois le degré de douleur et son appétit. Deux soirs plus tôt, il avait même refusé sa proposition de continuer la lecture des *Hauts de Hurlevent*, préférant rester assis à fixer le ciel s'assombrissant jusqu'à l'heure du coucher. Hazel rongea son frein en le regardant, haïssant les Parris et la souffrance qu'ils causaient à son père. Comme si cet homme n'avait pas eu assez de choses à affronter ces dernières années. « Bon, ajouta-t-il après quelques bouchées, as-tu décidé ce que tu allais faire ? »

Hazel secoua la tête. « Chaque fois que je crois avoir décidé, je change d'avis.

— Haze ! » Il inclina la tête, perplexe et déçu.

« Ce n'est pas si facile. »

Il haussa les épaules pour montrer que ce n'était pas un argument. « Je sais bien, mon petit, mais nous devons nous protéger. » Il posa doucement la cuillère à côté de son bol. « Écoute, ils n'ont fait que nous créer des ennuis, non ? À partir de rien. Et pendant tout ce temps cette jeune femme elle-même fraternisait ! Ils appellent ça comment ? Collaboration horizontale ! » D'employer une telle expression devant sa fille le fit grimacer.

Hazel approuva à contre-cœur. Son souvenir de vendredi soir était aussi net que la pièce actuellement sous ses yeux. La lumière avait beau être en train de décliner, la lune déjà haute et brillante dans le ciel, aucun doute n'était possible. Elle avait clairement vu un soldat allemand s'éloignant en pagayant sur son petit canot, ce qui signifiait une rencontre avec une fille d'ici, devina-t-elle aussitôt. Puis, quelques secondes plus tard à peine, Jean Parris, furtive, les joues en feu, escaladant les marches du port et jetant des petits coups d'œil autour d'elle avec une crainte évidente, avant de lever les yeux pour voir Hazel debout en haut de la colline. L'horreur dans les yeux de la jeune fille raconta toute l'histoire en un instant. Pendant quelques minutes Hazel resta parfaitement immobile, regardant la silhouette effrayée courir aussi vite que possible le long du port noir et scintillant, comme si la vitesse pouvait suffire à la faire échapper à cette terrible découverte. Et depuis, Hazel se demandait quoi faire.

« Je sais, papa. Mais si je la dénonce, est-ce que je ne deviens pas exactement la délatrice qu'ils disent que je suis ? » À son tour, elle posa sa cuillère près de son bol, son appétit envolé. « Ils pourraient prendre ça comme la preuve qu'ils avaient raison depuis le début. Ou ils pourraient penser que j'invente une histoire ignoble pour me venger. Alors mon nom sera vraiment sali. » Elle serra fort les lèvres pour empêcher que les larmes reviennent. Son père avança une main noueuse et recouvrit la sienne.

« Mais il se peut aussi qu'ils s'intéressent à cette histoire et découvrent que tu dis la vérité. Dans ce cas, ce sera la fin de toutes ces affreuses rumeurs à notre sujet. »

Hazel soupira et éloigna son couvert. Cela ne ressemblait pas à son père de suggérer une chose si mesquine, et cela montrait à quel point il se sentait effrayé. En vérité, Hazel avait tout aussi peur. Une maison sur St Saviour Road venait d'avoir ses vitres brisées et des svastikas nazis peints avec de la poix, punition d'un crime de temps de guerre connu des seuls attaquants. Plusieurs bagarres avaient été signalées dans les pubs du coin. Et pas plus tard qu'hier Hazel avait été obligée d'aller au marché couvert, leur épicier habituel prétendant ne plus avoir de tomates, ce qu'elle savait être faux. Elle n'avait rien raconté de tout cela à la maison, mais ces derniers jours son père insistait pour lire lui-même le journal du soir, tenant de toute évidence à savoir ce qui risquait de lui arriver. Si ces rumeurs persistaient, les conséquences pour tous les deux étaient trop terribles pour être envisagées.

« Laisse-moi y réfléchir. » Elle rassembla les bols, se traîna jusqu'à la cuisine et remplit l'évier avec un fond d'eau tiède pour faire la vaisselle. Elle s'imagina retourner aux bureaux des États et raconter ce qu'elle avait vu. Son père avait raison, les faits ne seraient pas difficiles à établir. La fille Parris serait interrogée, les mouvements de son amant retracés, et à tous les coups il y avait assez de matière pour faire penser : pas de fumée sans feu. Et ce serait la fin de la réputation de Jean, cette fluette petite chose qui semblait parfois avoir peur de son ombre. Elle n'était pas la seule fille de l'île à avoir craqué pour un soldat, trouvant les envahisseurs plus charmants, mieux élevés et plus courtois que les garçons du cru, mais cela ne la sauverait pas de la vindicte populaire. Cela pourrait la faire exclure de sa propre famille, ruiner ses chances futures de mariage. Hazel avait-elle vraiment besoin de faire souffrir autant cette fille, simplement pour sauver sa propre peau ?

Les pensées tourbillonnaient dans sa tête tandis qu'elle frottait les restes de nourriture des bols. Il se pouvait que Lilian soit en train de faire la même chose en ce moment, de débarrasser la table du dîner de ses enfants avant de les préparer à se coucher. Elle se souvint, dans une autre vie, des années auparavant, de Lilian faisant la vaisselle devant un autre évier dans une plus jolie cuisine, tandis que leur mère se trouvait à l'étage dans son lit, souriant malgré la douleur atroce, soutenant qu'elle n'allait pas si mal ce jour-là et qu'elle serait peut-être d'attaque pour une petite sortie le lendemain. Mais ce lendemain n'était jamais venu. Son père ne s'en était jamais remis. Le regard de Hazel se tourna vers lui, courbé dans son fauteuil, remuant ses doigts douloureux pour essayer de garder un peu de mobilité et grimaçant à chaque minuscule mouvement. À cet instant elle comprit qu'elle n'avait pas le choix. Elle ne pouvait pas rester ainsi, à regarder son père perdre sa dignité et sa réputation, les seules choses dignes d'intérêt qui lui restaient dans la vie. Se séchant les mains sur un torchon, elle retourna dans le salon.

« Très bien, j'ai pris ma décision. Je ne vais pas dénoncer la fille Parris aux autorités. » Elle vit ses épaules s'affaisser de déception. « Mais je vais parler à la famille. Je leur ferai entendre raison, je leur dirai qu'ils ont fait erreur. Je leur demanderai de retirer leurs accusations, de faire cesser les rumeurs. »

Son père haussa les sourcils, brièvement. « Mais ils ne vont pas te croire, ils ne te parleront peut-être même pas. Et alors ?

— Alors... alors je leur dirai ce que j'ai vu dans le port. J'expliquerai que s'ils ne mettent pas fin à cette persécution, je la dénoncerai. »

La douleur s'afficha sur son visage. « On va leur faire du chantage ?

Hazel acquiesça. Elle sentait la tension dans son cou. « Au moins de cette manière ils auront leur chance.

— Tu sais où ils habitent ?

— Je sais que c'est sur St Mark's Road. Je me souviens que Parris se plaignait de la circulation avant la guerre. Un des voisins m'indiquera.

— Tu vas y aller quand ? »

Hazel se redressa et prit une profonde inspiration. « Ne jamais remettre au lendemain... »

*

Le grincement de la porte d'entrée quand elle l'ouvrit brisa l'épais silence. Jean attendit une quelconque réaction puis, n'entendant rien, longea en silence le couloir vers la cuisine.

Il était sept heures passées, et elle s'était attendue à trouver sa mère en train de faire la vaisselle dans la cuisine ou de tricoter dans le salon. Puis elle aperçut un message, griffonné au crayon au dos d'un sac en papier kraft et laissé sur le buffet, disant que Violet avait décidé de se rendre à l'office du soir à l'église méthodiste et qu'elle rentrerait tard. Jean resta un instant au milieu de la cuisine, passant les mains sur la table nette, savourant ce rare moment de solitude. Pendant la guerre elle trouvait les heures de silence oppressantes, mais maintenant elle le préférait au bruit de fond permanent de cette maison. Le bavardage inutile et les récriminations, les marmonnements amers et les réunions bruyantes. Elle calcula qu'il lui restait au moins une heure avant que l'un ou l'autre revienne, le temps de s'asseoir et de digérer cette situation fluctuante. Prenant un verre sur l'étagère, elle se versa un peu d'eau et essaya de rassembler ses pensées.

Sur le moment, la révélation de Tom avait semblé aussi absurde que choquante. Son père, le héros de sa communauté, aurait fait du marché noir ? Elle était restée un long moment figée comme une statue sur ce banc dans le jardin du cimetière, touchant nerveusement le petit médaillon d'or à son cou, se disant que c'était simplement une tentative désespérée de Le Tourneur de transférer sa propre culpabilité. Mais après qu'ils s'étaient séparés avec gêne au milieu de la place, Tom, l'air triste, peu enthousiaste à l'idée de retourner au travail, elle était partie pour une longue promenade le long de la plage St Aubin. Quelque part dans la direction de Bel Royal elle s'était laissé glisser par terre, s'adossant au mur antichar de béton gris qui à présent servait de protection contre la mer, sentant le sable entre ses doigts et ses orteils – sensation familière, joyeuse après des années de restriction à cause des mines et des barbelés – et elle était arrivée à la conclusion que ça devait être vrai.

L'appartement des Le Tourneur donnait en effet sur l'arrière-cour du magasin, et comme l'affirmation de Hazel ne prouvait en aucune manière son innocence, pourquoi mentirait-elle ? Si Philip Parris avait fait de la prison pour vol dans sa jeunesse, enfreindre la loi n'était pas un obstacle pour lui. Ça expliquait aussi la réaction amusée de Martin à l'histoire de « leçon retenue » que se racontait sa famille. Il savait.

Et à présent des petits souvenirs larvés commençaient à s'échapper de coins oubliés de son esprit. Ces inconnus qui se présentaient parfois à leur porte tard le soir, exigeant des conversations discrètes avec « Monsieur Parris » dans la cour derrière la maison. Cette clayette inexpliquée d'artichauts en conserve qu'elle avait trouvée un jour au fond de l'armoire de son père. Son refus furieux et déconcertant de la laisser utiliser, lors d'une rare visite à son magasin, les toilettes dans la pièce du haut. Et sa mère avait abondé dans son sens, insistant pour qu'elle patiente jusqu'à son retour à la maison. Évidemment, se dit Jean, si oncle Martin savait, sa mère aussi, probablement.

Il y avait d'autres choses, aussi. Ces occasions où son père était arrivé en retard à la maison avec un lièvre dépouillé ou une meule de fromage, le cadeau d'un client prétendait-il. À l'époque Jean l'acceptait et en profitait volontiers, mais à la réflexion, comment ses pauvres clients du quartier se seraient-ils procuré de telles choses ? Un grand nombre de filles de son école n'avait pas vu de tels mets de luxe pendant toute l'Occupation. Et ces soirées du jeudi où il prétendait s'occuper du réassortiment, alors qu'il n'y avait pratiquement jamais de nouveau stock. Prendre conscience que pendant tout le temps où elle se réprimandait pour sa relation taboue, son père faisait quelque chose de tout aussi *verboten* lui donna mal à la tête. Et le pire de tout, et que Jean savait très bien même si Tom n'y avait pas fait allusion, c'était qu'il était pratiquement impossible de monter une opération de marché noir de grande envergure pendant l'Occupation sans traiter avec les Allemands eux-mêmes.

Elle était lentement rentrée chez elle, avec l'intention de passer la soirée tranquille dans sa chambre. Une fenêtre ouverte laissant entrer la fraîche brise du soir, voilà exactement ce qu'il lui fallait à l'instant même. Elle termina son verre d'eau et s'apprêtait à monter quand la porte de la cuisine s'ouvrit avec une telle force qu'elle poussa un cri involontaire, et le verre dans sa main tomba par terre, se brisant aussitôt sur le carrelage.

Dans l'entrée se tenait Eddie, saoul comme elle ne l'avait jamais vu, le visage violet et la fixant avec un sourire terrifiant. Sa voix lorsqu'il finit par prendre la parole, fut un gargouillis de bière et d'une violence nouvelle.

« Alors tu es rentrée, sale petite menteuse ? » Des éclats de verre, étincelant sous les rayons du soleil tardif, jonchaient le sol autour de ses pieds mais aucun des deux ne bougea. Jean s'efforça de se souvenir à quelle heure se terminait l'office du soir, et quand elle pouvait raisonnablement espérer que sa mère soit de retour. Elle eut du mal à retrouver sa voix.

« Oncle Eddie, du calme. Tu es ivre.

— T'étais avec un de tes petits amis, hein ? »

Jean se sentit rougir de nouveau, cherchant dans sa mémoire ce qui pouvait motiver cette attaque. Simultanément, elle comprit qu'elle devait se défendre ou bien être pulvérisée.

« Tom et moi avons partagé un pique-nique dans le jardin du cimetière, quel mal à...

— Pas ça. Tu sais de quoi je parle. Ça ! » Il agita quelque chose devant elle. C'était un petit bout de papier froissé, et un instant, Jean n'eut aucune idée de ce que c'était. Puis, avec une sensation de froid brûlant qui partit de son plexus solaire et se répandit dans tout son corps, elle le reconnut. Le mot de Horst.

« Bien caché où tu croyais que personne le trouverait. Mais je l'ai trouvé. Et je sais ce que tu manigances. »

Depuis le moment à South Hill où elle avait levé les yeux et vu la silhouette de Hazel qui la fixait, elle n'avait ressenti pareille panique envahir son corps. Elle eut immédiatement besoin d'aller aux toilettes mais n'aurait pas osé sortir de la pièce. Empoignant le bord de l'évier, elle essaya de reprendre le contrôle. Ce qu'elle s'apprêtait à dire serait crucial.

« C'est de Tom. Juste un petit mot.

— Bien essayé ! C'est ce que j'ai pensé. Mais j'ai regardé l'écriture sur la carte de condoléances, pas du tout la même. Et pourquoi te demanderait-il de le garder secret ? » Il commença à s'approcher d'elle, lentement et tenant mal sur ses jambes. « Alors je me dis... pourquoi l'innocente petite Jeannie cacherait-elle des messages reçus ? Et j'ai compris que tu avais quelqu'un planqué quelque part. Une petite magouille. Pas tout à fait la petite vierge qu'on prétend être ? »

La main de Jean empoigna l'émail blanc plus fort encore. Chaque fibre de son corps aurait voulu s'éloigner de lui, mais alors elle se retrouverait dans le coin au fond de la cuisine et l'instinct lui disait que c'était un endroit trop dangereux. Comment avait-il pu trouver le mot ? Elle l'avait caché avec tant de précautions ! Là où elle cachait aussi les petits présents de Horst au fil des mois – l'écheveau de laine, la barre de chocolat français – tout au fond du tiroir. Celui dans lequel elle... Puis, en un éclair, elle sut. Un renvoi nauséeux se coinça dans sa gorge.

« Tu as fouillé mon tiroir à sous-vêtements. » Elle comprit aussitôt que ce n'était pas la première fois. Ces culottes qui manquaient et qu'elle croyait volées sur la corde à linge – tout prit sens. « Tu as volé mes sous-vêtements ! C'est dégoûtant. »

Elle prit conscience de son erreur de calcul. Son accusation ne servit qu'à attiser ce qui couvait en lui, quoi que ce fût. L'intensité de son expressions lui montra qu'à présent elle était en réel danger physique, piégée dans la minuscule cuisine sans possibilité de s'enfuir.

Puis on sonna à la porte.

Le son les stoppa net tous les deux, comme si on les tirait d'un cauchemar. Personne ne sonnait jamais dans cette maison. Les voisins tapaient à la fenêtre, le facteur glissait simplement les lettres et repartait. La dernière fois que la sonnette avait retenti c'était le soir de la venue de Clément. Qui donc pouvait leur rendre visite à cette heure-ci ?

Profitant de cette occasion de s'échapper, Jean contourna son oncle et se précipita dans le couloir, heureuse que l'interruption ait semblé désamorcer l'instant. Mais quand elle ouvrit la porte la panique l'envahit de nouveau. Sur le seuil, enveloppée dans le même châle vert que l'autre soir, se tenait Hazel Le Tourneur. Ainsi, les soupçons de Jean étaient justifiés ; cette femme avait simplement attendu son heure. Et maintenant, au pire moment, elle confirmerait précisément de qui venait le mot. Elle fixa le visage sculptural et pâle de Hazel, attendant que le couperet tombe. Et là, la plus incroyable des choses se produisit. Une idée surgit dans l'esprit de Jean, si folle, si audacieuse qu'elle ne saurait jamais d'où elle provenait. Et elle sut que c'était sa dernière chance, sa seule chance, et qu'elle n'avait rien à perdre. Pendant ce qui sembla être des minutes, mais ne fut sûrement qu'une seconde ou deux, elle imagina avec précision comment elle allait la mettre en œuvre. Posant les mains sur ses hanches et prenant une posture de défi, elle passa à l'attaque.

« Eh, vous en avez du culot, de venir ici ! Et je parie que je sais pourquoi. »

Hazel, de manière prévisible, resta impassible. « Oui, j'imagine. »

Jean entendit les pas balourds d'Eddie se rapprocher et elle savait qu'il était à portée d'oreille. C'était le moment ou jamais. Ça ne marchera pas, murmurait sa conscience. Mais trop tard, elle s'était déjà lancée.

« À quoi jouez-vous, en m'envoyant un mot, en demandant à me rencontrer ? » Jean observa l'expression de Hazel passer de la méfiance tendue à une profonde perplexité. Ses yeux s'écarquillèrent sous l'effet de la confusion.

« Vous rencontrer ?

— Sur le port, vendredi dernier. J'ai tout de suite su qui était H. » Jean se retourna pour voir Eddie derrière elle, alors qu'il tentait, à travers le brouillard de l'alcool, de comprendre quelque chose à cette nouvelle situation. Il tenait toujours le mot de Horst, mais n'offrit aucune résistance quand Jean le lui prit des mains. À présent c'était à son tour de désigner le petit bout de papier d'un air accusateur. « Vous pensiez qu'en me voyant seule vous pourriez me faire changer d'avis ? Me convaincre que vous étiez innocente, pour qu'ensuite je rentre chez moi et persuade le reste de la famille qu'il fallait abandonner l'enquête ? » Les yeux de Hazel s'écarquillaient de plus en plus, révélant toute leur teinte bleu pâle – il n'était pas du saphir profond de ceux de Daphne, mais avait une nuance de vert qui rappelait les flaques dans les rochers l'été. Jean s'accrocha à eux et perçut en eux la vulnérabilité et la douleur parmi l'incertitude, mais elle prit le parti d'ignorer les sentiments de Hazel. Le seul moyen de s'en sortir était d'aller jusqu'au bout. « Elle a demandé à ce gamin de me le donner », lança-t-elle par-dessus l'épaule en direction de son oncle. « J'ai tout de suite su qui l'avait écrit. Bien sûr, je n'y suis pas allée. J'allais le jeter, mais j'ai pensé qu'il pourrait servir de preuve, par exemple. » Un torrent de honte chassa la panique. C'était la pire chose qu'elle ait jamais faite.

Lentement, Eddie s'extirpa des profondeurs alcoolisées de sa confusion.

« Tu veux dire... c'est elle qui a écrit ça ? »

Jean leva les yeux au ciel d'un air faussement exaspéré. D'où lui venait cette capacité à jouer la comédie, elle n'en avait aucune idée.

« C'est ce que j'essaie de te dire ! Je savais que ça vous bouleverserait, maman et toi, c'est pour ça que je l'ai caché. » Les mots sortaient tout seuls, le mensonge grossissant et s'enjolivant à chaque phrase. Eddie fronçait les sourcils à présent, reconstituant lentement cette étrange nouvelle version. Elle observa le regard d'Eddie aller de Hazel au mot puis à Hazel de nouveau, reliant des points imaginaires, voyant se dessiner ce qu'il voulait voir. Il fit la moue tout en hochant la tête.

« Ma nièce a raison. Vous avez un sacré culot de venir ici. »

Jean laissa échapper un petit soupir. La première étape avait marché : Eddie était convaincu. À présent tout ce qu'elle devait faire était de contenir la vague d'indignation et les mots de réfutation qui allaient se déverser de Hazel elle-même. Jean se prépara à l'assaut lorsque Hazel ouvrit la bouche et commença à parler. Sa voix était plus calme qu'on aurait pu s'y attendre.

« Vous avez raison. Je suis désolée. Je n'aurais pas dû l'écrire. »

Jean sentit quelque chose d'impalpable quitter son corps. Elle les visualisa tous les trois, les observant d'en haut comme un fantôme curieux. Avait-elle mal entendu ? Que se passait-il ? Un de ses pieds fit un pas en arrière dans le couloir et elle faillit tomber. Le visage d'Eddie se fendit d'un sourire triomphant.

« Alors, vous l'avouez ? »

Hazel eut un petit rictus et ajusta son châle autour de ses épaules. Son calme était extraordinaire. Jean ne pouvait détourner le regard.

« J'avoue que j'ai envoyé ce mot à cette jeune femme, lui demandant de la rencontrer. Mais rien d'autre. Parce que je n'ai rien à voir avec l'arrestation de Philip Parris. »

Eddie eut un petit grognement sceptique. Jean avait tout a fait perdu l'usage de la parole et se contentait de continuer à fixer Hazel, s'attendant à moitié à la voir disparaître dans un nuage de fumée ou se transformer en chat.

« Alors comment se fait-il qu'on vous ait surprise en train de vous disputer la semaine précédente ? attaqua Eddie. Pourquoi avez-vous écrit des lettres aux États et causé des ennuis ?

— Je n'ai jamais dit que Mr Parris et moi étions amis. Je ne l'aimais pas. Je crois que nous le savons tous. Mais je ne suis pas une balance. » Elle regarda Jean bien en face : « Je pensais que si j'arrivais à convaincre un membre de cette famille de mon innocence, alors peut-être vous en viendriez tous à la reconnaître. Je comprends que j'avais tort. »

La brise fraîche du soir venant du jardin devant la maison soufflait dans les cheveux de Jean. Elle pouvait sentir ses pieds vaciller sur le lino du couloir, et la poussière venant de la rue asphaltée. Pourtant elle flottait toujours au-dessus de cet échange, observant. Les yeux de Hazel revenaient constamment aux siens, comme pour la rassurer, et tout ce que pouvait faire Jean, c'était de la regarder à son tour. Eddie se pencha en avant, ayant retrouvé toute son agressivité.

« Vous vous croyez maligne, hein ? Eh bien, on sait tous que vous êtes coupable, et vous n'allez pas vous en tirer comme ça. Maintenant fichez le camp de cette maison. »

En jetant un dernier coup d'œil à Jean, Hazel se retourna et s'engagea tranquillement dans l'allée, et le cliquetis du portillon fut tout ce qu'ils entendirent quand elle disparut dans le crépuscule. Eddie ferma la porte et resta dans le vestibule mal éclairé, respirant bruyamment. Pendant quelques instants aucun des deux ne parla. Jean se concentra sur la sensation du petit bout de papier froissé dans la paume de sa main. Eddie finit par rompre le silence. « J'imagine que je te dois des excuses. »

Jean pouvait à peine croiser son regard. Elle n'avait aucune confiance dans ce qui pouvait arriver si elle le faisait. « N'en parlons plus. »

Eddie se retourna et s'engagea lourdement dans le couloir. Une minute plus tard, ne sachant pas quoi faire d'autre, Jean se retourna elle aussi et monta d'un pas mal assuré l'escalier jusqu'à sa chambre, puis s'écroula sur son lit. La fenêtre donnait sur un ciel d'été dégagé, et Jean resta parfaitement immobile jusqu'à ce qu'il devienne noir au-dessus d'elle et que les étoiles surgissent dans le firmament, se demandant si ce dont elle avait été témoin ce soir était une sorte d'intervention divine, et ce qui pourrait bien en résulter.

*

Une pelle à poussière à la main, tirant le balai derrière elle, Jean s'embarqua dans la lente ascension de l'escalier branlant de la ferme. L'horloge de parquet dans le couloir commença à sonner dix heures, et dans son état d'épuisement cela résonna comme un supplice délibéré. Ses jambes semblaient deux poids en bas de son corps, chaque contremarche une petite montagne, et il lui restait encore trois heures de ménage. Une chose qu'elle avait apprise : si elle devait rester éveillée toute la nuit dans un état de stupeur anxieuse, la pire chose à faire c'était de s'endormir une heure avant l'heure du réveil. Elle aurait pu s'écrouler sur-le-champ et dormir contre la rampe.

Alors qu'elle venait d'arriver à l'étage et se traînait jusqu'à la chambre des garçons – de loin la plus crasseuse, il était donc judicieux de la rayer de la liste dès le début de la journée –,

Beattie et Daphne sortirent de la chambre de la jeune fille, toutes les deux bien pomponnées avec manteau et chapeau, prêtes à sortir. Daphne la regarda, l'air inquiet.

« Tu vas bien, Jeannie ? Tu ne couves pas quelque chose, au moins ? »

Jean s'efforça à sourire. « Tout va bien. J'ai juste mal dormi.

— Prends une tasse de lait chaud avant d'aller au lit », recommanda Beattie, vérifiant automatiquement le front de Jean pour voir si elle avait de la fièvre, comme le font les mères. « Je t'en donnerai un demi-litre à emporter. Comme va ta maman ? »

Jean savait qu'il valait mieux tout éluder aujourd'hui.

« Elle va bien. Elle fait face.

— Je te préparerai un sac de haricots d'Espagne à rapporter, alors, promit Beattie. Je sais qu'elle aime ça. Vous auriez pu survivre grâce à nos haricots pendant la guerre, je dois dire. Ça tombait bien qu'on ait autant de plants. » Jean s'émerveilla une fois de plus de la mémoire candide de sa tante. De toute évidence Beattie croyait avoir agi comme une sorte de service de la Croix-rouge personnel pour la famille Parris pendant les années de guerre, alors que Violet s'était plainte à plusieurs reprises de voir si rarement sa sœur. Jean acquiesça et s'apprêtait à les contourner pour entrer dans la chambre lorsque la question qu'elle redoutait fut posée. « Et cette femme qui aurait dénoncé ton père ? Est-ce qu'ils savent déjà si c'était bien elle ? »

Jean hésita, agrippant toujours le balai et la pelle. Comment pourrait-elle expliquer quoi que ce soit de ces derniers jours, alors qu'elle n'y comprenait rien elle-même ? Et elle avait beau désirer partager le fardeau, il n'y avait aucun moyen de le faire sans révéler son propre secret.

Elle pensa à sa mère et Eddie la veille au soir, penchés comme des conspirateurs dans le salon pendant qu'Eddie, fumant comme un sapeur, racontait l'histoire de la visite de Hazel pour la dixième fois. C'était une preuve évidente de sa culpabilité, insistait-il, car seule une véritable collabo pourrait être assez sournoise pour essayer de se lier d'amitié avec une jeune innocente comme Jean et la faire douter de sa propre famille. Jean écoutait depuis l'intimité protégée de l'escalier, la honte pulsant dans ses veines, morte d'envie de se précipiter en bas et de crier que tout cela était pure absurdité. Même si Hazel sans aucun doute demanderait quelque chose en échange de son soutien – pour quelle autre raison, après tout, l'aurait-elle aidée? cela n'impliquait en aucun cas sa culpabilité. De plus, se disait Jean, si Violet était au courant de l'activité de marché noir de Philip, elle savait qu'il pouvait exister d'autres suspects. Et surtout, malgré tout, Jean aurait tellement aimé raconter à sa mère la manière dont son oncle avait trouvé ce mot, lui révéler la vraie nature de cet homme à qui Violet avait choisi de faire confiance. Mais cette vérité ployait sous le poids de ses propres mensonges, et la manière dont sa mère était captivée par la version d'Eddie montrait à Jean qu'il était déjà trop tard. En l'absence de son mari, Violet semblait maintenant se raccrocher au moindre mot de son beau-frère, acceptant inconditionnellement chacune de ses opinions. Finalement Jean avait rampé jusqu'à l'étage et déchiré, à contre-cœur, le mot de Horst en mille morceaux.

Beattie la regardait dans l'attente de sa réponse. Jean croisa son regard, tenant toujours la pelle dans une main.

« Non. Personne ne sait encore si c'était elle. » Tante Beattie fit un petit signe de tête et se détourna pour descendre. Les mots suivants fusèrent de la bouche de Jean comme s'ils avaient court-circuité son cerveau : « Tante Beattie, es-tu d'accord avec oncle Martin au sujet des collaborateurs? Penses-tu qu'ils devraient être pendus? »

Sa tante stoppa net, prise de court. « Eh bien… Je crois que ça dépend de ce qu'ils ont fait.

— Du marché noir, par exemple ? » Elle regarda Beattie droit dans les yeux, et vit une lueur de compréhension. Le regard de Beattie alla du palier à la fenêtre tandis qu'elle réfléchissait à sa réponse.

« Le fait est, Jeannie, que la plupart des entreprises avaient leurs petits arrangements. Il nous arrivait de cacher des porcelets pour les donner à notre voisin, en échange d'un ou deux lièvres – et personne ne considérait ça comme une infraction aux règles. C'était juste faire ce qu'il fallait pour s'en sortir. Et aider pas mal de gens par la même occasion. » Elle eut un petit sourire entendu. « C'est vrai que certains sont allés trop loin, et juste pour l'argent. Mais tous ceux qui ont trouvé un moyen de mettre de la nourriture sur la table pendant la guerre, je leur dis bravo. »

Jean acquiesça. Ainsi, tout le monde dans cette famille – tous les adultes, du moins – avaient su ce que fabriquait son père. Elle se demandait comment réagir lorsque Daphne, qui de toute évidence n'avait pas du tout suivi la conversation, intervint.

« Oh, Jeannie, je voulais te dire… Samedi dans six semaines, tu es libre ? C'est ma fête d'anniversaire pour mes vingt et ans.

— Oh, magnifique. Oui, bien sûr. » Jean essaya d'insuffler un peu d'énergie à sa voix.

« Ce sera la plus grosse fête depuis longtemps, poursuivit Daphne avec enthousiasme. On se dit que tout le monde a besoin d'un peu de réconfort. Tante Vi et toi vous viendrez toutes les deux, n'est-ce pas ? Et oncle Eddie bien sûr. Et toute personne chère à tes yeux que tu voudrais amener. » La dernière phrase fut prononcée avec un clin d'œil entendu.

« Bien sûr », répondit Jean, l'événement déjà gâché pour elle.

« Je vais même avoir une nouvelle robe, parce que papa a

eu cette brillante idée d'utiliser la robe de mariée de maman. Elle va la défaire et la transformer en robe de soirée pour moi, n'est-ce pas, maman ?

— Apparemment. » Daphne ne semblait pas se rendre compte de l'agacement évident de Beattie. Jean s'émerveilla un instant de la simplicité de la vie de Daphne. Il dut y avoir un temps, dans l'enfance, où elle partageait l'innocence de sa cousine. Maintenant elle doutait que Daphne puisse saisir la complexité de la difficile situation actuelle de Jean, même si elle se confiait à elle. « Bon, Jeannie, on doit y aller. Ça t'ennuierait de faire l'argenterie dans la salle à manger aujourd'hui, s'il te reste dix minutes ? Elle est toute terne. »

Jean regarda sa tante, se demandant si son exaspération se voyait sur son visage en proportion de ce qu'elle ressentait. Cette semaine, elle venait de découvrir que la fille d'une voisine gagnait cinq shillings pour les mêmes heures de ménage dans une maison bien plus petite. Pas une seule fois elle n'avait réussi à venir à bout des corvées de la liste de Beattie dans le temps imparti, travaillant souvent tard dans l'après-midi puis étant obligée d'attendre le bus de six heures pour rentrer chez elle.

« Je ne suis pas certaine d'avoir le temps.

— Eh bien, fais de ton mieux. Au pire, il reste jeudi. » Beattie s'apprêtait à descendre. « Allez, Daph, je veux arriver en ville de bonne heure – apparemment ces communistes organisent un autre rassemblement, je ne veux pas me retrouver coincée. » Daphne lança à Jean un regard d'excuse par-dessus son épaule en suivant sa mère au rez-de-chaussée, tandis que Beattie s'écriait : « Fais-toi un sandwich si tu as faim, on rentrera sûrement tard. »

Seule dans la maison, Jean fit la poussière et astiqua les meubles dans les trois chambres, balaya ensuite les tapis et les sols, puis descendit pour commencer la cuisine. Pour calmer son âme commençant à s'échauffer, elle essaya d'imaginer qu'elle était une femme mariée faisant le ménage dans sa propre maison, avec Horst bientôt de retour après le travail, et un repas à préparer pour tous les deux plus tard. Mais sa rêverie éveillée se retourna contre elle, et elle se retrouva en train de se demander dans quels magasins on accepterait de la servir et s'ils pourraient avoir des amis. À deux heures, après un maigre sandwich de pain rassis et de Spam, elle alla dans le salon et commença l'argenterie. Elle frotta les coins difficiles à atteindre et les courbes des poignées avec le même chiffon, mais laissa exprès une petite surface non nettoyée sur chaque pièce, un petit cercle gris tourbillonnant d'acrimonie envers sa tante. Envers Eddie. La réputation en miettes de son père et les mensonges de sa famille. Le chantage que les Le Tourneur fomentaient sûrement en ce moment même. Le temps qu'elle attaque le dernier sucrier son esprit débordait de questions sur ce qu'elle devait faire maintenant, ce qui allait peut-être lui être fait à elle. Et elle comprit que, dans presque tous les cas, les réponses reposaient sur Hazel.

*

Le couloir grouillait de filles qui gloussaient et criaient, mais Hazel les ignora tout en avançant parmi les corps en sueur vêtus de diverses approximations de l'uniforme scolaire (des jupes et blazers assortis et neufs n'étaient pas encore une priorité en matière d'importation), ne pensant qu'à atteindre la porte d'entrée et rejoindre l'air frais. Dans deux jours l'école fermerait pour l'été, et elle avait grand hâte. Elle n'avait jamais eu de problèmes auparavant pour maintenir la discipline dans ses cours. Bien sûr, il y avait toujours ce petit mot passé de l'une à l'autre, des crises d'hystérie de temps en temps dans la rangée du fond.

Mais ces derniers jours un changement important s'était produit. Elle percevait un ressentiment maussade lorsque les filles se levaient pour la saluer au début d'un cours, une hostilité revêche quand elles jetaient un livre sur son bureau avec juste un peu trop de force. Entrer dans la salle des profs, qui n'avait jamais été le plus chaleureux des endroits, c'était à présent comme pénétrer dans une chambre froide où on évitait de la regarder et ne lui adressait que de brèves phrases trop courtoises quand la communication ne pouvait être évitée. D'où que soit venue l'information, elle s'était de toute évidence répandue dans toute l'école comme l'eau d'une innondation.

Refermant soigneusement la porte d'entrée derrière elle et prenant une longue bouffée d'air ensoleillé, elle tourna à gauche et se dirigea vers le cottage tout proche d'une camarade d'enfance, qu'elle n'avait pas vue depuis une éternité. Un peu de compagnie, décréta-t-elle, lui ferait du bien aujourd'hui. Elle changea son sac d'épaule au moment de frapper à la porte. Mais à la toute dernière minute sa confiance s'évapora, et elle décida de poursuivre son chemin. Si ses propres élèves discutaient ouvertement de ses crimes présumés, qui sait jusqu'où la rumeur s'était étendue ? La pensée d'un accueil inhospitalier serait plus qu'elle ne pourrait supporter aujourd'hui. Ce ne fut qu'une fois de retour sur la rue principale que le bruit de pas trop rapprochés derrière elle lui indiqua qu'elle était suivie. Elle fit volte-face et vit la fille Parris qui se tenait à un mètre de là, l'air mal à l'aise. Hazel, sur la défensive, lui adressa un regard neutre.

« Je me demandais quand vous alliez vous manifester. » La fille la fixa à son tour, essayant de toute évidence de revenir à un texte dont elle n'arrivait plus à se souvenir.

« Il faut que je vous parle. »

Hazel jeta ses livres sur le trottoir. « Vous allez encore me crier dessus ? Inventer d'autres mensonges ? »

La fille secoua la tête. « Est-ce qu'il y a un endroit où on pourrait aller ? » Ses yeux balayaient la rue, scrutant les alentours pour vérifier qu'il ne s'y trouvait personne de sa connaissance. Hazel perçut en elle un désespoir qu'elle ne put ignorer.

« Je connais un endroit. Suivez-moi. »

Le café tout en haut de la ville était tranquille et vide. Comme presque tout le temps puisque, appartenant auparavant à un immigré italien interné en 1940, la plupart des insulaires le considéraient avec une profonde méfiance. Le fait que le propriétaire actuel, Mr Cauvain, un ami de toujours du Milanais, avait ouvertement servi des soldats allemands pendant l'Occupation n'améliorait pas la situation et, alors que le café avait jusqu'à présent évité la profanation, les tables désertées et les couches de poussière sur les rideaux rouges rapiécés en disaient long sur la situation. Pour Hazel, il était évident que de nombreux commerces avaient été contraints à la même soumission, et que Cauvain devait le déplorer autant qu'un autre ; elle avait toujours trouvé le vieux et pimpant monsieur agréable et courtois, et se sentait une parenté avec ce statut de paria, surtout maintenant. Elle désigna une table éloignée de la fenêtre où on ne pourrait pas les voir depuis l'extérieur et regarda la fille Parris s'installer en face d'elle. Après avoir commandé une théière pour deux, elle croisa les mains sur la table devant elle et attendit. Et ça finit par venir.

« L'autre soir. J'ai besoin de savoir pourquoi vous... avez fait ce que vous avez fait. »

Hazel se frotta nerveusement les mains, se demandant pourquoi il était si difficile de répondre alors qu'elle ne pensait à rien d'autre depuis ces quatre derniers jours.

« Commençons par le commencement. Vous savez que je vous ai vue sur le port ? Vous et votre petit ami allemand ? » La fille ne fit rien pour réfuter cette allégation et se contenta de hocher la tête avec un air de défaite, comme si c'était la confirmation de ce qu'elle redoutait. « Et je n'ai peut-être pas été la seule. Si la nouvelle se répand, vous aurez tous les deux de sérieux problèmes. J'espère qu'il en vaut la peine. »

Quelque chose de familier passa sur le visage de la fille et dit à Hazel tout ce qu'il fallait savoir. C'était ce qu'elle avait parfois vu entre ses parents dans leurs jeunes et heureuses années, et sur le visage de Lilian lors de sa première rencontre avec son mari. Hazel se surprit à se demander si un jour elle aussi ressentirait cela pour quelqu'un. Ou en aurait même l'occasion.

« Il s'appelle Horst. C'est en effet un homme merveilleux. Ce n'est pas ce que vous pensez.

— Et je pense quoi ?

— Que je suis l'une de ces Jerrybags faciles, qui fréquentaient les soldats pour un peu de rab dans les rations.

— Vous l'aimez ? » La fille rougit, hochant la tête. Hazel soupçonna que même s'ils se l'étaient dit mutuellement, c'était la première qu'elle le disait à quelqu'un d'autre. « Mais votre famille n'est pas au courant ?

— Ils me tueraient. Surtout après ce qui est arrivé à mon père. C'est pour ça que j'ai eu si peur quand je vous ai vue sur le seuil. Je savais que peut-être... je savais que vous nous aviez vus. Mais lorsque vous m'avez suivie dans mon histoire, j'ai été...

— Abasourdie ? » La fille acquiesça. « Eh bien, nous sommes deux.

— Alors, pourquoi ? Pourquoi avez-vous menti pour moi ? Et que voulez-vous en retour ? »

Hazel soupira. La contrariété qu'elle ressentit à cette dernière question était tout à fait hypocrite. Jusqu'à l'instant où la fille avait ouvert la porte, Hazel était prête à donner toute la famille Parris en pâture aux lions pour se sauver elle-même. Elle réfléchit à sa réponse tandis que Mr Cauvain apportait la théière et deux tasses avec leurs soucoupes; elles attendirent toutes les deux dans un silence tendu qu'il dispose le tout et se retire derrière le comptoir.

« Je ne veux rien du tout. Au début je croyais que si – je veux dire, votre famille s'est horriblement mal conduite, salissant notre nom sans la moindre preuve. Mais pour une raison quelconque, je... » La fille continuait à la regarder d'un air interrogatif. « Honnêtement? Je me suis sentie désolée pour vous. J'ai su de qui était ce mot dès que vous l'avez agité devant moi. J'ai vu votre désespoir. J'ai vu la manière dont les femmes comme vous sont traitées. Et dans cette fraction de seconde... eh bien... je ne pouvais tout simplement pas être aussi cruelle. » Elle versa du thé dans sa propre tasse. « J'ai aussi compris que vous dénoncer ne m'aiderait sûrement pas de toute manière. Le mal était déjà fait.

— Merci. » Le mot vibrait de sincérité. Hazel versa du thé dans la tasse de la fille, puisqu'elle ne faisait pas signe de se servir elle-même. La fille baissa les yeux sur sa tasse, et Hazel se demanda si elle devait ajouter du lait pour elle, en plus. « Mais est-ce que ça ne va pas faire empirer les choses pour vous? Ma mère et mon oncle ont vu ça comme une nouvelle preuve de votre culpabilité. »

Hazel acquiesça solennellement sans lever les yeux. « Oui, sans aucun doute.

— Pour une raison ou une autre ils sont tous les deux persuadés que c'était vous.

— Eh bien, ça ne l'était pas. Et j'aurais pensé que votre Herr Horst se trouverait sur la liste des suspects. »

Jean secoua la tête. « Je sais que ce n'est pas lui. Il ne savait même pas que papa possédait un poste de radio. »

Hazel fit une petite grimace devant la crédulité de la fille mais sut que ce n'était pas la peine d'insister. « D'accord. Mais pourquoi moi ? Juste parce que votre père et moi nous nous sommes disputés une fois ou deux ? Je crie après mes élèves en classe tous les jours. Mais je ne vais pas ensuite à la police pour qu'elles se fassent arrêter. »

La fille eut un bref rire sans joie. « Non, je suis certaine que vous ne faites pas ça. » Elle joua avec sa cuillère. « Vous avez aussi écrit des lettres aux États... ?

— Oui. Pour que nos politiques durcissent leur position vis-à-vis des Allemands. Pour que ceux qui font du marché noir soient sanctionnés, puisqu'ils retirent des biens de la circulation et les vendent aux plus fortunés pour leur profit personnel. Mais je n'ai jamais accusé quelqu'un personnellement. » Hazel secoua la tête. « Pour moi, ça n'a aucun sens. »

La fille soupira et leva les yeux pour croiser ceux de Hazel. « Je crois... je crois que nous avons tous été sous le choc quand nous avons appris ce qui était arrivé à papa. Vous savez que les Allemands l'ont affamé jusqu'à ce qu'il tombe malade, puis ont refusé qu'il voie un médecin ? Ils l'ont laissé mourir devant leurs yeux. »

Hazel ferma brièvement les yeux. Ce détail n'avait pas été révélé dans l'article de journal. « Non, je ne le savais pas. C'est horrible.

— Alors, quand on nous a dit qu'une personne de l'île était responsable de son arrestation... ça nous a mis tellement en colère. Je crois qu'on avait vraiment besoin d'un coupable. » Elle baissa les yeux sur son thé. Elles restèrent silencieuses un long moment. Puis Hazel tendit une main à mi-chemin sur la table.

« Je comprends. Mais je vous jure, sur la vie de mon père, que malgré mes nombreux problèmes avec Philip Parris, ni moi ni mon père n'avons quoi que ce soit à voir avec son arrestation. Je méprise les nazis et tout ce qu'ils représentent, et jamais je n'aurais livré une personne d'ici à ces monstres, quoi qu'elle ait pu faire. Je ne sais pas si vous pensez la même chose que votre famille. Mais si oui, vous ne devriez pas être assise là en train de prendre un thé avec moi. Je ne vais pas dire aux autorités ce que j'ai vu, vous avez ma parole là-dessus. Mais si vous pensez encore que je suis la personne qui a dénoncé votre père, vous devez partir tout de suite. »

Pendant un long moment Hazel crut qu'elle allait le faire. On n'entendait rien d'autre que le tic-tac lointain de l'horloge du café et le léger tintement des verres que Cauvain continuait à polir. Puis la fille versa lentement du lait dans sa tasse, ajouta du sucre, remua soigneusement et but une longue gorgée. Hazel lutta contre une envie de rire de soulagement. La gosse se cala dans sa chaise.

« Alors, on fait quoi maintenant ? »

Hazel sourit pour la première fois depuis qu'elles s'étaient assises. « Je ne sais pas trop. J'apprécierais bien sûr que vous parliez à votre famille. Compte tenu des circonstances, je crois que c'est le moins que je puisse demander. »

Elle acquiesça. « Je vais essayer ». Elle se mordit les lèvres. Hazel attendit. « Et donc, c'était quoi que mon père vendait au marché noir ? »

Hazel but une longue gorgée de thé. La gosse n'était pas aussi naïve qu'elle l'avait cru. « Les trucs habituels. Des conserves, de l'eau-de-vie, du tabac. Les gens n'arrêtaient pas d'aller et venir.

— Des Allemands aussi ? »

Hazel acquiesça, rougissant un peu. « Oui, j'en ai vu quelques-uns en uniforme. Je crois qu'ils lui procuraient la marchandise.

— S'il se montrait aussi amical avec eux, comment se fait-il qu'ils n'aient pas fermé les yeux sur le poste de radio quand ils en ont entendu parler ?

— Des services différents, des personnes différentes. Et ils ne pouvaient pas se permettre d'avoir l'air indulgent avec ceux qui possédaient une radio – vous savez comme ça les obsédait. Il aurait pu faire des émules, je suppose.

— C'était pour ça que vous étiez en colère contre lui, cette connivence ? C'est à ce sujet que vous vous disputiez ? »

Hazel hésita. L'enfant était si fragile, elle semblait au bord des larmes. Toute information supplémentaire pourrait lui porter le coup fatal. « Oui. Et le fait qu'il devenait de plus en plus imprudent avec sa radio, invitant de plus en plus de monde, oubliant de fermer la fenêtre. Il nous mettait tous en danger.

— Mais il ne voulait rien entendre ?

— Je ne crois pas que votre père ait jamais écouté qui que ce soit.

— Ma mère m'a toujours dit qu'il était un héros. » Un sanglot bref mais audible jaillit de la gorge de la fille. Mr Cauvain, inquiet, regarda dans leur direction mais de toute évidence jugea que ce n'était pas le moment de s'approcher d'elles. Hazel attendit qu'elle se mouche avec un mouchoir sorti de sa manche. « Je suis désolée, finit-elle par bafouiller. J'ai juste l'impression que je ne sais plus rien. Depuis le Jour de la Libération nous sommes tous censés être heureux, mais tout a été mis sens dessus dessous. La plupart du temps je ne sais même pas comment je me sens, seulement que je suis toujours épuisée, et inquiète... parfois je voudrais juste pouvoir m'enfuir loin de tout ça. » À peine avait-elle prononcé ces mots qu'elle se mordit la lèvre, comme si elle voulait les reprendre, puis elle changea d'avis. « Horst m'a demandé de l'épouser. Et je ne sais vraiment pas quoi faire. »

Hazel la fixa, perplexe mais également prise de pitié pour elle.

« Eh bien. C'est un sacré dilemme.

— Je l'aime, mais on pourrait m'expulser de l'île. Et il sera sûrement emprisonné pendant des années. Mais la pensée de ne plus jamais le voir... » Elle se moucha de nouveau, un peu plus fort cette fois. « Je suis désolée. Je ne devrais pas vous dire tout cela. Vous avez vos propres problèmes.

— Ah vous l'avez remarqué ? » Au soulagement de Hazel, cela la fit rire un peu et Hazel se joignit à elle. Elles se regardèrent dans les yeux, et ce fut un instant de solidarité. Puis la fille vida sa tasse et la reposa brutalement.

« Vous avez été très gentille. Je vais parler à maman et à mon oncle. Bien que je ne sois pas certaine que ça serve à grand-chose.

— Merci », répondit Hazel, et elle se rendit compte qu'elle éprouvait réellement de la reconnaissance.

« Merci pour le thé. » Elle se leva pour partir, et Hazel l'imita. « Au fait, j'aurais dû vous le dire, je m'appelle Jean.

— Enchantée, Jean. »

Elles sourirent de nouveau, puis Jean tourna les talons et sortit, faisant tinter la petite cloche sur la porte. Hazel la regarda passer devant la fenêtre et disparaître à sa vue. Devant le reste de son thé qui refroidissait dans sa tasse, pour la première fois depuis qu'elle avait quitté la maison des Parris elle sentit un élan de chaleur intérieure qui lui signifia qu'elle avait fait ce qu'il fallait. Elle prit également conscience que c'étaient les premiers mots gentils que lui avait adressés une personne autre que son père depuis des semaines, et cela lui fit du bien.

# 7

De la sciure et des copeaux de bois jonchaient le palier. Elle avait les doigts rouges, une vilaine ampoule à un pouce, et ça lui avait pris tout l'après-midi, bataillant avec la vieille perceuse manuelle de son père et quelques vis anciennes ayant connu des jours meilleurs. Mais elle y était arrivée. À présent, fixé à l'intérieur de la porte de sa chambre, se trouvait un mince verrou de métal coulissant parfaitement dans sa gâche. Elle le fit glisser d'avant en arrière plusieurs fois, appréciant le bruit de cliquetis qu'il produisait.

Jean recula et examina son œuvre avec fierté, ravie d'avoir repris possession de sa chambre. Pourquoi ne pas y avoir pensé plus tôt ? La solution était pourtant devant ses yeux. Farfouiller dans l'abri de jardin, toujours encombré d'affaires du magasin de son père, lui permit de trouver tout ce dont elle avait besoin. Et quand sa mère avait désapprouvé et demandé en quoi c'était nécessaire, comme Jean savait qu'elle le ferait, elle lui servit son histoire bien rodée selon laquelle le vent faisait trembler sa porte la nuit et l'empêchait de dormir, ajoutant qu'Eddie était déjà bien assez occupé pour qu'elle le dérange avec une tâche aussi insignifiante. À l'aide d'une pelle et d'un balai, elle nettoya par terre, un sourire au coin des lèvres. Elle savait que ça ferait enrager son oncle, et cette pensée la réjouissait. Elle ne pouvait plus le regarder sans le voir tâtonner dans son tiroir personnel, ses épais doigts boudinés touchant les sous-vêtements, la langue pendant de sa bouche avec lubricité, et le souvenir de lui assis sur son lit la tenait souvent éveillée la nuit. Mais cette nuit elle pourrait se détendre, car même si le verrou le mettait en colère, elle savait aussi qu'il ne tenterait pas de le faire sauter. Quelle raison pourrait-il donner ? Elle caressa du doigt le pêne lisse et noir. Avoir trouvé sa propre solution à ce problème, s'occuper elle-même de sa réalisation, cela lui procurait un sombre plaisir, ainsi que le fait, elle devait l'admettre, de savoir que Hazel approuverait certainement.

Son esprit revint à leur rencontre et à cette bizarre conversation au café. Elle l'avait mentalement repassé en boucle, se demandant si elle s'était montrée avisée. Qu'elle fasse ainsi l'aveu de son désarroi face à la demande de Horst l'avait stupéfiée autant que Hazel, et s'il s'avérait qu'elle se trompait, qu'en fin de compte Hazel était la dénonciatrice, elle lui avait procuré elle-même de dangereuses minutions. Pourtant, elle n'arrivait pas à croire cela, ni à regretter sa confession. Les explications de Hazel sonnaient juste et paraissaient sincères, et depuis que Jean avait partagé son propre fardeau son corps semblait délivré d'un immense poids. Cela avait été comme parler à une amie, et Jean prit conscience du fait que, même avec Daphne, cela faisait longtemps qu'elle n'avait pas ressenti la sécurité d'une vraie camaraderie.

Sur le chemin du retour elle s'était juré de ne jamais répéter la conversation à sa famille.

En bas, elle entendit la porte d'entrée claquer. C'était Eddie qui venait de rentrer, et la famille se retrouva à la cuisine pour le repas du soir. Comme toujours après un entrevue avec son avocat, Eddie avait l'air renfrogné, marmonnant au sujet de la nullité de cette foutue île et sur le traitement indigne qu'elle réservait à ses évacués de retour. Jean le regarda verser du ragoût de légumes dans son assiette avec une inutile brusquerie, tandis que Violet l'encourageait à se servir plus généreusement, de sorte qu'il en resta à peine pour les autres. Sa propre gloutonnerie, néanmoins, semblait le réjouir, et il donna un petit coup de coude à Violet pendant qu'elle mangeait.

« Ça te dirait une petite partie de rami ce soir, Vi ?

— Avec plaisir. Mais on ne joue pas d'argent.

— Tu as peur que je te rince ?

— Ah ! Tu es impayable, Eddie. »

Ce rire de nouveau. Jean regarda sa mère, de plus en plus perplexe. On aurait dit qu'elle était passée de l'intense chagrin à une toute nouvelle humeur en un laps de temps honteusement court. Jean picorait son assiette, sa promesse à Hazel se rappelant à elle, mais elle n'avait aucune idée de la manière d'aborder le sujet. Elle n'eut pas longtemps à attendre.

« Je suis tombé sur ce type au Peirson tout à l'heure », commença Eddie, la bouche pleine. Évidemment, se dit Jean. Eddie pouvait avoir les plus importants des rendez-vous, le temps ne manquait jamais pour un verre au Peirson. « Et il a dit que cette femme Le Tourneur allait sûrement avoir des ennuis dans son école. Elle donne aux filles de drôles de livres à lire, qui ne sont pas au programme. »

Le dos de Jean se raidit. Violet se pencha en avant sur la table.

« Vraiment ? Ça vient sûrement des communistes. Il a découvert ça comment ?

— Sa fille va dans cette école. Et en plus il pense que cette sorcière a essayé de le balancer aux Boches, et tout le reste.

— Non !

— Il a dit que des soldats étaient venus une nuit dans son

entrepôt, ils cherchaient des biens volés. Heureusement, ils n'ont rien trouvé. Mais selon lui c'est elle qui les a rencardés.

— Qu'est-ce qui lui fait dire que c'était elle ? » La voix de Jean était tendue.

« Il s'était disputé avec elle chez l'épicier la semaine d'avant – elle l'avait accusé de tricher dans la file d'attente.

— Ça ne prouve pas vraiment qu'elle l'ait dénoncé, non ? répondit Jean, ignorant les regards mauvais de sa mère en face d'elle.

— Les petits ruisseaux font les grandes rivières, répliqua Eddie. Alors, j'ai dit à ce type de faire une déclaration officielle. Il faut qu'on rajoute des trucs dans son dossier, tu vois. » Il s'interrompit, le temps de mâcher un morceau de pomme de terre. « À mon avis ils vont l'arrêter d'un jour à l'autre.

— Mais en réalité, on ne sait pas si c'est elle qui a dénoncé papa, si ? » Jean repoussa son bol de ragoût et perçut le silence. C'était la première fois que quelqu'un prononçait ces mots. Eddie et sa mère s'arrêtèrent tous les deux de manger.

« Quoi ? Pourquoi tu prends son parti tout à coup ?

— Elle dit que ce n'est pas elle, tu l'as entendue toi-même. Et on n'a pas de véritable preuve. Je ne pense pas que ça soit juste de continuer à la persécuter. »

Violet s'appuya lourdement contre le dos de sa chaise. « Qu'est-ce qui te prend ? Cette femme s'est disputée avec ton père, elle a écrit des lettres malveillantes... et elle fricote pas mal avec ces gens du Mouvement démocratique. On sait que ce sont de sacrés fauteurs de troubles. Maintenant on découvre qu'elle avait déjà fait ce genre de choses avant. Qu'est-ce qu'il te faut de plus ?

— Exactement ! » Eddie cracha le mot. « Et de toute manière, ça ne pourrait être personne d'autre.

— Peut-être l'un des contacts de papa pour le marché

noir ? » Les mots se déversèrent sur la table comme une carafe renversée. Les yeux d'Eddie cherchèrent aussitôt ceux de Violet, qui fixait Jean comme s'il venait de lui pousser une autre tête.

« Je te demande pardon ?

— Allons, maman, pas la peine de faire semblant. Je l'ai entendu dire par – le nom de Tom était sur ses lèvres, mais elle craignit les répercussions – quelqu'un en ville. Alors, j'ai interrogé tante Beattie sur le sujet.

— Beattie a dit que mon Philip faisait du marché noir ?

— Non, elle n'en a pas eu besoin. C'était évident que Martin et elle le savaient. Et je comprends que papa faisait ça pour nous, et que beaucoup d'autres gens le faisaient aussi. Mais ça implique qu'il travaillait probablement avec des personnes douteuses. Des fournisseurs allemands sont peut-être venus dans son arrière-boutique, où se trouvait le poste de radio ! Vous ne croyez pas qu'on devrait chercher de ce côté, avant d'essayer de faire emprisonner ou expulser une femme innocente ? »

Un instant, Jean pensa qu'elle les avait peut-être touchés. L'atmosphère était si dense qu'elle s'attendit vraiment à une discussion. Puis Eddie frappa la table de sa main, faisant trembler la vaisselle.

« Tu n'as donc aucun respect pour tes aînés ? Qu'est-ce qui ne te convient pas dans ce qu'on te dit ? Et pourquoi diable écoutes-tu ces rumeurs dégoûtantes au sujet de ton père !

— Maman ? » Jean regarda sa mère, le regard implorant.

« Tu savais ce qu'il faisait, n'est-ce pas ? » Sa mère se redressa sur son siège et toisa sa fille.

« Je crois que tu ferais mieux de faire attention à ce que tu dis. Et aussi d'aller passer la soirée dans ta chambre, jeune fille. »

Jean soupira – c'était sans espoir. Sa mère semblait disparaître de plus en plus loin dans un tunnel sans retour. Jean en silence se leva de table et commença à monter à l'étage. Juste au moment où elle allait fermer la porte de sa chambre, elle entendit des pas et vit son oncle dans l'escalier. Jean prit un grand plaisir à lui claquer la porte au nez et à coulisser le verrou aussi bruyamment que possible. Il saurait à quoi s'en tenir maintenant. Cela le rendrait malade mais il ne pourrait rien faire. Elle s'attendait à avoir peur, mais se sentit au contraire étonnamment calme. Elle s'assit devant son petit bureau, prit une précieuse feuille de papier et essaya de rédiger une lettre à son frère, expliquant ce qui se passait à la maison et comment les choses avaient changé depuis la mort de leur père. Mais cela faisait tellement longtemps qu'elle n'avait pas vu Harry ou qu'elle ne lui avait pas parlé, qu'elle n'arrivait plus à avoir son visage souriant devant ses yeux, ou à imaginer sa réponse. Elle recommença la lettre trois fois mais curieusement n'arriva pas à trouver les mots qu'il fallait. Finalement il lui apparut que Harry n'était pas vraiment la personne à qui elle voulait s'adresser. Et qu'une seule autre serait capable de l'aider pour le moment.

*

« Miss Fleury? Miss Fleury? Si vous pouviez me consacrer une minute? » Hazel sentit ses jours rosir, obligée d'accélérer le pas dans le couloir. Il fallait qu'elle rattrape la directrice dans sa marche rapide vers son bureau avant qu'elle disparaisse à l'intérieur comme un coucou, la porte claquée exprès devant son nez. Avec un soupir audible, Fleury ralentit et se retourna, serrant une pile de livres sur sa poitrine comme un bouclier.

« Oui, Miss Le Tourneur, que puis-je pour vous? »

Hazel sourit d'un air gêné. « Serait-il possible de vous parler dans votre bureau? »

Fleury jeta un coup d'œil à sa montre. « J'ai un rendez-vous avec un parent dans cinq minutes. Si c'est important, on peut en discuter maintenant. » Donc, la vieille virago allait lui rendre la tâche difficile. Hazel rassembla ses forces et regarda autour d'elle. Par groupes de deux ou trois, quelques filles circulaient encore dans l'étroit couloir et pouvaient facilement écouter leur conversation si elles le voulaient, un fait dont Fleury était certainement consciente. Malgré tout, Hazel croisa le regard dur de cette femme, lancé par-dessus des lunettes à monture de corne qui semblaient à peine assez grandes pour ses yeux, et se lança dans le discours qu'elle avait préparé.

« Il y a un certain nombre de filles dans mon cours qui récemment sont devenues plutôt indisciplinées. Margaret Dupré, par exemple, et Barbara Ozouf se sont montrées particulièrement difficiles. »

Fleury fronça son nez fortement poudré. « La plupart des élèves deviennent agitées quand on approche de la fin du trimestre. Si vous aviez été formée convenablement, vous auriez su qu'il fallait vous y attendre. »

Hazel sentit ses mâchoires se serrer. Son manque de qualifications officielles en matière d'enseignement n'avait pas empêché qu'on lui propose cet emploi pendant l'Occupation, lorsqu'ils cherchaient désespérément la moindre personne lettrée acceptant de boucher les trous laissés par les évacués. Mais il aurait été peu judicieux de le souligner en cet instant.

« C'est plus que l'état d'esprit de fin de trimestre. Certaines filles ont mentionné... et bien, certaines rumeurs concernant ma vie privée, qui sont totalement fausses. » Elle fixa le regard de la directrice en quête d'une réaction mais n'en vit aucune. « Je me demandais si vous pouviez me donner quelques conseils. Quand je suis arrivée ici vous me disiez toujours que je devais venir vous voir personnellement si j'avais le moindre problème. » Le silence qui suivit fut douloureux. Au bout du couloir une fille cria d'excitation à la suite d'un commentaire de son amie puis mit la main devant sa bouche en apercevant les membres du personnel tout près d'elle, et s'engagea dans la pantomime adolescente consistant à faire semblant d'être timide tout en cherchant à se faire remarquer. Hazel leur lança un regard acerbe puis se concentra de nouveau sur Fleury, qui la fixait toujours avec une expression vide savamment composée.

Elle finit par parler. « Je ne suis pas vraiment certaine de pouvoir vous aider. Le maintien de la discipline dans une classe est l'une des compétences que les enseignants doivent acquérir durant leur carrière professionnelle. Je suis navrée que vous sembliez avoir des difficultés avec cela. »

Hazel sentit sa tête partir en arrière sous l'effet du choc. Maîtresse d'école traditionnelle du début du siècle, la femme ne lui avait jamais manifesté la moindre chaleur, mais elle n'avait jamais non plus parlé aussi cruellement. Un instant elle soupesa les options, puis décida qu'il lui restait peu à perdre. « Est-ce que je dois comprendre que vous avez vous aussi entendu ces rumeurs ? »

Fleury renifla. « Les rumeurs et les commérages ne sont ni entretenus ni tolérés dans l'enceinte de cette école.

— Sauf votre respect, ce n'est pas ce que je vous demande.

— Néanmoins, je crois que j'ai répondu à votre question. » Hazel vit le regard de la femme glisser vers la porte de son bureau, son échappatoire possible à tout moment. De toute évidence ce serait sa dernière occasion.

« Miss Fleury, l'Occupation a créé de terribles précédents de désinformation. Il y a maintenant une méfiance exécrable parmi les insulaires entre eux, et je suis sûre que vous en êtes consciente. Je crois qu'il est indispensable que, en accord avec les principes de cette école, nous n'encouragions pas l'opprobre et l'hostilité à l'égard de personnes innocentes. » Il y eut eu autre long intermède, rempli de rien sinon du bruit lointain de portes claquées, et de celui plus lointain encore de jeunes filles dans la rue qui chantaient. Fleury réajusta sa pile de livres d'une manière qui indiqua à Hazel que la conversation se terminait.

« Je crois que j'ai été assez claire. Bonne journée, Miss Le Tourneur. » Et, sans surprise, elle fila vers la porte magique, que personne ne franchissait jamais sans avoir entendu le sacro-saint « entrez », et la referma derrière elle.

Une fois dehors dans la rue ensoleillée, avec le sifflement du vent d'été dans les arbres, Hazel se mit lentement en marche. Cette époque de l'année scolaire était normalement joyeuse, illuminée des messages de gratitude des élèves et des parents et de l'éclat de l'accomplissement personnel d'une nouvelle année bien employée. Elle aurait dû être en train de prévoir du plaisir et du repos pour ses propres vacances, faire la liste de livres à lire et d'endroits à visiter. Au lieu de cela, un poids, aussi lourd que de la vase, s'était installé au creux de son estomac. Un filet se refermait autour d'elle et plus elle se débattait, plus il semblait se resserrer. Pour la millième fois elle se souvint de l'instant où elle avait choisi de mentir pour Jean Parris. Elle se serait giflée d'avoir été aussi complaisante, mais au fond ne doutait pas qu'elle agirait de même une nouvelle fois si nécessaire. Il y avait en cette fille quelque chose de si vulnérable, de si innocent, qui d'une curieuse manière lui rappelait Dottie. Est-ce que tout venait de là ? Essayait-elle de dupliquer sa sœur emportée par la diphtérie, et peut-être de sauver une âme à la place de celle qu'elle avait échoué à protéger ? Qu'il y ait de ça ou pas, la fille s'était souvent trouvée dans ses pensées depuis leur conversation au café. Ce fut peut-être pour cette raison que, s'engageant dans New Street et voyant Jean Parris rôder, l'air penaud, près de l'escalier de l'appartement, Hazel ne fut pas le moins du monde surprise.

*

Jean se percha maladroitement au bord du lit, serrant une tasse de thé noir pas assez fort contre sa poitrine et regardant résolument ses chaussures. Elle se disait que sa gêne venait du fait qu'elle se trouvait dans l'espace intime de la chambre d'une inconnue, d'une femme désignée comme son ennemie. Mais en fait elle était plutôt due au choc de découvrir cet environnement, et l'évidente pauvreté de la famille qu'il reflétait. Le lit de fortune de Hazel, que Jean soupçonnait être un bout de vieux canapé, ne se trouvait qu'à une trentaine de centimètres de celui de son père. Quelques vêtements pendaient côte à côte sur un seul portant métallique, les autres étant entassés dans une minuscule commode au pied des lits. Il n'y avait pas d'espace disponible pour d'autres meubles, et juste assez pour que les vieux rideaux à fleurs puissent être suspendus à leur tringle, comme le montrait le triste amoncellement de tissu touchant le sol. Jean n'avait jamais vraiment accordé attention à la classe sociale de sa propre famille, sinon par comparaison avec celle de Daphne. Elle pensait toujours aux Parris comme à des gens ordinaires, avec leur maison mitoyenne identique aux autres de sa rue, mais elle n'aurait jamais imaginé partager une chambre avec son père, ni devoir supporter la puanteur de canalisations bouchées stagnant dans tout l'appartement. Elle jeta un coup d'œil à Hazel qui, gênée, s'assit à côté d'elle sur le lit.

« Je suis désolée de vous faire venir là, murmura Hazel. Mais mon père apprécie sa place près du feu, et il n'y aucun autre endroit où on peut parler en privé.

— Oh, ça ne fait rien. Merci pour le thé. » Jean était heureuse de ne pas avoir été invitée à s'asseoir dans le petit salon, où le revêche Le Tourneur père l'avait accueillie avec un regard glacé et furieux quand Hazel l'avait présentée. Bien sûr, il devait connaître toute l'histoire et elle ne pouvait donc guère s'attendre à une autre réaction, mais malgré son infirmité évidente elle ne se sentait pas rassurée à proximité de lui. Les deux femmes restèrent un moment sans parler, regardant les particules de poussière s'agiter dans les rayons de soleil. Jean essayait de garder les yeux baissés, mais c'était difficile de ne pas jeter un coup d'œil au papier peint victorien se décollant dans les coins les plus humides, et à la moisissure à la base des fenêtres. Tout en tenant la tasse sans soucoupe, elle remarqua que Hazel regardait ses doigts.

« Vos mains ont l'air endolories.

— J'ai fait le ménage chez ma tante et mon oncle.

— On dirait qu'ils en ont eu pour leur argent. Ils vous paient combien ? »

Jean faillit s'étrangler avec son thé. Le salaire n'était pas un sujet autorisé chez elle. Elle n'avait aucune idée de l'argent que son père gagnait – légalement ou pas – et n'aurait jamais imaginé poser la question. Mais elle ne trouva aucune bonne raison de ne pas répondre.

« Trois livres six par semaine, pour deux matinées de travail. »

Hazel prit un air désapprobateur. « Ils ont des moyens ? Une grande maison, tout en abondance ? » Jean acquiesça. « Il faut que vous renégociez. » Elles burent leur thé en silence pendant quelques instants. « Je suppose que votre famille ne sait pas que vous êtes ici ?

— Non. Au fait, j'ai essayé de leur parler. Mais j'ai bien peur que ça n'ait servi à rien. »

Hazel hocha la tête. « Je vous remercie d'avoir essayé. » Mais elle sembla abattue cependant et Jean, honteuse, se recroquevilla sur elle-même.

« Oui, j'ai vraiment essayé. J'ai insisté sur le fait qu'il n'y avait pas de preuve contre vous, et que ça pouvait tout à fait être quelqu'un d'autre.

— J'ai bien peur qu'il ne s'agisse pas de preuve, ni de logique. Après les cinq dernières années que nous avons vécues, les gens se sentent perdus, traumatisés. Ils cherchent d'autres certitudes pour les réconforter. Et je suis une cible facile à leur colère. »

Jean essaya de trouver une position plus confortable sur le lit. Une sorte de ressort en métal jaillissait juste sous ses fesses. Comment Hazel parvenait-elle à dormir là-dessus, elle n'en avait aucune idée.

« Dans quel sens ?

— Je suis franche. Les gens n'aiment pas ça, surtout chez les femmes. J'ai dit ce que j'avais sur le cœur à votre père en public, et ce n'est pas comme ça qu'on est censé se comporter. Et j'ai des liens avec le Mouvement démocratique de Jersey, alors je suis de toute manière considérée comme suspecte.

— Vous en êtes membre ?

— Plus maintenant. » Elle baissa les yeux sur ses mains, réfléchissant à sa prochaine remarque. « Mais pour certaines personnes un simple rapprochement suffit. » Elle lança à Jean un regard incisif. « Vous-même, vous m'avez demandé si j'étais communiste. »

Jean sentit le rouge lui venir aux joues. La religion et la politique faisaient aussi partie des sujets interdits chez elle, en parler était le comble des mauvaises manières. « Je suis désolée.

— Pour moi ce n'est pas une insulte. Je me considère en fait comme une socialiste, mais certains des membres du Mouvement démocratique sont communistes – comme nos alliés russes pendant la guerre. D'autres veulent juste une rémunération équitable et des garanties, comme les soins médicaux. Prenez mon père – c'est à cause de sa maladie qu'on vit... eh bien, qu'on ne vit pas mieux.

— Il souffre de quoi ?

— Il a une polyarthrite rhumatoïde. Elle attaque ses articulations et lui provoque des douleurs horribles. Avant la guerre il recevait régulièrement une injection d'un or spécial, et ça allait un peu mieux, mais bien sûr ces dernières années rien d'approchant n'a été possible.

— Alors, son état a empiré à cause de l'Occupation ?

— Oui, mais je ne crois pas que ça ira beaucoup mieux même maintenant. Les médecins et les traitements coûtent si cher, et on n'a que mon salaire.

— Mais vous êtes enseignante ? »

Hazel fit un petit geste de la main. « Croyez-moi, ça ne paie pas tant que ça.

— Alors pourquoi le faites-vous ?

— La satisfaction. C'est épanouissant de voir des enfants apprendre et se développer. »

Jean médita sur ces mots, pensant à son institutrice préférée lorsqu'elle était enfant, Miss Perchard, qui faisait penser à un oiseau. « Quand j'étais petite, je voulais être maîtresse d'école primaire.

— Il n'est pas trop tard. L'Angleterre a désespérément besoin d'enseignants après cette guerre. »

Jean se renfrogna. « Je ne suis pas assez intelligente pour faire quelque chose comme ça.

— Foutaise. Il n'y a pas besoin d'être un génie, il faut juste de l'enthousiasme et de la patience. Je suis certaine que vous vous en sortiriez très bien avec les tout-petits. »

Jean tourna la tête pour cacher ses joues rosissantes. Les pensées se bousculaient dans son esprit. « Donc, ce que le Mouvement démocratique demande réellement ce sont des salaires décents, et de l'aide pour les malades ?

— Ce sont leurs deux préoccupations principales, oui.

— Alors pourquoi tout le monde les déteste ? Dans ma famille ils passent tous leur temps à les critiquer. » Elle se souvint de son père à la table de la cuisine, commentant d'un ton désapprobateur ce qu'il lisait dans l'*Evening Post*, et aussi des remarques méprisantes de son oncle Martin.

« On dit sans arrêt aux gens que les pauvres sont paresseux ou stupides, ou les deux. C'est ce que les riches veulent qu'on pense, pour que rien ne change. Regardez votre propre cas, exploitée par votre propre famille. »

Jean protesta instinctivement. « Je ne suis pas exploitée.

— Ils vous paient mal. Et quelle quantité de travail s'attendent-ils que vous réalisiez ? Vous avez assez de temps pour tout faire ? » Hazel fit une drôle de tête, et Jean baissa les yeux sur son thé. Cela semblait déloyal d'être d'accord avec cette idée, d'admettre que la même pensée lui avait traversé l'esprit.

« Ma mère a été contrariée quand j'ai fait allusion aux affaires de mon père sur le marché noir. Ça a paru la choquer que je sois au courant. Mais je suis sûre qu'elle le savait depuis des années, on dirait que tout le monde le savait. Je ne comprends pas. »

Hazel fronça les sourcils, fixant ses pieds. Jean vit qu'elle portait toujours ses sabots de Summerland, malgré l'arrivée récente et bien annoncée de chaussures pour femmes chez De Gruchy.

« Si c'est pour discuter de ça que vous êtes venue ici, je ne suis pas très à l'aise à l'idée de vous en dire plus sur votre père. J'aurais peur d'abîmer vos souvenirs de lui. »

Jean reposa vite sa tasse sur la minuscule table qui séparait les deux lits. « Je ne sais pas vraiment pourquoi je suis venue. C'est juste, cela fait si longtemps que je n'ai personne avec qui discuter. J'aime ma cousine, mais je ne peux pas lui parler de Horst au cas...

— Au cas où elle vous trahisse ? » Jean acquiesça, consciente de l'ironie. Hazel posa elle-aussi sa tasse, et se renfonça un peu sur le lit, plaçant un pied sous elle pour être mieux installée. Détendue, elle paraissait plus jeune, et Jean vit qu'en fait elle était plutôt belle, ses cheveux auburn s'échappant de son chignon et retombant en cascade sur ses traits d'une blancheur de porcelaine. « Vous avez décidé ce que vous voulez faire ? »

Jean secoua la tête. « Non. Mais il faut que je le fasse avant le départ de son bateau le premier septembre. Une fois qu'il sera dans le système anglais des prisonniers de guerre ce sera impossible de le retrouver. Et si je ne dis pas oui maintenant, il pensera que je le rejette. Ce serait l'envoyer au loin avec rien à espérer ou à quoi se raccrocher.

— Vous avez dit que vous l'aimiez ?

— Oui, je l'aime.

— Alors, qu'est-ce qui vous arrête ? D'accord vous ne pourriez sûrement pas vivre ici – dans ces îles les Allemands seront mal vus pendant longtemps. Mais le monde est vaste. »

Jean haussa les épaules. « C'est ce que Horst a dit. Mais...

— Avez-vous déjà quitté Jersey ? Pour des vacances ? » Jean secoua la tête. « C'est une île magnifique, mais c'est aussi juste un minuscule point sur la carte. Ma sœur a épousé un Anglais et vit à Londres maintenant. J'ai un cousin qui est allé vivre en France.

— La famille de mon frère est à Chelmsford.

— Vous voyez bien.

— Mais c'était une guerre mondiale. Il est probable qu'on nous détestera où que nous vivions. » Elle laissa échapper un profond soupir. « Mais je ne peux imaginer aimer personne d'autre. »

Hazel la regarda, tête penchée sur le côté. « Je ne peux pas vous dire ce que vous devez faire. Mais je sais une chose. Si vous voulez pouvoir choisir, il vous faudra gagner plus que trois livres six par semaine. » Jean s'esclaffa, mais Hazel se rapprocha un peu d'elle. « Je suis sérieuse. Les femmes sans argent à elles se retrouvent piégées. Il se peut que vous deviez vous prendre en charge vous-même, au moins pendant un temps. » Jean fronça les sourcils, réfléchissant à ce qu'elle venait d'entendre. Elle ne savait pas trop ce que « se prendre en charge » elle-même impliquerait vraiment dans la pratique. Toutes les filles qu'elle avait connues à l'école soit vivaient encore avec leurs parents soit étaient déjà mariées. Et comment une femme célibataire comme elle se procurerait-elle assez d'argent ? « Il me semble que Summerland embauche encore », poursuivit Hazel, comme si elle avait lu dans ses pensées. « Je crois que le salaire est correct. » Elle eut un petit sourire. « Vous savez, il y a un rassemblement du MDJ ce week-end, en ville. Pourquoi ne venez-vous pas faire un tour, vous rendre compte par vous-même ? »

Jean se sentit mal à l'aise. « Je ne sais pas.

— Vous avez peur qu'on vous remarque, qu'on vous taxe d'agitatrice ?

— Ce n'est pas ça. » Mais si, c'était bien ça, et Jean savait que Hazel le savait aussi.

« Ce sont juste quelques discours sur la place. Je vous promets que personne ne vous kidnappera ou vous fera jurer allégeance aux bolchéviques. »

Malgré elle, Jean lui retourna son sourire. « Eh bien oui, je vais venir avec vous, si vous voulez. » Ses lèvres exprimèrent une volonté que Jean ignorait même posséder. « J'en ai un peu marre d'être une victime. »

*

Le Royal Square se montrait sous son plus beau jour. Les rayons dorés du soleil, mouchetant les pavés à travers le feuillage des marronniers, faisaient ressortir le rose pâle des bâtiments officiels en granit, et des petits bouts de nuages blancs traînaient dans un ciel d'un bleu limpide. Une brise espiègle rafraîchissait la chaleur du jour, et beaucoup d'hommes étaient en manches de chemise, la veste jetée sur l'épaule, et les femmes – étonnamment nombreuses, se dit Jean, bien que très minoritaires – retenaient leur chapeau sur leur tête en riant. Un podium de fortune avait été monté côté nord à partir de vieilles caisses, et quelques personnes, en grande conversation, se tenaient derrière. Par rapport à ce qu'elle avait imaginé, cela semblait une foule joyeuse, normale, pas si différente de celle saluant le roi et la reine. Jean repensa à cette journée, lorsqu'elle s'était faufilée jusqu'aux premières places avec sa mère, et prit conscience avec étonnement que c'était à peine un mois plus tôt. On aurait plutôt dit deux ans.

Jean toucha son foulard, volé dans l'armoire de sa mère la veille au soir, pour vérifier qu'il tenait bien, et remonta un peu plus haut sur son nez les lunettes de soleil, appartenant aussi à Violet. Elle se sentait un peu idiote, et le gloussement réprimé de Hazel lorsqu'elles s'étaient retrouvées à l'angle de Library Place n'était pas passé inaperçu, mais Jean estimait que la discrétion valait bien un peu d'humiliation. Elle n'imaginait que trop bien la dispute qui éclaterait à la maison si l'un des confrères de beuverie d'Eddie la reconnaissait lors d'un tel événement. Et Hazel portait elle aussi des lunettes teintées, ses cheveux ramassés sous un chapeau de paille, ce que Jean interpréta comme une forme de déguisement. Jean se rendit compte qu'elle-même restait très près de Hazel, comme on se blottit contre un arbre sous la pluie, et lui retourna son sourire d'encouragement alors qu'elles attendaient que les discours commencent.

Le premier orateur fut présenté par un jeune homme muni d'un mégaphone, et une partie de la foule se mit à applaudir avec enthousiasme. Un type d'allure ordinaire, long visage et cheveux bouclés, s'avança pour lui prendre l'appareil et leva une main pour demander le silence.

« Merci d'être là aujourd'hui. Ça fait du bien de voir tant de visages, familiers ou nouveaux, car être nombreux, c'est ce qu'il va nous falloir dans les mois à venir. On m'a dit cette semaine, de source sûre, qu'une élection sera organisée à la fin de l'année. Et vu la résistance que nous rencontrons de la part de ceux qui sont actuellement au pouvoir – ceux auxquels le système actuel convient tout à fait, merci beaucoup – et même de la presse locale, nous allons avoir besoin de l'aide de chacun de vous sans exception. »

Jean regarda en direction de Hazel, perplexe. La presse locale ? Elle savait que les éditions allemandes de l'*Evening Post* avaient été pleines de mensonges et de propagande, mais c'était pendant la guerre. Maintenant, certainement, en temps de paix, les journaux relataient honnêtement les faits ? Derrière ses lunettes noires, ses sourcils se froncèrent sous l'effet de la concentration.

« Et, poursuivait l'orateur, si vous doutiez un tant soit peu que cette résistance puisse remonter aussi haut dans le système, on m'a informé que le procureur général de notre île et des représentants du ministère public britannique et du ministère de l'Intérieur, pas moins, se sont récemment rencontrés pour établir une classification de ce qui qualifie un collaborateur. » Jean et Hazel échangèrent instinctivement un regard, puis détournèrent la tête aussitôt. « En plus des catégories auxquelles on peut s'attendre – la cinquième colonne, les profiteurs et ainsi de suite – ils ont ajouté, et je cite, *certaines personnes qui ont cherché à saper les administrations des États.* » Un murmure inquiet parcourut la foule. « C'est vrai. Mes amis, ils parlent de gens comme vous et moi. De quiconque a osé remettre en cause les décisions de nos leaders, a eu le courage de se demander si ceux au pouvoir se comportaient bien envers leur propre peuple, en période d'urgence nationale. Ils essaient de nous mettre dans le même sac que ces infâmes qui ont trahi leur roi et leur pays ! »

Le murmure devint un grondement. Des cris « honte » et « déshonneur » fusèrent ici et là dans la foule. De nouveau, Jean et Hazel échangèrent un regard, mais cette fois-ci leurs yeux se rencontrèrent pour de bon derrière leurs lunettes, liés par la reconnaissance de l'anxiété de l'autre. L'orateur sortit quelques feuilles et se mit à parler de la réforme administrative de l'Assemblée des États et d'un régime de cotisations pour les pensions de vieillesse, mais l'essentiel de ses paroles fut perdu pour Jean, d'un côté parce qu'elle n'avait jamais entendu la plupart de ces expressions, mais aussi parce qu'elle n'arrivait à pas s'ôter de l'esprit la précédente remarque. Les gens du ministère de l'Intérieur britannique étaient en ce moment en train de la cataloguer comme une ennemie. Et même les personnes réunies ici, ces rebelles radicaux, libres-penseurs, considéraient que des gens comme elle (et, bien évidemment, son père et Hazel) étaient des criminels. Essayer de faire une différence entre les coupables et les accusés, prendre en compte des degrés de tort, rien de tout cela n'avait été évoqué.

« Alors, mes amis », disait l'orateur, remettant ses notes dans sa poche et se préparant à laisser la place à son successeur, « je vais terminer avec ça. Notre position doit être claire comme de l'eau de roche. Ce n'est pas un crime de se plaindre de l'injustice. Il y a un abîme entre les citoyens patriotes responsables qui veulent juste une vie décente, et les réprouvés qui ont trahi cette île. Et nous ne laisserons pas notre réputation être entachée par quiconque essayerait de nous mettre dans le même panier qu'eux. Vous me suivez ? » Une énorme acclamation explosa partout sur la place. Jean donna un petit coup de coude à Hazel, dont le visage n'exprimait plus que l'abattement.

« Je suis désolée, je crois que j'en ai assez entendu. »

Hazel acquiesça et sans un mot de plus elles firent toutes les deux demi-tour et se frayèrent un passage pour sortir de la foule. Elles se retrouvèrent à l'angle le plus éloigné, qui donnait sur le haut de Halkett Place. Jean se tourna vers elle.

« Ils sont au courant des accusations contre vous ?

— Jean, vous savez comment est cette île. En fin de compte, tout le monde sait tout sur tout le monde. » Jean se sentit aussitôt coupable, mais c'était aussi la première fois que Hazel employait son prénom dans la conversation, et elle aimait la chaleur que cela lui procurait.

« On peut y aller maintenant ? »

Elles se détournaient pour s'engager dans la rue principale quand un bruit les força à regarder derrière elles. Une sorte de perturbation venait d'éclater dans la foule, et toutes deux tendirent le cou pour en découvrir la cause. Pendant un moment ce fut difficile de dire ce qui se passait, puis il apparut que plusieurs personnes avaient été frappées par quelque chose et poussaient des cris de douleur et d'indignation. De l'autre côté de la place, près du cimetière où seulement quelques jours plus tôt elle s'était installée avec Tom Maloret, un groupe restreint mais déterminé s'était précipité vers la foule du MDJ, lançant des projectiles. Une victime brailla très fort, un côté du visage teinté de rouge vif, et pendant un instant terrible Jean pensa qu'il saignait. Puis, alors qu'elles essayaient de mieux voir – elles se trouvaient pratiquement à deux cents mètres de distance –, elle découvrit que c'était le projectile qui était rouge vif. L'homme avait été frappé à la tête par une tomate. Les agresseurs souriaient et riaient tout en continuant de sortir d'un sac des poignées de vieux fruits tout écrasés et d'en bombarder la foule. Jean se tourna vers Hazel.

« Qui sont-ils ? »

Hazel se mit sur la pointe des pieds pour essayer de mieux voir. « Je dirais, en voyant comme ils sont habillés et le nombre de tomates qu'ils ont, probablement des agriculteurs. »

Jean se retourna pour regarder de nouveau, et ce fut alors qu'elle le vit. Le visage rose de jubilation, jetant des tomates au hasard sur les manifestants comme s'il lançait un ballon dans une cour d'école, sa silhouette était immanquablement familière. Jean poussa un petit cri d'horreur et de dégoût. Puis, alors que quelques manifestants reprenaient leurs esprits et commençaient à s'en prendre à leurs agresseurs, les assaillants firent demi-tour et s'enfuirent en direction d'une élégante et rutilante Bentley, garée tout à côté de la place. S'engouffrant dans le véhicule dans un brouhaha chaotique de rires et de railleries, le conducteur démarra et la voiture fila à toute allure au coin de la rue. L'événement fut terminé aussi vite qu'il avait commencé, et Jean se retrouva à fixer la scène, bouche ouverte, Hazel l'observant avec inquiétude.

« Tout va bien ?

— Celui avec la veste verte, c'est mon oncle Martin. Celui dont je vous ai parlé, pour qui je travaille. »

Hazel renifla et se frotta vigoureusement le nez. « Les fermiers détestent les MDJ parce qu'ils veulent de meilleures conditions pour les ouvriers agricoles. » Sa voix s'adoucit un peu. « Je suis désolée. Ça ne doit pas être facile, de voir quelqu'un de sa famille se comporter de cette manière. » Jean eut un petit soupir qui n'exprimait ni le rire ni le désespoir. « Il me laissait monter le poney dans sa ferme. Je ne l'ai jamais vu comme ça avant. »

Elles marchèrent jusqu'au coin où elles devaient se séparer et là, Hazel se tourna vers elle.

« Si vous décidez d'épouser Horst, comment imaginez-vous votre futur ? Dans un monde parfait ? »

Jean haussa les épaules. « Un joli petit cottage quelque part. Un jardin. Des enfants peut-être.

— Et si vous ne l'épousez pas ? » Jean haussa de nouveau les épaules, découvrant qu'elle ne s'était jamais vraiment penchée sur le sujet. Traverser l'Occupation avait été sa force motrice pendant si longtemps que de telles idées ne lui étaient tout simplement pas venues à l'esprit. Hazel inclina la tête. « Je crois que cette guerre nous a montré de quoi sont capables les femmes. Vous êtes prévenante, compatissante. Je le pense sincèrement. Je crois que vous pourriez être une bonne enseignante. »

Jean rougit encore. Personne n'avait jamais suggéré qu'elle puisse être douée pour quoi que ce soit.

« Je n'ai vraiment aucune idée de ce que je pourrais faire de ma vie. Désolée, ça vous paraît sûrement idiot.

— Ce n'est pas idiot. Tout ce qui vous était cher vous a été arraché en peu de temps. Difficile d'imaginer son futur, quand on n'a aucune certitude sur son présent. » Elle toucha légèrement le bras de Jean. « Il faut que je retourne auprès de mon père, c'est l'heure de ses médicaments. Mais si vous voulez qu'on parle de nouveau, je serai au café italien samedi à cinq heures. »

Jean acquiesça et la regarda s'éloigner, sa grande et fine silhouette disparaissant dans la rue, et se rendit compte qu'une nouvelle idée se formait déjà dans son esprit. En fait, elle ne comprenait pas pourquoi elle n'y avait jamais pensé plus tôt.

*

Ses doigts tremblèrent tandis qu'elle insérait la clé dans la serrure et essayait de la tourner. Comme elle s'y attendait, la serrure résista, obstruée par la saleté et la rouille après tant de mois sans être utilisée. Elle insista avec détermination, jetant des coups d'œil autour d'elle pour voir si quelqu'un l'observait. Mais les seuls yeux posés sur elle étaient ceux des mouettes perchées sur les cheminées, la regardant avec un désintérêt feint tout en ébouriffant leurs plumes en prévision de leur première pêche du jour. Au loin quelques lève-tôt se rendaient à leur travail, et deux ou trois silhouettes étaient visibles derrière les fenêtres des appartements d'en face, mais chacun vaquait à ses propres occupations matinales et personne ne risquait de remarquer une fille dans la rue qui ouvrait une boutique. Même si celle-ci était restée vide et inutilisée pendant dix-huit mois. Et de toute manière, elle appartenait encore à son père jusqu'à ce qu'à ce que des formalités juridiques en décident autrement, et Jean pouvait informer toute personne qui la défierait qu'elle était en droit d'y accéder. Même si la manière furtive avec laquelle elle s'était faufilée hors de la maison avant le lever du soleil racontait une toute autre histoire.

Clic. La serrure céda tout à coup, et elle put entrer. La clochette au-dessus de la porte ne fonctionnait plus – le battant avait peut être été volé – elle put donc se glisser à l'intérieur dans un quasi-silence. L'obscurité était dense, toute lumière bloquée par les planches clouées sur la vitrine quelques jours seulement après l'expulsion de son père. Se servant de la lumière du jour filtrant par la porte ouverte, elle chercha l'interrupteur électrique et l'abaissa. À sa grande surprise une ampoule suspendue au fond du magasin s'alluma, et aussitôt la pièce se révéla à elle. Le vieux et haut comptoir en bois, les casiers derrière lui où toute la journée son père prenait les vis, les boulons et les rondelles, les étagères sur le mur d'en face – presque toutes vides à présent, avec juste ici ou là un outil ou un bocal renversé montrant qu'ils avaient un jour servi à quelque chose. Une épaisse couche de poussière recouvrait tout, des toiles d'araignée pendaient dans presque tous les coins, et

Jean sursauta quand un bruit de fuite précipitée signala la présence d'une souris effrayée. Mais lorsqu'elle ferma la porte, laissant la faible lumière jaune colorer l'espace entier, le silence fut étouffant. Les souvenirs jaillirent : les visites de temps à autre le samedi matin lorsqu'elle était enfant, et qu'elle regardait son père dans sa blouse marron en train de bavarder et de plaisanter avec les clients tout en emballant leurs achats et en leur rendant la monnaie. Son frère en haut d'une échelle qui remplissait les bocaux d'écrous à tête carrée, levant les yeux au ciel devant les remarques continuelles de leur père. L'odeur de bois, de cire et de térébenthine. Ses yeux se remplirent de larmes au souvenir si vif de son père, le premier souvenir tangible qu'elle avait de lui depuis des semaines. Mais elle chassa vite les larmes. L'endroit à présent ne sentait plus que la moisissure, et elle n'était pas là pour évoquer le passé. Marchant sur la pointe des pieds par peur de déranger les fantômes, elle se dirigea vers la pièce du fond utilisée par son père pour entreposer son stock.

L'idée avait pris forme alors qu'elle rentrait chez elle après le meeting. Hazel avait raison, sa confusion vis-à-vis d'un passé qu'elle ne comprenait plus et en lequel elle n'avait plus confiance lui embrouillait l'esprit. Si elle pouvait en apprendre plus sur la vie de son père entre ces murs, peut-être les choses feraient-elles sens, peut-être même pourrait-elle trouver un indice sur son véritable traître. Cela pourrait, au moins, satisfaire son immense curiosité. Un peu après minuit, elle était montée sur le petit tabouret dans le garde-manger et avait retiré les clés du bocal posé sur l'étagère du haut où elles étaient soigneusement rangées. Il ne restait plus qu'à se faufiler dehors ce matin avant que quelqu'un d'autre dans la maison ne se réveille.

La pièce du fond du magasin était exactement comme dans son souvenir, c'était un petit espace contenant un évier crasseux avec eau froide seulement et un établi pour les réparations.

Mais si Jean espérait tomber sur des caisses de marchandises illégales entreposées dans un coin ou tapies sous des bâches, elle allait être déçue. Bien sûr, si de tels articles s'étaient trouvés un jour ici, ils avaient disparu depuis longtemps, pillés en même temps que le stock du magasin. Mais ses yeux se posèrent sur une petite porte en bois. La pièce du haut, avec la minuscule cabine des toilettes. Elle ne l'avait vue qu'une fois quand elle était toute petite. Avec hésitation, elle tira la poignée et d'un mouvement brusque ouvrit la porte. Quelques marches en bois d'un escalier raide aboutissaient à un coude et au-delà c'était l'obscurité totale. En haut des marches se trouvait un autre interrupteur. Elle l'actionna, mais cette fois-ci elle n'eut pas autant de chance et en aucun cas elle ne prendrait le risque de se rompre le cou en montant dans le noir. Jean s'attarda au rez-de-chaussée, inspectant les étagères derrière le comptoir, fouillant les casiers à la recherche de quoi que ce soit qui puisse l'aider, et était sur le point d'abandonner quand elle ouvrit le placard sous le petit évier. Tout au fond, de toute évidence négligés par les soldats lors de leurs perquisitions, se trouvaient un morceau de savon tout sale, un vieux chiffon, une boîte d'allumettes et – alléluia – le bout d'une bougie entamée. Elle prit les allumettes et la bougie, craqua une allumette et alluma la mèche. Alors que la flamme dorée jaillissait, elle sourit toute seule ; s'il lui avait fallu un signe pour lui montrer qu'il fallait qu'elle poursuive son exploration, c'en était un, assurément ?

Elle commença à monter et son cœur s'emballa. Il faisait chaud dans ce bâtiment fermé, mais elle sentit la chair de poule sur ses bras alors qu'elle avançait lentement, marche après marche, ayant peur que l'une cède. Une fois en haut elle regarda à gauche en direction, comme elle s'en souvenait, de la cabine des toilettes. Le reste de la pièce mansardée était plongé dans une obscurité totale, et ce n'est qu'en masquant la minuscule flamme que ses yeux commencèrent à accommoder. Plus tard, elle se demanda ce qu'elle s'était attendue à trouver et ne sut répondre. Mais ce qu'elle vit là ne lui était certainement jamais venu à l'esprit. Car, dans le petit espace le plus mansardé, il n'y avait de place que pour un seul élément de mobilier. Un cadre de lit en métal pour une personne avec son matelas légèrement crasseux.

# 8

« Tu dois porter quelque chose de joli. Que penses-tu de ta robe bleue ?

— Elle a des trous de mite.

— Mets un gilet par-dessus. Le bleu, c'est ta couleur. »

Horst m'aime bien en jaune, pensa Jean, et elle se souvint d'un moment passé tous les deux cachés parmi les rochers de Bouley Bay, son cardigan jaune préféré bien serré autour d'elle. Oh, les promesses faites ce jour-là, les secrets partagés ! La nuit dernière à minuit, les mots de Hazel résonnant dans son esprit, elle avait décidé qu'elle allait l'épouser et mettre tout le reste en suspens. Quinze minutes plus tard elle décrétait que c'était une idée terrible. À l'instant même, elle n'arrivait même pas à choisir quelle tasse prendre dans le buffet.

« Je suis sûre qu'il ne remarquera pas ce que je porte. »

Violet l'ignora. Elle laissa tomber un œuf précieux dans le mélange et commença à le battre. Jean fixa la préparation bourrative – cette farine valait mieux que l'espèce de ciment qu'était la poudre de l'Occupation mais à peine – et elle pensa à la ration de sucre de toute la semaine que Violet venait juste d'utiliser, bien que Jean lui ait fait remarquer que ça impliquerait une semaine de thé non sucré pour toute la maisonnée. Mais sa mère ne semblait pas d'humeur aujourd'hui, pas plus que la veille lorsque Jean s'était farouchement opposée à ce que Tom Maloret soit invité pour le thé.

La proposition, bien sûr, venait d'Eddie et, piètrement déguisée en idée fortuite, fut annoncée pendant leur repas du soir. Eddie, semblait-il, était tombé sur Tom en ville, et pensa que « dans ces circonstances, c'était la moindre des politesses » de l'inviter. Violet déclara aussitôt que c'était une excellente idée. Jean s'y opposa jusqu'à l'épuisement, invoquant toutes les excuses possible. C'était abuser de son temps, c'était trop tôt dans leur relation (Jean avait craché ce mot), le rationnement était encore trop strict, elle n'avait pas de cirage pour ses chaussures. C'était cruel et trompeur de sous-entendre un intérêt croissant qu'elle ne ressentait pas, voilà ce qu'elle aurait tant voulu dire. Et encore plus monstrueux que les Parris ouvrent la voie à une demande en mariage qu'elle n'avait pas l'intention d'accepter, un thé en famille étant un signal bien connu de ce chemin. Et, bien sûr, il y avait une deuxième chose à l'ordre du jour, pire encore. Eddie avait de toute évidence l'intention de soumettre Tom Maloret à un interrogatoire en règle au sujet de l'avancement des poursuites contre Le Tourneur, et voudrait savoir pourquoi aucune arrestation n'avait eu lieu. Le pauvre homme se retrouverait embroché par sa famille et acculé jusqu'à ce qu'ils obtiennent des réponses satisfaisantes – même si l'ironie de rechigner à les voir utiliser Tom pour leurs propres fins ne lui échappait pas.

Mais ni Eddie ni Violet ne voulurent entendre parler d'un refus, marmonnant de manière convenue des phrases toutes faites, c'était la moindre des choses de rencontrer le soupirant de sa fille, il fallait faire honneur aux siens. Finalement, la seule victoire de Jean fut la promesse qu'il n'y aurait aucune allusion aux mariage, bague de fiançailles ou petits-enfants à venir tant que Tom serait présent. Et maintenant Jean devait affronter la perspective d'un après-midi épouvantable, tous entassés dans le salon, non seulement avec Tom mais aussi avec Eddie, une bande d'idiots dans une parodie de famille heureuse. Elle se dit qu'il ne s'agissait que de quelques heures et qu'elle avait connu pire. Si les choses se passaient bien, elle pourrait peut-être même s'éclipser à cinq heures pour retrouver Hazel, un rendez-vous qu'elle tenait à honorer. Mais ni Hazel ni Horst n'occupaient la première place dans ses pensées aujourd'hui. En ce moment, il n'y avait plus qu'une question qui subsistait depuis sa virée à New Street. Elle tourna maladroitement autour de la table, faisant semblant de ranger pendant que sa mère travaillait. Faire de la pâtisserie avait toujours rendu Violet heureuse et maintenant, avec les quelques ingrédients de base de nouveau disponibles, elle commençait à y prendre plaisir de nouveau. Eddie était dehors, mandaté par Violet pour laver les vitres de la façade en l'honneur de la visite de leur invité, et s'il travaillait à son allure habituelle, il en avait pour un bon bout de temps. C'était maintenant ou jamais.

« Maman, je suis passée dans l'ancien magasin de papa l'autre jour. » Sa mère lui tournait le dos, mais elle vit ses épaules se raidir. « Je ne te l'ai pas dit plus pour ne pas t'inquiéter. Je voulais juste vérifier que le robinet ne fuyait pas ou que des pigeons n'étaient pas entrés.

— Vraiment ? Tu n'as pas fouiné à la recherche de marchandises de marché noir, alors ? Parce que tu ne devrais pas écouter les rumeurs. Il y a des gens qui ne savent que critiquer. »

Jean réfléchit à plusieurs réponses, avant de décider de faire comme si elle n'avait pas entendu. « Tout semble en ordre là-bas, c'est juste un peu crasseux. Mais j'ai été un peu surprise par quelque chose que j'ai vu.

— Quoi donc ? » L'attention de Violet restait concentrée sur sa mixture.

« Je suis montée jusqu'à la petite pièce du haut, tu vois où je veux dire ? Je croyais qu'elle serait vide.

— Et ?

— Et il y avait un lit. Un lit d'une personne avec un matelas. Je suppose que les Allemands n'ont pas pris la peine de le faire passer par le minuscule escalier. Mais pourquoi papa avait-il un lit au-dessus du magasin ? » Les mots volèrent comme de la poussière dans l'air. Violet se tenait toujours de dos, frappant le mélange sur la paroi du bol avec la cuillère pour en tester la texture. Même avec l'œuf et le sucre, et les quelques raisins secs qu'elle avait pu trouver au marché, c'était tout sauf appétissant. Jean attendit, mais rien ne vint. « Maman, tu as entendu ce que j'ai dit ?

— Bien sûr que j'ai entendu. Comment est-ce que je saurais pourquoi il y a un lit là-bas ? Il l'entreposait peut-être pour quelqu'un, pour le revendre.

— J'y ai pensé, répondit Jean, mais personne n'entreposait quoi que ce soit longtemps pendant l'Occupation, il me semble ? Si on n'en avait pas besoin, on le troquait contre autre chose tout de suite.

— Je t'ai dit que je ne sais pas. » La voix de Violet était très tendue.

« Et de toute manière, on en aurait eu usage ici. J'ai demandé un nouveau lit d'innombrables fois et on me répondait que c'était impossible d'en trouver un. S'il en avait un qui traînait là-bas... »

La cuillère tomba avec un bruit sec, et sa mère se retourna, la colère irradiant d'elle. « Bon sang, Jean, qu'est-ce qui te prend d'aller fouiner comme ça ? Tu devrais apprendre à ne pas aller fourrer ton nez partout. Ça ne te regarde absolument pas. »

Jean se sentit devenir glacée. « Pourquoi ? C'est quoi, qui ne me regarde pas ? » Sa mère poussa le saladier et l'abandonna sur la table.

« Tu te crois maligne, n'est-ce pas ? Tu crois être la seule à tout savoir. Eh bien laisse-moi te dire, tu ne sais rien du tout, ma fille. Rien du tout. » Jean continuait à la fixer, priant pour qu'Eddie ne revienne pas à l'intérieur. Elles étaient suspendues au bord du précipice de quelque chose, et la moindre interruption serait fatale.

« Je ne comprends pas.

— Tu crois que je ne sais pas ? Tu crois que je suis une idiote ? J'ai été mariée trente-cinq ans. Crois-moi, après tout ce temps, on sait ce qu'il en est.

— Maman... qu'est-ce que tu dis ? »

Les yeux de sa mère étaient prêts à déborder, comme si un barrage allait céder. « Il faut que je te fasse un dessin ? »

Le cœur de Jean était prêt à exploser dans sa poitrine. Si la phrase suivante franchissait ses lèvres, les mots seraient à l'air libre pour toujours et ni l'une ni l'autre ne serait jamais capable de l'oublier. Mais l'idée à moitié formulée avait fait son chemin dans son esprit depuis le moment où elle s'était retrouvée au sommet de l'escalier en bois, et elle n'avait plus le pouvoir de l'arrêter à présent.

« Tu veux dire, une autre femme ? » Le désespoir qui se lut sur le visage de sa mère l'incita à aller plus loin. « Plus d'une ? » Le silence fut une réponse suffisante. « Oh, maman, non ! Ce n'est pas possible ?

— C'est ce que je me suis dit, la première fois. Jusqu'à ce que j'apprenne à reconnaître les signes.

— Les signes ?

— Après une demi-douzaine, tu sais. »

Jean se laissa tomber sur une chaise. « Je n'en avais pas la moindre idée.

— Évidemment. Personne ne savait. Tu crois que j'aurais parlé de ce genre de choses !

— Mais papa et toi vous sembliez tellement heureux ?

— Et c'est ce que tout le monde continuera à penser ! » La violence de la voix de Violet fit froid dans le dos à Jean. « Un couple heureux, dévoué, c'est comme ça que je veux me souvenir de nous. Je veux dire, c'était vrai, avant.

— Tu es en train de me dire que tu… que tu as arrêté de l'aimer ? »

Son éclat de rire fut tout sauf gai. « Aimer ! Si tu imagines que le mariage est une question d'amour, tu es une sacrée idiote ! » Elle reprit sa cuillère, la pâte à gâteau devenue la nouvelle victime de sa colère. Jean la regarda, le mariage de ses parents se désintégrant en totalité dans sa tête.

« Tu savais qui étaient ces femmes ?

— Non, je ne voulais pas le savoir. Mais je vais te dire une chose, je parierais cher que l'une d'entre elles était cette Hazel Le Tourneur. »

Tout l'oxygène sembla disparaître de la pièce. Jean tendit la main et attrapa une chaise pour s'asseoir avant que ses jambes ne cèdent. Elle se rappela la chaleur de la main de Hazel sur son bras. C'était trop effrayant, trop affreux, pour être envisagé.

« Pourquoi ? Pourquoi crois-tu qu'il la voyait ? »

Violet continuait à s'acharner sur le mélange dans le saladier, bien qu'il soit évident qu'elle ne pensait plus à ses gâteaux.

« L'intuition féminine. Il l'invitait toujours pour ces soirées radio. Elle était tout le temps dans les parages.

— Mais il y avait beaucoup d'autres personnes aussi… et on sait que lui et Hazel se sont brouillés.

— Eh bien, tu ne devines pas ? De toute évidence il y avait mis fin à leur arrangement, ça l'a rendue furieuse. C'est pourquoi elle l'a dénoncé, pour se venger. » Elle s'essuya les yeux de la main et se retourna pour regarder Jean en face. Le calme revenait lentement, raidissant son corps et resserrant la ligne de sa bouche. « Et voilà ce que ça a apporté à ton père, d'avoir des aventures. Mais ça ne sert à rien de pleurer pour ça. Suis mon conseil, n'attends rien d'un mariage, et tu ne seras pas déçue. Comme moi. Comme Eddie. »

Jean, essayant encore d'assimiler le choc de toutes ces nouvelles informations, réussit tout juste à saisir cette coda capitale.

« Pourquoi, qu'est-il arrivé à Eddie et Maureen ?

— Cette femme n'était pas une bonne épouse pour lui. Ça sera bien fait pour elle si elle ne le revoit jamais. » Jean sentit son estomac se décrocher. Le retour de Maureen était un espoir auquel elle se raccrochait encore, malgré des signes guère rassurants.

« Mais alors, elle va revenir ou pas ?

— Ce qu'ils font ne te regarde absolument pas. » Les yeux de Violet se détournèrent de Jean, lui donnant la nette impression que sa mère lui cachait quelque chose. « De toute manière, tu en sais déjà plus que nécessaire. Et pas un mot de tout cela à Eddie, si tu sais où est ton intérêt. » Le pont-levis se relevait complètement, et Jean comprit aussitôt qu'elle n'arriverait jamais à convaincre sa mère de poursuivre sur le sujet. « Bon, il faut que je mette ça au four, et tu dois aller te changer, nous avons un invité qui arrive dans moins d'une heure. Allez, dépêche-toi ! »

Mais pendant un long moment Jean ne bougea pas. Elle resta assise, regardant sa mère disposer des petites boules de pâte sur une plaque de cuisson, en fredonnant délibérément la mélodie d'un vieux cantique, comme si cette petite comédie désespérée pouvait effacer l'horreur des cinq minutes précédentes. Puis, n'ayant rien de mieux à faire, Jean se leva lentement, monta au premier et mit sa robe bleue mitée, avec un cardigan par-dessus. En même temps, elle toucha la médaillon d'or que son père lui avait donné tant d'années plus tôt. Pour la première fois depuis son douzième anniversaire, elle envisagea de l'enlever, mais il restait tellement de questions sans réponse. Sa seule certitude à présent était qu'elle ne pourrait plus jamais être sûre de rien.

*

« Et donc, quelle est exactement l'histoire officielle maintenant, Mr Maloret ?

— Je vous en prie, appelez-moi Tom.

— Tom. Et prenez un rock cake[1]. »

Tous les quatre étaient perchés comme des corneilles dans le salon, les meubles autour d'eux brillant de cire fraîchement appliquée. La pendule en bois ancienne, un cadeau de mariage que sa mère avait toujours chérie, faisait tic-tac trop bruyamment sur la cheminée. Tom se tenait nerveusement en équilibre sur le bord de son fauteuil, tandis que Violet versait du lait dans leurs plus belles tasses avec sa cruche préférée, la Worcester, qu'elle réservait aux grandes occasions. Cela faisait à peine quelques minutes que le pauvre homme se trouvait là, et l'interrogatoire avait déjà commencé. Jean regarda Violet essuyer tranquillement une goutte qui perlait du rebord de la cruche, souriant à son invité et lissant des serviettes de table le plus naturellement du monde, et elle s'émerveilla de son calme. Mais ce n'était peut-être pas étonnant, se dit Jean, étant donné le degré de pratique que sa mère devait posséder.

Jean de son côté n'arrivait pas à rester tranquille sur son siège. La colère et la confusion lui embrouillaient l'esprit. S'il n'avait tenu qu'à elle, elle se serait enfuie de cette pièce en renversant les

1. Petit gâteau aux raisins secs à la texture rugueuse et irrégulière, promu par le ministère de l'Alimentation pendant la Deuxième Guerre mondiale, car nécessitant peu de sucre et d'œufs ; la farine blanche y était remplacée par des flocons d'avoine, plus accessibles dans les épiceries pendant le rationnement.

chaises et en fracassant les bibelots. Dans sa tête, elle reparcourait une centaine de souvenirs, les jours ordinaires en famille dans cette même maison, et recolorait chacun d'eux avec ce nouveau crayon empoisonné. Combien de fois son père était-il rentré du travail, lançant négligemment son chapeau sur le portemanteau de l'entrée, le parfum d'une autre femme encore accroché à son col ? Combien de fois sa mère leur avait-elle servi le thé à tous, souriant et bavardant au sujet des prix au marché, alors qu'en dessous la fureur et le soupçon lui retournaient l'estomac tandis qu'elle imaginait les bras d'une autre femme autour de son mari et de sordides tâtonnements sur ce petit lit crasseux ? Jean pensa à ses parents se promenant ensemble dans le parc, ou discutant des nouvelles du jour lues dans le journal – oui, et ce Noël, où ils avaient dansé ensemble sur un vieil air de jazz – et elle revit chacune de ces images comme un mensonge. Ainsi, tout leur mariage n'avait été qu'une comédie, un simulacre ! Une façade composée de tasses de thé et de vaisselle et de bavardages au sujet des chaussures des enfants, mais derrière les portes closes une autre vie bouillonnait et haletait, brûlante et blessante mais dont on ne parlait jamais. Sa mère avait peut-être raison, et un mariage avec Horst se terminerait de la même façon.

Le pire de tout... les intestins de Jean protestèrent à cette pensée... sa mère avait-elle raison au sujet de Hazel ? Était-ce la douce chevelure rousse de Hazel dont les boucles s'emmêlaient sur ce matelas rayé et taché, ses doigts pâles sous la chemise de son père ? Jean avait-elle par inadvertance noué une amitié avec la maîtresse de son père ? Si on pouvait toujours parler d'une amitié. Elle jeta un coup d'œil à la pendule – il lui restait presque deux heures pour décider si elle voulait la voir tout à l'heure. Mais en avait-elle encore envie, et que dirait-elle ? Elle prit une profonde inspiration et essaya de se forcer à revenir au présent.

« Eh bien », disait Tom, prenant de minuscules bouchées de son rock cake pour ne pas parler la bouche pleine, « c'est difficile pour les autorités. Nous avons un certain nombre de cas similaires, où la famille est certaine que telle personne est responsable d'un crime de trahison. Mais si la personne en question nie l'accusation, et si nous n'avons pas de preuve, c'est très difficile de prouver ce crime.

— Allons ! » Eddie se leva pour s'installer à sa place habituelle devant le feu, jambes écartées, tasse sur la tablette de la cheminée, bien que Violet lui ait demandé à de nombreuses reprises de ne pas le faire. Il se frotta le bout du nez avec la paume. « Nous savons qu'un certain nombre de cas ont déjà été transférés à Londres pour des poursuites. Et ce type qui est venu, le procureur général, il a dit qu'il examine personnellement certains des cas. Il me semble qu'on peut faire avancer les choses, si on s'en donne la peine. »

Tom prit une rapide lampée de thé pour se rincer la bouche. Si elle en jugeait d'après son propre sablé, Jean savait que c'était en partie à cause de leur sécheresse – ils étaient sortis du four avec la texture d'un pain sucré rassis –, mais elle pouvait aussi voir qu'il essayait de gagner du temps pour réfléchir. Elle se demanda si, en acceptant l'invitation, il avait prévu qu'il subirait un tel interrogatoire, et s'il se rendait compte qu'elle écoutait à peine. Pourquoi ce pauvre idiot venait-il en redemander ? Elle se maudit de l'avoir impliqué dans cette triste farce.

« Mais ce qui va arriver à ces gens n'est pas encore décidé, reprit Tom. Dans le code pénal il n'y a pas de loi prévue qui permettrait de les inculper. Autre que la trahison, bien sûr.

— Pourquoi ils ne pourraient pas être inculpés pour trahison ? C'est tout ce qu'ils méritent à mon avis », intervint Violet. Jean baissa la tête, choquée par l'hypocrisie de sa mère. Si son père était revenu de prison vivant, il ferait très certainement partie des accusés. Ou bien sa mère le détestait-elle tellement qu'elle l'aurait volontiers vu être inculpé ? Elle se demanda ce que Tom pouvait bien penser de tout cela.

« La trahison est passible de la peine de mort. » La voix de Tom était douce, à mi-chemin entre l'énonciation des faits et une certaine impertinence envers ses hôtes. « La dernière chose que veut le gouvernement britannique après une si longue et douloureuse guerre, c'est de commencer à pendre ses propres citoyens. »

Jean imagina Hazel pendue à une potence, une épaisse corde autour du cou. Elle s'imagina elle-même pendue à ses côtés. Elle crut qu'elle allait se mettre à vomir.

« Pourquoi pas ? demandait Eddie. Les collaborateurs ont bien provoqué la mort de gens eux. Nous sommes nombreux à penser que la pendaison est une excellente punition.

— Eddie ! » La voix de sa mère fut, pour une fois, assez cassante pour arrêter Eddie. Peut-être pensait-elle à feu son mari après tout, ou bien estimait-elle simplement que la peine capitale n'était pas un sujet convenable à l'heure du thé. Tom reposa la petite assiette avec son gâteau à demi mangé sur la table d'appoint.

« Je mesure tout à fait la force de vos sentiments, Mr Parris. Mais le fait est que si vous vous apprêtez à exécuter quelqu'un, vous devez être absolument certain qu'il s'agit de la bonne personne, ce qui dans la plupart des cas est impossible à établir. De plus, les Britanniques seraient alors obligés d'appliquer la même peine à leurs propres félons et profiteurs en Angleterre. Eux compris, il pourrait s'agir de milliers de cas. » Il jouait maladroitement avec le revers des manches de son costume. C'était le même que celui qu'il portait dans le bureau le premier jour où ils s'étaient rencontrés, et aussi au bal du Pavilion, et les coutures s'effilochaient. « L'autre facteur, poursuivit-il, est que d'après ce que j'ai compris il y a certaines… hésitations à Londres concernant le problème général des collaborateurs des îles Anglo-Normandes. »

Jean regarda en direction de la fenêtre. Le salon était sombre et mal aéré, et elle dut inspirer profondément pour avoir assez d'oxygène. Dehors il y avait de l'air frais et du soleil, et il lui tardait de s'y retrouver, en compagnie des couples se promenant et des enfants en train de jouer. Elle voulait prendre de longues bouffées d'air et réfléchir à ce qu'elle avait appris aujourd'hui, et non pas suffoquer au milieu cet horrible bavardage sur les collaborateurs et les exécutions.

« Des hésitations ? qu'est-ce que vous voulez dire ? fit Eddie d'une voix sourde.

— Le gouvernement britannique n'a jamais voulu que les îles Anglo-Normandes soient abandonnées aux Allemands. Maintenant que la guerre est finie, il y a une grande pression… eh bien, pour qu'ils laissent tout cet épisode derrière eux, pour ainsi dire.

— Vous voulez dire, les Britanniques ont honte d'avoir laissé les Boches venir ici comme ça ? » Les yeux de Violet s'écarquillèrent d'indignation. « Eh bien, ils ont raison. Et maintenant ils ne nous offrent même pas compensation. Pas un penny pour des gens comme Eddie, qui ont perdu leur maison.

— En fait, répliqua Tom, il y a eu une réunion au ministère de l'Intérieur cette semaine, et ils ont reconnu que les îles ne peuvent s'acquitter de leurs dettes de guerre sans l'aide Britannique. On parle d'indemnité réparatrice.

— Payée aux particuliers ? » attaqua Eddie.

Tom sembla très mal à l'aide. « Probablement pas.

— Alors, je vais être clair. » Les lèvres d'Eddie se serraient et se pinçaient d'une manière que Jean avait appris à redouter. « Tout l'argent que les Britanniques cracheront ira droit chez vous, les types des États, et on sait tous qu'on en verra jamais la couleur. Pendant ce temps, l'animal qui a fait envoyer mon frère à la mort en Allemagne va rester libre comme l'air pour éviter que nos règlements de compte fassent honte aux Britanniques ? Jusqu'ici j'ai bon ? »

Le silence qui suivit fut lourd de tension. Jean savait que Tom lui lançait des appels à l'aide désespérés mais elle gardait les yeux fixés sur les miettes de son gâteau. Elle regrettait maintenant de ne pas s'être opposée plus fermement à cette invitation – c'était impardonnable de torturer ainsi ce jeune homme inoffensif. Elle se sentit devenir brûlante.

« Écoutez, Mr... Tom... Nous aussi nous voulons mettre cet épisode derrière nous. » Violet se penchait en avant sur son siège comme si elle voulait bâtir un pont au-dessus de la table. « Personne ne souhaite plus que nous passer à autre chose. Mais comment pourrait-on le faire, alors que les responsables de la mort de mon mari restent impunis ?

— Exactement. » Le visage d'Eddie prenait sa teinte rouge habituelle. « Et vous savez ce qui va se passer si rien n'est fait ? Les gens prendront les choses en main eux-mêmes. Des justiciers, comme on les appelle. Et pour ma part je ne les blâmerais pas. »

Tom reposa sa tasse et se redressa. Jean sentit qu'il commençait à en avoir marre mais s'accrochait à son tempérament naturellement courtois.

« Mr Parris, je vous l'assure, au gouvernement nous sommes bien conscients de ce risque. Mais ce type de comportement serait désastreux pour cette île. » Les yeux de Jean se posèrent sur Eddie avant de revenir à Tom. Donnait-il un avertissement à son oncle ? « Nous parlons de troubles à l'ordre public, de centaines d'arrestations peut-être. Croyez-moi, personne ne tirerait avantage d'une situation comme celle-là, et surtout pas les auteurs de ces actes. En aucun cas ! » Il esquissa un sourire las qui ne convainquit personne. « Nous devrions peut-être parler de sujets plus joyeux. Que pensez-vous de ce qu'on trouve aujourd'hui dans les magasins, Mrs Parris ? Arrivez-vous à vous réapprovisionner correctement ? »

Au grand soulagement de Jean, Eddie n'insista pas et laissa Violet s'engager dans un bavardage anodin. Pendant l'heure qui suivit ils parlèrent d'épiciers de confiance et de leurs sites de baignade préférés autour de l'île, Jean s'efforçant de se montrer à la hauteur chaque fois qu'il se tournait vers elle dans une tentative désespérée de l'inclure dans la conversation. Au moins sa mère respecta-t-elle sa part du marché et ne fit aucune allusion à la moindre bague de fiançailles ou à un bébé à venir. Mais les yeux de Jean ne cessaient de dériver vers la rue dehors, et son esprit agité de partir dans tous les sens. Son oncle avait-il l'intention de se venger lui-même des Le Tourneur ? Hier encore Jean avait écouté à la porte du salon pendant que lui et ses acolytes marmonnaient au sujet de pétitions et de tribunaux populaires et de « leur donner ce qu'ils méritent ». Eddie avait déjà montré qu'il était un pervers et un mouchard. Vu ce qu'elle savait maintenant, ç'était peut-être un trait de famille. Cela expliquait-il qu'elle-même mente et manipule ? Était-ce dans ses gènes ? Et toujours elle en revenait à Hazel, la femme à qui elle venait de confier son secret le plus précieux. Si elle s'était trompée sur ce point... si sa mère avait raison... si elle avait gâché sa vie par besoin d'avoir une confidente...

« Qu'en pensez-vous ? » lui demandait Tom avec un grand sourire.

— Je vous demande pardon ?

— Une petite promenade jusqu'à Vallée des Vaux ? C'est une journée agréable, et c'est bien tranquille par là...

— Je suis désolée. » Sans réfléchir, Jean se retrouva debout. Il fallait qu'elle sorte de cette pièce, sur-le-champ. Il était presque cinq heures, et un besoin irrépressible d'aller retrouver Hazel et de l'affronter la submergea. Elle ne passerait pas la nuit sans connaître la réponse, et la pensée de quelques heures de plus de vains bavardages avec Tom Maloret était plus qu'elle ne pouvait supporter. « Je suis vraiment désolée, Tom, mais je viens juste de me souvenir que je dois rendre un livre à la bibliothèque.

— Qu'est-ce que tu racontes ? Elle va fermer d'une minute à l'autre. » Les yeux de Violet exprimaient un violent reproche – elle savait que sa fille mentait. Jean se retrouva obligée de faire semblant de ne pas avoir entendu et continua à se diriger vers la porte.

Tom haussa légèrement les épaules. « D'accord, laissez-moi vous accompagner...

— Non, je vous assure. Ce n'est pas nécessaire. » Sa voix était stridente et peu naturelle, et elle put voir qu'Eddie et sa mère la fixaient tous les deux. Mais la force en elle était trop puissante, impossible d'y résister. « Ça a été un plaisir de vous voir, Tom, nous pouvons peut-être déjeuner de nouveau ensemble dans une semaine ou deux. Bon retour chez vous. » Et elle sortit du salon et de la maison avant que quiconque puisse l'arrêter.

*

*Il faisait froid pour un mois de décembre, et l'obscurité moite s'accordait bien avec l'humeur de tous en ville. Toute la journée les gens avaient fait la queue devant chaque magasin qui prétendait vendre du bois à chauffer, aussi vert ou humide soit-il, dans l'espoir d'un peu de chaleur et de réconfort pour la saison à venir. Des enfants malingres et affamés fixaient désespérément les vitrines des magasins où ne se trouvait aucun jouet, rêvant aux petites voitures et aux poupées reçues par leurs frères et sœurs aînés lors de*

*Noëls plus heureux – des vrais Noëls, avant l'Occupation. En fin de matinée un avion allié survola l'île de très haut pour tracer un « V » géant avec de la fumée avant de disparaître dans le bleu, sans être touché par les tirs anti-aériens frénétiques. Il provoqua une grande émotion dans les rues et pour beaucoup c'était un cadeau de Mr Churchill pour les fêtes. Mais Hazel l'avait regardé avec indifférence, se disant qu'un largage de nourriture ou même de brochures d'information aurait été reçu plus chaleureusement. Cela faisait dix-huit mois qu'il n'y avait eu aucune information fiable de l'avancée de la guerre, rien d'autre que les rumeurs entendues sur le marché ou lors des invitations ponctuelles aux soirées radio de Mr Parris. Et de toute évidence, elle ne se rendrait plus jamais à ces soirées.*

*Le dîner fut frugal. Au marché elle avait réussi à trouver un chou de Milan tout abîmé, et il leur restait deux pommes de terre de taille convenable, mais sans beurre ni sel Hazel avait bien du mal à préparer quelque chose qui se rapproche d'un repas appétissant. Elle regarda son père mettre la nourriture dans sa bouche par toutes petites quantités, et remarqua que chaque jour ses doigts paraissaient plus courbés et qu'il avait de plus en plus de mal à utiliser sa cuillère. Elle savait que le froid ne faisait qu'empirer les choses mais s'inquiétait à l'idée d'utiliser leur dernière bûche disponible. Maudite guerre, marmonna-t-elle pour elle-même en faisant la vaisselle à l'eau froide. Combien de temps encore étaient-ils censés supporter cette misère ?*

*Le son assourdi de l'autre côté du mur, qui survenait régulièrement tous les jeudis soir, commença un peu plus tôt que d'habitude. La première fois qu'elle l'avait entendu, un an plus tôt environ, elle n'avait pas trop su ce que c'était. Sans expérience personnelle et sans souvenir de bruits identiques en provenance de la chambre de ses parents, elle avait trouvé les grincements rythmés et les râles plutôt déconcertants. Mais la réaction mortifiée de son père lui fit bientôt comprendre ce qu'il en était. Pour cacher leur gêne, ils trouvèrent vite un moyen de supporter ces interruptions hebdomadaires : Hazel mettait aussitôt un disque sur le gramophone à manivelle et le jouait en continu à plein volume jusqu'à ce que le bruit prenne fin. Ce soir-là, pourtant, alors qu'elle levait l'aiguille pour la replacer au début, elle perçut des bruits bien différents. Un homme et une femme se disputaient violemment. Les mots étaient trop étouffés pour être distincts, mais on ne pouvait passer à côté de l'émotion et du vitriol, surtout dans la voix de la femme.*

*« C'est quoi tout ça ? » Son père se tenait bien droit dans son fauteuil près du feu, la concentration se lisant sur son visage.*

*« De l'eau dans le gaz ? » plaisanta Hazel, assise dans l'autre fauteuil pour écouter. L'indignation morale qu'ils avaient ressentie lorsque Parris avait débuté ces pitreries hebdomadaires s'était au cours des mois diluée en traits d'humour noir et remarques ironiques. « Sa femme a peut-être tout découvert.*

*— Peut-être veut-il faire payer trop cher son thon de marché noir. »*

*Ils s'esclaffèrent tous les deux, mais écoutaient encore attentivement.*

*« Je pourrais mettre un verre contre le mur ? suggéra Hazel.*

*— Non, reste convenable. Ce n'est pas parce qu'il a la moralité d'un chat de gouttière que nous devons nous conduire comme lui.*

*— Mais il faut que j'entende la voix de la femme. Je veux savoir si c'est une Allemande.*

*— Pourquoi es-tu tellement certaine qu'elle est Allemande ?*

*— Le manteau qu'elle porte toujours, vert foncé avec un col en velours. Il a l'air de venir d'Europe, années vingt. J'en ai vu dans des revues. On ne peut pas acheter des manteaux comme ça à Jersey – même avant la guerre, aucun magasin n'en vendait.*

*— Eh bien, ça ne serait pas la première Boche venir traîner chez lui, non ? » rétorqua son père.*

*Les cris cessèrent aussi brusquement qu'ils avaient commencé, et tous deux écoutèrent les bruits de pas descendant l'escalier. Vive comme un chat, Hazel se précipita à la fenêtre donnant sur l'arrière. Comme chaque fois, elle put voir distinctement le dos de la femme dans son manteau vert et son foulard étroitement noué tandis qu'elle refermait violemment la porte arrière et s'éloignait, laissant le portillon claquer derrière elle. C'était exaspérant d'être si près, mais jamais au bon angle pour voir le visage de la femme. Mais cette fois-ci l'unique mot qu'elle venait de cracher flotta dans l'air, assez fort pour être perçu :* « Schwein ! »

*Hazel remit le rideau en place et se retourna vers son père.*

*« Eh bien, je crois que cela répond à ma question. Mais je ne pense pas qu'on la reverra.*

*— Il lui trouvera vite une remplaçante. » Son père eut une expression qu'il réservait d'habitude à Hitler et à Lord Haw Haw.*[1] *« Des hommes comme ça, vraiment, ils tendent le bâton pour se faire battre. Aucun respect. »*

*Les jours s'écoulèrent, lents et sombres. L'année fit place à la suivante, froide et sévère, et Hazel et son père tenaient tant bien que mal avec leur ragoût aux légumes insipide et leur quête quotidienne de bois à brûler. Mais ils se félicitèrent de leur juste prédiction, car la mystérieuse femme en manteau vert ne réapparut jamais au magasin, et, à part une mauvaise humeur souvent passé sur ses clients, Parris continua comme avant, ouvrant le volet rideau métallique à neuf heures chaque matin et le refermant à cinq le soir. Ce fut dans les premiers jours de janvier, juste après le début du nouveau trimestre à l'école, que Hazel fut obligée de se rendre au magasin pour un achat de première nécessité. Cet*

1. Surnom donné à William Brooke Joyce, né à New York en 1906, recruté par Joseph Goebbels pour répandre sa propagande fasciste, et ayant sa propre émission radiophonique « German Calling ». Il sera pendu pour haute trahison en janvier 1946.

*après-midi-là elle trouva Parris sur le trottoir en train de nettoyer le store.*

*« Vous n'auriez pas du mastic pour une vitre mal isolée ? »*

*Le sourire qu'il lui adressa en retour la mit très mal à l'aise. « Je peux vous préparer quelque chose qui fera l'affaire. Passez le prendre ce soir.*

*— Ce soir ?*

*— Vous pourrez écouter les nouvelles en même temps. »*

*Hazel recula d'un pas en lui lançant son regard le plus sombre. « Je ne pense pas. Pas après la dernière fois. »*

*Son regard faussement innocent la fit enrager. « Vous n'êtes pas encore fâchée ? Je vous ai dit que c'était juste un malentendu.*

*— Une main sur ma jambe, ça n'a rien d'un malentendu, Mr Parris. Ni les propositions que vous avez faites à ma défunte sœur, qui d'ailleurs n'avait que seize ans à l'époque. »*

*Son visage s'assombrit et il s'approcha d'elle. Hazel était heureuse qu'ils soient dehors et non pas dans l'intimité sombre du magasin. « Maintenant écoutez-moi bien. Je ne sais pas pourquoi vous répandez des mensonges à mon propos.*

*— Des mensonges ? Mon père et moi nous vous entendons toutes les semaines à travers le mur de notre appartement. Sans parler des articles de marché noir que ce caporal allemand livre dans votre cour. Vos autres clients vous considèrent peut-être comme un pilier de la communauté, Mr Parris, mais nous, nous savons à quoi nous en tenir, j'en ai bien peur. »*

*Le reste de la conversation, lorsque Hazel essaya de s'en souvenir, était quelque peu flou, avec Parris qui criait et agitait les mains de façon menaçante, lui disant qu'à l'avenir elle et son idiot de père pourraient toujours courir pour la paraffine et que, si elle répétait ses calomnies, elle le sentirait passer. Hazel avait tenu bon pendant quelques minutes avant de retourner se réfugier à l'appartement, cachant à son père son souffle précipité et ses joues rougies de crainte de le bouleverser. Deux semaines plus tard elle entendit parler par un voisin de l'arrestation de Parris et, en toute honnêteté, ne ressentit rien d'autre qu'une vague de soulagement. La vitre finit par se détacher de son cadre et se briser dans la cour, l'espace fut bourré avec la manche arrachée d'une veste en état de désintégration, ce qui devrait faire l'affaire tout le restant de la guerre supposa Hazel. Et chaque fois qu'elle regardait cet isolant de fortune, elle entendait dans sa tête la voix de Parris, et nourrissait la pensée peu charitable qu'il avait eu exactement ce qu'il méritait.*

*

Jean restait figée sur sa chaise, les doigts autour du joli verre d'Italie rempli d'eau apporté par Mr Cauvain. Le visage de Hazel était tendu, crispé.

« Vous comprenez pourquoi je ne voulais rien vous dire de tout cela. Mais si votre mère croit que je suis l'une des conquêtes de Philip Parris... alors, vous au moins devez connaître la vérité. »

Jean fixait l'intérieur du verre, essayant d'absorber les ondes de choc. Son père. Le héros. Papa, celui qui lui offrait des crèmes glacées et des cadeaux de Noël, ayant une liaison avec une Allemande sur le lit crasseux au-dessus du magasin. Tous les jeudis soir pendant un an, il leur disait qu'il s'occupait du réassort. C'était probablement l'une des jeunes secrétaires ou traductrices engagées dans la marine par les Jerries à l'apogée de la garnison. Alors que pendant tout ce temps elle s'était torturée de culpabilité pour ses tendres et chastes rencontres avec Horst sur les plages et dans les bois. Elle n'aurait pu nommer les émotions qui la traversaient à cet instant.

« Avez-vous parlé de cela à qui que ce soit ? Les officiers qui vous ont interrogée, ceux de l'unité des Affaires civiles ? »

Hazel secoua la tête. « Je leur ai parlé du commerce illégal, pas de ça.

— Et pourquoi pas ? Cette femme devait être au courant pour le poste de radio, c'est certainement elle qui l'a dénoncé. C'est une chose au sujet de laquelle ma mère a raison. Parlez-leur d'elle, et vous êtes tirée d'affaire, non ? »

Hazel eut un sourire sans joie. « J'en avais l'intention. Mais ils se sont montrés tellement sceptiques à la première partie de mon récit, ça m'a semblé inutile d'ajouter encore des accusations pour lesquelles je n'avais aucune preuve. Maintenant c'est trop tard. Ça donnerait juste l'impression que je le charge pour me défendre.

— Si on pouvait trouver cette femme... ?

— Ça fait sûrement des mois qu'elle est rentrée en Allemagne.

— Vous pourriez convaincre votre père de confirmer votre histoire ?

— Il serait considéré comme un vieil homme malade prêt à dire n'importe quoi pour protéger sa fille. Une fois que les gens vous ont estampillé comme l'ennemi, c'est difficile de les faire changer d'avis. » Elles gardèrent le silence tandis que Cauvain remplissait de nouveau leur verre. Jean lui adressa un sourire pour le remercier, et il retourna à son comptoir. Un instant, ni l'une ni l'autre ne parla. Jean passa la main dans ses cheveux.

« J'ai quelque chose à vous annoncer. Ce type qui travaille aux bureaux des États... » Elle envisagea d'expliquer sa relation avec Tom mais se rendit compte à quel point ce serait humiliant de le dire à voix haute. « Il dit qu'il n'y a pas de loi pour traduire en justice les collaborateurs. Au moins ils ne peuvent pas vous mettre en prison. »

Le petit gloussement sarcastique de Hazel la choqua.

« Oh, Jean. Ils n'ont pas besoin de nous traduire en justice. Il leur suffit de nous ostraciser. Au travail, dans les magasins, les événements publics. Dans l'Antiquité ils appelaient ça le bannissement. Mais en fait pas besoin d'exiler les gens – on peut les bannir à la perfection dans leur propre maison. » Elle désigna d'un signe de tête leur hôte, qui essuyait consciencieusement des verres à vin inutilisés, et fit un grand geste en montrant la salle. « Quelqu'un est-il venu ici depuis la Libération ? Mr Cauvain m'a dit qu'au départ il refusait de servir les Allemands mais a été menacé de prison. Son frère, Mario, le propriétaire à l'origine, venait de quitter l'Italie pour fuir Mussolini, il pensait qu'il pourrait se construire une vie décente ici. Mais personne ne s'intéresse à la vérité. Ils veulent juste quelqu'un sur qui cogner.

— Ça ne peut pas aller si mal pour vous, non ? Je veux dire, à terme... ?

— Jean, on m'a licenciée de mon poste d'enseignante cette semaine. »

Jean se figea. Elle se sentit devenir livide. « Non !

— Plus besoin de mes services. Ils disent qu'ils veulent du personnel avec les qualifications officielles, maintenant que la guerre est terminée. Mais on connaît tous la vraie raison. »

Jean avança la main et toucha son bras. « Je suis tellement désolée. Comment allez-vous vous en sortir ?

— Je trouverai bien quelque chose. » Mais le désespoir transparaissait dans sa voix.

« C'est terrible. Et ma famille est responsable. »

Hazel haussa les épaules. « Mes employeurs ont choisi de croire les rumeurs.

— Et si je parlais à l'école ? Si je leur disais qu'ils ont fait une erreur ?

— J'apprécie la proposition. Mais c'est trop tard.

— Je peux au moins vous aider pour l'argent ? »

Hazel eut un petit rire ironique. « Avec vos trois livres six par semaine ?

— Mais vous avez besoin de nourriture, de médicaments pour votre papa. » Prise d'une inspiration subite, Jean passa les mains derrière sa nuque et défit le médaillon en or de son père. « Tenez. Ça vaut forcément quelque chose, c'est de l'or dix-huit carats. »

Hazel se hérissa quand le médaillon lui fut tendu au-dessus de la table. « Non, je ne pourrais pas.

— Prenez-le, s'il vous plaît. C'était un cadeau de lui – je n'en veux plus. »

À contrecœur, Hazel le prit, l'examina dans le creux de sa main. Jean n'en fut pas certaine mais elle crut voir les yeux de Hazel se mouiller. « Merci. C'est... très gentil. » Elle fixa le cœur gravé. « C'est magnifique, si minuscule. J'ai peur de le perdre.

— Le plus sûr probablement c'est de le porter. »

Hazel hésita, puis leva les bras pour l'accrocher autour de son propre cou. De nouveau, elles échangèrent un sourire, léger mais éloquent.

C'est à ce moment que cela arriva.

Tournant le dos à l'entrée du café, Jean ne vit pas la vitre se briser et s'écrouler au sol. Tout ce qu'elle perçut fut le bruit assourdissant que fit la brique en traversant la vitre. Le temps qu'elle tourne la tête, le sol à l'avant du café était une mare miroitante de fragments de verre éparpillés, une sorte de malle aux trésors ouverte sous le cadre de fenêtre en bois, se déversant sur leur table de façon chaotique. Pendant quelques secondes personne ne bougea. Jean, Hazel et le propriétaire restèrent figés, fixant les décombres scintillants et écoutant le bruit des pas qui s'enfuyaient dans la rue. Le temps que Cauvain se reprenne et se précipite dehors, sa panique et ses regards frénétiques dans toutes les directions indiquèrent à Jean que les agresseurs avaient disparu. Hazel se pencha et lui toucha le bras.

« Ça va ? »

Jean baissa les yeux et fut ébahie de découvrir la partie inférieure de ses jambes striée de sang.

*

« Oh, Seigneur, que s'est-il passé? » Violet porta la main à sa bouche tandis que le jeune agent escortait Jean dans le vestibule. Jean adressa à sa mère le sourire le plus large et décontracté qu'elle put, accompagné d'un petit signe de la main sensé minimiser la situation.

« Ça va, maman, n'en fais pas toute une histoire. Ce ne sont que des égratignures. » Elle toucha le bras de sa mère pour appuyer son propos, même si quelques-unes des lacérations lui faisaient encore très mal et si le sang transperçait obstinément les deux pansements qui venaient de la trousse de premiers secours du café. « Quelqu'un a jeté une brique à travers une vitrine, et j'ai reçu des éclats de verre. Mais je suis bien rafistolée, et il n'y a pas de mal.

— Quelle vitrine? Tu as dit que tu allais à la bibliothèque! » Violet s'agitait et tournait autour d'elle, regardant la petite coupure sur son menton avant de se pencher pour examiner les jambes de sa fille. « Pauvre Tom, il a attendu ton retour pendant une demi-heure. Cela dit, je suis heureuse qu'il ne puisse pas te voir dans cet état. » Jean pensa à l'ironie de la situation, sa mère ne s'inquiétait pas tant de sa santé que des dommages que pourraient subir ses projets de mariage.

« Je lui ferai des excuses demain. Pour l'instant, j'ai besoin de m'asseoir, et d'une tasse de thé.

— Mais où étais-tu? Où est-ce arrivé? »

Jean ouvrit la bouche pour donner la réponse préparée à la hâte sur le chemin du retour, mais c'était sans compter sur le policier tout exalté, qui avait insisté pour la raccompagner malgré ses protestations. À présent il paraissait déterminé à prendre part à la scène.

« C'était un café italien, madame. Bien connu pour sa clientèle boche pendant l'Occupation, d'où l'attaque. » Il se redressa un peu en prononçant ces mots, enchanté d'avoir son rôle suite à un véritable événement criminel. « Mais nous trouverons celui qui a fait ça. Heureusement l'endroit était vide à part votre fille et son amie et, comme elle l'a dit, rien de plus grave que des coupures et des écorchures.

— Tu vois, maman, c'est exactement ce qu'a dit Tom, intervint aussitôt Jean dans une tentative de diversion. Lorsque les gens commencent à prendre les choses en main eux-mêmes, il y a des blessés. » Mais c'était déjà trop tard. Sa mère avait repéré les mots clés et la fixait avec méfiance.

« Un café italien ? Que faisais-tu dans un endroit pareil ? Avec qui étais-tu ? »

Jean se sentit sur le point de défaillir. « Personne que tu connaisses. Et maintenant qu'en est-il de ce thé ?

— Quelqu'un de l'école ?

— Juste une amie, c'est sans importance.

— Comment s'appelle-t-elle ?

— Maman, je peux juste aller m'asseoir ?

— Tu ferais bien de ne pas faire d'infidélité au jeune Tom !

— Hazel Le Tourneur, c'est son nom, madame. Elle n'a été que légèrement blessée, elle aussi. » L'agent, hors du champ de vision de Jean, avait sorti un petit carnet et parcourait ses notes pour trouver l'information exacte. Il se rengorgea devant son propre professionnalisme et l'aide qu'il croyait apporter, sans tenir compte du regard acrimonieux que lui lançait Jean. « Et les dames ont toutes les deux donné autant d'informations qu'elles le pouvaient. Nous vous préviendrons dès que nous aurons arrêté quelqu'un. Bien, maintenant que cette jeune personne est bien rentrée chez elle, je vais vous laisser. » Il fit un signe de tête et recula vers la porte ouverte, totalement inconscient de la grenade qu'il venait de lancer dans la maison. Violet claqua la porte derrière lui plus fort que nécessaire. Et à cet instant Jean vit Eddie descendre l'escalier et s'approcher d'elles.

« C'est quoi cette histoire d'attaque ? C'était un policier ? » Il paraissait bien rouge et Jean soupçonna qu'il s'était déjà enfilé une bouteille de bière depuis le départ de Tom. Il aperçut les jambes bandées de Jean. « Qu'est-ce qu'il s'est passé ?

— Je vais te le dire, ce qui s'est passé. » Violet avait les mains sur les hanches, l'air sévère. « Cette personne ici présente fréquente les cafés italiens avec cette Hazel Le Tourneur, et elle a failli se faire tuer. »

Eddie s'approcha lentement d'elle. Jean fit un rapide calcul mental pour déterminer si elle pouvait ou non compter sur la protection de sa mère dans les minutes à venir, et estima que c'était peu probable.

« Elle a quoi ? »

La colère maîtrisée d'Eddie était pire que n'importe quel accès de fureur. N'ayant pas eu le temps de se préparer à la bataille, Jean s'appuya lourdement contre la rampe, essayant de trouver la force de combattre. À présent ses jambes l'élançaient aux endroits des coupures les plus profondes, et des sensations d'étourdissement lui venaient par vagues. La sympathique infirmière, qui par chance passait près du café en rentrant chez elle après sa garde à l'hôpital, lui avait dit que c'était probablement le choc. Tout en s'agenouillant devant Jean et Hazel, tamponnant leurs blessures avec de l'iode versée sur les serviettes les plus propres de Mr Cauvain, elle avait insisté pour qu'elles rentrent chez elles et se reposent pour le restant de la soirée. À cet instant même, c'était exactement ce que Jean voulait faire, mais Eddie faisait déjà chauffer la querelle à venir comme de l'argile entre ses doigts épais. Elle fit un effort pour se redresser, sentant que céder maintenant serait une erreur. Mais elle n'eut pas l'énergie pour des mensonges supplémentaires.

« Oui, j'ai rencontré Hazel. Elle m'a dit qu'on l'avait renvoyée de son travail à cause de nos accusations. » Et tant d'autres choses encore, aurait-elle voulu ajouter, mais quel intérêt ? Ni Eddie ni sa mère n'accepteraient le moindre mot sorti des lèvres de Hazel, même si Violet pouvait en son for intérieur soupçonner que ce qu'elle disait était vrai. Et en plus de tout cela, Jean avait peur que sa mère tombe raide morte si elle découvrait que la maîtresse de son mari avait été une putain boche.

« Je le savais ! grogna Eddie. Cette sale petite pute t'a bien eue ! Depuis qu'elle t'a écrit ce petit mot, tu prends toujours son parti. »

Jean se maudit d'avoir elle-même resserré le nœud un peu plus autour de son cou. Mais elle put sentir sa force grandir en même temps que son indignation.

« Écoutez-moi, maintenant. J'ai appris à la connaître et je ne crois pas qu'elle soit coupable. Je sais que vous êtes bouleversés et en colère de ce qui est arrivé à papa. Moi aussi. Mais tout ce qu'on fait, c'est gâcher la vie d'une personne estimable, pendant que le véritable informateur... – les mots tourbillonnèrent comme un typhon, mais elle les ravala –... le véritable informateur ne sera jamais traduit en justice. » Elle regarda sa mère dans le vain espoir de voir une ombre de compréhension. Mais sa mère fixait son cou.

« Qu'as-tu fait de ton médaillon ? »

Encore une fois, Jean sentit le sol se dérober sous ses pieds.

« Je le lui ai donné. Son père a besoin de médicaments. »

Violet poussa un petit cri et, d'horreur, porta ses mains à son cou. Avec quelles émotions devait-elle jongler, se dit Jean, pour qu'elle soit capable de s'indigner ainsi pour un homme contre qui elle avait tant de griefs ? Mais Eddie se tenait juste en face de Jean à présent, son haleine chaude sur son visage.

« Donc non seulement tu as de nouveau pris le parti de cette femme contre nous, mais maintenant tu lui donnes des trucs ? » Jean ne dit rien. Même un simple « oui », estima-t-elle, serait perçu comme hostile. « Et en plus, poursuivit Eddie comme un bulldozer, tu te rends avec elle dans un endroit tenu par *d'autres* collaborateurs ?

— Mr Cauvain haïssait les Allemands ! Et le propriétaire initial n'est venu là que pour fuir Mussolini ! » Elle regretta ces mots aussitôt. Ils ne firent rien d'autre que soulever le couvercle de la rage bouillonnante de son oncle.

« Mon Dieu, pas étonnant que cette île soit dans l'état où elle est ! Les gens d'ici qui font affaire avec des putains d'étrangers, un gouvernement qui laisse tous ces bâtards de collabos en liberté ! Mais les flics... les flics ne vont pas les arrêter, je me trompe ? Ils en auront après les gens d'ici qui veulent se débarrasser des collabos ! Les types comme il faut qui défendent ce qui est juste, ceux-là ils seront heureux de les jeter en prison ! »

Ses bras s'agitaient dans l'obscurité grandissante du couloir comme pour balayer la multitude de ceux qui l'avaient agressé – les nazis, les pilleurs, les avocats et fonctionnaires, sa femme et maintenant la fille de son frère. Pendant un instant il sembla que sa fureur allait dégénérer en douleur et qu'il allait tomber à genoux en pleurant. Mais, au lieu de ça, il les repoussa toutes les deux et se précipita dans la rue. Dans moins de cinq minutes, comprit Jean, il serait retourné au Peirson, cherchant le réconfort et l'approbation auprès de sa bande de copains, engloutissant l'alcool qui à la fois attiserait et apaiserait son cœur blessé.

La porte se referma violemment, et Violet regarda sa fille avec dégoût, secoua la tête puis se retourna et monta délibérément à l'étage, claquant la porte de sa chambre derrière elle.

Jean avança la main vers la rampe pour se stabiliser, prenant conscience de son état de faiblesse, et se laissa tomber sur la première marche, la tête entre les genoux. Elle retrouva lentement son équilibre, et baissa les yeux sur les petites taches rouge vif qui traversaient les pansements, se demandant si ses blessures allaient cicatriser. Elle essuya la sueur de son front et s'appuya contre le mur, plissant les yeux devant les derniers rayons de soleil filtrant par le panneau de verre au-dessus de la porte. Elle était épuisée, bouleversée et profondément désabusée. Mais au-delà de son état misérable elle prit conscience qu'elle était parvenue à une décision.

Sa vie jusqu'à présent avait été construite sur la peur d'être jugée et de mal faire. Mais autour d'elle le monde fonctionnait selon des règles différentes. Maintenant il était clair qu'elle n'avait rien à justifier, et rien à perdre. Quels que soient les défis qu'il apporterait, son avenir lui apparaissait maintenant clairement. Elle, Jean Parris, allait épouser Horst.

# 9

« Et donc, annonça Beattie d'un ton professionnel, nous installerons le buffet dans la salle à manger, pour réserver la cuisine à la préparation. Je vais parler à Batterick demain et voir ce qu'il en est des crabes frais pour les sandwichs. Pour le reste ce sera sardines en boîte et corned beef. »

Jean, qui lorsqu'elle était occupée aux tâches ménagères se sentait parfois invisible aux yeux de sa tante et même à ceux de Daphne, continua de passer la serpillère dans la cuisine. Beattie et Daphne étaient assises à table avec un carnet, établissant une longue liste de choses à prévoir pour la fête de Daphne. Le grand événement des vingt et un ans approchait à grands pas et sa préparation semblait avoir envahi toute la maisonnée. Jean cogna la serpillère plusieurs fois pour leur signaler qu'elles se trouvaient sur son chemin, mais aucune des deux ne parut le remarquer.

« Tu crois qu'on peut avoir combien de crabes ? demanda Daphne à sa mère.

— Ils ne sont pas rationnés, mais il a beaucoup de clients réguliers alors il faut qu'on passe commande. Je suppose qu'on peut s'en sortir avec six. Tu as pu faire une liste d'invités définitive ?

— Si les Rabet viennent de St Mary, ça fera quarante. »

La serpillère de Jean cessa momentanément son trajet sur les dalles. Quarante personnes pour une fête privée ? Et six crabes en un seul jour ? Chez elle, un seul était déjà un luxe. Elle pensa à Hazel, au médaillon qu'elle allait devoir vendre pour se procurer de quoi manger, et se rendit compte qu'elle serrait le manche un peu trop fort.

« Il faudra voir ce type que ton père connaît si on veut un peu de sucre supplémentaire pour le gâteau, continua Beattie. Et les boissons. Le vieux Jean-Paul a offert un tonneau de cidre.

— Papa dit qu'on devrait essayer de trouver du champagne. »

Beattie se redressa. « Du champagne ? Ton père et moi on n'en a même pas eu pour notre anniversaire de mariage !

— Il dit qu'on a vingt et un ans qu'une fois. »

L'air renfrogné, Beattie le nota. « Je vais voir ce que je peux trouver en ville. Je dois y aller la semaine prochaine de toute façon.

— Pour quoi ? Mon cadeau ? » Les yeux de Daphne pétillèrent, malicieux. Jean les regarda l'une après l'autre. Tout ça, et Daphne aurait un cadeau en plus ? Quand il s'agissait de sa fille, Martin apparemment ne savait pas dire non.

« Je te l'ai dit, c'est un secret. Maintenant monte vite et va voir si j'ai besoin de plus de fil pour ta robe. »

Jean regarda sa cousine gravir les marches avec excitation, sa crinière noire et brillante volant derrière elle, tandis que Beattie mâchouillait son crayon et notait diverses choses au fur et à mesure qu'elle y pensait. Toutes les deux avaient manifesté de l'inquiétude en voyant l'état des jambes de Jean ce matin à son arrivée, mais elles s'empressèrent de croire à son histoire de chute dans un massif de ronces. Beattie demanda si elle se sentait assez bien pour travailler mais ne supprima aucune tâche de sa liste. Jean elle-même ne le savait pas trop ce matin, ayant encore mal et les doigts tremblant à chaque fois qu'elle revivait le moment où le verre s'était brisé en cascade. Mais l'atmosphère à la maison était toujours empoisonnée, de manière tangible. Sa mère, levée à l'aube, avait pris son petit-déjeuner et était retournée dans sa chambre avant que Jean soit réveillée, et comme elle ne voulait pas perdre une journée de salaire, Jean avait décidé qu'il valait mieux qu'elle aille aux Renoncules. Elle s'était traînée jusqu'à Weightbridge pour prendre le bus, avait titubé sur le chemin menant à la ferme et s'était attelée à passer le fourneau de la cuisine au savon noir avant de s'attaquer aux sols. Mais, pendant qu'elle travaillait, des idées acerbes et incisives grandissaient dans son esprit comme du chiendent. C'était comme si les révélations de Hazel hier soir, et l'épiphanie qui avait suivi, avaient ouvert une brèche à des pensées nouvelles et rebelles.

Plongeant la serpillère dans le vieux seau en métal, elle se surprit à se demander ce que Daphne considérerait comme le pire jour de sa vie. À part la fois où les bombes allemandes étaient tombées sur le port, selon Jean la vie de sa cousine avait été complètement exempte de traumatismes. Depuis le moment où, avec son vieil appareil Brownie, Martin avait pris une photo d'elle perchée sur son cheval à bascule, puis placé le cliché dans un cadre d'argent sur la commode pour que tout le monde l'admire, Daphne avait vécu dans une sorte de bulle enchantée. Dans sa vie aucun soldat ne ferait jamais irruption chez elle pour emmener de force son père, aucun inconnu ne viendrait frapper à sa porte pour lui dire que son père avait connu une mort atroce dans une prison étrangère. Et jamais, au grand jamais elle n'aurait à s'asseoir et écouter quelqu'un lui dire que le père qu'elle aimait et en qui elle avait confiance passait plusieurs heures chaque semaine en compagnie d'une putain allemande, pendant que sa mère, à la maison, faisait le ménage et la couture et tentait de faire durer leurs maigres rations, jouant le rôle de l'épouse la plus heureuse du monde. L'acrimonie bouillonnait dans les entrailles de Jean et ne visait pas seulement Daphne pour sa vie enchantée ; elle en voulait maintenant à son propre père d'avoir trahi sa famille de façon si choquante, à sa mère pour avoir été si lâche, à Hazel parce qu'elle savait tout cela depuis si longtemps, et à cette femme sans visage qui très probablement avait destiné son père à une mort prématurée. Elle imagina une femme fatale, blonde, à la poitrine généreuse, assurément plus jeune que Violet, drapée dans un exotique manteau vert, le col en velours remonté autour de son cou comme une star de cinéma – Jean aurait aimé pouvoir la gifler.

Alors qu'elle terminait le dernier coin et essorait la serpillère pour la dernière fois, elle décida qu'il était temps de se jeter à l'eau. C'était la seule manière de continuer à aider son amie, et si cela impliquait une conversation difficile, elle en paierait le prix. De toute façon, se rappela-t-elle, si elle devait épouser un Allemand elle allait devoir s'habituer à la confrontation.

« Excuse-moi, tante Beattie ? » Sa tante se retourna, un peu surprise, semblant étonnée de trouver Jean dans la même pièce. « Je me demandais… » Sa confiance chancela mais elle persévéra. « Je me demandais si je pouvais avoir une augmentation ? »

Ces mots furent accueillis par une expression de perplexité totale.

« Une augmentation ? Tu veux plus d'argent ? »

Jean se força à se tenir bien droite et à regarder sa tante dans les yeux. Elle pensa à Hazel affirmant que la famille l'exploitait, et à toutes les heures supplémentaires non payées qu'elle avait faites. Et Beattie pourrait difficilement invoquer la pauvreté après la conversation dont Jean venait d'être témoin. « Si ça ne pose pas trop de problèmes. Et si vous êtes satisfaits de mon travail. »

Les sourcils de Beattie se froncèrent. La serpillère et le seau de fer-blanc se tenaient entre elles comme deux arbitres silencieux. « Bien sûr que nous sommes contents de toi, Jeannie. Mais ça ne fait que quelques semaines que tu travailles ici. Trois livres six c'est ce qu'on donnait à la jeune Gwen du village. Pourquoi as-tu soudain besoin de plus ? »

Jean ouvrit et referma la bouche. Impossible de donner la vraie raison. La réaction de Beattie serait la même que celle de sa mère, et Beattie s'empresserait d'en parler à Violet à la première occasion, ce qui ne ferait qu'empirer la situation à la maison.

« Juste pour l'épicerie et les factures. On ne veut pas être obligées de dépendre tout le temps du frère de papa. » Beattie se cala dans sa chaise et fronça les sourcils de nouveau. Jean tenta de deviner ce que signifiait son regard et espéra que c'était la capitulation.

« Eh bien, de combien parlons-nous ? Je veux dire, il y a cette fête qui va nous coûter de l'argent. Et nous allons devoir embaucher des cueilleurs le printemps prochain. »

Jean allait proposer une somme quand la porte donnant sur la cour s'ouvrit et Martin apparut dans l'embrasure. Il portait ses vêtements de travail habituels, pantalon rapiécé, bottes en caoutchouc, vieille chemise à carreaux, et ses cheveux pleins de poussière n'étaient pas peignés. Il marcha jusqu'au robinet pour se servir un verre d'eau. Dès qu'elle le vit Jean sentit sa chance s'évanouir. Après tout, les récentes frasques de son oncle en ville auraient difficilement pu rendre son attitude envers les travailleurs plus claire. À sa grande consternation Beattie la désigna de la tête dès qu'il mit un pied dans la cuisine.

« Mademoiselle demande si on peut la payer un peu plus.

— Vraiment ? » Sa voix était bourrue, bien que Jean y décelât une trace d'humour. Elle se reprit. Si elle fléchissait maintenant, elle n'avait aucune chance.

« Je me demandais si vous pouviez me payer cinq shillings par semaine. Je travaille le plus souvent bien plus qu'une demi-journée, et je dois payer mon ticket de bus pour venir ici. Je suis de la famille. » La dernière phrase était un appel désespéré, mais elle comprit immédiatement qu'elle la desservait.

« Exactement ! » La jovialité de Martin avait disparu. « La famille, cela veut dire qu'on prend soin les uns des autres, et non pas qu'on en profite. » Jean grimaça. Martin prétendait-il que c'était *elle* qui l'exploitait *lui* ? « Je crois que tu oublies toute l'aide qu'on vous a procurée à toi et à ta mère pendant l'Occupation. Tous ces suppléments que Beattie avait l'habitude de vous apporter. » Et voilà c'était reparti. Deux sacs de légumes et un seul lapin de toute la guerre, et Martin s'imaginait que c'était un soutien régulier ? Son oncle secoua la tête pour montrer à quel point il se sentait désabusé. « Je ne sais pas ce qui se passe avec les gens depuis la Libération. Tous ces trucs au sujet de salaires plus élevés et moins d'heures de travail. Ça doit être ces cocos en ville. » Jean se souvint de son visage radieux et de sa joie puérile, se délectant de sa malveillance quand les tomates pourries explosaient sur les manifestants. Le bouillonnement devint ébullition.

« Je demande seulement ce qui me semble juste.

— Juste ? Qu'est-ce qui est juste alors que les Boches ont volé nos porcelets ? C'est peut-être juste qu'on ne puisse pas encore exporter nos patates en Angleterre, avec cette affaire de doryphores ? Ce que tu ne comprends pas, Jeannie, c'est que ça coûte de l'argent de gérer une ferme, et il ne tombe pas du ciel. Si tu n'aimes pas travailler ici, personne ne t'y force. » Posant violemment son verre sur l'égouttoir pour qu'il soit lavé il fit demi-tour et disparut de nouveau dans la cour, laissant un froid dans la cuisine chaude. Beattie se tenait debout, de toute évidence gênée.

« Désolée, Jeannie.

— Tu ne pourrais pas lui parler ? » Mais la manière dont sa tante pinçait les lèvres lui montra qu'elle avait déjà décidé de ne pas le faire.

« Tu as entendu ce qu'il a dit. »

Jean appuya soigneusement le balai de la serpillère contre le fourneau, prenant garde à ne pas faire plus de bruit que nécessaire. Elle ne voulait pas que Beattie puisse dire plus tard que ses mots avaient été provoqués par la colère.

« D'accord. Et si on y pense, il a raison, non ? »

Beattie sourit de soulagement, heureuse de voir qu'une scène difficile allait être évitée. « Eh bien, je suis contente que tu t'en rendes compte, mon petit. Tant de dépenses en ce moment.

— Non. » Jean sourit en retour. Elle se demanda si sa tante pouvait sentir l'acrimonie sous-jacente. « Je veux dire, il a raison de dire que personne ne me force. » Elle jeta un coup d'œil à la pendule de la cuisine. « En fait, j'ai fait mes quatre heures aujourd'hui. Si j'arrête maintenant, je peux attraper le bus de midi. Donc, si tu peux me payer cette matinée, et je te donne un préavis de trois jours pour jeudi, et on sera quittes, n'est-ce pas ? »

Sa tante la fixa. « Tu ne reviendras pas ? Mais je croyais que tu avais besoin d'argent ?

— Exactement. » Elle garda un ton vif et enjoué. « Je vais me trouver un emploi à plein temps, avec un salaire convenable. J'espère que tu pourras trouver quelqu'un d'autre dans le village pour me remplacer. C'est une maison tellement grande à entretenir, n'est-ce pas, et en plus il y a la fête de Daphne qui approche. » Elle ôta son tablier et le pendit soigneusement au crochet de la porte.

Le bus, pour une fois, était à l'heure. Elle s'installa tout au fond et, regardant défiler les sentiers vert émeraude, elle sourit toute seule. Si cette semaine avait vu s'effondrer ses croyances et ses certitudes, elle émergeait à présent des ruines, une mouette s'envolant haut dans le ciel. Elle ne se laissait plus balloter par les événements, elle prenait le contrôle de son destin. Pour la première fois depuis des semaines, elle pouvait imaginer un avenir, et pour elle c'était en quelque sorte de nouveau le Jour de la Libération.

*

Lorsque le fracas se produisit, elle dormait profondément. Au début elle aurait pu penser que le bruit venait d'un rêve, ou bien peut-être du chat du voisin, qui aurait fait tomber un pot de fleur d'un rebord de fenêtre. Mais au bout de quelques secondes un sixième sens transperça son corps d'un courant de panique et la réveilla violemment

Elle s'assit dans son lit, et écouta. Quelque chose n'allait pas à l'intérieur de la maison. Hazel jeta un coup d'œil à l'endroit où son père commençait à s'agiter dans le lit voisin puis regarda autour d'elle. Les contours de la chambre, bien visibles dans le gris ardoise de la nuit, n'avaient pas changé. Le danger venait d'ailleurs. Le cœur battant à tout rompre, elle rejeta les couvertures et enfila sa vieille robe de chambre en chenille rose qui avait appartenu à sa mère, luttant pour trouver les manches. Puis, sur la pointe des pieds – inutile d'inquiéter son père avant de savoir à quoi elle avait affaire –, elle s'approcha de la porte et l'ouvrit aussi doucement que possible. La nuit était très chaude, bien plus que lorsqu'elle s'était couchée trois heures plus tôt. Puis elle sentit l'odeur et comprit.

Quand elle ouvrit la porte du petit salon la chaleur la frappa de plein fouet. En plein milieu du plancher, le feu faisait rage en un cercle grossier, le fauteuil de son père déjà pris par les flammes. Hazel fixa la scène quelques secondes. Comment était-ce possible ? Se pouvait-il qu'elle rêve toujours ? Puis le nuage de fumée la fit tousser et la tira brutalement de sa stupeur.

« Papa ! Papa ! Réveille-toi ! Il y a le feu ! » Soulagée, elle entendit un grommellement ensommeillé et interrogatif en provenance de la chambre. « Réveille toi, papa ! Il faut qu'on sorte d'ici ! »

Hazel courut vers la minuscule cuisine à l'arrière, reconnaissante de pouvoir compter sur la lumière du clair de lune qui éclairait par la fenêtre les contours des étagères. Elle attrapa la plus grande casserole qu'elle pût trouver, la jeta dans l'évier, et tourna l'unique robinet de métal. Après les crachotements habituels l'eau commença à couler mais, Seigneur, si lentement ! Elle observa la surface brillante monter, en marmonnant d'inutiles incantations pour que ça aille plus vite et en jetant des coups d'œil affolés par-dessus son épaule sur le brasier qui enflait. Quand la casserole fut au trois quarts pleine, elle la souleva avec difficulté de l'évier, retourna dans le salon en titubant, et lança le contenu sur les flammes. Mais, à sa grande horreur, le pétillement et la fumée auxquels elle s'attendait furent remplacés par un bruit de soufflement, alors que les flammes semblaient tout à la fois s'élever et se disperser en de minuscules boules de feu explosant ici et là dans la pièce, incendiant des objets qui jusqu'à présent ne craignaient rien. Hazel laissa échapper un petit cri avant que la fumée la fasse tousser de nouveau. Pourquoi, pourquoi l'eau avait-elle autant empiré les choses ? La réponse jaillit dans son esprit, un souvenir fugace sorti d'un livre de science qu'elle avait eu enfant : l'essence. Jeter de l'eau fera empirer un incendie causé par l'essence. À ce moment seulement elle vit le verre brisé de la fenêtre du salon et comprit que ce n'était pas une conséquence du feu, mais sa cause. Une bombe à essence.

Elle n'avait pas le temps de réfléchir à ce que ça impliquait. Pas même le temps d'attraper les biens précieux disséminés dans la pièce – la photographie encadrée du mariage de ses parents, son cartable de classe sur la table, perdu à présent derrière un mur de flammes de plus en plus haut. Elle se précipita dans la chambre, où son père, à son grand soulagement, avait réussi à se mettre debout.

« Il faut l'éteindre, cria-t-il.

— C'est trop tard, papa. Il faut qu'on sorte. Tout de suite.

— Mes affaires.

— On n'a pas le temps. »

Mais le faire bouger fut pratiquement impossible. Les articulations raides et douloureuses de ses jambes, qui mettaient tant de temps à se mettre en mouvement chaque matin, ne fonctionneraient pas dans un délai aussi court et à une heure aussi inhabituelle. Alors qu'elle essayait à la fois de le pousser et de le tirer vers la porte de la chambre, ignorant ses cris de douleur, elle sentit la chaleur brûlante s'approcher, et put voir et respirer la fumée se déployant dans le couloir en maléfiques nuages de plus en plus gros. Le minuscule corridor s'en remplissait, et elle ne pouvait plus distinguer la porte de l'appartement – même s'ils parvenaient à l'atteindre, il serait alors impossible de trouver le loquet pour l'ouvrir. Elle toussait de plus en plus, et sentit que ses poumons manquaient d'oxygène. Si elle s'évanouissait, ils seraient tous les deux brûlés vifs avant qu'il y ait le moindre espoir de recevoir de l'aide.

« La fenêtre. » Elle fit tourner son père et le repoussa dans la chambre, fermant la porte à la fumée noire qui s'enroulait. Elle jeta un coup d'œil et vit la panique sur son visage.

« Non ! C'est trop haut !

— Juste un étage. » Elle put entendre des voix et des pas rapides au plafond – Dieu merci les locataires du dessus se rendaient compte de la situation. Mais il n'y avait aucune garantie que ses voisins puissent pénétrer dans l'appartement, ou même qu'ils essaient de le faire si le feu continuait de progresser à cette allure. La fenêtre était la seule issue. « Allez, papa, s'il te plaît. » Elle le tira vers la fenêtre. Elle remercia sa bonne étoile que dans cette minuscule pièce les meubles soient serrés les uns près des autres, offrant à son père prises et appuis tandis qu'il avançait péniblement. Encore deux pas et ils y étaient. Elle regarda autour d'elle et vit la fumée se glisser sous la porte et sentit la chaleur du feu irradier à travers le mur. Ils toussaient tous les deux à présent.

Une fois arrivés à la fenêtre, elle utilisa ses deux mains pour soulever le vantail. C'était une fenêtre qu'ils ouvraient rarement plus d'une dizaine de centimètres, vu sa proximité avec la rue, et le vieux bois pourrissant du cadre protesta quand elle força la partie inférieure à remonter, mais avec une force qui la surprit elle parvint à l'ouvrir presque en entier. Hébété, son père fixait d'un air terrorisé le béton en contrebas. Une telle chute avait de quoi inquiéter n'importe qui, et Hazel ne pouvait que deviner les peurs qu'elle devait susciter pour un homme ayant si peu de maîtrise de son corps. Mais elle savait qu'il n'y avait pas de temps à perdre, et qu'attendre de l'aide n'était pas une option. Elle agrippa son bras.

« Papa, tu dois te laisser tomber. Je vais t'aider. Ce n'est pas si haut. » Elle l'aida à passer une jambe par la fenêtre, puis l'autre, de sorte qu'il se retrouva en équilibre sur le montant, à hauteur de ventre, face à elle. Ses doigts faibles, inertes, agrippaient néanmoins l'intérieur aussi fort qu'il le pouvait.

« Je ne peux pas, Haze. Je t'en prie.

— Si, tu peux. Vas-y doucement. » Elle plaça ses bras sous ses aisselles pour le tenir tandis que son corps lentement se tortillait en se rapprochant du point de bascule. Depuis des années il paraissait si frêle et minuscule ; à présent, supportant le poids de son corps entier, elle avait l'impression d'avoir un sac de plomb entre les bras, et chaque muscle de son corps protestait sous l'effort. « Attrape le rebord. Tiens bon. » C'est ce qu'il fit, et elle sentit tout le jeu de la force de traction au moment où son corps glissa vers le sol, cognant contre le mur extérieur. Elle entendit un cri de douleur qu'il eut à peine la force de pousser, suspendu là quelques secondes, mobilisant toutes ses forces pour supporter le poids de son propre corps comme il ne l'avait plus fait depuis des années. Mais avant qu'elle ne puisse lui donner l'instruction de se laisser tomber avec douceur, d'essayer de garder l'équilibre et de bien plier les genoux en atterrissant, l'arthrite lui fit lâcher le rebord de la fenêtre, et il tomba en arrière. Sans oser regarder, Hazel escalada à son tour la fenêtre et se glissa dehors, se tenant au bord jusqu'à ce que ses jambes pendent aussi près du sol que possible, puis elle se força à lâcher. La chute n'était certainement que de deux mètres ou un peu plus mais elle sembla durer une éternité. Quand elle toucha le sol, le choc impacta ses pieds, ses jambes, ses hanches, ébranlant chaque os de son corps par sa force. Une douleur fulgurante traversa sa cheville droite – et ce n'est qu'à cet instant-là qu'elle se souvint qu'elle était pieds nus. Mais tandis qu'elle tombait sur les fesses, cognant ses poignets et ses coudes sur le béton, elle n'avait qu'une seule pensée.

« Papa ? Papa, tout va bien ? » Son père était étendu sur le sol, son corps formait un angle qui n'avait rien de naturel, les jambes orientées dans des directions différentes. Elle se rua vers lui, et prit sa tête entre ses mains. « Papa, papa, dis quelque chose, je t'en prie. » Il leva les yeux sur son visage. Malgré la cacophonie grandissante autour d'eux, les cris des voisins et le bruit de nombreux pas dévalant l'escalier, les braillements des gens à la fenêtre de l'autre côté de la rue et le son lointain d'une sirène de pompiers, tout ce que vit et entendit Hazel fut le petit sourire affectueux que son père lui adressa alors qu'elle prenait sa tête entre ses mains.

*

« Et une livre de pommes, s'il vous plaît. »

Le marchand les pesa et les versa dans son panier en osier, demandant s'il lui fallait autre chose. Jean lui répondit que non ; en fait, elle n'avait même pas besoin des pommes, mais son humeur était festive. Elle tendit la monnaie et continua d'arpenter le marché, profitant des odeurs et de la vue. Le marché de Beresford Street revenait lentement à sa gloire d'avant-guerre. De nouveaux stands surgissaient, certains tenus par des visages familiers, d'autres par des inconnus. Des articles introuvables depuis des mois – haricots verts, concombres, et même de la rhubarbe – commençaient à apparaître sur les étals, et des ménagères, foulard noué sous le menton, remplissaient leurs paniers de courses et offraient des sourires reconnaissants, remerciant les marchands pour leurs précieux stocks. Son panier se balançant à ses côtés, Jean se dirigea vers la fontaine victorienne au centre, s'appuya contre la balustrade en fer qui l'encerclait et laissa ses doigts courir un moment dans l'eau froide. Les rayons du soleil perçaient à travers les hautes fenêtres cintrées au-dessus d'elle et éclairaient les chérubins de plâtre sur leurs déversoirs. Cela semblait absurde dans ces circonstances, mais pour la première fois depuis des semaines elle se sentait heureuse.

Elle était arrivée à l'usine Summerland à huit heures pile et avait parlé à une femme charmante qui lui avait expliqué qu'il y avait en effet des emplois disponibles. Avec la Libération qui rappelait de nombreuses filles à leurs tâches domestiques, tout ce que Jean devait faire c'était remplir un formulaire et le rapporter d'ici vendredi, et elle pourrait commencer la semaine prochaine. Malgré ses appréhensions, Jean assura qu'elle le ferait. Les heures seraient plus longues que celles dont elle avait l'habitude et (même si bien sûr elle n'y fit pas allusion) elle savait qu'à la maison la simple idée qu'elle puisse se mettre à travailler à l'usine provoquerait une dispute. Mais, étant donné les autres événements de la semaine, elle se dit que ça passerait peut-être inaperçu, ou presque. Sa mère l'ignorait toujours, et la veille au soir Eddie avait disparu pour une beuverie tellement longue qu'elle ne l'avait pas même entendu rentrer. Au vu de tout cela, cela paraissait la semaine idéale pour annoncer ses nouveaux projets. Comment les choses pourraient-elles encore empirer ?

Sa principale préoccupation, cependant, était que la fin du mois approchait, et sa dernière rencontre avec Horst aurait lieu dans une semaine seulement. Sous l'heureuse influence de sa nouvelle résolution, cette soirée prit dans son imagination un aspect enchanté. Elle se vit sur le quai au crépuscule, les bras de Horst autour d'elle, son visage s'éclairant d'un sourire radieux quand elle accepterait sa demande en mariage. Ensuite il s'émerveillerait en écoutant son plan brillant – elle travaillerait à l'usine l'année prochaine, ou toute la durée de la peine qu'il aurait à purger, et mettrait de l'argent de côté pour leur avenir. Quand il serait libéré, ils auraient assez pour se marier et partir n'importe où dans le monde. Elle les imaginait à la porte d'un joli cottage près d'une colline dans un pays à l'étranger, enlacés tous les deux, prêts à affronter tous les préjugés, et l'avenir s'étendant loin devant elle, ensoleillé et insouciant. Elle repoussait la pensée qu'il s'agirait de leur dernière rencontre avant ce qui serait peut-être une éternité, et que cette vie de rêve ne deviendrait certainement pas réalité avant des années. Qu'elle puisse le voir bientôt lui suffisait. Elle prit un élastique dans sa poche et le passa à l'annulaire de sa main gauche. Le résultat lui plut beaucoup. Mrs Horst Klein. Cela sonnait bien aussi.

Elle ne fit pas tout de suite attention aux deux femmes qui, chacune un panier à la main, se tenaient un peu plus loin près de la fontaine et bavardaient à voix basse. Puis quelques mots flottèrent jusqu'à elle.

« J'ai entendu la sirène des pompiers vers trois heures.

— Les occupants des appartements s'en sont sortis vivants ? Ces petits espaces sont des pièges mortels.

— Je crois qu'un seul des appartements a été touché, mais ma voisine travaille à l'hôpital, elle a entendu dire qu'il y a un mort.

— Terrible. Ça sera dans le *Post* ce soir, j'imagine. »

Lentement le sens de ces mots pénétra sa conscience, et une sorte d'instinct provoqua en elle une bouffée d'inquiétude. Elle se tourna vers la femme la plus proche d'elle.

« Excusez-moi, vous parlez d'un incendie ? »

La femme acquiesça d'un air grave. « New Street cette nuit, les logements au-dessus de l'ancienne quincaillerie. Sale affaire. » Puis, voyant Jean changer d'expression, elle ajouta : « Personne de votre connaissance, si ? »

Mais Jean était déjà repartie, et dans sa précipitation les pommes s'échappèrent de son sac et roulèrent sur le sol du marché, tournoyant sous les pieds des chalands ou contre le bord des étals voisins. Le temps qu'elle arrive à New Street, elle était à bout de souffle. Une fois sur place elle resta debout sur le trottoir, levant les yeux vers les fenêtres condamnées et les taches causées par la fumée et la suie sur le crépi, essayant de prendre la mesure des dégâts. Tout d'abord son esprit tenta de faire barrage à l'information, comme pour lui donner le temps de se préparer. Mais la réalité lentement s'imposa à elle, lui laissant la bouche sèche et un cœur battant la chamade. Elle se représenta les flammes, la chaleur et la panique, imagina Hazel et son père luttant pour échapper à l'appartement clos. La femme au marché avait dit que quelqu'un était mort... c'était forcément une erreur ? Il fallait qu'elle en ait le cœur net. Après une nouvelle course, cette fois-ci en direction du General Hospital, ses jambes et ses poumons au bout de leurs capacités, elle dut attendre une demi-heure à la réception, pour finir par s'entendre dire par une infirmière en uniforme qu'aucune information ne pourrait être transmise à qui que ce soit avant que des membres de la famille soient retrouvés et mis au courant. Jean s'attarda un moment dans les jardins autour de l'hôpital, comme si sa présence pouvait d'une façon ou une autre la relier aux personnes qui se trouvaient à l'intérieur, mais elle finit par abandonner et traîna son corps tout tremblant à la maison.

Quand elle entra dans la cuisine la première chose qu'elle vit fut Eddie assis à table, L'*Evening Post* déjà devant lui, il paraissait absorbé dans sa lecture. Sans prendre la peine de réfléchir aux conséquences Jean s'avança et lui arracha le journal des mains. Eddie ne fit rien pour résister, mais elle sentit ses yeux sur elle, guettant sa réaction. En première page il y avait une photographie de la maison, montrant la fumée s'échappant de la fenêtre et les camions des pompiers rassemblés devant à la lumière de l'aube. Mais c'était le gros titre qui sautait aux yeux. *Fin tragique dans l'incendie d'un appartement.* Elle parcourut des yeux les mots qui suivaient – une description de « l'embrasement fatal » et au-dessous l'annonce qu'un père de famille dans la cinquantaine, décrit par le journaliste comme un infirme, était mort en voulant sauter de la fenêtre du premier étage, sa fille ayant pu s'en tirer avec des blessures moins importantes. Elle parcourut de nouveau le texte puis leva les yeux pour croiser le regard d'Eddie et fut horrifiée de voir un sourire, léger mais perceptible.

« Terrible, hein ? Mais bon, ce sont des choses qui arrivent. »

La phrase suivante sortit avant qu'elle ait le temps d'en mesurer les conséquences. « Et où étais-tu hier soir ?

— Moi ? Dehors avec mes copains.

— Toute la nuit ?

— On est repassés chez Jimmy. Qu'est-ce que ça peut te faire ?

— Je crois que tu le sais. » Les images assaillirent son esprit : le svastika peint sur la boulangerie, la brique lancée contre la vitrine du café. Eddie et ses acolytes vautrés dans le salon, en rage contre ceux qu'ils tenaient pour responsables de leurs vies gâchées. Son coup de gueule devant Tom Maloret au sujet de ceux qui se faisaient justice eux-mêmes. Il allait l'obliger à le dire. Elle n'en avait plus rien à faire.

« As-tu quelque chose à voir avec ça ? »

Son rire fut explosif et sans trace d'humour. « Ne dis pas n'importe quoi. Les incendies se déclarent pour toutes sortes de raisons. Un mégot, une installation électrique défectueuse. »

Jean continua à le fixer. Elle savait que si un immeuble pouvait avoir une installation électrique défectueuse, c'était bien celui qui abritait le magasin. Mais l'univers de Jean avait cessé de tourner autour de son axe depuis quelque temps déjà.

« Je ne te crois pas ».

Le rire d'Eddie se mua en sourire repoussant. « Je n'y peux rien.

— Tu as fait ça pour blesser Hazel et te venger de moi pour l'avoir aidée. »

Il se leva, lentement, se redressa de toute sa taille, et la regarda de haut. « Tu devrais faire attention, à lancer des accusations que tu ne peux pas prouver. Tu as entendu ce qu'a dit Tom

Maloret – ça ne mène jamais à rien de bon. » Horrifiée elle le vit approcher sa main vers elle et commencer à ébouriffer ses cheveux avec ses gros doigts, comme si elle était une enfant. « Bon, tu ferais mieux d'aller préparer le thé pour ta maman, non ? Je sors. » Et il laissa Jean seule dans la cuisine, journal à la main, tremblant de tous les muscles de son corps.

*

Le couloir était long et très éclairé, ses néons fluorescents rejaillissant sur le linoleum vert, lui donnant un éclat maladif. Le rose pâle des murs et la forte odeur de désinfectant, mélangée à d'autres produits chimiques moins facilement identifiables, ajoutaient à une ambiance qui semblait conçue pour donner la nausée plutôt que pour guérir. Mais Jean avança, son sac serré contre elle. Elle n'était encore jamais venue dans cette partie de l'hôpital, et ses yeux parcouraient la signalisation, les flèches censées lui indiquer la salle qu'elle cherchait. Une affiche rappelait que les visites étaient réservées à la famille proche, et elle se sentit comme une intruse, espérant presque que quelqu'un l'arrête. Mais elle pouvait toujours arguer de la permission de la gentille dame à l'accueil qui lui avait fait signe d'un petit mouvement de tête en voyant son désespoir. Des infirmières en uniformes blancs amidonnés la dépassaient d'un pas assuré sans même lui accorder un regard. Un brancardier poussant le fauteuil roulant d'une vieille femme édentée et à l'air hagard lui prêta à peine attention. Jean consulta sa montre – il restait une demi-heure avant la fin des visites. Il fallait juste qu'elle trouve son chemin dans ce dédale.

Au bout du couloir suivant, tout aussi long et violemment éclairé que le premier, elle trouva la salle qu'elle cherchait et prudemment poussa la double porte battante. Des rangées de lits étaient alignés de chaque côté de la pièce, la plupart contenant des femmes d'âge moyen ou plus âgées, certaines d'entre elles endormies, tandis que d'autres s'entretenaient à voix basse avec leurs visiteurs. Au centre de la pièce se trouvait le poste des infirmières, mais Jean n'avait pas l'intention de se faire remarquer en demandant un renseignement. Au lieu de cela, elle fit semblant d'examiner le contenu de son sac tout en jetant des coups d'œil autour d'elle. La porte menant à une pièce sur le côté était entrouverte, et Jean décida de tenter sa chance. Traversant tranquillement la salle, elle atteignit la porte et regarda à l'intérieur.

Hazel reposait étendue sur l'unique lit, calée sur plusieurs oreillers, les yeux fermés. Ses cheveux avaient été dégagés de son visage, sa main gauche était recouverte d'un épais bandage blanc, et un masque à oxygène attaché à un cylindre métallique posé près du lit était fixé sur son nez et sa bouche. Jean, ne sachant plus trop que faire, resta impuissante dans l'entrée. Bêtement, elle avait supposé que tous les patients étaient éveillés pendant les heures de visite, et déranger un malade endormi semblait cruel. Elle s'apprêtait à quitter la pièce sur la pointe des pieds quand Hazel ouvrit à demi les yeux et souleva la tête. Jean tout à coup se dit qu'elle n'aurait pas dû venir. Elle resta immobile, se demandant si en se déplaçant très lentement, comme on fait devant une vache agressive qui défend un veau, elle resterait invisible ou presque.

« Jean ? » Hazel ôta le masque pour parler. Sa voix était changée, rauque et fêlée.

« Je ne savais pas si vous vouliez me voir. » La voix de Jean n'était pas très assurée non plus. Elle se rendit compte qu'elle se retenait au cadre de porte.

« Bien sûr que je veux vous voir. Vous êtes l'une des dernières personnes qui me parle encore. » De sa main valide, Hazel remit le masque à oxygène et s'affaissa de nouveau sur l'oreiller. Jean prit une profonde inspiration et s'avança un peu dans la pièce.

« Je suis désolée pour votre père. Me direz-vous ce qui s'est passé ? »

Hazel déglutit, sachant que parler lui ferait mal. « La seule issue c'était la fenêtre donnant sur la rue. Il s'est brisé le dos en tombant. Il a survécu quelques heures, ensuite... » Les larmes lui montèrent aux yeux. « Je n'ai même pas pu lui dire adieu comme il faut.

— Oh, Hazel... »

Hazel cligna des yeux très fort pour stopper les larmes, sans y parvenir vraiment. « J'essaie de me dire que c'est un soulagement. Il n'aurait jamais pu se remettre d'une blessure pareille. Mais en fait... » Elle s'interrompit et toussa violemment pendant quelques secondes. « En fait, il aurait dû avoir encore de nombreuses et bonnes années devant lui. Nous n'avons même pas fini *Les Hauts de Hurlevent.* » Ses larmes coulèrent, et celles de Jean obscurcirent sa vision. Elle se morigéna d'être si égoïste alors qu'elle s'était juré d'être forte.

« Et vous ?

— Une entorse à la cheville, de la fumée inhalée. Ça va aller.

— Et l'appartement ? Il pourra être remis en état ? Vous pourrez y retourner ? »

Hazel secoua la tête. « Il va être complètement démoli. Le propriétaire a peut-être une chambre dans une autre maison où je pourrai rester un moment.

— Et ensuite ? »

Hazel fixa Jean, et le désespoir fut difficile à regarder. « La bonne blague. Pas de travail, pas de maison, pas de famille. *Persona non grata* où que j'aille. » Elle désigna son cou, et Jean vit le médaillon en or sous sa blouse d'hôpital. « Au moins j'ai encore ça. J'avais l'intention de l'apporter chez le bijoutier la semaine prochaine. Maintenant, il va servir à payer un enterrement. »

Épuisée par l'effort, de nouveau elle s'affala en arrière et aspira dans le masque. Jean prit la plus profonde inspiration qu'elle put pour poser la dernière et la pire des questions.

« Est-ce qu'on sait comment le feu a pris ?

— La police cherche. Mais je le sais déjà. » Elle hésita, comme incertaine de la réaction de Jean. « C'était une bombe à essence, jetée par la fenêtre. »

Jean sentit sa tête vaciller un peu et se reprit. « C'est bien ce que je craignais.

— Je savais depuis le début que quelque chose comme ça pouvait arriver. J'espérais juste que mon nom soit blanchi avant que ça aille si loin. »

Les joues de Jean la brûlaient. Elle aurait aimé que ce soit Hazel qui le dise, mais il devenait évident que ça devait venir d'elle. « Et pensez-vous que ça puisse avoir un lien avec ma famille ? »

En clignant lentement des yeux. Hazel acquiesça. « Vous le pensez, vous ? »

Les mots sortirent avec difficulté de sa bouche : « Peut-être. » Une nouvelle inspiration pour quelques courtes phrases qui la mèneraient dans un autre pays. « Je sais que mon oncle est... n'est pas un homme bien. » Elle pria pour que Hazel ne demande pas de détails. « Et il a parlé de prendre lui-même les choses en main. Il sait que nous étions ensemble quand le café a été attaqué, et que je vous ai donné le médaillon – ça l'a rendu furieux. Je ne peux rien prouver, mais si ce n'est pas lui, je crois qu'il connaît au moins le responsable. »

Hazel cligna des yeux – deux flaques bleues contre la blancheur de l'oreiller. Finalement elle se redressa un peu et prit plusieurs bouffées d'oxygène pour se préparer à ce qu'elle s'apprêtait à dire. Jean, dans l'expectative, regarda avec attention, et Hazel finit par retirer le masque.

« Jean, vous devez choisir votre camp maintenant. Raconter à la police ce que vous m'avez dit. » Jean hocha la tête. « Je ne sais pas encore vraiment ce que vous pensez de moi. Mais si votre oncle est impliqué, il est complice de meurtre. Si vous ne vous exprimez pas maintenant, ce sera trop tard. » À bout de souffle, elle se rallongea et utilisa le masque de nouveau, les yeux fermés par l'effort. Jean la regarda, elle qui semblait si puissante et assurée, à présent si frêle et diminuée dans ce lit d'hôpital.

« Je comprends. »

Pendant un moment Hazel lutta, mais sa détermination à s'exprimer était manifeste. Jean attendit patiemment.

« Vous comprenez, vraiment ? Vous êtes consciente de ce que ça impliquerait pour vous et votre famille ? » De nouveau Jean hocha la tête, mais Hazel ne fut pas dupe. « Il se pourrait qu'ils ne vous pardonnent jamais, même si aucune action n'est engagée contre eux. Et ça pourrait détruire la réputation de votre famille. Je sais à quoi ça ressemble.

— Mais est-ce que j'ai le choix ? »

Hazel haussa légèrement les épaules en signe d'impuissance. « Je dois vous faire confiance. Parce que maintenant, vous êtes tout ce qui me reste. » Puis Hazel lui sourit, un petit sourire qui ne dura pas mais qui en dit long. Il semblait porter en lui les semaines de confiance naissante, voire d'affection qu'elles venaient de vivre, et il provoqua en Jean une onde de chaleur. Elle retourna le sourire avec la même intensité, et un instant elles restèrent suspendues dans ce moment, dans ce silence communicatif qui leur suffisait. Puis Hazel ferma les yeux, et Jean fit demi-tour et sortit.

Alors qu'elle quittait l'hôpital, doublant le personnel médical et les visiteurs dans les couloirs, percutant un brancardier qui poussait une civière, Jean se rendit compte que cette fois-ci, peut-être à cause de son visage blafard et de sa respiration haletante, elle attirait beaucoup plus l'attention, qui se manifestait à travers des regards inquiets et des remarques marmonnées. Mais elle ne s'arrêta pas avant d'avoir franchi l'escalier principal puis les portes de l'hôpital, et de se retrouver à l'air libre où elle se servit du parterre de fleurs le plus proche pour vomir de la bile et de l'eau, n'ayant rien d'autre dans l'estomac.

*

La nuit était tombée lorsque Jean retourna à St Mark's Road. Dans la longue rangée de maisons mitoyennes la lumière brillait à certaines fenêtres, mais la rue était silencieuse et vide d'enfants. Plus loin en ville l'horloge de l'église catholique en bas de Victoria Street commença à sonner les dix coups. Jean se traînait et elle avait soif; marcher pendant des heures l'avait épuisée, et ses doigts étaient rosis et bouffis d'humidité. Mais cela l'avait apaisée de déambuler dans les rues tranquilles de St Helier, de passer devant les vitrines sombres des magasins, n'entendant que les mouettes et les rires occasionnels d'hommes ivres qui sortaient en titubant d'un débit de boissons. À un moment elle passa devant le cinéma West et regarda la foule bavarde se disperser sur le trottoir, l'émerveillement du grand écran se reflétant sur leurs visages. Elle écoutait des bouts du refrain de *The Trolley Song* et les louanges au sujet de Judy Garland tandis que tous s'éparpillaient dans les rues transversales. Elle fit attention à éviter les immeubles de New Street et le café italien, ces lieux qui resteraient gravés à jamais dans ses souvenirs de ce terrible été, et se limita au contraire aux endroits paisibles où elle pouvait respirer et réfléchir. Elle se retrouva à l'abri de la verdure de Howard Davis Park, où elle s'affala avec gratitude sur un banc pour observer le ciel rosir au-dessus des tombes des soldats alliés, et elle resta là jusqu'à ce que le gardien du parc la chasse poliment pour fermer les grilles. Alors elle n'eut plus d'autre choix que de rentrer chez elle.

En s'approchant de la maison, rassemblant ses forces pour ce qui allait suivre, quoi que ce puisse être, elle fut surprise de voir qu'il n'y avait pas de lumière. Supposant que sa mère était allée se coucher tôt – une nouvelle manière de lui battre froid, certainement – Jean essaya la porte de devant mais la trouva fermée à clé. Elle se gratta la tête, se demandant ce qui s'était passé. Eddie bien sûr serait au pub, mais sa mère n'était jamais sortie le soir depuis le Nouvel An de 1941. Elle trouva sa clé au fond de son sac, entra et marcha à pas feutrés dans la maison silencieuse, tous ses sens en alerte maximale. Elle ne put se souvenir de la dernière fois où elle s'était retrouvée seule ici après le coucher du soleil, et chaque forme, chaque ombre, et même le crissement de ses propres pas semblait étrange et inquiétant. Lorsqu'elle entra dans la cuisine seuls un petit clair de lune traversant la fenêtre et la flamme du chauffe-eau baignaient la pièce d'une lumière bleu argenté. Ses mains coururent sur le dessus de la table lisse, les bords de la commode, les poignées des tiroirs. Quelque chose n'allait pas, allait de travers, mais elle n'arrivait pas à identifier quoi. Puis, alors qu'elle jetait un coup d'œil dehors où un rayon de lune tombait sur la cour pavée, elle le vit. Le cadenas de la porte de la remise qui pendait, ouvert, comme si quelqu'un avait en vitesse essayé de le fermer sans prendre la peine de vérifier avant de faire demi-tour. Elle ouvrit prudemment la porte du fond et traversa la cour sur la pointe des pieds pour aller voir. Le cadenas brillait à l'endroit où la lune tombait sur lui. Avec précaution elle tira la porte pour l'ouvrir, retenant son souffle par peur de – peur de quoi ? Que quelqu'un soit caché là ? Qu'un animal sauvage ait réussi à entrer ? Elle se réprimanda d'être si puérile et regarda à l'intérieur. C'était comme d'habitude, humide, moite, rempli de pelles, de boîtes de peinture à moitié pleines et de tuyaux d'arrosage, ces affaires que son père rapportaient du magasin pour des réparations dans la maison rarement accomplies. Sa mère était peut-être venue ranger quelque chose plus tôt dans la journée et avait tout simplement mal remis le cadenas. Jean était sur le point de refermer la porte quand son pied heurta un objet. Elle baissa les yeux et aperçut un sac de jute volumineux qu'elle ne se souvenait pas avoir vu auparavant. Curieuse, elle se pencha et l'ouvrit. À l'intérieur, tapie dans l'obscurité, se trouvait une paire de chaussures d'hommes. Usées et mal entretenues, le type de chaussures que tout ouvrier pouvait posséder. Mais le plus surprenant était l'odeur qui émanait d'elles. C'était, sans le moindre doute, la puanteur de l'essence.

Le cœur de Jean battait si fort qu'elle eut l'impression qu'elle allait s'évanouir. Pourquoi quelqu'un – ou, pour être réaliste, pourquoi Eddie – cacherait-il des chaussures imbibées d'essence dans la remise, le lendemain d'un incendie criminel ? Et si ça ne constituait pas un motif d'enquête, alors que fallait-il ? Elle continua à fixer les chaussures, les options se bousculant dans sa tête. Devait-elle les prendre maintenant, les planquer en tant que preuve ? Et si Eddie revenait et voyait qu'elles avaient disparu ? Et si elle les laissait, et découvrait qu'Eddie s'en était débarrassé pour brouiller les pistes ? Elle allait prendre le sac pour le cacher dans sa chambre quand elle entendit un bruit de clé à la porte d'entrée. Rapide comme l'éclair, elle referma le sac puis la porte de la remise sans remettre le cadenas, comme elle l'avait trouvé. Puis elle se précipita dans la cuisine, atteignant l'interrupteur juste à temps. Car, à cet instant, Eddie et sa mère firent leur apparition.

Leur attitude fut pour elle un tel choc qu'il lui fallut plusieurs secondes pour enregistrer ce qui se passait. Tous les deux riaient et gloussaient, tenant à peine sur leurs jambes. Eddie avait passé son bras autour des épaules de Violet et leur haleine à tous les deux lui apprit qu'ils étaient saouls. Jean ne put que reculer d'horreur – à part une occasionnelle eau-de-vie médicinale sa mère ne touchait jamais à l'alcool, et de toute sa vie Jean ne l'avait jamais vue ivre.

« Que se passe-t-il ? » Sa voix faisait très maîtresse d'école, à peine reconnaissable. « Où étiez-vous ? »

Leurs yeux chassieux se tournèrent vers elle, et Eddie attira Violet plus près de lui encore, passant à présent son bras autour de sa taille d'une manière qui donna à Jean la nausée. Violet elle-même eut un petit gloussement de gamine, qui se termina en rot. Ce qui la fit rire encore plus alors qu'elle couvrait sa bouche du plat de la main.

« On a célébré quelque chose. »

Jean ressentit une vague de dégoût. Célébrer ? Quand même pas l'incendie, la mort d'un homme innocent ? Eddie, lui, pouvait être vicieux à ce point, mais sa mère ne pourrait jamais tomber aussi bas.

« Qu'est-ce que tu veux dire ? »

Le regard d'Eddie alla de Violet à Jean puis l'inverse, savourant de toute évidence ce moment comme une sorte de triomphe. Un large sourire s'afficha sur son visage.

« On a quelque chose à t'annoncer, Jeannie. Tu vois, ta mère et moi, nous sommes allés au bureau d'état civil cet après-midi. Nous sommes mariés. »

## 10

La première chose qui la frappa fut l'aspect minable de la pièce, et aussi l'odeur d'humidité. Comme à la maison, se dit-elle, appréciant l'ironie du sort. Exigu, l'endroit ne contenait qu'un lit une place, une table et une chaise. Dans un coin, un lavabo crasseux avec un seul robinet d'eau froide. Comme c'était un entresol, la fenêtre se trouvait tout en haut du mur, évoquant une cellule de prison. Bon, se dit-elle, dans ces conditions elle ne serait pas encline à rester prisonnière ici longtemps. Une semaine, deux tout au plus.

Elle posa son sac sur la table. C'était un horrible truc en toile de l'armée, gentiment procuré par une infirmière pour transporter les articles offerts par une association caritative de l'hôpital : une brosse à cheveux, une brosse à dents, quelques sous-vêtements, un petit savon et un carnet à spirale avec un crayon. Une poignée de choses essentielles, qui constituaient à présent la totalité de ses possessions terrestres. Un maigre trousseau, pensa-t-elle amèrement, pour une femme de son âge. Elle pensa à tous les objets que, chez elle, elle chérissait – la série des romans des Brontë hérités de sa mère, le journal que tenait son père. Même le pull-over rouge en laine de sa sœur Dottie avec le motif animaux tricoté par leur mère il y a des années ; il ne lui était jamais allé, mais il avait encore l'odeur de sa sœur et parfois elle le prenait avec elle dans son lit.

Elle se demanda si l'un ou plusieurs d'entre eux avait survécu à l'incendie. Peut-être, à un moment donné, serait-elle autorisée à retourner dans l'appartement pour s'en rendre compte par elle-même. D'un autre côté, elle n'avait aucune envie de sentir la fumée incrustée dans l'ossature de l'immeuble ou de revivre les horreurs de cette nuit-là. En fin de compte, quelle importance avaient maintenant les livres et même les objets souvenirs ? Elle aurait aimé avoir quelques photographies, mais les images importantes étaient déjà gravées dans son esprit. Cet incendie ressemblait à une sorte de purification, elle était libre de tout attache physique, elle pourrait se relever comme un phœnix – de nouveau l'ironie du sort la submergea, et faillit lui arracher un sourire amer – des cendres de son ancienne vie.

Sa douleur à la cheville la força à vite aller s'asseoir devant la table. Sa brûlure de la main l'élançait aussi. On lui avait donné des cachets pour supporter les premières nuits passées seule mais elle savait déjà qu'ils n'auraient aucune efficacité. Curieusement, pourtant, la douleur ne la dérangeait pas, même si elle la vidait de toute énergie. D'une manière étrange, c'était utile d'avoir quelque chose de physique sur quoi se concentrer, une force pour mobiliser son esprit dispersé. C'était aussi un bizarre soulagement, en ces jours de torpeur et de choc, de voir qu'elle pouvait encore ressentir quelque chose.

La veille, assise sur le bord de son lit d'hôpital, les jambes pendant au-dessus du cadre métallique, elle s'était retrouvée devant deux agents de police de St Helier venus l'interroger. Après avoir décrit tout ce qu'elle se rappelait cette nuit-là, y compris les détails de la fenêtre brisée et ce qu'elle supposait être une bombe à essence artisanale, elle leur parla d'Eddie Parris et de sa bande de justiciers, suggérant avec courtoisie qu'il serait peut-être bon de les interroger. Le plus vieux des deux policiers acquiesça, le visage grave mais dénué d'expression. Les dégâts causés par le feu, expliqua-t-il, se révéleraient peut-être trop importants pour que l'enquête soit concluante. Naturellement toutes les pistes seraient suivies et les dépositions des témoins seraient prises, en admettant qu'un témoin se présente. Mais étant donné le moment et la nature de l'attaque et les « circonstances inhabituelles » de ces événements, elle ne devait pas nourrir trop d'espoir que des poursuites soient engagées. Hazel les fixa, sans comprendre tout de suite, jusqu'au moment où elle remarqua les petits regards gênés qu'ils s'adressaient, leurs coup d'œil à leur montre et leur réticence à mettre quoi que ce soit par écrit. À cet instant tout fut clair pour elle. Judiciairement elle n'était pas digne d'être traitée en priorité. Une collaboratrice supposée, n'ayant personne pour se tenir garant d'elle, étant de plus une femme aux relations politiques douteuses qui venait de se faire renvoyer d'un travail respectable. Sans oublier l'état de négligence de l'immeuble, où les accidents avaient de grandes chances de se produire. À leurs yeux, rien de ce qu'elle avait dit n'était digne de confiance. Il y aurait un semblant d'enquête pour sauver les apparences, peut-être quelques interrogatoires pour la forme, afin de monter un dossier décent et satisfaire leurs supérieurs, mais sans preuve matérielle rien ne pourrait jamais avancer. Quand ils partirent, elle les remercia pour le temps qu'ils lui avaient accordé et se demanda s'ils avaient saisi le sarcasme dans sa voix.

Sortant la brosse à cheveux du sac elle la passa dans ses cheveux secs et abîmés, sa glorieuse chevelure ayant été réduite à une botte de foin auburn, et entendit leur crissement sec. La poussière flottait dans la lumière venant de la fenêtre. Si souvent à l'hôpital, avec le bourdonnement constant des infirmières, des employés de ménage et des visiteurs, et la limite brouillée entre le jour et la nuit, avait-elle aspiré à la solitude. Mais maintenant qu'elle était dans cette pièce, elle se rendait compte que bientôt la solitude allait la dévorer. Et alors, songea-t-elle. Qu'étaient les émotions de toute façon, sinon un état chimique temporaire, bientôt remplacé par un autre. Se mordant la lèvre pour combattre la douleur, elle se traîna jusqu'au lavabo et se lava les mains et le visage. Le carillon d'une cloche d'église lointaine retentit quelque part dehors. C'était l'heure.

La petite église située à la périphérie de St Helier n'était qu'à une courte distance à pied, mais dans son état de faiblesse il lui fallut presque une demi-heure pour y arriver. Le pasteur l'accueillit avec gentillesse mais avec une certaine indifférence. C'était la seule église de la paroisse qui avait accepté d'enterrer un Quaker à peine pratiquant, mais ni elle ni son père ne connaissait cet homme ou ce lieu, et Hazel elle-même n'ayant pas été en état de donner des instructions précises, ce serait de toute évidence le plus simple des offices. À l'intérieur de la chapelle silencieuse et sombre, Hazel embrassa des cousins qu'elle n'avait pas vus depuis la mort de Dottie, et un homme âgé, un ami de son père âgé qu'il connaissait du temps où il était ébéniste, et qui dut rappeler son nom à Hazel. Mais à trois heures il fut évident que personne d'autre ne viendrait. Placée à l'extrémité du premier banc, Hazel se tint aussi droite que possible lorsqu'elle se leva pour chanter *Plus près de Toi mon Dieu*, trop engourdie et trop en colère pour pouvoir pleurer, se disant qu'elle n'avait rien espéré de plus. Après tout, la seule personne qu'elle aurait vraiment voulu avoir auprès d'elle était sa sœur. Mais dans un télégramme reçu la veille, Lilian avait expliqué qu'avec les moyens de transport encore trop peu fréquents et trop onéreux il lui serait impossible de faire le voyage depuis Londres. La détresse de Lilian se lisait dans les quelques mots coûtant si cher qu'elle avait choisis pour le message, et Hazel se réjouissait d'avoir au moins pu la protéger du pire, omettant de parler de la cause de l'incendie et laissant penser que c'était un accident. Secrètement Hazel avait nourri l'espoir fou que sa sœur aurait trouvé d'une manière ou d'une autre une solution de dernière minute et apparaîtrait à l'église, les bras grands ouverts. Mais alors que débutait l'insipide éloge du pasteur, plein de platitudes et de banalités au sujet d'une vie bien vécue et de fardeaux noblement supportés, elle se résigna au fait que c'était un rêve sans espoir. Puis ils se retrouvèrent dans le cimetière, se tenant solennellement debout pendant que le pasteur récitait le psaume vingt-trois, le temps que le cercueil de son père soit mis en terre. En l'absence d'une veillée qu'elle n'avait eu ni l'énergie ni le désir d'organiser, elle remercia les autres participants avant de retourner péniblement dans la minuscule chambre à l'entresol. Quel pitoyable dernier adieu ! Mais en accord, d'une certaine manière, avec le désastre de ces derniers jours. Elle était heureuse que ce soit terminé, et en même temps le caractère dérisoire de la cérémonie la déprimait. Assurément, cela ne l'aiderait pas à tourner la page, et peut-être ne pourrait-elle jamais le faire, car en vérité, elle avait encore à peine accepté la mort de son père.

De nouveau elle s'installa devant la table, pensant à Jean Parris et à la manière dont leurs destins se retrouvaient inextricablement mêlés. C'était presque comique que la seule personne susceptible d'avoir de l'empathie pour ce deuil soudain soit cette même fille qui détenait la clé de toute cette situation, la seule ayant le pouvoir d'amener devant la justice les assassins de son père. Elle se demanda ce que Jean allait décider. C'était une enfant peureuse, passive, mais qui avait fait preuve d'un grand courage ces derniers jours, et qu'elle lui ait offert le médaillon avait profondément touché Hazel. Peut-être montrerait-elle au monde de quoi elle était faite en réalité et prendrait-elle la bonne décision. Il fallait qu'il reste de l'espoir car sans cela, il n'y avait plus rien. Hazel poussa le sac en toile plus loin sur la table et posa sa tête entre ses mains, trop fatiguée pour se déplacer jusqu'au lit.

*

« Allez, Beattie, prends-en un autre. C'est une occasion spéciale. » Violet agita l'assiette de sandwichs mous sous le nez de sa sœur, et Beattie par devoir en prit un, mais son expression quand elle mordit dedans dit à Jean tout ce qu'elle avait besoin de savoir. Violet aurait aimé servir quelque chose de plus festif pour cette occasion, même si les seuls invités étaient les membres de la famille, mais les rations et son budget avaient imposé la pâte de poisson. Jean se demanda comment sa mère réagirait dans quelques jours devant l'étalage des luxueux crabes frais et du gâteau d'anniversaire pour quarante personnes lors la fête que Beattie organisait pour sa fille.

« Je n'arrive toujours pas à y croire. » La voix de Beattie était plus aiguë que d'habitude, et Jean perçut le malaise sous la gaieté. « Quand avez-vous décidé de vous marier ?

— La semaine dernière seulement. Après son divorce, nous nous sommes dit pourquoi pas ? » Violet passa son bras sous celui d'Eddie, qui en retour lui fit un large sourire. Beattie adressa à Martin un regard censé exprimer qu'ils étaient ravis pour eux, mais Martin refusa de jouer le jeu et ne lui rendit qu'un demi-sourire teinté de mépris. Jean observa le visage de sa tante pendant que Violet jacassait au sujet du divorce d'Eddie. Elle supposa que Beattie faisait le même calcul qu'elle-même – ou bien Eddie s'était séparé de Maureen bien avant son retour à Jersey, ou bien il n'était pas divorcé du tout. Un cas de bigamie avait été signalé dans le *Post* la semaine dernière, et maintenant Jean se demandait combien de gens, séparés de leur époux ou épouse pendant les longues années de guerre, avaient décidé de choisir cette solution de facilité plutôt que d'affronter l'humiliation et le coût d'une procédure légale. Dans tous les cas, c'était un autre mensonge qu'elle noterait sur l'ardoise déjà bien chargée d'Eddie.

Jean s'assit en tenant son assiette sur ses genoux, donnant une chiquenaude au coin durci de son sandwich. Elle n'avait pratiquement rien dit depuis le début de cet horrible après-midi, évitant le contact visuel non seulement avec sa mère et Eddie, mais aussi avec Beattie et Martin. Il n'avait pas été fait allusion à leur dernière rencontre ou à la démission soudaine de Jean, mais elle savait que le sujet viendrait sûrement sur le tapis aujourd'hui.

« Vous n'en aviez même pas parlé aux enfants ? On dirait que ça a plutôt été un choc pour Jeannie, retrouver un nouveau papa si vite ! » Beattie lança un coup d'œil prudent dans sa direction. Jean sentit un souffle d'air chaud sortir de son nez en guise de rire. Comme si quiconque avec des yeux et des oreilles pouvait ignorer ce qu'elle ressentait, son mépris se tenait comme un spectre dans un coin de la cuisine, jetant de sombres regards à un homme qu'elle s'était déjà juré de ne jamais appeler papa. Même Daphne, toujours prête à voir le bon côté des choses, avait lancé à Jean un regard inquiet et dubitatif après avoir remis son bouquet de lierre et de jacobées à la nouvelle mariée.

« Vu les circonstances, on n'a pas voulu en faire tout un plat, répondit Violet d'un air plein de sous-entendus, évitant le regard de Jean. Juste une cérémonie tranquille, privée. Je suis sûre qu'il y en aura pour s'offusquer, mais si les dernières années nous ont appris quelque chose, c'est qu'il faut saisir le bonheur au bond. » Le visage de Violet se chiffonna un peu sous l'effet de l'émotion. « Je sais que cela ne fait pas si longtemps que nous avons appris pour Phil...

— Huit semaines et cinq jours, coupa Jean sans sourire, la brusquerie de sa voix jetant un froid dans la pièce.

— Mais je pense que c'est peut-être ce qui nous a autant rapprochés, insista Violet. Et à vrai dire, je crois que j'avais compris depuis longtemps que Philip ne reviendrait pas. Donc, dans un sens, cela fait longtemps que je me sens comme une veuve.

— Oh, tatie Vi ! s'écria Daphne pour combler le silence. C'est tellement triste. Je trouve que c'est merveilleux que tu aies retrouvé le bonheur. » Mais son expression ne s'accordait pas avec ses mots.

Jean regarda furtivement Violet. Elle aurait aimé prendre l'assiette de sandwichs et la jeter contre le mur. Hurler devant cette hypocrisie, arracher le masque du visage de sa mère et crier à tous la raison véritable de cet acte de folie. Elle y avait réfléchi en se tournant et retournant dans son lit la nuit dernière. Ce n'était pas l'amour, pas même un désir de bonheur véritable. Pour son oncle c'était le remplacement facile de la vie qui lui avait été volée, et pour sa mère, c'était pure vengeance. Vengeance envers un mari égoïste et infidèle qu'elle voulait encore punir, et qui la purgerait de la honte d'un amour conjugal mort depuis longtemps. Ses mornes silences les premiers jours de la Libération, Jean le comprenait à présent, étaient dus à sa prise de conscience terrible qu'elle ne souhaitait pas vraiment le retour de Philip. Les larmes versées le soir de la visite de Clément n'étaient pas des larmes de chagrin mais de culpabilité.

Pour Jean, le pire était qu'une grande part d'elle comprenait les sentiments de sa mère. Cela avait dû être épuisant de jouer une telle comédie année après année, simulant l'adoration pour cacher son humiliation. Jean aurait même pu souhaiter son bonheur, si elle s'était rendue au bureau d'état civil avec n'importe quel autre homme au monde. Mais Violet, qui avait un jour fièrement déclaré n'être jamais allée à St Mary, la commune voisine, et encore moins hors de l'île, venait de choisir la solution la plus facile, une version plus fiable de son mari, avec qui elle pouvait reconstruire une vie presque identique. Les dés avaient été jetés il y a longtemps, avant même que les hymnes de l'office commémoratif de son père se soient tus. Ces quatorze dernières heures, Jean s'était sentie piégée, tenue aux convenances, alors que les bottes imbibées d'essence d'Eddie attendaient dans la remise, coupables comme des criminelles. Impatiente de vérifier que la porte n'avait pas bougé depuis hier soir, elle proposa d'aller mettre les bouteilles de bière vides dans la cour et de les déposer dans la caisse de consigne. Daphne s'empressa de la suivre.

« Tout va bien, Jeannie ? »

Jean essaya de sourire. L'inquiétude de Daphne était évidente et réelle, mais Jean prenait de plus en plus conscience du fait que le monde protégé de sa cousine l'immunisait contre les émotions les plus sombres. Elle était tout simplement incapable de les comprendre.

« Tout va bien.

— Tu ne dois pas trop t'en faire, tu sais. Si ta mère est heureuse, oncle Phil donnera sa bénédiction depuis là-haut, j'en suis sûre. »

Jean s'efforça de ne pas regarder la porte de la remise.

« Tu crois ?

— Et ce n'est pas déloyal de ta part d'aimer ton nouveau beau-père. Comme maman le dit toujours, l'amour n'est pas comme la confiture de fraise, il y en a toujours assez pour tout le monde. » Elle sourit à ce qu'elle considérait de toute évidence comme une remarque profonde et utile. Jean ne put résister plus longtemps. Un bref regard à la remise lui montra que la porte était exactement comme elle l'avait laissée hier soir, entrebâillée d'un demi-pouce seulement. « Je suis sûre que dans quelques semaines tu t'y seras habituée. Et tatie Vi est vraiment radieuse.

— Daphne, as-tu déjà dû choisir entre agir de manière juste ou ne pas blesser quelqu'un que tu aimes ? » La question la prit autant par surprise que Daphne. Les traits de poupée de sa cousine exprimèrent une totale perplexité.

« Je ne crois pas – pourquoi ? »

Jean entendit un éclat de rire en provenance de la cuisine. Même si elle voulait se confier, ce n'était pas le lieu. « C'est juste un livre que je suis en train de lire. »

Le petit nez mutin de Daphne se plissa sous l'effet de la concentration. « Eh bien, si on aime quelqu'un, ne pas le blesser, c'est forcément juste ? »

Cela semblait si facile, dit comme ça, et Jean sentit une bouffée d'envie pour le monde où vivait sa cousine, empli d'une majorité de bonnes personnes et de très peu de mauvaises et où, comme l'huile et l'eau, les deux ne se mélangeraient jamais. Les mots de Daphne flottaient encore dans l'atmosphère quand la porte arrière s'ouvrit et Violet apparut.

« Venez, toutes les deux. Les pubs sont ouverts, on va continuer la fête au Peirson. »

Jean voyait à travers la fenêtre qu'Eddie était en train de chasser les invités hors de la maison. De toute évidence sa réserve personnelle de bière avait diminué jusqu'à un niveau inacceptable, même si un grand nombre de sandwichs restaient intouchés. Jean regarda avec consternation sa mère s'empresser de suivre son mari dans un lieu qui, trois mois plus tôt, était à ses yeux un repaire d'ivrognes et de fauteurs de troubles, certainement pas un endroit pour une femme respectable. Beattie implora du regard Martin pour qu'il décline la proposition, mais flairant la possibilité de bière supplémentaire, son mari fit semblant de ne pas s'en rendre compte, et s'empressa de poser une veste sur les épaules de son épouse.

« Est-ce qu'ils me laisseront entrer ? demanda Daphne. Je n'aurai vingt et un ans que samedi.

— Bien sûr que oui. On se portera garant pour toi.

— Et Jean ? »

Saisissant l'occasion, Jean se leva et se força à afficher l'expression la plus joyeuse possible.

« Allez-y. Je vais rester et ranger un peu. »

Elle s'était attendue à des protestations, mais il semblait que tout le monde était déjà trop alcoolisé pour se soucier de discuter. Il ne fallut qu'un instant aux sœurs pour se remettre du rouge à lèvres, puis dans un tourbillon de vestes et de sacs à main les cinq sortirent de la maison avec bruit et fracas et se mirent en route. Jean les regarda depuis la fenêtre du salon, puis verrouilla la porte d'entrée avant de retourner dans la cour.

La porte, gonflée par la pluie au fil des mois, résista un peu sur le ciment et elle dut tirer d'un coup sec pour l'ouvrir en grand. Jetant un coup d'œil par-dessus son épaule pour vérifier que personne dans les maisons avoisinantes ne l'observait, elle se baissa et explora à tâtons l'intérieur de l'abri. Ses doigts se refermèrent aussitôt sur le sac de jute crasseux. Avec précaution elle rabattit le haut pour dévoiler les bottes. Elle ne les avait encore pas vues à la lumière du jour et en prit une pour l'examiner de près. Des bottes d'hommes ordinaires, sales et usées. De la taille d'Eddie ? Difficile à dire. Mais en l'approchant de son nez, elle put sentir que l'odeur d'essence était encore très forte. Remettant la preuve dans le sac, elle le prit en le tenant comme un chiot. L'hôtel de ville n'était qu'à quinze minutes. Plus dix pour parler à un agent, expliquer ce qu'elle faisait là et pourquoi

Eddie devait être convoqué et interrogé. Dans une demi-heure ce serait terminé, et il ne lui resterait plus qu'à attendre que le nœud de l'intrigue se dénoue.

Jean fixa le sac. Elle s'intima de fermer la porte de la remise et de se mettre en route. Mais elle resta immobile, paralysée en cet après-midi ensoleillé, fixant les pissenlits qui poussaient dans un coin de la cour et les orties jaillissant dans les interstices entre les pierres. Elle pensa à sa mère, les bras autour d'Eddie dans le débit de boissons, sirotant un xérès doux pour sa collation de noces, souriant comme elle ne l'avait pas fait depuis des mois. Elle s'imagina le choc sur le visage de Violet au moment d'ouvrir la porte à un policier qui insisterait pour qu'Eddie le suive au poste, puis elle la vit dans un tribunal, ses mains agrippant le dossier du siège devant elle tout comme elle l'avait fait quand le père de Jean s'était tenu au banc des accusés. Elle imagina un futur où elle vivait heureuse avec Horst, pendant que sa mère restait, seule, assise devant la table de sa cuisine, publiquement humiliée de s'être mariée trop vite avec un homme impliqué dans un meurtre, rédigeant une diatribe pleine de ressentiments de son écriture délicate et déliée.

*Eh bien, si on aime quelqu'un, ne pas le blesser, c'est forcément juste ?*

Jean sentit un engourdissement dans ses orteils et se rendit compte que ça devait faire un bon moment qu'elle se tenait debout sans bouger. Un nuage sombre passa devant le soleil et sembla ne pas être pressé de repartir. La cour lumineuse et ses ombres découpées se transformèrent en un gris uniforme, et une certaine âpreté de la brise lui indiqua que l'automne approchait déjà. Elle baissa les yeux sur ses bras nus et vit qu'elle avait la chair de poule.

*

Le café avait en grande partie retrouvé son aspect habituel, si ce n'est qu'à l'intérieur il faisait maintenant aussi sombre que dans une cave. Quelques rayons de lumière parvenaient à filtrer entre les planches de contre-plaqué et leur reflet faisait briller les dossiers de chaises et les rangées de verres immaculés, car Mr Cauvain était plus que jamais décidé à tout garder propre et d'aspect aussi normal que possible. Mais on ne pouvait pas ignorer le fait que les fenêtres n'étaient toujours pas remplacées et Jean, assise à siroter son thé dans le coin le plus reculé du café, ne put s'empêcher de se demander si c'était à cause d'une pénurie de vitre ou de la réticence des artisans locaux à venir en aide à un commerce impopulaire. Quoi qu'il en soit, l'atmosphère crépusculaire combinée à l'enjouement excessif de Cauvain qui cherchait à la faire oublier donnait à l'endroit un aspect abandonné, lugubre, et elle regretta de ne pas avoir choisi un autre lieu de rendez-vous.

Lorsque Hazel entra, franchissant la porte d'un pas hésitant, Jean eut presque le souffle coupé. Sur son lit d'hôpital la pâleur de sa peau et le poids qu'elle avait perdu n'avaient pas paru si choquants, mais ici, dans le monde normal, on aurait dit un cadavre. Alors qu'elle s'approchait, Jean lui adressa un sourire nerveux et poussa doucement sur la table, à son intention, un petit bouquet de fleurs sauvages. Elle les avait cueillies à Westmount ce matin, et leur odeur s'élevait dans l'air vicié comme une brume rose.

« En quel honneur ?

— Pour vous souhaiter un bon rétablissement. Ou peut-être pour la tombe de votre père. Je suis désolée de n'être pas venue à l'enterrement, je devais... » Elle chercha les mots adéquats ; la conversation n'était pas encore assez avancée pour de telles révélations. « Il y a eu un événement familial. »

Hazel haussa les épaules. « Votre médaillon a payé les frais d'enterrement, je vous en remercie.

— Laissez-moi vous offrir un thé ?

— On devrait peut-être parler d'abord. » Jean prit la cuillère et remua son thé qui n'en avait pas besoin, trop gênée pour boire une nouvelle gorgée. « Merci pour le mot. Comment avez-vous su où me trouver ?

— À l'hôpital ils m'ont donné votre adresse. Comment est votre nouveau logement ?

— Affreux, mais c'est temporaire. Je vais aller vivre chez ma sœur à Londres pendant quelque temps.

— Londres ? » Ce seul nom émerveillait et effrayait Jean à la fois. « Vous y êtes déjà allée ?

— Une seule fois, avant la guerre. C'est immense. Sale, surpeuplé, mais passionnant. Les musées, les théâtres. Tout va ouvrir de nouveau maintenant.

— Vous reviendrez ? » Une fois prononcé à voix haute, ces mots sonnaient plus désespérés que dans sa tête.

« Je ne sais pas. Ça dépend. »

Jean avait du mal à soutenir l'intensité du regard de Hazel, et elle se retrouva en train de fixer le dessus de la table. « Je voulais vous remercier de votre conseil. Je commence à travailler à Summerland la semaine prochaine – plein temps, salaire correct. Et j'ai décidé que j'allais épouser Horst. »

Hazel fit un petit signe de tête. « Félicitations. Mais ce n'est pas de vos remerciements dont j'ai besoin. »

Jean pressa ses doigts contre ses lèvres, sachant que le moment ne pouvait plus être repoussé.

« Dans notre remise j'ai trouvé des bottes qui sentent l'essence. Elles sont apparues là le lendemain de l'incendie. Donc, même si mon oncle n'était pas présent quand la bombe à essence a été lancée, il protège sûrement la personne qui l'a fait. » Elle vit l'espoir traverser le visage de Hazel, et sut qu'elle devait tuer cet optimisme avant qu'il devienne insupportable. « Mais il y a deux jours, ma mère et Eddie se sont mariés. »

Le silence qui suivit fut lourd d'attente et de supputations. Jean pouvait presque entendre les rouages se mettre en place dans la tête de Hazel, tel un effroyable puzzle où les pièces s'assemblaient avec logique.

« Et ?

— Si je dénonce mon oncle maintenant, avec toutes les conséquences dont vous avez parlé, cela briserait le cœur de ma mère. » Elle osa lever les yeux, et rencontra un regard d'acier, où se lisait la désillusion.

« Jean, vous êtes la seule qui puisse m'aider à obtenir justice. »

Jean ne savait plus où se mettre. « Vous ne pourriez pas juste répéter à la police ce que je vous ai raconté ?

— Ils ne m'écouteront pas – cela doit venir de quelqu'un d'autre. Je vous en prie ? »

C'était encore pire que Jean l'avait imaginé. La culpabilité menaçait de l'étouffer. Ses lèvres s'entrouvrirent, mais il lui fallut plusieurs essais pour former des mots, et quand ils sortirent, ce ne furent que des propos vides lancés pour son autojustification. « Je doute qu'ils m'écoutent, moi non plus. Eddie inventerait juste une histoire, et c'est sûrement lui qu'ils croiraient.

— Mais les déclarations que votre oncle a faites dans le passé, les choses que vous avez entendues... Vous pourriez au moins essayer ! »

Un éclair d'optimisme jaillit en elle, et Jean joua sa dernière carte. « Vous savez, quelqu'un a pu entendre quelque chose, ils pourraient en parler à la police. Les auteurs de l'incendie pourraient être arrêtés sans mon aide. »

Mais Hazel se contenta de continuer à la fixer. Une mouche bourdonnait autour de la porte du café, cherchant à s'échapper, incapable de trouver une issue. Jean se rendit compte qu'elle s'agrippait à sa tasse de thé comme à une arme.

Hazel finit par pousser le plus léger des soupirs. « Si vous ne dites pas à la police ce que vous savez, les gens qui ont tué mon père ne seront probablement jamais punis. S'il y a bien quelqu'un qui sait ce qu'on ressent dans cette situation, c'est vous. Bon sang, Jean. Vous ne croyez pas que j'ai déjà assez perdu de choses dans ma vie ? »

Jean déglutit avec difficulté puis la regarda dans les yeux, sachant que ce serait la fin. « Je suis vraiment désolée. Mais je ne peux pas faire ça à ma mère, après tout ce qu'elle a déjà enduré. La honte rejaillirait sur elle, ce serait trop pour moi. Je ne m'attends pas à ce que vous me pardionnez maintenant. Mais j'espère que vous le ferez, un jour ? »

Hazel resta silencieuse pendant un moment comme si elle réfléchissait à ce qu'elle venait d'entendre. Puis elle secoua la tête, se leva et sortit du café. Jean resta longtemps assise là, parfaitement immobile dans la pénombre, regardant son thé refroidir et Mr Cauvain lui jeter des regards inquiets et préoccupés depuis son poste au comptoir. La mouche, ayant échoué à s'enfuir quand Hazel avait ouvert la porte, continuait à bourdonner piteusement, le bruit diminuant progressivement au fur et à mesure que ses efforts faiblissaient. Finalement elle glissa en bas de la porte et resta sur le paillasson, bourdonnant de manière pathétique, minuscule, brisée et vaine, et à cet instant Jean eut l'impression que son âme était entrelacée à la sienne pour l'éternité.

*

C'était le jour le plus chaud de l'été, comme si la saison avait décidé de s'achever sur un coup d'éclat. Les rues de St Helier étaient étouffantes, et les chalands essuyaient la sueur de leur front et tiraient sur leurs vêtements pour les desserrer. Les personnes âgées, qui avaient pris l'habitude, ces cinq dernières années, de porter des vêtements chauds tous les jours quel que soit le temps, se trouvaient à présent stupéfaits et s'arrêtaient pour reprendre leur souffle à chaque banc disponible. Même les enfants paraissaient sans énergie, se contentant de jouer aux billes devant chez eux plutôt qu'au criquet ou au ballon. C'était un jour où tous les insulaires tant soit peu censés éviteraient la ville et se rendraient sur les plages de sable moelleux où le clapotis de la mer viendrait rafraîchir leurs pieds et leurs chevilles. Mais alors que Jean se rendait à la hâte à Halkett Place, serrant son sac avec force, elle fut heureuse d'avoir fait l'effort de se rendre en ville. À l'intérieur se trouvait sa première robe neuve depuis 1939. En léger lainage d'un joli jaune à pois blancs et avec un col blanc, elle avait coûté une grande partie de ses coupons, sa dernière paie des Renoncules dans son intégralité, et chaque pièce de sa tirelire d'enfant, un gaspillage extravagant si elle pensait un instant à ce dont elle aurait besoin cet hiver. Mais ce soir serait le plus important de sa courte vie, et elle était bien déterminée à se montrer à son avantage. Ce soir, elle verrait Horst et accepterait de devenir sa femme.

Elle s'imagina sur le quai, regardant sa silhouette lointaine s'approcher sur un canot pneumatique comme la fois précédente. Elle pensa aux petites rides autour de sa bouche quand il souriait et à la chaleur de son corps lorsqu'elle prononcerait enfin les mots qu'elle n'avait pas dits la dernière fois. Et elle ne se contenterait pas de les dire, elle les exprimerait avec fougue pour qu'il sache qu'elle pensait chacun d'eux, qu'il comprenne que la certitude de leur avenir les soutiendrait tous les deux, aussi longtemps qu'ils devraient attendre. Penser à tout cela lui procura une bouffée d'excitation, aussitôt noyée sous un flot de remords et d'abjection.

« Non ! » se morigéna-t-elle à voix haute en tournant à l'angle de Bath Street, ce qui lui attira un regard inquiet d'une ménagère qui passait. Pas aujourd'hui ! Elle ne permettrait pas à ces sentiments de jeter une ombre sur son enthousiames – la décision était prise et elle n'allait pas, ne pourrait pas, changer d'avis. Ce n'était pas comme si elle avait eu le choix. Et, se dit-elle, ce n'était comme si ses soupçons à l'égard de son oncle constituaient une quelconque preuve. Ce n'était pas comme si elle était personnellement responsable de ce qui était arrivé dans l'appartement des Le Tourneur cette terrible nuit. Pas comme si, pas comme si...

Elle s'était répété cette incantation toutes les heures depuis qu'elle avait quitté le café trois jours plus tôt, mais chaque fois cela n'avait servi à rien. Le souvenir du visage de Hazel était sa première pensée à son réveil et la dernière chaque soir, la douleur dans ses yeux provoquant une onde glacée de honte dans ses tripes. Mais en vérité, elle ne saurait jamais si c'était elle-même ou Violet qu'elle protégeait. À trois heures du matin elle était une courageuse protectrice du bonheur de sa mère, et à quatre, une pauvre lâche qui n'avait pas le courage d'affronter les répercussions d'un aveu à la police sur sa vie. Mais le pire c'était de devoir faire le deuil d'une amitié. Hazel avait été sa seule amie, avec ses paroles réconfortantes et ses points de vue apaisés. Elle lui devait tant, et cette dette impayée pesait sur son estomac comme une pierre. Quant à la nouvelle robe dans son sac, même en se disant qu'elle était pour Horst, c'était une bien faible tentative de consolation.

Elle serra les dents et accéléra le pas, malgré la chaleur. Elle avait le temps de rejoindre sa mère et Eddie pour le repas du soir, puis de se changer pour son prétendu rendez-vous avec Tom Maloret et d'arriver au port avant le coucher du soleil. Tout en s'approchant de la maison elle répétait mentalement son alibi, anticipant toutes les réponses possibles. En fait, l'intérêt tout neuf de sa mère pour son nouveau mari, avec tout ce que cela impliquait de cuisine, de ménage et de flirt, tournait maintenant à l'avantage de Jean, même si ça lui retournait l'estomac d'en être témoin. Le déménagement de son oncle de la chambre d'appoint à la chambre de Violet, pour occuper la même moitié de matelas que son frère avant lui, et les gloussements entendus derrière la porte, faisaient qu'il était difficile à Jean de se trouver dans la maison. Mais, une fois de plus, elle se dit que tout cela était temporaire. Elle commencerait à travailler la semaine prochaine et mettrait son salaire de côté. Il fallait juste qu'elle garde les yeux fixés sur l'objectif.

L'atmosphère bizarre la frappa dès qu'elle ouvrit la porte d'entrée, avant même qu'elle gagne la cuisine, une acrimonie palpable qui crépitait dans la maison. Les gémissements de sa mère et les cris de colère étouffés de son oncle lui donnèrent la chair de poule. Jean pensa aussitôt à une visite de la police. Avait-elle eu raison, avaient-ils fait le lien avec Eddie sans qu'elle intervienne ? Peut-être l'un des membres de sa petite bande s'était-il senti coupable au point de parler et de donner le nom d'Eddie pour sauver sa peau. Mais lorsqu'elle entra dans la cuisine, les regards de rage et de dégoût sur leur visage à tous les deux, directement adressés à elle, tuèrent dans l'œuf cette idée. Ce fut sa mère qui porta le premier coup.

« Jean, comment as-tu pu ? Quelle honte ! Dis-moi que ce n'est pas vrai ? »

L'estomac de Jean se retourna. « Quoi ?

— Toi, et un putain de Chleuh. »

Ce fut un coup de massue. Jean recula vers la porte de la cuisine, mais elle était déjà refermée derrière elle.

« De quoi parlez vous ?

— De ça ! » Le visage de son oncle était du violet typique de ses colères alcoolisées. Elle pouvait dire à son haleine qu'il avait déjà bu. Il montra du doigt une feuille de papier sur la table, couverte d'une écriture ronde et nette, une feuille qui semblait arrachée d'un carnet à spirales. Jean se rapprocha mais un peu seulement, craignant la proximité. L'écriture lui était inconnue, et elle ne pouvait la déchiffrer sans prendre la feuille. Mais même de là où elle était, quelques mots et quelques phrases lui sautèrent aux yeux. *Petit ami Allemand... port... m'a semblé que vous deviez savoir.* Aussitôt, Jean comprit. Une immense vague d'émotions gonfla en elle – la rage, l'horreur, mais surtout, la terreur. Eddie se tenait beaucoup trop près d'elle à présent. « C'est arrivé au deuxième passage du courrier, non signé. »

Jean ouvrit la bouche, l'esprit carburant à tout allure. Elle n'avait pas le temps de se sentir blessée que Hazel se retourne contre elle si violemment. Il fallait qu'elle trouve les mots pour se sortir de là, invente un mensonge, trouve une échappatoire. Peut-être en leur disant de qui venait ce pli ? La seule mention du nom de Hazel suffirait à ce qu'ils rejettent la lettre comme une nouvelle ruse. Mais elle avait déjà hésité trop longtemps, et même si elle ne pouvait voir son propre visage, elle savait que son expression effarée avait déjà tout confirmé. La bouche d'Eddie s'était déformée en un rictus de colère, et même son menton pointait d'un air accusateur. « Ce mot que j'avais trouvé dans ta chambre il y a des semaines, c'était de lui, hein ? J'avais raison depuis le début ! Tu as demandé à ta petite camarade de mentir pour toi ! » Sans crier gare il lui arracha son sac de courses et en sortit la nouvelle robe. Elle apparut dans le papier qui l'enveloppait, le tissu à pois se transformant en arme du crime. « Et ça, c'est quoi ? Je suppose que c'est pour lui ? Espèce de petite salope ! »

C'était fini. Nier ne servait plus à rien. Jean se tourna vers sa mère.

« Ça n'est pas ce que tu crois. Rien ne s'est passé entre nous. C'est un homme bon qui n'a rien voulu de cette guerre. Il veut... » Elle s'interrompit, pensant qu'il valait mieux ne pas mentionner la demande en mariage pour l'instant. « Il veut juste la paix, comme nous. Nous... nous nous aimons. »

Pour la deuxième fois en quelques jours, ce mot fit ricaner sa mère. « Et depuis quand dure cette amourette ? »

Jean fit le compte dans sa tête. Presque deux ans n'était pas une bonne réponse, elle le savait. « Quelques mois. Il est prisonnier de guerre maintenant, il sait qu'il doit être puni pour ce que son pays a fait. Ce n'est pas une mauvaise personne, maman, je le jure. » Elle aurait voulu faire entrer ces mots dans l'âme de sa mère, la supplier de comprendre. Mais la mère qui aurait pu, à une époque, accepter cela par amour pour sa fille s'était volatilisée quelques semaines plus tôt. Violet s'effondra sur la table.

« Ma propre fille, une Jerrybag. On ne s'en remettra jamais. Jamais.

— Personne n'en saura rien. » Le timbre de voix d'Eddie devenait de plus en plus plat, ce qui ne le rendait pas moins effrayant. « Celui qui a écrit ça n'a rien dit jusqu'à présent, sinon j'en aurais entendu parler. » En son for intérieur, Jean s'amusa de l'image que son oncle avait de lui-même, comme s'il savait tout ce qui se passait dans l'île. « Et s'il voulait de l'argent, il l'aurait dit. Donc, il y a des chances que cette personne veuille juste le bien de notre famille. » De nouveau, Jean ricana intérieurement. S'il savait seulement de qui il était en train de faire l'éloge. « Cette information ne sortira pas de la maison, compris ? On l'emportera dans la tombe. » Il se tourna vers Violette. « Même si nous connaissons, nous, la nature de cette petite traînée, ce n'est pas une raison pour que quelqu'un d'autre l'apprenne.

— Je ne suis pas une traînée ! » Jean entendit sa propre voix, claire et plus forte qu'elle l'aurait cru possible. « Et comment oses-tu me juger, après tout ce que tu as fait ? Tu t'es faufilé dans ma chambre la nuit, tu as volé mes sous-vêtements, tu crois que je n'ai pas compris ce que tu voulais ? Et je sais que tu es responsable de l'incendie de l'appartement des Le Tourneur. Tu as la mort d'un homme sur la conscience ! »

Le petit halètement d'horreur de sa mère fut recouvert par la fureur de son oncle. Son visage devient violet au point que Jean pensa qu'il faisait une crise cardiaque. Ç'aurait été trop beau. Il saisit son bras avant qu'elle puisse lui échapper et le plia dans son dos de telle sorte que se débattre ne faisait que lui causer plus de douleur. Jean lança un regard implorant à sa mère, mais Violet tenait toujours son visage enfoui entre ses mains, et Jean comprit que quel que soit la décision d'Eddie, sa mère le soutiendrait. »

« Ça suffit. On décidera plus tard ce qu'on fera de toi. » Il la tira de force vers la porte de la cuisine jusqu'au vestibule. Le courage qu'elle avait eu plus tôt disparut aussi vite qu'il était venu et maintenant la panique la gagnait.

« Lâche-moi. Tu n'es pas mon père, tu ne peux pas faire ça.

— Je suis ton putain de beau-père et je peux faire ce que je veux. » Il écumait tout en la poussant dans le couloir et dans l'escalier. « Tu mets un pied en dehors de ta chambre et tu verras de quoi je suis capable. » Alors qu'il la poussait dans l'escalier, elle trébucha sur les marches, essayant à chaque torsion de son corps de protéger son bras, le choc de ses tibias sur les marches n'étant rien par rapport à la douleur à l'épaule, dont elle craignait qu'à tout moment elle puisse se déboiter. Alors qu'il la propulsait dans sa chambre avec une force qui la fit tomber à moitié sur son matelas et à moitié au sol, la laissant sonnée et pleurant de douleur, elle évita délibérément de lever les yeux quand elle entendit la porte être claquée et les halètements rauques de son oncle de l'autre côté, heureuse déjà qu'il ne soit plus dans la pièce. Elle jeta un coup d'œil en direction du verrou sur la porte pour se rassurer, se disant qu'au moins elle pourrait s'assurer qu'Eddie n'entre plus. Mais ce qu'elle vit provoqua en elle un accès de panique qui prit momentanément le pas sur toute autre douleur. Là où se trouvait auparavant le verrou, il n'y avait plus qu'un trou découpé au burin dans le cadre de bois. Et le bruit reconnaissable entre tous du pêne en métal coulissant dans sa gâche de l'autre côté de la porte fut suivi par les pas lourds de son oncle qui redescendait l'escalier puis, en provenance de la cuisine, le son étouffé de sa fureur persistante toujours perceptible tandis que sa mère sanglotait.

Dès qu'elle se sentit assez forte, Jean se releva péniblement puis se mit au lit. La douleur diminuait un peu, lui indiquant que l'articulation était toujours intacte. La chaleur de la journée, emprisonnée dans les pièces du haut, devenait insupportable, et elle avait terriblement envie d'un verre d'eau. Mais lentement il lui apparut que la soif et la douleur seraient les moindres de ses soucis ce soir. Elle se hissa sur ses pieds et s'approcha en chancelant de la fenêtre. Quelque part au-delà de ces toits en saillie et en pente il y avait la mer. Elle pensa à Horst pagayant sur ce minuscule canot vers le port, où il ne trouverait personne qui l'attende sur le quai. Elle se demanda combien de temps il resterait, scrutant côté terre l'horizon qui s'assombrirait, attendant avec un sentiment de désespoir grandissant de voir sa silhouette arriver en courant, avant de finir par remonter sur l'embarcation et retourner au bateau pour la dernière fois. Puis il méditerait sur leur dernière conversation, se souvenant de ses doutes, et penserait qu'elle rejetait le mariage avec un Allemand, estimant qu'il lui causerait plus de problèmes qu'il n'en valait la peine. Il s'effondrerait piteusement dans son hamac et le lent voyage à travers la déception et le ressentiment commencerait, et il finirait par se dire qu'elle ne l'avait jamais aimé et que peut-être il serait bien mieux sans elle. Et plus tard dans la nuit il quitterait le port, lèverait l'ancre pour la Manche, seul et abandonné, avant de disparaître dans un système pénal sans merci.

Jean lentement se laissa tomber sur le sol et se recroquevilla sous la fenêtre, les voix de sa mère et de son oncle se répercutant encore à travers les lattes du plancher. Puis elle posa la tête contre le mur et pleura. À un moment donné elle dut s'endormir, car lorsqu'elle se réveilla dans la même position toute chiffonnée, la lune était haute dans le ciel et la lumière des étoiles éclairait son bras meurtri. Son épaule lui faisait mal, ses yeux étaient gonflés, et son corps réclamait de l'eau. Mais ce qui était insupportable, c'était de prendre conscience qu'elle était maintenant prisonnière elle aussi, que sa chance d'échapper à tout cela était passée, et que tout ce dont elle avait rêvé venait de s'effondrer en un petit tas de poussière.

## 11

La clarté de lune s'était frayé un chemin par la haute fenêtre et se découpait en formes géométriques lumineuses sur ses couvertures mitées. Hazel se retourna pour la quinzième fois et admit qu'elle n'arriverait pas à dormir du tout. Sa main brûlée et sa cheville gonflée continuaient d'envoyer des ondes de douleur dans son corps, et elle ressentait une sorte de tremblement généralisé. Des taches de sueur s'étaient formées à chaque pliure de son corps et son cœur battait à plus de cent par minute. Elle essaya de se dire que c'était parce qu'elle n'avait plus de comprimés de l'hôpital, ayant avalé le dernier trop tôt la veille, ou bien que c'était le choc à retardement du traumatisme des deux dernières semaines. Mais au fond d'elle-même elle connaissait la cause de son état. C'était la honte.

Elle se retourna de nouveau, fermant les yeux pour se couper du monde, une douzaine de tisonniers ardents tapant sur son âme. Pourquoi ? Pourquoi elle, la fille de Dick Le Tourneur, louée sa vie durant pour son sens moral, s'était-elle laissé aller à cet instant de pure folie ? Un tsunami empoisonné, et une trahison non seulement de cette pauvre enfant, mais aussi de ses propres parents qui l'avaient élevée pour qu'elle soit bonne.

Et que s'était-elle donc imaginé ? Que la détresse de Jean allait compenser sa propre souffrance ?

Un souvenir de cette nuit-là s'imposa à elle. Elle se revit, une sorte de folle qu'elle reconnaissait à peine, assise devant cette petite table crasseuse, submergée par le désespoir en ces heures noires comme le charbon avant le lever du jour. Les mots amers avaient surgi en moins de cinq minutes sur le papier, puis elle s'était ruée vers la boîte aux lettres comme si elle courait pour échapper à sa propre conscience. Cette nuit-là les médicaments l'avaient assommée pendant quelques heures, mais le lendemain matin à peine l'œil ouvert la réalité la percuta de plein fouet. Attrapant ses chaussures, elle courut de nouveau vers la boîte aux lettres, se préparant à supplier le facteur de lui rendre la lettre, à le soudoyer si nécessaire. Mais elle n'eut droit qu'à la vue d'une silhouette lointaine sur une bicyclette et au faible son d'un sifflement tandis qu'il s'éloignait à vélo. Elle eut alors l'idée de se rendre à St Mark's Road et de se tapir pour essayer d'intercepter la lettre à son point d'arrivée, mais elle fut obligée de s'arrêter pour reprendre son souffle si souvent pendant sa traversée pénible de la ville qu'elle rata de nouveau l'occasion. Elle essaya de se réconforter avec des scénarios optimistes – Jean avait peut-être trouvé la lettre la première et l'avait détruite, ou peut-être les nouveaux Mr et Mrs Parris avaient eu pitié et réagi avec compassion et compréhension. Mais au fond de son cœur elle savait comment les choses s'étaient assurément passées.

Bien sûr, la fille la mépriserait à présent. Ce serait le seul souvenir qu'elle garderait d'elle, et ça deviendrait le symbole de son caractère. Elle pourrait même se dire que son oncle avait raison depuis le début, que Hazel n'était rien d'autre qu'une sorte de Judas qui trahissait les gens par vengeance mesquine – qu'elle était bien la moucharde qu'ils avaient toujours vu en elle. Hazel parcourut la chambre des yeux, et distingua le contour de son carnet et de son sac en toile usé. Son billet pour le bateau postal de ce soir en dépassait, acheté avec ce qui lui restait de son argent – un coup de poignard supplémentaire. Mais au moins elle serait loin d'ici ce soir. Elle ne désirait rien autant que s'enfuir loin, très loin, qu'il y ait des miles d'eau agitée entre elle et cette île. Même si elle savait déjà qu'aucun voyage ne pourrait jamais la mettre à distance de ce qu'elle avait vécu.

Abandonnant toute idée de sommeil, elle sortit du lit avec précaution et se dirigea vers la fenêtre, fixant le rectangle noir et ses rideaux de dentelle crasseux. Dans des moments comme celui-ci elle ressentait vivement la présence de son père, et aujourd'hui sa voix pleine de reproche résonna dans ses oreilles, la sermonnant et exigeant qu'elle présente des excuses, jusqu'à ce qu'une pensée précise s'impose à elle. Des excuses, c'était exactement ce qu'il fallait, même si elles ne pouvaient pas réparer les dégâts, et tant pis si la rencontre allait être terrible. Tâtonnant à la recherche de ses vêtements, appréciant presque la douleur comme une punition appropriée, elle s'habilla et se faufila dehors.

Il n'était pas encore six heures, et les rues étaient désertes à part un balayeur solitaire poussant un balai guère coopératif le long du caniveau. La lune disparaissait, pâle fantôme de sa gloire nocturne, révélant une ligne d'or brillant à l'horizon. Hazel marcha aussi vite qu'elle le put, jetant des coups d'œil autour d'elle comme si elle s'attendait à être attaquée à chaque coin de rue. Enfin elle gagna St Mark's Road et se dirigea en boitant vers la maison des Parris. Elle se retrouva devant elle, silencieuse et fermée, au milieu de la rangée de maisons identiques. Elle leva les yeux avec nervosité, se demandant si la fenêtre en haut à gauche pouvait être celle de la chambre de Jean. Quelques semaines plus tôt, en sortant du café, Jean avait dit en passant qu'en été le soleil du soir parfois surchauffait sa chambre. Ce n'était pas très précis, mais elle ne disposait de rien d'autre. Elle décida de prendre le risque. Si ça faisait venir la mère ou l'oncle de Jean à la porte, s'ils savaient qu'elle était l'auteur de la lettre et l'agressaient devant leur porte, et bien qu'ils montrent de quoi ils étaient capables. Ramassant un peu de gravier dans le jardin voisin, Hazel jeta quelques minuscules cailloux contre la vitre. Elle attendit une trentaine de secondes, puis en jeta d'autres. Elle commençait à se dire que c'était une perte de temps quand les rideaux s'écartèrent. Elle vit Jean apparaître à la fenêtre, pâle et les yeux rouges, la fixant avec méfiance et inquiétude. Hazel établit un contact visuel et joignit ses paumes en un geste de supplication. Pendant ce qui lui sembla un très long temps Jean se tint là, sans rien faire. Puis elle s'avança et ouvrit la fenêtre d'une trentaine de centimètres, se penchant pour parler à travers l'ouverture.

« Que voulez-vous ? » Son visage était figé, et sa voix réduite au minimum, mais la détresse transparaissait. « Allez-vous-en. Vous n'en avez pas assez fait comme ça ?

— Jean, je suis tellement désolée. » Hazel entendit sa propre voix, déchirée entre le cri et le chuchotement. Elle eut l'impression d'avoir une pierre dans la gorge et déglutit vivement – l'apitoiement sur soi n'aiderait ni l'une ni l'autre à présent. « C'était un instant de folie. Si je pouvais revenir sur ce que j'ai fait, je le ferais. »

L'expression de la jeune fille ne changea pas. « Nous n'avons plus rien à nous dire. » Elle s'apprêtait à refermer la fenêtre, mais Hazel se dépêcha de prononcer la phrase suivante, cherchant désespéremment à la faire rester.

« Dites-moi juste – avez-vous pu voir Horst avant qu'il parte ? »

Elle vit Jean jeter un coup d'œil nerveux derrière elle à la mention de ce nom. Puis elle secoua la tête. « Ils m'ont enfermée ici. Je crois qu'ils vont me garder là pendant des jours. »

Hazel fouilla dans son esprit pour trouver quelque chose d'utile à dire. « Je suis désolée. Mais vous savez que vous pouvez encore le joindre ? »

Jean la regarda d'un air dédaigneux. « Je ne le reverrai plus jamais.

— Si ! » Hazel s'avança presque au niveau de leur allée, tant elle avait hâte de transmettre cette information. « Le ministère de l'Intérieur britannique saura où il a été envoyé. Vous pourrez retrouver sa trace. Cela prendra peut-être des mois, mais c'est possible. Je vous en prie, Jean, n'abandonnez pas à cause de moi. »

Le visage de la jeune fille n'exprimait rien d'autre que le scepticisme. « Il s'est probablement imaginé le pire. Il m'oubliera.

— Non. Trouvez-le, écrivez-lui, expliquez-vous. S'il vous aime, il comprendra. » Elle perçut l'intensité de sa voix et eut l'impression qu'elle allait parvenir à ses fins. Puis elle vit les épaules de Jean s'affaisser.

« Il faut que j'y aille. » De nouveau, elle s'apprêta à refermer.

« Une chose encore. Vous m'avez demandé si je pourrais un jour vous pardonner, alors que ça n'a jamais été nécessaire. Mais pouvez-vous faire de même pour moi ? Je ne suis pas... ça n'est pas ce que je suis. » Pendant une seconde, elles se contentèrent de se fixer l'une l'autre, suspendues dans le temps et l'espace comme en une absurde parodie d'une scène de *Roméo et Juliette.* Puis, dans un geste rappelant le départ de Hazel du café, Jean ferma la fenêtre et disparut dans la chambre sans un autre regard.

Hazel resta là quelques instants, levant les yeux comme si à eux seuls ils pouvaient faire revenir Jean à la fenêtre. Puis elle fit demi-tour et repartit lentement d'un pas chancelant à travers les rues, se mêlant à présent aux ouvriers matinaux et reprenant le chemin qui la ramenait à son nouvel immeuble et sa sombre chambre à l'entresol. Elle rejoua la conversation en boucle, se demandant si elle aurait pu dire quelque chose de différent ou de plus efficace, mais elle savait que cela n'aurait rien changé. Elle pensa à la prière, trouvée dans une revue, que son père lui avait lue à voix haute : *Donne-moi la sérénité d'accepter les choses que je ne peux pas changer, le courage de changer celles que je peux changer, et la sagesse de distinguer les premières des secondes.*

Tout ce qu'elle pouvait faire à présent, c'était aller de l'avant. Dans douze heures, elle serait sur un bateau naviguant vers l'Angleterre et, demain soir, elle retrouverait Lilian. Elle laisserait derrière elle non seulement ces dernières semaines, mais cinq années d'Occupation, une multitude de souvenirs, toute son enfance. Vingt-sept années de travail et de vie de famille, de hauts et de bas, le tout emballé dans un passé qu'elle ne pourrait jamais revisiter. Elle repensa au jour où son père et elle avaient emménagé dans l'appartement au-dessus de la quincaillerie de Parris, et l'espoir partagé qu'il s'agissait d'un nouveau début. S'ils étaient allés vivre ailleurs, si elle n'avait jamais posé les yeux sur Philip Parris, si elle n'avait jamais vu les allers et venues de ses associés douteux dans cette cour arrière... comme sa vie aurait pu tourner différemment. Mais c'était inutile de penser à ce genre de choses. En arrivant chez elle, elle tira les rideaux pour laisser entrer la lumière du jour, enleva les draps et fourra ses maigres possessions dans son sac en toile. Il n'y avait plus rien pour elle ici.

*

Jean reposa son stylo, prit la lettre et la regarda d'un air satisfait. Il lui avait fallu pratiquement toute la journée, mais le résultat la satisfaisait. Cette fois-ci, aucun doute, aucune arrière-pensée quant à ce qu'il fallait dire. La détermination qui s'était accentuée depuis la visite de Hazel à l'aube avait aiguisé son esprit, et les phrases avaient tout simplement jailli. Tout ce qui lui restait à faire était de trouver un moyen de déposer cette lettre dans une boîte et de se mettre elle-même en route pour rejoindre son frère aussi vite que possible. Elle glissa la lettre dans l'enveloppe, écrivit son adresse et la glissa sous le matelas. Une occasion se présenterait forcément bientôt.

Retournant s'asseoir, elle essaya d'imaginer le visage de Harry. Elle savait que la photo sur sa table de chevet, prise lors d'une visite joyeuse en famille avant l'Occupation, ne serait plus du tout d'actualité. Depuis, il avait servi dans l'armée, était devenu le père de deux enfants. Il serait plus mince, plus rude, mais probablement plus sérieux, et peut-être plus compréhensif. Cette pensée l'avait soutenue alors qu'elle enchaînait page après page, décrivant la nouvelle situation à la maison mais évitant toute information susceptible de nuire à sa propre cause. Les conversations au sujet de Horst, Hazel et toute la triste saga des derniers mois pouvaient attendre le moment où ils se retrouveraient face à face devant une tasse de thé. Elle ne fit pas allusion non plus à la violence, au comportement déplacé de son oncle envers elle, ou à quoi que ce soit qui puisse encourager son frère à contacter directement Violet, qui alors vendrait la mèche. Tout ce qui importait pour l'instant était de s'échapper de cette maison et d'arriver en sécurité chez son frère. Une fois là-bas... eh bien, c'était plus compliqué, et difficile à imaginer en détail. Mais elle savait qu'il lui fallait se rendre indispensable à la famille de Harry, trouver un emploi, avant de pouvoir aborder le sujet de Horst. Un ex-soldat témoin de la souffrance des troupes au sol dans les deux camps comprendrait certainement ? Peut-être, avec ses contacts de l'armée, pourrait-il même retrouver la trace d'un prisonnier de guerre ? Mais tout cela se trouvait loin dans le futur. Pour l'instant, Jean s'était limitée à des demandes simples et directes – de l'argent pour le trajet, transféré directement au compte qu'elle avait depuis l'enfance à la Poste, et l'accord pour sa visite pendant une période indéterminée. Chaque chose en son temps.

Cela faisait bien trente-six heures maintenant qu'Eddie l'avait enfermée ici. À part de brèves incursions en bas pour aller aux toilettes et prendre un verre d'eau et une croûte de pain à rapporter dans sa chambre, elle n'avait rien vu d'autre que ces quatre murs, et alors que les premières heures n'avaient été que pur désespoir, elle sentait maintenant émerger une nouvelle détermination, aussi tangible que les bleus sur son bras. Comme si souvent auparavant, Hazel avait eu raison : la route devant elle serait longue et ardue, mais pas impraticable. Même si elle ne pouvait plus aller travailler au Summerland – sa famille ne le lui permettrait plus maintenant –, elle s'était faite embaucher très facilement. Ce qui voulait dire que son projet de travailler, économiser, et finalement se marier serait tout aussi viable dans un autre lieu. Elle chercha Chelmsford dans son atlas et se demanda à quoi ça ressemblait. L'idée d'une telle aventure la terrifiait. Mais elle se souvint des orateurs du MDJ, qui ne laissaient pas quelques tomates pourries et l'antipathie du journal local les détourner de leur but. Et, en y pensant bien, la prudence pouvait se montrer tout aussi dangereuse – son refus de dénoncer son oncle le lui avait montré. Il n'était plus question d'avoir à trouver le courage. Elle n'avait tout simplement plus le choix.

Elle pensa de nouveau à Hazel. Elle regrettait en partie de ne pas avoir accepté ses excuses, mais le vieux sentiment de *schadenfreude* restait tenace. Il ne lui était jamais venu à l'esprit que Hazel puisse se montrer si rancunière, et le choc avait entraîné de vilains soupçons dans son sillage. Si Hazel était capable d'une telle perfidie, Jean l'avait-elle mal jugée depuis le départ ? Elle reprit en esprit le récit de Hazel sur la maîtresse de son père, la mystérieuse femme en manteau vert. Existait-il seulement une once de vérité dans tout cela ? À présent elle n'aurait probablement jamais de réponse aux questions qui la poursuivaient chaque nuit, elle devrait peut-être vivre éternellement avec des souvenirs abîmés de son père et des émotions qu'elle ne comprenait toujours pas totalement. Mais peut-être, finalement, rien de tout cela n'avait d'importance. La vérité sur sa relation avec Horst aurait fini par être révélée, et il semblait maintenant peu probable qu'elle pose les yeux sur Hazel de nouveau. Seul l'avenir comptait désormais.

Les bruits de pas dans le couloir et le glissement du verrou de sa porte lui signalèrent une visite. Vérifiant que la lettre pour Harry était bien cachée, elle s'installa sur sa chaise en prenant l'air aussi paisible que possible. Quelle que soit la punition qu'Eddie et sa mère avaient concoctée en bas elle était déterminée à l'affronter avec grâce et à la tourner à son avantage. Mais elle fut soulagée quand la porte s'ouvrit tout grand et qu'elle ne vit que sa mère.

« Il faut qu'on ait une petite conversation. » Jean acquiesça et indiqua d'un geste le lit, le seul autre endroit où s'asseoir. Violet se posa sur le matelas, les mains soigneusement jointes sur ses genoux. Jean soupçonna que, quoi qu'elle dise, elle en avait parlé maintes fois avec Eddie. « Ton beau-père et moi – cette phrase fit grimacer Jean mais elle essaya de ne pas trop le monter – avons longuement discuté de la situation. Ce que tu as fait, les choses que tu as dites – eh bien, les mots me manquent, Jean. Je croyais connaître ma fille, je le croyais vraiment. » Moi aussi je croyais que je connaissais mes parents, se dit Jean mais sans l'exprimer à voix haute. « Cependant, comme Eddie l'a fait remarquer, le plus important c'est que personne n'entende jamais parler de cela – pas même le reste de la famille. Donc, ce que nous allons faire c'est continuer comme si de rien n'était. »

Évidemment, pensa Jean. Sa mère avait-elle jamais agi autrement ? « Cela dit, ça ne sera pas oublié, et il y a des conditions. Tu ne répéteras aucune de ces horribles choses que tu as dites sur Eddie, jamais. Plus question d'aller travailler, tu seras à la maison tous les soirs avant neuf heures et nous devrons toujours savoir où tu vas. Mais ça ne ferait pas de mal qu'on te voie en compagnie de ce gentil Tom Maloret. » Jean baissa les yeux sur ses mains. C'était donc ça le plan – la marier à cet aimable et ennuyeux fonctionnaire. Ce pauvre homme sans défense, utilisé par toute la famille comme une sorte de feuille de vigne permanente pour couvrir la honte des Parris, une mauvaise habitude que Jean elle-même avait initiée. « Demain matin, poursuivit Violet, tu iras au marché acheter quelques légumes, et sur le chemin du retour tu t'arrêteras aux bureaux des États et tu demanderas à lui parler. Tu lui feras des excuses pour la manière honteuse dont tu t'es comportée quand il est venu prendre le thé et tu lui demanderas de t'accompagner pour les vingt et un ans de ta cousine samedi. Compris ? »

Jean pensa à la lettre enfouie sous le matelas, et se rappela que le bureau de poste était tout proche du marché. Il faudrait plusieurs jours pour que la lettre arrive et, avec un peu de chance, le même temps pour que son frère réponde. Une fois l'argent sur son compte tout ce qu'elle aurait à faire serait de réserver son billet et se glisser hors de la maison avec quelques affaires essentielles cachées dans un sac. Le temps que les feuilles des arbres prennent leur couleur dorée sur Royal Square elle serait en route, à la recherche de Horst, et commencerait une nouvelle vie. Elle regarda sa mère et hocha la tête.

« Parfaitement compris, maman. J'irai à la première heure. »

*

Aujourd'hui la mer était une mare d'eau bleu-vert plate, avec ses vaguelettes qui formaient écume et éclaboussures en s'enroulant puis se perdaient dans le sable. Les mouettes profitaient des courants aériens, économisant leur énergie pour chasser, tandis qu'au-delà s'étalait la baie Elizabeth Castle, confiante en ses siècles d'histoires, un rappel pittoresque de la nature éphémère des êtres humains. Bientôt la marée changerait et commencerait son long retrait, révélant en se retirant une pagaille dentelée de roche et d'algues. Ce soir, elle reviendrait avec force et s'étendrait, étincelante, noire et mystérieuse sous l'éclat de la lune, avant de réapparaître le lendemain en une danse agitée tout en falbalas et collisions. Rien dans ce monde n'est permanent, songea Jean. Même durant les jours les plus sombres, ceux des pires privations, les insulaires avaient cru qu'un jour la guerre prendrait fin et qu'ils seraient libres, et c'est ce qui avait fini par arriver. Chaussures ballant à la main, elle savourait la douce sensation de la vase entre ses orteils et leva la tête pour sentir la brise sur son visage et goûter l'air salin. C'était bon d'être dehors.

Elle pensa aux excursions de son enfance ici, pataugeant dans l'eau glacée de la baie. Sa mère avait connu les cabines de plage le long du rivage, du temps où la seule vision d'une cheville féminine était considérée comme inconvenante, et Jean quant à elle se souvenait d'avoir fait une promenade à dos d'âne le long de cette même bande de sable. Son père leur achetait souvent une glace au kiosque un peu plus haut, tout en se plaignant de leur prix. Avec quel bonheur cette petite fille de six ans prenait le cône froid et sucré de sa main, croyant que son père était l'homme le plus gentil du monde et ses parents les personnes les plus heureuses qu'elle connaissait. Tout cela paraissait si loin.

Elle avait délibérément emprunté un long itinéraire à travers la ville, prévenant toute surveillance en disant à sa mère qu'elle devait se procurer une nouvelle serviette hygiénique à la pharmacie (ce qui, elle le savait, mettrait un terme à toute discussion avec Eddie). Son premier arrêt fut le bureau de poste afin d'acheter un timbre et de glisser la lettre pour Harry dans la boîte, ses doigts tremblant déjà à l'idée de ce qui l'attendait. Puis ce bref répit bienvenu le long de la plage avant d'achever son tableau de service, passer voir Tom Malloret et enfin s'arrêter au marché avant de rentrer à la maison. Alors qu'elle gravissait les abruptes marches en pierre depuis le rivage, se débarrassant du sable sur ses pieds, elle se demanda quel accueil elle allait recevoir. Tom ne l'avait pas contactée depuis cet après-midi désastreux dans le salon, bien qu'elle ne sache pas si c'était à cause de son attitude à elle ou bien de celle de sa famille. Mais, puisqu'elle se souciait si peu qu'il l'accompagne ou non à la fête de Daphne, elle n'avait aucune appréhension à l'idée de le lui demander. Bien sûr elle se sentait un peu coupable de cette nouvelle manipulation, mais pouvait au moins lui promettre que la nourriture serait bonne.

Quinze minutes plus tard elle se trouvait devant la porte solennelle qui menait aux bureaux des États, la même que celle qu'ils avaient tous franchie quelques semaines plus tôt pour cette toute première entrevue. Ayant persuadé la vieille fille qui travaillait à la réception de la laisser entrer, elle exposa sa demande de disposer de deux minutes du temps de Tom Malloret de sa voix la plus formelle. La femme fit un geste en direction d'une chaise, et Jean s'y installa bien sagement. Quelques minutes plus tard Tom surgit dans le hall d'accueil, portant le costume qu'il mettait toujours au travail, ses cheveux gominés bien en place.

« Bonjour, Tom. Désolée de vous déranger au bureau. » Elle lui adressa son plus beau sourire.

« Jean ! Je ne m'attendais certainement pas à vous voir aujourd'hui. » C'était une réponse déconcertante. Disparu son habituel empressement affable, remplacé par une nervosité anxieuse semblant indiquer que sa présence n'était pas vraiment bienvenue. Peut-être qu'après sa brusque disparition pendant le thé, Tom avait conclu que tout était terminé entre eux – ou bien leur « romance » était peut-être un secret dans l'enceinte des bureaux des États. Mais elle sentit que c'était plus que cela. Les rumeurs concernant l'incendie chez les Le Tourneur seraient-elles parvenues aux oreilles des autorités en fin de compte ? Ce qu'elle avait de mieux à faire, se dit-elle, c'était d'aller droit au but.

« Je suis désolée de ne pas avoir donné de nouvelles, mais il s'est passé tant de choses. Ma mère et oncle Eddie se sont mariés, vous en avez peut-être entendu parler ?

— Oui, j'ai vu l'annonce dans le journal. Vous les féliciterez de ma part. » Sa voix était tendue, et elle remarqua que ses yeux s'éloignaient sans cesse d'elle comme si soutenir son regard était difficile.

« Quoi qu'il en soit, je suis ici pour vous inviter à la fête d'anniversaire de ma cousine samedi. » Tom hésita. L'inquiétude de Jean monta en flèche. Qu'était-il arrivé à cet employé docile et charmant toujours prêt à aider ? Elle attendit, sentant une légère pellicule de sueur se former sous son chemisier à manches longues, choisi pour cacher les bleus sur son bras. Il finit par répondre :

« Je suis désolé, Jean. Je ne suis pas vraiment… Je m'apprêtais justement à vous rendre visite.

— Oh, quelle coïncidence. » Elle perçut sa propre stupidité.

« En fait, ce serait bien que vous montiez maintenant dans l'un des bureaux, où nous pourrons parler en privé. »

Jean sentit la chaleur de son corps se transformer en frisson. À part la femme derrière le comptoir, éloignée de plus d'un mètre, il n'y avait personne pour surprendre la conversation. Pourquoi aurait-il besoin de la voir en privé ?

« Bien sûr, Tom, mais est-ce vraiment nécessaire ? » Elle eut un petit rire faux. « Vous paraissez terriblement sérieux. »

Il finit par croiser son regard. « J'ai bien peur que ce soit très sérieux. Voulez-vous bien me suivre ? »

Le temps qu'ils atteignent l'arrière du bâtiment, le cœur de Jean battait à tout rompre, et pas seulement à cause de l'escalier qu'ils avaient gravi à trop grande allure. Tom la fit entrer dans une pièce remplie d'armoires de rangement avec un petit bureau en face de la fenêtre, puis il disparut pendant quelques minutes, la laissant là, à écouter le bruit des voitures qui passaient et celui des pas énergiques des fonctionnaires s'affairant dans les bureaux au-dessus. La pièce, d'un gris uniforme, était à peine plus grande qu'un placard à balais ; ce n'était pas le genre d'endroit où emmener quelqu'un pour lui annoncer de bonnes nouvelles. Jean s'assit gauchement sur le bord de l'une des chaises, n'osant imaginer ce qu'il allait lui annoncer. Quelques minutes plus tard Tom réapparut en portant un dossier rouge. Il ferma la porte pour plus d'intimité et prit l'autre siège derrière le bureau.

« Tom, que se passe-t-il ? »

Son expression était aussi neutre que possible, une compétence acquise, pensa-t-elle, à force de travailler avec des fonctionnaires toute la journée, mais il y avait de la tristesse dans ses yeux. Il ouvrit le dossier de ses doigts fins et pâles et en sortit ce qui se révéla être une grande enveloppe blanche.

« Ce document nous a été transmis hier. » Il s'éclaircit un peu la gorge. « Je vous préviens, c'est plutôt pénible. » Il retira une photographie et la posa sur le bureau. « Je dois vous demander de la regarder. »

Jean baissa les yeux sur le cliché. Au début, elle ne distingua rien – cela ressemblait à une tache noire sur un fond gris ondulé. Mais, au fur et à mesure que ses yeux accommodaient, elle vit qu'il s'agissait d'un corps humain étendu sur le sol. Sur une plage. Un corps masculin, de toute évidence mort. Et il portait un uniforme allemand. Alors...

« Oh mon Dieu ! » Elle porta involontairement la main à la bouche. Un cri de suspense et de désespoir parvint malgré tout à s'échapper.

« Vous reconnaissez cette personne ? »

Jean continua à fixer la photographie. Le visage était boursouflé, déformé, mais aucun doute n'était permis. Dans quelque partie étrange de son cerveau, elle se persuada que si elle gardait les yeux fixés sur cette image, une autre explication se présenterait, une autre signification se matérialiserait. De plus, si elle gardait les yeux éternellement baissés, elle n'aurait jamais à regarder le visage de Tom. Un instant, elle envisagea d'essayer de faire croire que son choc venait d'avoir vu un cadavre, de dire qu'elle n'avait aucune idée de qui était cette personne. Mais alors il ajouta : « Il a été identifié comme étant le soldat de première classe Horst Klein. Vous le connaissez, n'est-ce pas ? »

Elle arrivait à peine à parler, alors inventer un mensonge convaincant... Sa voix sembla faible et lointaine. « Oui.

— Une petite photographie de vous a été trouvée dans son portefeuille. Quelques lettres aussi, bien qu'elles soient plutôt désintégrées et illisibles. »

Elle hocha la tête. Que pouvait-elle faire d'autre ? En fin de compte, la seule question qu'elle voulait véritablement poser réussit à sortir : « Comment ?

— Son corps a été rejeté sur la plage du Portelet hier. Il se trouvait à bord du navire britannique en route pour Weymouth, et il semblerait qu'il ait d'une manière ou d'une autre réussi à s'échapper pour rejoindre le pont sans être vu. Il a peut-être glissé, mais il est plus probable qu'il ait sauté par-dessus bord. Ce n'est pas rare parmi les soldats allemands – plus de famille, rien qui les attende sinon la honte et la prison. Le temps que son absence soit remarquée, c'était trop tard. »

Noyé, se dit Jean. Ce garçon terrifié par l'eau. Quel besoin désespéré de quitter ce monde devait-il avoir. Elle l'imagina se débattant en pleine mer, la terre réduite à une tache floue, le bateau s'éloignant dans un nuage de vapeur à l'horizon. Les bras qui avaient dû instinctivement frapper les vagues, la bouche qui avait pressé la sienne cherchant désespérément ses dernières bouffées d'oxygène. Ses yeux se gonflèrent de larmes malgré elle, mais elle ne produisit pas un son. Elle aurait voulu crier, gémir, hurler son nom, mais rien ne sortit. Tom prit la photographie et la remit dans son enveloppe, tandis que Jean regardait fixement le bureau, se demandant pourquoi il ne lui criait pas dessus de colère, exigeant qu'elle sorte de la pièce et ne lui adresse plus jamais la parole. Mais sa main s'avança à mi-chemin sur le bureau et resta là, un rameau d'olivier manifeste.

« Je me rends compte que vous avez probablement besoin de temps pour assimiler tout cela. Mais je voudrais juste dire... » Sa voix était posée, et elle devinait qu'il luttait. « Surtout ne vous considérez en aucun cas responsable. » Il s'interrompit, et elle l'entendit déglutir. Il s'éclaircit la voix de nouveau. Jean fixa sa main, reposant toujours là, solitaire. « Aimeriez-vous que je reste ici avec vous quelques minutes ? Ou bien je peux vous laissez seule, si vous le souhaitez ? »

Elle secoua la tête, ne sachant pas trop ce qu'elle voulait. Quelque chose coula sur ses genoux, de sa joue ou de son front trempé de sueur. Il se pouvait qu'elle vomisse à tout instant. Elle prit quelques inspirations hésitantes avant de parler. « Que va-t-il se passer maintenant ?

— Le corps sera probablement enterré au Cimetière des Étrangers avec les autres soldats allemands.

— Et qui est au courant ? Je veux dire, à mon sujet ? À qui le direz-vous ? »

Tom se renfonça dans son siège. « Les seules personnes au courant sont quelques officiers britanniques qui se trouvaient sur le bateau et une poignée de gens ici. Personne ne le découvrira, je vais m'en assurer.

— Mais ça va finir par se savoir. On me traitera de Jerrybag. Je serai punie. »

Tom secoua la tête. « Vous n'êtes pas une... une fille comme ça. Vous avez noué une amitié peu judicieuse, c'est tout. Ce n'est pas votre faute si ce jeune homme s'est bercé d'illusions. »

Jean finit par croiser son regard. Ses yeux étaient limpides et calmes. « Que voulez-vous dire ?

— Je vous connais, Jean, et je sais que vous ne vous seriez jamais comportée ainsi. »

Son esprit décrocha. Les lignes séparant vérité, mensonges, vœux pieux et pur fantasme étaient toutes embrouillées, et elle ne savait plus quoi penser. « Je ne comprends pas ?

— Ce qui s'est passé est tout à fait évident, du moins pour moi. Ce jeune homme est devenu votre ami, il vous a probablement aidée à vous procurer de la nourriture pour votre famille. Et, étant une personne gentille, vous vous êtes montrée pleine d'égards pour lui, ce qu'il a interprété à tort comme autre chose. C'est compréhensible. Mais pas de votre faute. » Le désespoir sur son visage était manifeste, tant il voulait qu'elle accepte son histoire. Tom était peut-être en train d'imaginer un avenir avec elle, et avait besoin de graver cette version des événements dans la pierre avant que d'autres pensées, plus subversives, ne s'insinuent. Elle aurait voulu lui crier qu'il se trompait, lui dire que Horst était l'homme avec qui elle voulait passer le reste de sa vie. Mais elle ne put rassembler assez de courage ou de cruauté. Le mot sortit de ses lèvres avant qu'elle puisse l'arrêter, suivant passivement le chemin qu'il dégageait pour elle.

« Oui...

— Bon, je vais classer cette photographie, et nous allons l'oublier. Je crois que c'est le mieux, non ? Pour tout le monde.

— Oui. » Elle le reniait. Son amoureux mort, l'homme qu'elle avait eu l'intention d'épouser. Mais elle ne savait pas vraiment ce qu'elle disait. Elle avait du mal à penser correctement. Son avenir s'écroulait comme un château de sable avec la marée, la laissant avec rien sinon cet endroit, sa mère et Eddie. Et elle ne reverrait plus jamais Horst.

« Il faut nous concentrer sur le présent, pas sur le passé. Penser à des choses plaisantes. Vous avez fait allusion à une fête d'anniversaire ? »

Ce fut comme si la lumière disparaissait de la pièce. Comme si des portes se refermaient tout autour d'elle sans qu'elle puisse rien y faire. « Oui...

— Merci. Je serais heureux de venir. Nous pouvons passer une journée agréable ensemble, sans faire aucune allusion à tout cela. » Il l'avait épinglée, comme un papillon sur une planche. Il avança sa main un peu plus sur le bureau et cette fois-ci elle le laissa prendre la sienne, ne sachant que faire d'autre. « Je crois que vous savez ce que je ressens pour vous, Jean. Il y a tant de choses qui nous attendent. »

Sans aucun souvenir de la manière dont elle avait quitté le bâtiment, elle se retrouva un peu plus tard sur le port, là où ils s'étaient vus pour la dernière fois, Horst et elle. De petits nuages blancs traversaient le ciel, et la brise emportait doucement les premières feuilles se détachant des arbres. Mais Jean ne vit rien, ne sentit rien, elle se contenta de rester assise avec ses souvenirs jusqu'à ce qu'elle ne puisse plus le supporter. Elle n'alla pas au marché acheter des légumes, ni à la pharmacie pour se donner un alibi. Elle ne parla à personne et marcha parmi les passants comme si aucun d'eux n'existait. Horst était mort et elle l'avait trahi. Leur bel avenir plein d'espoir avait disparu pour toujours, tout enflé et recouvert d'algues sur la plage du Portelet. Elle touchait vraiment le fond. Elle n'avait nulle part où aller sinon chez elle.

# 12

« Une autre ? Allez, on dirait que tu en as bien besoin. »

Hazel accepta une nouvelle tasse de thé trop claire, jetant un coup d'œil à la pièce autour d'elle. C'était une cuisine de taille honorable, avec ses rideaux roses à fleurs et une ambiance familiale douillette, très différente des endroits où elle avait habité récemment. Lilian n'avait jamais été particulièrement ordonnée, ce qui lui avait attiré pas mal d'ennuis quand elles étaient enfants, tandis que Hazel était souvent félicitée pour avoir rangé derrière elle. Mais ici, le train miniature en bois en plein milieu du sol et le manteau négligemment posé sur un dossier de chaise au lieu d'être accroché à une patère donnaient à l'endroit un caractère chaleureux. Pour la première fois depuis des mois, elle se sentait en sécurité.

Quelque part dehors, le bruit de ferraille, insolite pour elle, d'un train qui passait à toute allure sur la voie provoqua une légère vibration dans toute la maison, et Hazel se pencha pour essayer de l'apercevoir. Comme c'était excitant d'avoir un tel réseau de voyages juste à votre porte, avec des lignes qui pouvaient vous emmener n'importe où dans toute l'étendue du pays ! Le 10 h 05 pris à Weymouth, encore nauséeuse après douze heures de traversée sur une mer agitée, avait parcouru des kilomètres de collines vallonnées luxuriantes avant de s'aventurer dans les banlieues de Londres. Fascinée, elle avait délaissé son journal et regardé dehors tandis que le trajet sinueux lui permettait de voir directement l'arrière des maisons mitoyennes et d'observer l'intimité des familles derrière leurs fenêtres. La guerre qu'avait vécu l'Angleterre, différente de celle qu'elle avait connue à Jersey, se voyait partout, dans les tas de décombres à chaque tournant et dans l'épuisement inscrit sur le visage gris de chacun. Mais la nouveauté de ce monde la remplit d'optimisme. Elle sirota une longue gorgée de thé et enleva ses chaussures de sa main valide.

« Merci. J'apprécie vraiment. »

Lilian continua de plier des langes propres sur la table. Un seau de couches sales étaient en train de bouillir sur le fourneau, emplissant la cuisine de buée.

« Je n'arrive toujours pas à croire qu'il ne soit plus là. Le mois dernier seulement on parlait de venir vous voir pour Noël. Et je m'en veux de ne pas être venue à l'enterrement.

— Il ne faut pas. C'était une cérémonie très modeste, je n'étais pas en état de faire mieux. Papa comprendrait.

— Tu crois qu'il vous regardait tous de là-haut ? »

Hazel sourit. « Je ne suis pas certaine qu'il croyait lui-même en l'au-delà, tout le côté quaker venait de maman.

— Et toi ? »

Hazel regarda de nouveau vers la fenêtre, se perdant dans la contemplation d'un minuscule jardin. Une serre avait miraculeusement survécu au Blitz et tout au fond des plants de tomates portaient leurs fruits. Enfant on lui avait appris à l'école que l'abondance de la nature était un don de Dieu, mais les idées politiques de son père et sa tendance à remettre les choses en question avaient tempéré sa foi. Et aujourd'hui, après tout ce qui s'était passé... comment pouvait-elle croire en un être tout-puissant et bienveillant ? Qui aurait permis Hitler et les V1 et les camps de concentration ? Quelle sorte de dieu tout-puissant enverrait une telle destruction pour éprouver la foi de ses fidèles ? La forte sensation de la présence de son père, qui l'avait visitée à de nombreuses reprises depuis sa mort, n'était sûrement qu'un tour de l'esprit. Elle se retourna vers sa sœur.

« Je ne sais vraiment pas, ces temps-ci.

— Ils en savent plus sur ce qui a provoqué l'incendie ? »

Hazel regarda Lilian plier les carrés de tissu blancs les uns au-dessus des autres puis baissa les yeux sur son thé, choisissant ses mots avec soin. Pendant les longues heures du trajet, elle s'était demandé si elle devait raconter à Lilian toute l'histoire, se disant que l'énoncer de vivre voix la rendrait peut-être plus acceptable. Mais maintenant qu'elle était ici, entourée de cette vie de famille douillette de l'odeur de bébé et d'une nouvelle vie, elle n'en voyait pas l'intérêt. Cela n'apporterait que colère et tourment, et exigerait de s'engager dans des actions qui n'aboutiraient à rien. Et bien que ce soit un lourd fardeau à porter sans être partagé, elle pouvait l'envisager comme une juste punition pour son comportement envers Jean Parris.

« Non. Probablement une bougie, ou la pipe de papa. Plutôt ironique, quand on pense que les bougies et le tabac étaient pratiquement introuvables pendant la guerre. »

Lilian hocha la tête. « Je n'arrive pas à croire que vous avez dû vivre sous l'Occupation pendant tout ce temps. C'était déjà assez difficile ici, mais au moins les Allemands ne vivaient pas parmi nous ! » Elle soupira tristement. « Ça paraît si cruel que papa ait survécu à tout cela, pour finalement mourir juste après la guerre.

— Essaie de voir ça comme une libération. C'est ce que je fais. Son état s'est beaucoup dégradé pendant la guerre. Comme la santé pour nous tous, bien sûr. » Sa sœur tendit la main pour toucher la sienne. Ce geste aussi anodin soit-il obligea Hazel à se mordre la langue pour endiguer les larmes. Lilian était tout ce qui lui restait au monde à présent, et il aurait été impossible d'exprimer à quel point elle était reconnaissante de se trouver chez elle.

« Alors, que comptes-tu faire ? » Lilian prit la pile de couches et la plaça sur une étagère à l'autre bout de la cuisine. « Vas-tu essayer de trouver un nouveau poste d'enseignante ? »

Hazel fit la grimace. « Je ne sais pas. Je crois que j'ai besoin d'un tout nouveau départ.

— Ça ne va pas être facile maintenant que les hommes des forces armées sont de retour, fit remarquer Lilian. Mais l'autre jour j'étais à la bibliothèque du quartier, et je les ai entendu parler de prendre une nouvelle assistante. »

Hazel réfléchit un instant. « Je devrais peut-être y aller pour en savoir plus.

— Oui, tu devrais. Je veux dire, tu es la bienvenue ici aussi longtemps que tu en auras besoin, mais on ne peut pas se permettre de nourrir une bouche de plus pour longtemps, si tu ne gagnes rien. »

Hazel acquiesça. « Bien sûr.

— Et, désolée de dire ça, Haze, mais trouver un mari ne va pas être aussi facile qu'avant. La guerre en a pris tellement. Et tu ne...... tu sais...

— Je ne rajeunis pas ? »

Pour toute réponse, Lilian haussa les épaules. Hazel sourit toute seule en voyant sa sœur soulever de son berceau sa fille qui gémissait et la caler sur un bras, tout en continuant à s'acquitter de diverses tâches avec son bébé parfaitement en équilibre. Malgré les principes affirmés de leur père sur l'égalité des femmes, Lilian continuait à souscrire à l'idée qu'une femme ne peut être complète en dehors d'un mariage conventionnel. Ça ne servait à rien que Hazel lui fasse remarquer qu'elle n'éprouvait pas d'intérêt pour le mariage si cela l'obligeait à abandonner tout le reste, et qu'elle n'était pas non plus certaine que la maternité soit pour elle une vocation désirée à tout prix. Hazel tourna la tête et aperçut son reflet sur la vitre de la porte de la cuisine. L'éclat de la jeunesse s'était terni depuis longtemps, sa précieuse chevelure auburn était bien triste, et sa peau de porcelaine d'antan se trouvait parsemée de quelques taches grises. Qui voudrait d'elle de toute manière ? »

« Je peux t'aider ? » Elle se leva avec énergie.

« Tu peux éplucher quelques pommes de terre », répondit Lilian, tenant fermement le bébé tout en faisant chauffer du lait sur le fourneau. « Installe-toi à table si tu veux, cette cheville semble toujours un peu gonflée. Je t'aiderai quand je l'aurais nourrie. » Elle hésita un instant puis se retourna, le visage empreint d'une réelle inquiétude. « Crois-tu que Jersey redeviendra un jour comme avant ?

— Difficile à dire. Ça va être difficile de démanteler une grande partie des nouvelles infrastructures. Les bunkers vont peut-être finir par rester là éternellement.

— Et toi ? Ça va aller ? »

Hazel regarda sa sœur dans sa confortable cuisine à Clapham, et pensa à l'île d'avant-guerre dans l'imagination de Lilian, l'endroit dont elle se souvenait, sans murs anti-tanks et sans canons ou tours de garde. Elle pensa à la tête de son père qu'elle avait prise entre ses mains sur le trottoir, à Jean Parris lui claquant la fenêtre au nez, furieuse. Alors, sans répondre, elle prit une grande poignée de pommes de terre de la claie à légumes et se mit à éplucher. Quelque part dans l'après-midi pluvieux, un autre train passa, tonitruant sur la voie ferrée, emportant avec lui un millier de vies différentes.

*

Les Renoncules n'avaient jamais été aussi belles depuis l'avant-guerre. Depuis le lierre luxuriant sur la façade jusqu'aux pièces illuminées à l'intérieur, ornées de petits bouquets de fleurs sauvages cueillies dans les prés de la ferme, en passant par la table raffinée regorgeant de mets divers, on aurait dit le fantasme impressionniste d'une vie d'autrefois. Les invités se mêlaient joyeusement les uns aux autres et passaient d'une pièce à l'autre, des cigarettes étaient allumées et inhalées avec plaisir, et Daphne se déplaçait ici et là avec aisance et joie, ses boucles lustrées se balançant sur ses épaules, ses yeux d'un pur bleu saphir s'illuminant de joie à chaque personne qu'elle croisait. La robe que Beattie lui avait confectionnée était vraiment magnifique et Jean la regardait voguer de pièce en pièce comme un grand et somptueux navire, heureuse que la joie existe encore dans le monde.

Il semblait y avoir, dans l'animation ambiante, une détermination des invités à s'amuser, rire et bavarder comme si personne n'avait été affecté par les cinq dernières années. Jean se demanda si elle était la seule à remarquer les cardigans qui boulochaient et les cols maladroitement rapiécés, les traces de colle révélatrices sur de vieilles chaussures. Et le nombre de silhouettes plus âgées et amaigries qui se blottissaient devant les cheminées de la maison malgré la journée agréablement chaude et le soleil brûlant toujours sur les pierres de la cour gardaient les séquelles de la malnutrition de la guerre. Mais alors qu'elle avançait dans la foule il devint évident que cette assemblée se composait surtout des plus chanceux. Les enfants portaient peut-être des vêtements récupérés de leurs frères et sœurs ou trop petits pour eux, mais aucun ne semblait avoir passé ce dernier hiver glacial pieds nus. Les nez poudrés des femmes étaient peut-être devenus froids et roses ces derniers mois, mais la qualité de leur peau indiquait à Jean qu'il y avait toujours eu un bout de fromage ou un morceau de lapin pour éviter les pires effets de la privation, et elle devinait que leurs bouches n'avaient jamais manqué de rouge à lèvres pour les occasions spéciales.

Elle regarda Martin, resplendissant aujourd'hui dans une veste en tweed, les joues rosies par l'alcool, suçotant sa pipe et riant à une plaisanterie avec d'autres agriculteurs qui lui ressemblaient comme deux gouttes d'eau, et elle se demanda ce qu'il savait vraiment des personnes qu'il avait agressées le jour où il avait lancé des tomates sur la place. En voyant Martin, avec ses traits plutôt grossiers et ses bras velus, on n'imaginait pas que c'était un homme riche, mais en même temps on devinait qu'il n'avait jamais manqué de rien. Un jour, en 1941, quand Daphne avait eu besoin d'une opération bénigne après une chute, il avait négocié un demi-cochon avec un médecin de la région pour obtenir des précieux anesthésiques. L'accès aux soins serait toujours à sa portée, d'une manière ou d'une autre.

Il y avait bien quarante personnes présentes. Presque tous ceux qui avaient été invités étaient venus – qui aurait dit non à de la nourriture et de la boisson gratuites ? –, Tom inclus, que Beattie avait été heureuse d'ajouter au dernier moment, ravie apparemment que la timide petite Jean se soit finalement dégotté un soupirant. Jean lui adressa un demi-sourire tout en s'écartant pour l'éviter, sachant qu'Eddie une fois de plus lui tenait la jambe au sujet de l'indemnité des évacués. À son arrivée, Beattie avait pris Jean à part et lui avait expliqué qu'avec tout ce monde présent, ce serait bien si elle passait les boissons parmi les invités et peut-être aussi lave quelques assiettes, si ça ne la dérangeait pas ? Avant qu'elle puisse protester, Violet avait accepté pour elle et Jean s'était sentie trop démoralisée pour discuter. Mais elle comprit rapidement l'intérêt de la situation. Une journée où faire la conversation lui aurait semblé plus difficile que de gravir une montagne qu'elle ne pouvait en aucun cas gravir, c'était utile d'avoir une raison de se faufiler parmi les gens à toute vitesse, ne restant longtemps avec personne, et d'être libre de se déplacer lorsque les regards insistants sur son visage émacié menaçaient de se transformer en question directe. Le simple fait de tenir une cruche de cidre d'une main et une assiette de sandwichs de l'autre la rendait transparente, tel un fantôme qui papillonnait dans la ferme en ne demandant rien d'autre que le plus bref des remerciements ou quelques mots formels de condoléances pour son père. C'était ce qu'il lui fallait aujourd'hui.

Depuis son entretien avec Tom rien ne semblait plus vraiment avoir d'importance. Les émotions, désespoir inclus, avaient tari. C'était comme si la couleur avait disparu du spectre de vision de Jean, tout ce à quoi elle jetait un coup d'œil paraissait gris et terne. Les plus petits bruits la mettaient à cran, même la musique agressait ses oreilles. Sa détermination, elle aussi, s'était évaporée, remplacée par un état d'inertie. Sans la perspective à long terme du mariage, ses projets de quitter l'île lui semblaient à présent futiles et, si elle était honnête envers elle-même, accablants. La mort tragique et vaine de Horst avait fermé la porte à tout ce qu'il y avait de bon dans sa vie, et tout ce qu'elle désirait maintenant c'était se cacher aux yeux du monde, bien à l'abri dans son terrier d'oubli. Elle ne voulait rien, n'attendait rien. Le vide était le seul endroit qui lui convenait.

En sortant des bureaux des États, elle avait décidé avant d'arriver chez elle de ne pas dire à Eddie ou à sa mère ce que Tom lui avait confié. Il valait mieux les priver de cette satisfaction et éviter d'être tournée en dérision. Ils l'avaient dévisagée, en sentant son humeur sombre et renfermée, mais ils l'avaient laissée disparaître dans l'intimité de sa chambre sans poser de questions. Ni Daphne ni Beattie n'avaient non plus fait le moindre commentaire quand elle s'était présentée chez eux avec Tom aujourd'hui, traînant les pieds, ne ressemblant en rien à une fille contente de sortir avec un nouvel amoureux, même si Jean les avait vues échanger des regards inquiets. La curiosité n'était pas encouragée dans la famille, comprit-elle. Poser des questions était condamné et banni de peur de faire des remous ou, pire, de découvrir quelque chose qu'on aurait préféré ne pas savoir. Peut-être, se dit-elle tout en proposant des sandwichs au crabe à une vieille dame, était-ce comme cela que sa mère avait si bien réussi à jouer la comédie d'un mariage parfait pendant deux décennies, évoluant dans un monde où chacun choisissait de regarder le soleil sur l'eau, jamais les rochers au-dessous.

Mais ce n'était peut-être pas seulement sa famille qui agissait de la sorte. En fin de compte, les Allemands avaient déifié un fou et appelé cette île Summerland parce que c'était ce qu'ils voulaient qu'elle soit, même après qu'on leur avait signalé leur erreur. Même après avoir fait de ce lieu un hiver perpétuel. Jean essaya d'imaginer un monde différent, où les gens n'avaient pas peur de la vérité et se feraient part librement de leurs émotions. Elle se demanda quel effet ça ferait de vivre dans ce monde-là. Mais alors elle se souvint de Hazel, la seule personne dont elle avait exigé l'honnêteté, avec qui elle avait partagé des secrets. Et il fallait voir comment cela s'était terminé.

Les rituels de la journée se succédèrent pendant que le soleil lentement traversait la pièce. Le gâteau, une pièce majestueuse qui avait dû coûter à Martin une fortune en sucre de marché noir, fut apporté sur une desserte et les invités se réunirent pour chanter à Daphne *Happy Birthday*, bientôt transformé en une version éméchée de *I'm twenty one today*[1]. Après la découpe et le partage des parts de gâteau, les compliments sur son moelleux et le plaisir de manger de bonnes choses à nouveau, les assiettes et les fourchettes à dessert furent remportées à la cuisine et les invités les plus âgés commencèrent à trouver des prétextes pour partir. Eddie s'assit avec Martin et ses amis pour fumer bien tranquillement, Tom, mal à l'aise, restant en lisière de leur cercle, cherchant désespérément à attirer l'attention de Jean alors qu'elle faisait semblant de ne pas voir les yeux de biche et les sourires engageants qu'il lui adressait. En le regardant se balancer d'un pied sur l'autre, et répondre poliment à chaque question, elle s'imagina mariée à lui et se demanda si c'était maintenant quelque chose d'inévitable. Assurément, sa famille conspirerait pour en arriver là, cherchant à tout prix à cacher sa terrible tache, et à cet instant elle comprit qu'il ne lui restait guère de résistance à leur opposer.

Alors que les cousins et cousines venus de St Mary commençaient à rassembler leurs affaires pour rentrer chez eux, Daphne s'approcha d'elle et lui murmura à l'oreille.

« Tu veux voir ce que maman et papa m'ont offert pour mon anniversaire ? » Question rhétorique bien sûr, et quelques instants plus tard Jean fut entraînée par une Daphne tout excitée dans l'escalier en direction de sa chambre. Jean fit de grands efforts pour plaquer un sourire enthousiaste sur son visage. Elle se fichait complètement de savoir quel colifichet ou quel objet de famille Daphne avait reçu pour son anniversaire mais elle voyait qu'il fallait se montrer bon public. « J'ai été tellement surprise, babilla Daphne en ouvrant la porte de sa penderie, parce qu'ils ne m'avaient absolument rien dit. Et je sais que

1. Chanson populaire de Alec Kendal (1911) : « *I'm twenty one today!/ Twenty one today!/I've got the key of the door,/Never been twenty one before.* »

c'est un vêtement d'occasion, mais ça n'a vraiment pas d'importance, c'est tellement beau. Et quelque chose qui a déjà été porté par quelqu'un peut être encore plus spécial, non ? » Elle tira une grande boîte rectangulaire en carton de l'étagère du haut et la déposa sur le lit, puis souleva le couvercle et enleva les couches de papier de soie. « Maman m'a dit que papa l'a acheté à Paris pendant leur lune de miel, et qu'il a toujours été son préféré. Mais elle n'a plus l'occasion de le porter, alors elle a décidé que je devais l'avoir. Jette un coup d'œil, il est joli n'est-ce pas ? »

Alors que Daphne le prenait et le drapait autour de ses propres épaules, tournant et virevoltant de plaisir et de contentement, Jean sentit sa bouche devenir sèche et son cœur s'emballer. C'était en effet une très belle pièce. Pas du tout le genre de vêtement qu'on trouvait dans les boutiques du coin, même avant la guerre. C'était un manteau style années vingt d'un vert sapin sombre, avec son col en velours.

*

Elle avait choisi son moment avec soin. Il était presque six heures. Il ne restait plus qu'une poignée d'invités s'attardant dans le jardin. Martin s'était depuis longtemps endormi dans un fauteuil, sentant le cidre et le whiskey. Daphne était partie avec quelques cousins plus jeunes pour voir le cheval dans le jardin voisin pendant que ses frères se lançaient dans une partie de criquet improvisée sur le pré. Tom s'était proposé pour reconduire Violet et Eddie en ville avec la voiture de son père après que Violet s'était déclarée épuisée de toute l'agitation de la journée, même si Jean soupçonnait fortement que c'était surtout à cause des trois verres de cidre qu'elle avait vu sa mère s'enfiler, son nouveau mariage semblant lui avoir donné un goût pour l'alcool. Tom fut de toute évidence consterné par l'insistance de Jean à rester encore et essaya désespérément de la convaincre de venir avec eux. Mais l'argument selon lequel elle voulait aider à ranger et prendre le dernier bus était tellement logique et plausible que même Eddie ne pouvait rien trouver à redire. Elle alla jusqu'à leur faire signe de la main depuis le seuil, leur disant qu'elle serait à la maison dans quelques heures.

La cuisine, décida-t-elle, serait le meilleur endroit pour ce qui allait se passer. De là, on pouvait voir quiconque venait de la cour et entendre les pas de toute personne s'approchant dans le couloir – un lieu idéal pour tenir une conversation sans risquer d'être interrompu. Jean tourna autour de l'évier, les yeux sur le sol dallé qu'elle avait nettoyé si souvent ces dernières semaines, et attendit. Elle entendait le cliquetis des assiettes qu'on empilait dans la salle à manger, et savait que ça ne serait pas long. Effectivement, moins d'une minute plus tard Beattie apparut tenant une pile de vaisselle sale, arborant un sourire fatigué. Ses cheveux n'étaient plus tout à fait en place et son rouge à lèvres s'était un peu estompé depuis qu'elle l'avait mis à l'heure du déjeuner, mais alors que Jean la regardait à la lumière dorée de fin d'après-midi, elle reconnut une réelle beauté qu'elle n'avait jamais perçue auparavant. Yeux brillants aux cils exceptionnellement longs, lèvres pleines, teint lisse et plaisant. Il paraissait évident, vraiment, que comparée à sa sœur c'était elle que la plupart des hommes choisiraient. Mais pour Jean elle avait toujours été tante Beattie – la sœur de Violet, l'épouse de Martin et la mère de Daphne. Jamais elle ne l'avait envisagée comme une femme sexuellement attirante.

« Il me semble que tout s'est très bien passé, non ? demanda Beattie d'un air rayonnant. Ces sandwichs au crabe ont été très appréciés. Et Dieu merci il y avait ce cidre, qui a rendu tout le monde joyeux. Tu as pu le goûter toi aussi, Jeannie ? Délicieux, vraiment. » Elle posa la pile d'assiettes sur l'égouttoir. Jean les fixa avec une curiosité fataliste.

« C'est pour moi ? »

Beattie parut un peu déconcertée. « Eh bien, si ça ne te dérange pas. Il y en a encore plein là-bas. » Elle avait dû percevoir quelque chose dans l'intonation de Jean car elle ajouta : « Tu ne nous en veux pas, n'est-ce pas, au sujet de cette histoire d'argent ? Parce que pour nous c'est déjà oublié. En fait, j'ai déjà trouvé une autre fille du village qui commence la semaine prochaine. »

Oui, pensa Jean. Bien sûr que Beattie a trouvé une autre fille du village. Tout comme son mari avait trouvé plus d'ouvriers français pour travailler dans sa ferme et plus de sucre illégal pour un gâteau d'anniversaire. Martin et Beattie ont toujours eu assez d'argent pour se procurer ce qu'ils désiraient, et la seule fois où l'argent a manqué fut pendant l'Occupation. Le choc avait dû être considérable, et provoquer en Beattie le besoin de trouver une compensation. D'autant plus que la guerre coïncidait avec l'épanouissement de Daphne, devenue une magnifique jeune femme absorbant toute l'attention de Martin. Et comme cela avait dû être exaspérant pour Beattie, la plus jolie et la plus riche des sœurs, de se retrouver tout à coup avec ce qui semblait être le mari le moins intéressé. L'ironie de la situation fit sourire Jean.

Jean s'appuya contre l'évier, s'attendant à ce que ses jambes se mettent à trembler. Elle fut surprise de découvrir qu'elles tenaient solidement et fermement, et qu'elle se sentait plutôt calme.

« Combien de temps cela a-t-il duré, tante Beattie ?

— Désolée, mon petit, que dis-tu ? Les gens sont arrivés vers une heure, non ?

— Non, pas la fête. Ton histoire avec papa. » Elle regarda la bombe rebondir plusieurs fois sur la surface de la conscience de Beattie avant d'exploser. Elle vit ses joues rougir, la panique dans ses yeux. Jean se demanda si c'était à cela qu'elle-même avait ressemblé quand sa mère et Eddie l'avaient confrontée à la révélation de Hazel.

« Je te demande pardon ? »

Évidemment, pensa Jean. Le déni. La première réaction évidente. Cette étape allait sûrement s'éterniser, alors il fallait qu'elle abatte ses cartes le plus vite possible, avant que quelqu'un entre dans la pièce. « Je sais tout, tu vois. Tes visites au magasin de papa tous les jeudis, dans ton beau manteau parisien. Je suppose que ça faisait partie de ton déguisement, comme le foulard ? La plupart des gens ne se seraient pas attendus à voir une épouse d'agriculteur habillée comme ça. »

Beattie chercha à tâtons une chaise derrière elle, trouva le dossier de l'une, la tira à elle avant de s'affaler dessus. La rougeur initiale s'était estompée, la laissant aussi pâle que les perles à ses oreilles.

« Pourquoi dis-tu une horreur pareille ?

— J'imagine que tu croyais qu'en passant par l'arrière on ne te verrait pas. Le problème, c'est qu'il y a une fenêtre qui donne sur la cour du fond. Curieusement, la personne qui t'a vue a pensé que tu étais allemande. À l'époque je me suis dit que si c'était vrai, rien ne pourrait être pire. Mais en fait si.

— De quoi parles-tu ? Qui t'a raconté ça ? » Les yeux de Beattie étaient comme fous, son esprit cherchant désespérément des tours de passe-passe et des échappatoires.

« Une voisine, qui est allée parler aux autorités. » Elle vit que Beattie s'apprêtait à poser une autre question, mais Jean s'était promis depuis le début que sa tante ne prendrait pas le contrôle de cette conversation. « Où disais-tu à Martin que tu allais chaque semaine ? » Avant que Beattie puisse répondre Jean eut un petit rire amer. « Oh, bien sûr ! Tu disais que tu allais chez maman ! Nous apporter de la nourriture de la ferme ! Je me demandais pourquoi tu n'arrêtais pas de répéter à tout le monde à quel point tu nous avais aidées pendant la guerre, alors qu'en fait tu n'es venue que deux fois. Je comprends maintenant. » Elle put voir que Beattie s'effondrait sous l'assaut. Les faits s'accumulaient trop fort et trop vite. Il y avait une pellicule de sueur sur son front et sa lèvre supérieure, et ses yeux allaient de la fenêtre à la porte de la cuisine, calculant peut-être le temps qui lui restait avant que Martin se réveille de sa sieste comateuse ou que Daphne ou l'un des garçons fasse irruption dans la pièce. Elle resta ainsi quelques secondes de plus, suspendue entre les deux options qui s'offraient à elle, entre le passé et le futur. Puis Jean vit son visage s'affaisser, et sut que le dernier mur venait de tomber.

« Oh mon Dieu, Jean, je suis tellement désolée. » Son visage tomba entre ses mains ouvertes.

Jean fit un petit signe de tête. Elle était stupéfaite de sa propre sérénité. « Il faut que tu me racontes tout maintenant. »

La voix surgit à travers les doigts de Beattie. « Je ne sais même pas pourquoi ça a commencé. Je suis allée au magasin un soir pour écouter les informations sur le poste. On était plusieurs. Puis tout le monde est parti, il n'est resté que nous deux. Il avait ce calvados de France, du marché noir... » Elle perdit son élan et s'interrompit, déjà en pleurs. « Je voulais peut-être juste me venger de Martin. Me prouver que quelqu'un me désirait encore. »

Jean acquiesça. Beattie se montrait beaucoup plus lucide qu'elle l'imaginait.

« Et puis tu as continué à le voir chaque semaine ? Jusqu'à... C'était quand, à Noël il y a dix-huit mois ? » Beattie hocha la tête. « Quand il t'a dit que c'était fini ? »

Les mains se relâchèrent un instant, et elle leva les yeux, des larmes sur ses joues, lèvres tremblantes. « Non. C'est moi qui lui ai dit que c'était fini. C'était allé trop loin, ça durait depuis trop longtemps, et j'étais terrifiée à l'idée que ça se sache. Mais il m'a dit que si j'arrêtais, il en parlerait à Martin. Et que Vi l'apprendrait... »

Jean sentit ses yeux s'écarquiller. « Il t'a menacée ?

— On s'est disputés très fort. Je lui en voulais tellement. Qu'il soit prêt à détruire ma famille, et la sienne. »

Jean ironisa. « Un peu tard pour y penser.

— Je sais. Mais c'est comme ça que je voyais les choses.

— Pourquoi l'as-tu insulté en allemand ? » Beattie eut l'air perplexe. « On a entendu le mot *Schwein.* »

Beattie secoua légèrement la tête, ne comprenant pas la pertinence de ce détail. « On a eu cette jeune fille au pair allemande il y a des années – Helga ? Elle m'a appris quelques jurons allemands. C'est plus poli que de jurer en anglais. »

Jean essaya d'assimiler cette incongruité, que Beattie puisse s'être souciée d'étiquette de langage pendant une liaison avec son propre beau-frère. Mais la plus importante des questions restait à venir.

« C'est donc pour ça que tu étais en colère. Et c'est toi, n'est-ce pas, qui a écrit aux Allemands, et leur a parlé du poste de radio ? »

L'explosion de larmes fut si intense que Jean se demanda si elle allait attirer quelqu'un dans la cuisine. Chaque sanglot contenait une plainte audible. Cela lui rappela quelque chose, et Jean se rendit compte que c'était le même son que celui proféré par sa mère le jour de l'arrestation de son père. La voix de Beattie lutta à travers tout ce chaos pour se faire entendre, balbutiante et prête à flancher.

« Je ne savais pas qu'ils allaient l'expulser ! Je pensais que ses contacts parmi les Boches le protégeraient, qu'il ferait juste un mois ou deux de prison ici, pour lui donner le temps de revenir à la raison. Jean, il faut que tu me croies, si j'avais su ce qui allait se passer… si j'avais su que Violet perdrait son mari… » Les larmes la submergèrent, et son corps entier trembla en silence pendant un moment. Jean dut se pencher en avant pour entendre les mots : « Il faut que tu me croies, il faut que tu me croies. »

Le volume de ses pleurs ne fit qu'accentuer le silence qui régnait dans le reste de la maison. Jean jeta un petit coup nerveux en direction des deux portes. Cela semblait impossible que personne n'ait entendu les gémissements de Beattie mais, même si personne n'était encore en approche, Jean comprit qu'il ne lui restait que peu de temps pour terminer. Déglutissant avec force pour contenir ce qu'elle ressentait vraiment, elle fit quelques pas vers Beattie et doucement retira ses mains de son visage.

« Je te crois. Je sais que tu n'as jamais voulu que mon père meure. » À sa grande horreur Beattie mit ses bras autour de sa taille et l'enlaça très fort.

« Oh merci, merci, Jeannie. La culpabilité, tu n'imagines pas… Jamais je ne me pardonnerai. » Très lentement les sanglots diminuèrent, et elle se redressa jusqu'à se tenir de nouveau bien droite sur la chaise. Puis elle leva les yeux sur Jean, un chiot implorant. « Tu vas leur dire ? Ta mère, Martin ? » Ses yeux se remplirent de nouveau de larmes. « Daphne ? »

Jean regarda sa tante, si longtemps un parangon de calme, de réconfort et de stabilité, à présent complètement brisée. « Non, je ne vais pas leur dire. Mais j'ai besoin de quelque chose en échange. »

*

L'eau de la baie aujourd'hui était du bleu le plus profond dont elle ait le souvenir, avec des petites boucles d'écume blanche crépitant à la surface. Le vent, bien qu'encore plutôt chaud pour un mois d'octobre, soufflait fort dans ses oreilles, menaçait d'emporter son chapeau de feutre, et elle l'enleva et le fourra dans sa poche en gravissant les marches pour rejoindre le pont du bateau. Plutôt être tête nue que voir son précieux chapeau s'envoler sur l'océan, car à présent elle allait devoir prendre soin de tout ce qu'elle possédait. Elle jeta un coup d'œil autour d'elle, cherchant un endroit où s'installer, et choisit un banc à lattes vernies près de la poupe du navire. Plus tard il lui faudrait trouver un siège dans les zones couvertes des ponts inférieurs et s'installer confortablement avec son exemplaire du *Petit Prince*, réservé pour le voyage. Mais n'ayant jamais vu l'île depuis le large de la baie elle était bien décidée à ne pas perdre cette occasion. À quel point Elizabeth Castle aurait-il l'air différent depuis l'autre côté ? Comment la ville apparaîtra-t-elle vue d'aussi loin, et pourrait-elle apercevoir sa maison ? Jean sourit intérieurement. Pendant des jours elle s'était inquiétée en pensant à ce voyage, imaginant toutes les catastrophes possibles, mais maintenant que le moment était arrivé, elle ne ressentait rien d'autre que de l'excitation. Et, comme elle s'embarquait seule, la solitude ne faisait qu'accentuer le caractère inédit de l'expérience. C'était agréable qu'il n'y ait personne autour d'elle qui bavarde ou la distraie, d'être libre de laisser son esprit vagabonder. Elle s'installa sur le banc et inspira profondément pour faire entrer l'air salé dans ses poumons. Avec lui vint les odeurs de poisson, de sable et d'algues. Tout cela allait lui manquer.

Ce matin sa mère l'avait serrée très fort dans ses bras, comme elle le faisait quand Jean était enfant, et lui dit d'écrire dès son arrivée. Eddie, resté un peu en retrait, hochant la tête comme si Jean était une de ses compagnes de bistro, lui tendit maladroitement un billet de cinq livres qu'il prétendit avoir trouvé dans son portefeuille au dernier moment. Jean savait qu'il s'attendait à ce qu'elle le refuse, mais elle le prit sans rien dire et le mit dans son porte-monnaie, se disant qu'il lui devait au moins cela. Ni lui ni sa mère ne se proposèrent de l'accompagner sur le quai pour assister à son départ, mais elle en ressentit plus de soulagement que de déception. Elle avait eu son compte de discussions difficiles, après avoir esquivé les questions ces derniers jours. Elle ne voulait pas remuer plus de choses. Et si la pagaille de détails en suspens, de demi-vérités et de sales trahisons qu'elle laissait derrière elle la réveillait toujours la nuit, elle pouvait se réconforter en se disant qu'elle avait fait de son mieux dans une situation impossible.

Ce fut une semaine après l'anniversaire de Daphne que Jean retourna aux Renoncules, après une intense réflexion et plusieurs jours de recherches approfondies à la bibliothèque. Choisissant un jour où Martin était occupé à la récolte du verger, elle s'était faufilé sur le côté de la maison et avait tapé à la fenêtre de la cuisine pour éviter d'alerter Daphne ou les garçons. Puis calmement Beattie et elle s'étaient dirigées vers la cour pour discuter sur le banc à côté de la remise, loin des regards curieux. Alors elle avait exposé ses nouveaux projets à sa tante, lui disant ce qu'elle attendait d'elle.

« Non, Jean, c'est hors de question ! » avait protesté Beattie tandis qu'elles s'asseyaient, bras croisés pour se protéger du vent. « On a déjà proposé d'aider avec les factures jusqu'à ce qu'Eddie mette ses finances en ordre. Comment veux-tu que je convainque Martin de cracher cet argent ? »

Jean recommença patiemment, point par point. Étant donné tous les chocs et contrariétés des derniers mois, et le nouveau statut de femme mariée de sa mère, c'était le moment idéal pour qu'elle quitte l'île. Elle détailla son projet de vivre chez son frère pendant quelque temps, ajoutant que Harry avait déjà accepté sa venue et envoyé de l'argent pour le trajet. Une fois installée, elle s'inscrirait dans l'un des nouveaux instituts de formation des enseignants financés par le gouvernement – elle parla même à sa tante de l'enthousiasme tout neuf en Angleterre pour les femmes institutrices et les pénuries de travailleurs qu'il y avait sur le marché du travail. Puis elle répéta un point crucial : que Beattie et Martin avaient les moyens, pendant quelques années, de soutenir financièrement leur nièce pour lui permettre de faire quelque chose qui lui tenait à cœur. Après tout, elle ne demandait que de quoi couvrir les frais d'inscription, elle utiliserait pour vivre diverses bourses disponibles, et vivrait chichement jusqu'à ce qu'elle devienne totalement indépendante.

« Considère cela comme un moyen de me dédommager de la perte de mon père », termina Jean, la regardant droit dans les yeux et la regardant se liquéfier de honte. « Si tu dis à Martin que c'est pour aider notre famille, je pense qu'il sera d'accord. Et s'il discute, demande à Daphne de le convaincre, tu sais qu'il ne peut rien lui refuser. Je ne dirai rien de ce que tu as fait, à personne.

— Et comment je sais si je peux te faire confiance ? grommela Beattie.

— Tu n'as pas le choix, répondit simplement Jean.

— Et si les autorités accusent quelqu'un d'autre d'avoir dénoncé Phil ?

— La principale suspecte était Hazel et elle a déjà quitté l'île. Et, de toute manière, la police n'a pas l'air décidée à arrêter qui que ce soit. Les gens d'ici vont juste devoir apprendre à vivre avec l'incertitude et l'injustice. »

Beattie réfléchit un moment. Au bout de quelques minutes elle la regarda d'un air narquois.

« Devenir maîtresse d'école ? Je ne savais pas que ça t'intéressait ? »

Jean haussa les épaules. « Moi non plus, jusqu'à récemment.

Mais j'y ai beaucoup pensé. Je veux pouvoir vivre ma propre vie.

— Et comment ta maman le prend-elle ? »

Jean pensa à sa mère et à Eddie ensemble dans la cuisine, jouant au rami et gloussant tous les deux, et eut un petit sourire. « Sincèrement, je pense que l'idée que je m'en aille un moment ne les dérangera pas. Et ils seront très touchés par ton offre incroyablement généreuse. » De nouveau, elle regarda sa tante d'un air entendu, et cette fois-ci elle comprit que c'était gagné. Beattie était prête à tout pour préserver la sécurité de sa position. Et si ce n'était pas la réparation d'un tort, c'était ce que Jean obtiendrait de plus proche.

Plus tard ce jour-là elle s'était assise sur un banc de Royal Square pour attendre que Tom Maloret sorte de son bureau. Quand il apparut, elle proposa une promenade dans le jardin du petit cimetière où ils avaient pique-niqué à peine quelques semaines plus tôt. Alors qu'ils arpentaient les chemins ombragés de vert sous les branches des arbres, il écouta dans un silence respectueux ce qu'elle lui annonçait et les excuses qu'elle lui présenta de cette annonce si soudaine. Il ne protesta pratiquement pas quand elle rejeta doucement sa demande qu'ils s'écrivent régulièrement et restent en contact, se rendant peut-être enfin compte que lors de leurs quelques rendez-vous pas une seule fois elle n'avait manifesté de véritable enthousiasme ni répondu à l'intérêt qu'il lui portait.

« J'espère que vous ne faites pas cela à cause de ce qui est arrivé au garçon allemand ? » lui demanda-t-il alors qu'ils se tenaient sous le couvert d'un large châtaignier. Et Jean répondit, avec sincérité, que la mort de Horst n'avait joué qu'en partie dans sa décision. « Est-ce que vous reviendrez ? » demanda-t-il lorsqu'ils atteignirent le portail, et Jean réfléchit un instant avant de répondre : « Je ne sais pas. Un jour peut-être. »

Une vibration sourde lui indiqua que les moteurs venaient de démarrer et sa main serra très fort la poignée de sa valise en cuir. À l'intérieur était comprimée sa vie entière, plus quelques sous-vêtements neufs, car elle ne voulait garder aucun souvenir du malheur et de l'avilissement des derniers mois. Il y avait tant à regretter : l'image noircie de son père, les crimes impunis d'Eddie. Son amitié brisée avec la femme qui l'avait mise sur cette voie. Et la perte de Horst était une chose qu'elle doutait de surmonter vraiment un jour. Mais impossible de ne pas ressentir un élan d'espoir. Le bateau commença à virer pour s'éloigner, et elle baissa les yeux sur le quai. Alors qu'elle contemplait les larges murs de pierre et les abords du port, les souvenirs affluèrent. Le navire-prison de son père avec les soldats allemands alignés, leurs fusils armés et prêts à tirer. Eddie descendant la passerelle du premier bateau de passagers, imaginant encore retrouver son ancienne maison telle qu'il l'avait laissée. Sa soirée volée avec Horst au milieu du port français, qui devait être leur dernière rencontre. Tant d'événements qui avaient changé le cours de son existence, en si peu de semaines. Même si les dix prochaines années de sa vie s'écoulaient dans une tranquille absence d'événements, l'épuisement de ces quelques semaines se ferait peut-être encore sentir.

Le bateau postal se dégagea pour sortir du port et bientôt ils se trouvèrent dans la baie de St Aubin. Jean regardait encore vers l'île. De ce point de vue Jersey avait assurément une allure bien différente. Le château était aussi massif et impressionnant que d'habitude, mais son profil et sa forme semblaient se contredire. La ville n'apparaissait plus comme un entrelacs animé de rues mais comme un minuscule village, ses habitations serrées les unes contre les autres telles des pierres précieuses sur une chaîne. Elle n'arrivait pas à voir sa maison ni ses environs, mais elle pouvait distinguer les arbres de Westmont et le bassin du port de St Aubin à l'extrémité de la baie. C'était l'île qu'elle avait toujours connue, mais plus petite et plus vulnérable de ce point de vue, moins familière suite aux longues journées de l'Occupation et aux événements des dernières semaines. Ils dépassèrent la baie de St Ouen et, alors qu'elle repérait les falaises de Grosnez, où il y a juste quelques mois elle s'était rendue à pied et avait regardé les derniers Allemands débarrasser les bunkers, une chose la frappa plus que tout. Malgré les murs anti-tanks gris et les tours de garde proéminentes, ces enlaidissements permanents symboles d'un monde devenu fou, l'île était toujours un joyau vert et doré scintillant dans les fières eaux bleues de la Manche. Et elle était magnifique.

# Après

## *Jersey*

## 1972

La machine à café Gaggia derrière le comptoir émit un gargouillis sonore en crachant son breuvage mousseux et richement parfumé dans l'une des tasses généreuses de l'établissement. Sans renverser une seule goutte dans la soucoupe, le jeune homme l'apporta à sa table et la posa devant elle, et Jean sourit pour exprimer sa reconnaissance. L'écume pâle reposait parfaitement à la surface, comme une invitation.

« Votre cappuccino. Bonne dégustation.

— Merci. » Elle ajouta une petite portion de sucre roux du sucrier posé sur la table, porta la tasse à ses lèvres et savoura l'arôme. Il était plein et généreux, tellement meilleur que l'instantané qu'elle utilisait chez elle. Elle décida de se procurer un percolateur digne de ce nom la semaine à venir. Ce serait agréable d'avoir un café comme celui-ci tous les matins et de le servir à ses amis quand ils venaient lui rendre visite. Elle jetterait peut-être un œil chez De Gruchy pour voir ce qu'ils proposaient avant de rentrer chez elle. Mais pour ça il faudrait que la journée d'aujourd'hui se passe bien.

Elle s'appuya contre le dossier pour regarder les chalands qui passaient et le flot de voitures qui remontaient vers Halkett Place, laissant ses yeux dériver vers l'immense tableau abstrait sur le mur d'en face. Ces dernières années elle avait désespérément essayé de comprendre l'enthousiasme de son mari pour Rothko, mais elle aimait les couleurs vives et l'esthétique audacieuse des affiches qui décoraient le café, et la collection qui tapissait l'un des murs blancs semblait ajouter à la sensation de paix et d'espace, presque comme dans une galerie. En fond sonore une quelconque pop star chantait au sujet d'un Rocket Man, et elle se surprit en train de se balancer imperceptiblement en suivant le rythme. Il n'y avait que trois personnes installées aux autres tables, car apparemment les touristes n'avaient pas encore découvert cet endroit niché à l'écart de la principale rue commerçante, mais c'était assurément devenu son lieu de prédilection cette dernière année. Elle décida qu'ils viendraient là samedi prochain pour l'anniversaire de Stephen et goûteraient l'une des nouvelles « pizzas » annoncées sur le menu.

Elle sirota de nouveau son café et sentit un frémissement d'excitation. Il était trois heures dix. Elle essayait de ne pas regarder chaque fois que quelqu'un s'approchait de la porte vitrée mais elle avait du mal à résister à la curiosité. Elle était sur le point de sortir de son sac son livre de poche de secours quand la porte s'ouvrit et elle entendit son nom.

« Jean ! Je suis désolée d'être en retard. »

Jean se leva aussitôt, repoussant sa chaise pour créer de l'espace. Comme à chaque fois, les vannes s'ouvrirent toutes grandes dans sa tête, les souvenirs affluèrent immédiatement ; les pommettes saillantes, les yeux rayonnant d'assurance n'avaient pas changé. Jean entoura de ses bras le corps familier, plus âgé maintenant, et peut-être un peu plus enrobé, mais ayant gardé le même port altier et la même démarche assurée. Elle embrassa une joue, sentit la peau douce sous ses lèvres.

« Je suis heureuse de te voir, Hazel.

— Moi aussi, chère amie.

— Cappuccino ?

— Avec plaisir, merci. » Jean passa la commande au serveur et se rassit pour mieux la regarder. Les cheveux de Hazel, gris acier à présent, étaient longs pour son âge, lui tombant toujours aux épaules et plus raides qu'auparavant. Elle portait une robe longue en tissu indien style Woodstock, une écharpe interminable et des bagues d'argent à chaque doigt, donnant l'impression d'une apparition flottante et étincelante tandis qu'elle s'installait sur sa chaise. Jean baissa les yeux sur sa propre combinaison-pantalon jaune canari que cinq minutes plus tôt elle trouvait un peu audacieuse pour l'occasion. Hazel se pencha un peu et jeta un coup d'œil autour d'elle. « C'est charmant ici.

— Nouvelle chaîne italienne. » Elles échangèrent de petits sourires ironiques. « Et comment est ta chambre au Belle Vue ? Confortable ?

— Très agréable, merci.

— J'étais sincère, quand je t'ai dit que nous aurions été été heureux de t'héberger. C'était tellement gentil de ta part de nous avoir laissé ta chambre la dernière fois que nous t'avons rendu visite.

— Eh bien, je ne vous imaginais pas retourner dans cet horrible bed and breakfast, et de toute manière c'était un plaisir. Mais j'ai peur d'être une invitée bien désagréable en ce moment. La nuit je n'arrête pas de me lever, je lis, je fais les cent pas. Je n'ai jamais eu un bon sommeil, pas depuis... » Une ombre passa sur le visage de Hazel et disparut vite. « ... eh bien, des dizaines d'années. » Elle accepta gentiment le café apporté par le serveur et prit aussitôt une longue gorgée, s'essuyant la bouche du dos de la main. « Mais je n'en crois pas mes yeux de tous les changements ici ! Il y a tant d'immeubles nouveaux. J'ai à peine reconnu St Helier quand je l'ai survolé. »

Jean acquiesça. « Beaucoup de nouveaux hôtels – on ne peut pas faire un pas dans King Street à cause des vacanciers. Ils nous répètent que c'est le progrès. » Elle sourit. « Cela fait des années que je te dis qu'il faut que tu reviennes voir ça de tes yeux.

— Eh bien je suis là, et tu avais tellement raison. Mais franchement tout le pays semble embarqué dans la fièvre du consumérisme. Il suffit de voir Carnaby Street le samedi maintenant. Tous les dingues de Londres viennent là, achetant le dernier disque de James Brown en preuve de leur engagement anti-guerre du Vietnam. » Elle rit et son rire ressembla à une cascade. Jean se rendit compte qu'elle avait rarement entendu ce son.

« Je suis heureuse de te revoir. La dernière fois, Jeff et toi étiez en train de vous séparer. Mais à te voir, tu t'en es très bien sortie. »

Hazel haussa vivement les épaules et garda le silence un instant. « Comment dire ? Le divorce semble me convenir. Je veux dire, ça a été horrible de tout départager, et notre argent est parti en totalité ou presque entre les mains des avocats. Mais Betty Friedan a tout à fait raison : la vie domestique et la carrière ne sont pas compatibles pour les femmes, du moins pour moi. » Elle prit une autre longue gorgée de café, bien que de toute évidence il soit toujours trop chaud. « Même si toi, tu y arrives avec beaucoup d'aplomb, semble-t-il ? » Elle se cala en arrière, tasse à la main, sourcils levés, l'air malicieux et interrogatif.

Jean sourit, gênée du compliment. « Que veux-tu dire ?

« Dans ta lettre de Noël dernier tu disais que tu retournais enseigner ? »

Jean acquiesça, son visage exprimant l'inquiétude. « C'était bien l'idée, comme les garçons ont grandi. Mais le projet d'émission de radio pour les écoles de Stephen a bien décollé cette année, et en fait je vais l'assister plutôt que d'enseigner. Je ne sais absolument pas où je vais, bien sûr. »

Un rire fusa de nouveau, puis Hazel se pencha en avant et

tapota la main de Jean. « Une femme qui a fait l'école quatre ans de suite aux garnements de Bethnal Green peut réussir tout ce qu'elle décide d'entreprendre, crois-moi. Cela semble absolument passionnant – il faut que tu me racontes tout. » Elle termina son café et posa les mains sur ses genoux. « Il fait bon dehors. On va se promener ? »

Cinq minutes plus tard elles se pressaient parmi les couples de personnes âgées qui flânaient en centre-ville. Les touristes encombraient les trottoirs, les femmes avec leurs chapeaux de paille élégants et les hommes avec le nez rose qui pelait, désignant d'un air vague le cognac duty-free dans les vitrines et comptant leur argent liquide. Jean et Hazel se promenèrent jusqu'à Royal Square, chacune lançant à l'autre des petits coups d'œil chargés de souvenirs inexprimés.

« Que sont devenus les MDJ ? demanda Hazel alors qu'elles passaient devant la statue de George II.

— Balayés par la marée de la grande finance, je crois. »

Hazel fit la moue. « Oui, j'ai suivi ça dans le *Financial Times*. On les appelle comment, « *Hight Net Worth Individuals* » ?

— On les appelle des millionnaires, un point c'est tout. Il y a des villas de luxe toutes neuves construites un peu partout. Alan Whicker[1] vient juste d'acheter une maison ici.

— Espérons que sa notoriété rapporte plus d'argent que d'œillets[2], sinon la transaction ne sera pas concluante. » Elles dépassèrent l'église et continuèrent vers Weightbridge, et de là Hazel proposa de gravir South Hill. « En souvenir du bon vieux temps ? Je marchais jusque-là très souvent. » Elle jeta un regard en coin à Jean. « Tu t'en souviens, bien sûr. » Jean acquiesça en silence.

1. Alan Whicker était un célèbre journaliste et présentateur de télévision britannique (1921-2013).

2. L'Œillet est la fleur emblématique de Jersey.

Lentement elles gravirent la pente qui allait de Pier Road au pied de Fort Regent, observant le panorama qui s'ouvrait à leur droite. Au-delà des toits inclinés des entrepôts commerciaux, les ports étaient bondés, remplis de bateaux de plaisance ou de pêche, et de douzaines de yachts privés dans leur mouillage onéreux, et des grues dessinaient leurs profils anguleux contre le ciel bleu pâle. Au début, elles bavardèrent cordialement du travail et de la famille, Hazel s'étendit sur son projet d'une nouvelle bibliothèque municipale, dont elle se plaignait qu'il lui prenait tout son temps, Jean raconta le mal qu'ils avaient eu pour que les garçons passent leur brevet, et ses projets de fiches d'exercice pour apprendre à lire qui accompagneraient la série radiophonique de Stephen. Alors qu'elles arrivaient près de l'endroit précis au-dessus du port français où tout avait commencé, elles laissèrent le silence s'installer entre elles, avec pour seul son audible celui de leur souffle. Sans dire un mot, elles s'arrêtèrent pour se pencher au-dessus du muret de granit accidenté et regarder l'étendue d'eau verte en bas. Jean finit par rompre le silence.

« Je suis passée devant votre ancien appartement l'autre jour et j'ai pensé à ton père. Je suis tellement désolée, Hazel. Il me semble toujours... »

Hazel leva une main. « Non. Ce que j'ai dit dans la toute première lettre que je t'ai envoyée, tu t'en souviens ? Ressasser le passé ne sert à rien. De toute manière, moi aussi je suis désolée de ce que j'ai fait. Sans moi tu aurais certainement eu une vie tout à fait différente. »

Jean fixait la baie au loin. « Qui sait si elle aurait été plus heureuse ? J'étais une enfant quand j'ai connu Horst. Et si nous nous étions mariés, je n'aurais jamais pu avoir une carrière, je n'aurais jamais rencontré Stephen. Je ne serais probablement jamais revenue ici.

— Tu ne m'as jamais vraiment dit pourquoi tu avais décidé de revenir t'installer à Jersey. Tu étais toute évidence très heureuse à Londres. Je croyais que tu y resterais.

— C'est à la mort de ma mère. Eddie était déjà en institution, après son attaque. Je pensais juste revenir quelques semaines pour m'occuper des affaires de maman, mais à ce moment-là on m'a proposé le travail à St John. » Elle se retourna pour regarder Hazel. « Mais c'était plus que cela. Je voulais affronter mes fantômes. Revenir ici avec une certaine fierté. Je ne voulais pas que ces horribles jours d'après la Libération soient une fin. »

Hazel passa un bras autour de ses épaules. « Il y a eu tant de mal fait. L'injustice que nous avons subie, et la rage qu'elle a provoquée en nous. Et pour beaucoup ici ce n'est toujours pas terminé, cela fait encore mal chaque jour. C'est pour ça que j'ai été si heureuse quand tu es venue me rendre visite.

— Moi aussi. »

Elle regarda Jean. « Ta famille a-t-elle un jour... je veux dire, la vérité a-t-elle fini par se savoir ? »

Jean remua la tête. « J'avais fait une promesse à Beattie. Et de toute façon, à quoi cela aurait-il servi, après tout ce temps? L'autre jour mon fils a acheté un poster, *La Vérité Vous Rendra Libre*. J'ai été horrifiée quand il m'a dit que la citation venait de la Bible. Mais je crois que certaines vérités peuvent aussi bien vous écraser. Tu sais, Beattie est morte l'été dernier, et je ne crois pas qu'elle ait connu un seul jour de bonheur après la guerre. »

Hazel fronça les sourcils. « Et ton oncle Eddie? Quand est-il mort?

— Oh, il est toujours vivant. Toujours dans sa maison de repos, ça fait dix-sept ans maintenant. »

Hazel fit la grimace. « Tu vas le voir ?

— À Noël seulement. Il ne me reconnaît plus. » Elle sentit le bras de Hazel serrer plus fort son épaule, en signe de solidarité.

« Viens, allons marcher jusqu'à Havre des Pas. On peut prendre un bus de là. »

Dans la zone balnéaire, des nageurs téméraires faisaient les fous dans la mer froide de début d'été. Les deux femmes s'arrêtèrent pour les regarder. Des rires et le bruit de l'eau qu'on éclabousse furent apportés par la brise et les firent toutes les deux sourire. Jean désigna la maison d'hôtes un peu plus loin sur le front de mer.

« C'est Silvertide, non ? Je me demande combien de ces nageurs savent qu'ils sont à deux cents mètres de l'ancien quartier général de la police secrète allemande.

— Ces murs doivent avoir d'horribles histoires à raconter. Mais les touristes servent d'antidote, en quelque sorte, médita Hazel. Je suis tellement heureuse qu'ils soient revenus.

— Quels sont tes projets pour le reste de la journée ?

— Je pensais aller voir la tombe de mon père. En fait ce n'est pas loin d'ici.

— Je sais. J'y dépose des fleurs chaque année le jour anniversaire de sa mort. »

Hazel se détourna, les yeux brillants. « Je ne le savais pas.

— Veux-tu un peu de compagnie ? Je connais un petit fleuriste près du cimetière où nous pourrions aller.

— Je te suis. »

Elles reprirent la route ensemble, les sandales à semelle compensée de Jean cliquetant à côté des espadrilles silencieuses de Hazel. Le soleil amorçait à peine sa descente mais dégageait une chaleur qui faisait la promesse d'un été à venir, et le vent frais de l'Atlantique dans leur dos balayait leurs cheveux dans toutes les directions, les faisant rire toutes les deux. Alors qu'elles marchaient dans un silence agréable, signe qu'il n'y avait plus besoin de parler, Jean se rendit compte que son esprit était occupé par la seule pensée des pois de senteur et des gardénias blancs qui composeraient le bouquet parfait à déposer sur la tombe. Et ce qu'elle ressentait n'était pas seulement un sentiment de paix, mais une gratitude quasiment étourdissante. Gratitude pour la compagnie de Hazel, pour l'apaisement de souvenirs lointains. Et pour la douce chaleur de cette fin d'après-midi de mai qui sentait le varech et l'eau de mer.

## *Note de l'autrice*

Je suis née à Jersey, dans les îles Anglo-Normandes, le seul territoire britannique à avoir été occupé par les nazis pendant la Deuxième Guerre mondiale. L'Occupation a duré cinq ans mais a projeté une ombre immense, encore présente aujourd'hui.

En 2019, une conversation avec de vieux amis de l'île au sujet des enfances de nos parents en temps de guerre m'a donné matière à penser. Car, alors que tant avait été écrit sur les souffrances de l'île de 1940 à 1945, beaucoup moins l'avait été au sujet du contrecoup qui a suivi, des chagrins et du ressentiment mêlés à la joie de la Libération, de l'irruption d'une colère longtemps réprimée et du stress post-traumatique.

Puis, pendant le confinement lié à la pandémie de 2020, j'ai de nouveau réfléchi à ma propre histoire familiale. Les frères et sœurs de mon grand-père avaient hébergé un Russe ayant fui et ils ont été dénoncés aux autorités allemandes en 1944 par les gens du coin : ma grand-tante Louisa Gould l'a payé de sa vie à Ravensbrück (le point de départ de mon film de 2017, *Another Mother's Son*). Les deux sœurs âgées que ma famille a accusées d'être à la source de la trahison n'ont jamais été poursuivies, et aucune preuve concluante n'a jamais été présentée contre elles, mais les deux sœurs ont été ostracisées pour le reste de leur vie. Je ne sais toujours pas si elle étaient coupables ou non.

Dans un monde de plus en plus divisé entre des gens qui ont des certitudes opposées, et avec tant de personnes réticentes à remettre en cause en profondeur leurs convictions établies, cette histoire a émergé. Les personnages et les événements sont fictifs, mais le cadre et le contexte sont réels.

## *Remerciements*

Merci à mon vieil ami Bruce Labey et aux autres camarades ayant participé à la troisième édition du « Parish Independent Film Festival de Jersey » pour les conversations au pub, qui ont en partie inspiré ce livre.

Pour le travail de recherches je voudrais remercier Dr Gilly Carr, professeure associée en archéologie à l'Université de Cambridge (Angleterre), probablement la meilleure spécialiste de l'histoire de l'Occupation des îles Anglo-Normandes – pour l'accès généreux à son livre : *Victims of Nazi Persecution in the Channel Islands : A Legimate Heritage?* (Bloomsbury, 2020), pour le fonds Frank Falla Archive si instructif qu'elle a mis en place et qu'elle continue de gérer, et pour son aide à vérifier les faits mentionnés dans ce livre.

Ont également été inestimables les travaux fondamentaux de Paul Sander, *The British Channel Islands Under German Occupation 1940-45* et *The Ultimate Sacrifice* (Jersey Heritage Trust, 2005 et 2004, respectivement) ; Charles Cruickshank, *The German Occupation of the Channel Islands* (The History Press, 2004) et le blog de Sam Mézec, député de Jersey, qui a donné un éclairage très utile sur le Mouvement démocratique de Jersey et son manifeste de 1945. Et je n'aurais rien pu faire sans la section Jerripedia sur theislandwiki.org qui a fourni tant de détails sur cette période.

Merci aussi à l'écrivaine George Aboud pour son aide dans l'élaboration du manuscrit, à Rick Lecoat pour le graphisme de mon site web, à Sean McTernan pour l'aspect juridique et à mon agent aujourd'hui retraité John Beaton, qui a remarqué les problèmes de structure dans mon premier brouillon mais m'a convaincue de poursuivre.

Une immense gratitude à mon agente Lisa Highton de Jenny Brown Associates, à Alison Rae ma préparatrice pour le Royaume-Uni et Susan Swinwood pour les États-Unis, à Fiona Brownlee, suprême responsable des droits, et à tous ceux de Birlinn et HarperCollins pour leur confiance et leur soutien.

Et enfin, merci comme toujours à Gary, pour chaque encouragement, suggestion et tasse de thé, et pour m'avoir dit de la boucler chaque fois que je me lamentais en disant que je n'allais pas y arriver, c'est-à-dire presque tous les jours.

## DANS LA MÊME COLLECTION

JOEL AGEE, *Le Monde de Pira*

FRED D'AGUIAR, *Les cris de l'océan*

SAMINA ALI, *Jours de pluie à Madras*

KJERSTI ANFINNSEN, *Quelques instants pour l'éternité*

CHLOE ARIDJIS, *Le livre des nuages*

CHLOE ARIDJIS, *Déchirures*

HOMERO ARIDJIS, *La zone du silence*

CHLOE ARIDJIS, *Fugue mexicaine*

SAWAKO ARIYOSHI, *Kaé ou les deux rivales*

SAWAKO ARIYOSHI, *Les dames de Kimoto*

SAWAKO ARIYOSHI, *Le crépuscule de Shigezo*

ELIZABETH VON ARNIM, *Mr. Skeffington*

FATMA AYDEMIR, *Fantômes*

LUKAS BARFUSS, *Les hommes morts*

JULIAN BARNES, *Elizabeth Finch*

JULIAN BARNES, *L'homme en rouge*

JULIAN BARNES, *La seule histoire*

JULIAN BARNES, *Un homme dans sa cuisine*

JULIAN BARNES, *La table citron*

JULIAN BARNES, *England, England*

JULIAN BARNES, *Dix ans après*

JULIAN BARNES, *Quelque chose à déclarer*

JULIAN BARNES, *Arthur et George*

JULIAN BARNES, *Rien à craindre*

JULIAN BARNES, *Pulsations*

JULIAN BARNES, *Une histoire du monde en dix chapitres ½*

JULIAN BARNES, *Une fille, qui danse*

JULIAN BARNES, *Quand tout est déjà arrivé*

JULIAN BARNES, *Par la fenêtre*

JULIAN BARNES, *Le fracas du temps*

JULIAN BARNES, *Ouvrez l'oeil!*

FABIO BARTOLOMEI, *La dernière fois que nous avons été des enfants*

JJ BOLA, *Nulle part où poser sa tête*

JJ BOLA, *Le chemin du retour*

DIKSHA BASU, *Pauvres millionnaires*

LOUIS DE BERNIERES, *Des oiseaux sans ailes*

LOUIS DE BERNIERES, *La fille du partisan*

LOUIS DE BERNIERES, *Un immense asile de fous*

TONY BIRCH, *Du même sang*

MARLENA DE BLASI, *Mille jours à Venise*

MARLENA DE BLASI, *Mille jours en Toscane*

MARLENA DE BLASI, *Un palais à Orvieto*

DENNIS BOCK, *Le docteur rouge*

JJ BOLA, *Nulle part où poser sa tête*

ANIRBAN BOSE, *La Mort de Mitali Dotto*

ALAIN DE BOTTON, *Les Consolations de la philosophie*

ALAIN DE BOTTON, *L'Art du voyage*

ALAIN DE BOTTON, *Du statut social*

ALAIN DE BOTTON, *L'architecture du bonheur*

ALAIN DE BOTTON, *Splendeurs et misères du travail*

IVAN BOUNINE, *L'amour de Mitia*

SYLVIA BROWNRIGG, *Quelques pages pour toi*

SYLVIA BROWNRIGG, *Un amour de plus*

THOMAS BUERGENTHAL, *L'enfant de la chance*

DOROTHY BUSSY, *Olivia*

BELLA CHAGALL, *Lumières allumées*

JEROME CHARYN, *Mort d'un roi du tango*

JEROME CHARYN, *Rue du Petit-Ange*

JEROME CHARYN, *La lanterne verte*

JEROME CHARYN, *Dans la tête du frelon*

JEROME CHARYN, *Sténo sauvage, la vie et la mort d'Isaac Babel*

JEROME CHARYN, *El Bronx*

JEROME CHARYN, *Citizen Sidel*

JEROME CHARYN, *Sous l'oeil de Dieu*

JEROME CHARYN, *Bronx amer*

JEROME CHARYN, *Cris de guerre avenue C*

TERRENCE CHENG, *L'étudiant chinois*

ANNE CHERIAN, *Une bonne épouse indienne*

JULIE COHEN, *Les inséparables*

JULIE COHEN, *Louise et Louis*

JUSTIN CRONIN, *Huit saisons*

JUSTIN CRONIN, *Quand revient l'été*

JOSE DALISAY, *La sœur de Soledad*

ACHMAT DANGOR, *La malédiction de Kafka*

ACHMAT DANGOR *FRUIT AMER*

ANITA DESAI, *Le jeûne et le festin*

ANITA DESAI, *Poussière de diamant*

ANITA DESAI, *Un parcours en zigzag*

ANITA DESAI, *L'art de l'effacement*

ROBERT DESSAIX, *L'amour de toute une vie*

ROBERT DESSAIX, *Arabesques*

ELLEN DOUGLAS, *Le brasier d'une vie*

HELEN DUNMORE, *Le mensonge de Daniel Branwell*

HELEN DUNMORE, *Trahir*

MIRCEA ELIADE, *Minuit à Serampore*

STANLEY ELKIN, *Mrs. Ted Bliss*

ASHOK FERREY, *L'incessant bavardage des démons*

ANA GARCIA BERGUA, *L'île aux fous*

MAXIME GORKI, *Veilleur de nuit*

ELIZABETH GOUDGE, *Le domaine enchanté*

ELIZABETH GOUDGE, *L'auberge du pèlerin*

ELIZABETH GOUDGE, *La maison des sources*

SHILPI SOMAYA GOWDA, *La fille secrète*

SHILPI SOMAYA GOWDA, *Un fils en or*

SHILPI SOMAYA GOWDA, *Un pays formidable*

PAULUS HOCHGATTERER, *Le jour où mon grand-père a été un héros*

HAN SUYIN, *Multiple splendeur*

ASHLEY HAY, *La femme du chef de train*

CRAIG HIGGINSON, *Maison de rêve*

CRAIG HIGGINSON, *L'été de « La Tempête »*

ANDREA HIRATA, *Les Guerriers de l'arc-en-ciel*

PAULUS HOCHGATTERER, *Le jour où mon grand-père a été un héros*

A. E. HOTCHNER, *Les étonnantes aventures d'Aaron Broom*

SUE HUBBARD, *Le chant de la pluie*

SUE HUBBARD, *Un ciel si vaste*

NATSUKO IMAMURA, *La femme à la jupe violette*

GAIL JONES, *Pardon*

GAIL JONES, *Cinq carillons*

MIREILLE JUCHAU, *Le révélateur*

MARGARET KENNEDY, *Tessa*

JHUMPA LAHIRI, *L'interprète des maladies*

JENNY LECOAT, *La clandestine de Jersey*

LI WEI JING, *Le bal des sirènes*

SAVYON LIEBRECHT, *Un très jeune garçon d'honneur*

AIMEE LIU, *Un garçon magnifique*

PENELOPE LIVELY, *Un paquet de cartes*

PENELOPE LIVELY, *Le tissu du temps*

PENELOPE LIVELY, *La photographie*

PENELOPE LIVELY, *Des vies multiples*

AMANDA LOHREY, *Un certain vertige*

JOAN LONDON, *Elsa et Frank*

PING LU, *Le dernier amour de Sun Yat-Sen*

DAVID MICHAEL LUKAS, *Le dernier veilleur du vieux Caire*

LING MA, *Les enfiévrés*

HEMA MACHERLA, *La brise qui monte du fleuve*

HEMA MACHERLA, *Le destin d'Anjali*

MIRA MAGUEN, *Des papillons sous la pluie*

MIRA MAGUEN, *L'avenir nous le dira, Anna*

MIRA MAGUEN, *La soeur du menuisier*

AMULYA MALLADI, *Une bouffée d'air pur*

AMULYA MALLADI, *Le foyer des mères heureuses*

MARGARET MASCARENHAS, *La couleur de la peau*

ELLEN MATTSON, *Le rivage de la joie*

CHIARA MEZZALAMA, *Après la pluie*

SUSAN MINOT, *Trente filles*
LUANA MONTEIRO, *L'extase de São Mercúrio*
TIMERI N. MURARI, *Les arrangements de l'amour*
TIMERI N. MURARI, *Le Cricket Club des talibans*
SHOBA NARAYAN, *La laitière de Bangalore*
CAROLINE O'DONOGHUE, *L'affaire Rachel*
CHRIS OFFUTT, *Les hommes ne sont pas des héros*
EDITH OLIVIER, *Une enfant de l'amour*
KAROLY PAP, *Azarel*
JILL PATON WALSH, *La grotte serpentine*
I. L. PERETZ, *Contes hassidiques*
MEHER PESTONJI, *Dans les rues de Bombay*
CARYL PHILLIPS, *La nature humaine*
SOLEDAD PUERTOLAS, *Une vie inattendue*
SOLEDAD PUERTOLAS, *Ils étaient tous à mon mariage*
SOLEDAD PUERTOLAS, *Adieu aux petites fiancées*
MICHAEL PYE, *L'antiquaire de Zurich*
SARAH QUIGLEY, *La symphonie de Leningrad*
REBECCA RASMUSSEN, *Evergreen*
TORE RENBERG, *Charlotte Isabel Hansen*
TORE RENBERG, *Pixley Mapogo*
INGVILD H. RISHØI, *D'autres étoiles*
JOSE MIGUEL ROIG, *Souviens-toi, Schopenhauer*
JOSE MIGUEL ROIG, *Le rendez-vous de Berlin*
JOSE MIGUEL ROIG, *Le voyage qui ne finit jamais*
JOSE MIGUEL ROIG, *Soleil coupable*
ADINA ROSETTI, *Deadline*
ELIZABETH ROSNER, *Des démons sur les épaules*
MADELEINE ST JOHN, *Rupture et conséquences*
CAROLA SAAVEDRA, *Paysage avec dromadaires*
MAMEN SÁNCHEZ, *La gitane aux yeux bleus*
DAVID SANDES, *La méthode miraculeuse de Félix Bubka*
LAVANYA SANKARAN, *Le tapis rouge*
CATHLEEN SCHINE, *Rencontres à Manhattan*

MIHAIL SEBASTIAN, *L'accident*
MIHAIL SEBASTIAN, *La ville aux acacias*
SUSAN SELLERS, *L'oiseau de feu*
ISAAC BASHEVIS SINGER, *Ombres sur l'Hudson*
ISAAC BASHEVIS SINGER, *Au tribunal de mon père*
ISAAC BASHEVIS SINGER, *De nouveau au tribunal de mon père*
JOSEPH SKIBELL, *Bénédiction sur la lune*
SIMONE SOMEKH, *Grand angle*
VIDOSAV STEVANOVIC, *La même chose*
JAN STRUTHER, *Mrs. Miniver*
LARS SUND, *Une petite île heureuse*
MADELEINE THIEN, *Une recette toute simple*
MADELEINE THIEN, *Lâcher les chiens*
HITONARI TSUJI, *Le bouddha blanc*
HITONARI TSUJI, *La lumière du détroit*
HITONARI TSUJI, *L'arbre du voyageur*
SAMRAT UPADHYAY, *Dieu en prison à Katmandou*
SAMRAT UPADHYAY, *Le maître de l'amour*
ANNELIES VERBEKE, *Dors!*
PALOMA VIDAL, *Mar azul*
DAVID VOGEL, *Le sanatorium*
EDITH WHARTON, *La France en automobile*
ZOE WICOMB, *Octobre*
VIGINIA WOOLF, *Les années*
VIRGINIA WOOLF, *La maison de Carlyle*
VIRGINIA WOOLF, *Journal de Hyde Park Gate*
URSULA WERNER, *Cet été-là à Blumental*
KYLE LUCIA WU, *Une fenêtre sur Tribeca*
KENICHI YAMAMOTO, *Le secret du maître de thé*
JIANG YUN, *Délit de fuite*
LAJOS ZILAHY, *L'ange de la colère*
LAJOS ZILAHY, *Le siècle écarlate*

*Achevé d'imprimer*
*par CPI Firmin-Didot*
*à Mesnil-sur-l'Estrée, en novembre 2024*
*Dépôt légal : novembre 2024*
*Numéro d'imprimeur : 182097*

ISBN : 978-2-7152-6398-7/Imprimé en France

**632367**